ullstein

GARD SVEEN, geboren 1969, ist Staatswissenschaftler und hat viele Jahre als Seniorberater im norwegischen Verteidigungsministerium gearbeitet, bevor er sich ganz dem Schreiben widmete. Der erste Band der Serie um Tommy Bergmann *Der letzte Pilger* wurde mit dem Rivertonpreis 2013 und dem Glass Key Award 2014 ausgezeichnet, dem wichtigsten skandinavischen Krimipreis. Gard Sveen lebt in Ytre Enebakk, einem kleinen Ort in der Nähe von Oslo.

Weitere Bücher von Gard Sveen in unserem Hause:

Aus der Reihe »Ein Fall für Tommy Bergmann«:

Der letzte Pilger, Bd. 1
Teufelskälte, Bd. 2
Der einsame Bote, Bd. 3
Die stille Tochter, Bd. 4

Gard Sveen

Der schwarze Sommer

Kriminalroman

Aus dem Norwegischen von
Günther Frauenlob

Ullstein

Besuchen Sie uns im Internet:
www.ullstein.de

MIX
Papier
FSC® C083411

Ungekürzte Ausgabe im Ullstein Taschenbuch
1. Auflage April 2021

Titel der norwegischen Originalausgabe:
Drømmenes gud (Cappelen Damm, Oslo, 2019)
Umschlaggestaltung: Büro für Gestaltung, Cornelia Niere, München
Titelabbildung: © plainpicture/BY
Satz: Pinkuin Satz und Datentechnik, Berlin
Gesetzt aus der Adobe Caslon Pro
Druck und Bindearbeiten: CPI books GmbH, Leck
ISBN 978-3-548-06221-1

30. Juni 2017
Oslo

Als Hanna Svarstad um die Ecke der Thomles gate bog, spürte sie, wie ihr der Boden unter den Füßen weggezogen wurde. Exakt gegenüber ihrem Haus saß eine dunkelhaarige Frau auf einer Treppe. Eine Frau, die dort nicht sitzen sollte.

Sie saß etwas zur Seite gedreht und blickte in Richtung Drammensveien, als wüsste sie ganz genau, dass Hanna immer diesen Weg nahm, wenn sie vom Außenministerium zurückkam – egal ob Sommer oder Winter.

Die Frau war nicht mehr jung, sie musste etwa in ihrem Alter sein. Jetzt stand sie auf und nahm die Sonnenbrille ab. Ihre Kleider waren teuer, auch ihre Handtasche und die Reisetasche wirkten edel.

Eine Eleganz, die sie sich eigentlich nicht leisten konnte, dachte Hanna.

Sie wandte den Blick ab, tat so, als hätte sie die Frau nicht gesehen, und ging weiter bis zum Eingang ihres Hauses.

Verdammter Mist.

Mit einem Mal erschien Hanna alles um sie herum vollkommen unwirklich. Sie erwog, einfach weiterzugehen und so zu tun, als wohnte sie woanders, blieb dann aber doch vor ihrer Tür stehen und öffnete die Handtasche. Obwohl sie es mit aller Kraft versuchte, konnte sie das Zittern ihrer Hand nicht unterdrücken.

»*As-salamu alaikum*«, war eine Stimme hinter ihr zu vernehmen. »Hanna? Hanna Svarstad?«

Hanna drehte sich nicht um, nahm die Sonnenbrille nicht

ab, obwohl sie den verfluchten Schlüssel nicht finden konnte. Nachdem sie eine halbe Ewigkeit in ihrer Tasche herumgewühlt hatte, hielt sie ihn endlich in der Hand. Die Frau stand direkt hinter ihr, das schwere Parfüm erfüllte für einen Moment Hannas gesamtes Bewusstsein.

Sie steckte den Schlüssel ins Schloss und drehte ihn herum.

»Erkennen Sie mich nicht wieder?«, fragte die Frau.

Hanna hielt den Schlüssel fest, zog ihn aber nicht aus dem Schloss.

»Es ist lange her«, sagte die Frau. »Genauer gesagt fünfunddreißig Jahre.«

Hanna zog den Schlüssel heraus und drehte sich um.

Die Frau vor ihr hatte etwa dieselbe Größe wie sie. Hanna starrte sie durch die Sonnenbrille wie versteinert an.

Die andere blinzelte, Tränen rannen ihr über die Wangen.

»Ich wollte nur sagen, dass es mir leidtut.«

Hanna wandte den Blick ab. Die Erinnerungen waren glasklar. Ein früher Morgen, noch vor Sonnenaufgang. Die Stadt lag still da. Kein Schuss zu hören, keine Sirenen, kein Luftalarm, kein Kinderweinen. Ganz deutlich hörte sie das schmiedeeiserne Tor zur Straße zufallen.

»Ich erinnere mich an Sie«, sagte Hanna auf Arabisch, ohne die logische Folgefrage zu stellen: Was tun Sie hier?

Die Frau sah erst nach rechts, dann nach links, als hätte sie Angst, gesehen zu werden.

»Vergeben Sie mir«, sagte die Frau.

Hanna steckte die Sonnenbrille in die Haare.

»Vergeben?«

»Darf ich reinkommen? Nur für einen Moment. Ich will Sie nicht stören. Sie und Leif.«

»Aber wirklich nur für einen Augenblick«, sagte Hanna. »Fünf Minuten, dann müssen Sie wieder gehen.«

»Danke.«

»Bitte, weinen Sie nicht«, sagte Hanna und legte der Frau die Hand an die Wange.

Gleichzeitig hatte sie das Gefühl, als krampften sich ihre Eingeweide zusammen, als kämpfte die Vergangenheit in all ihren Organen um Aufmerksamkeit.

Schweigend gingen sie nach oben in die erste Etage. Ein Störgeräusch, von dem sie nicht wusste, woher es kam, erfüllte Hannas Kopf. Als löste jeder ihrer Schritte weit entfernt die Detonation einer Granate aus.

»Ich habe etwas Dummes getan«, sagte die Frau, kaum dass Hanna sie in die Wohnung gelassen hatte. »Aber ich hatte keine andere Wahl. Wenn ich das richtig verstehe, hat Leif Sie sehr gern, es tut mir wirklich wahnsinnig leid.«

»Nehmen Sie Platz und erzählen Sie«, sagte Hanna, führte die Frau durch die große Wohnung und zeigte schließlich auf die Stühle in der Küche. Sie gab der Frau ein Glas Wasser, stellte sich ans Küchenfenster und zündete sich eine Zigarette an.

Während die Frau erzählte, hielt Hanna ihren Blick fest auf die Treppe gerichtet, auf der ihr ungebetener Gast zuvor gesessen hatte. Sie spürte die Gänsehaut erst an den Armen, dann am Haaransatz. Ihr Atem blieb aber ruhig und beherrscht. Warum sollte sie zeigen, dass sich in ihrem Inneren ein Abgrund auftat?

Nach einer Weile sah Hanna auf ihre Armbanduhr, fest entschlossen, ihren Gast nach exakt fünf Minuten rauszuwerfen.

»Ich will nicht, dass Leif Sie verliert. Das ist alles. Ich hatte Leif sehr, sehr gern, das wissen Sie.«

Mich verlieren, dachte Hanna. Wir alle werden irgendwann jemanden verlieren. Ich habe keine Angst vor dem Tod. Jeder muss irgendwann sterben.

Die Frau nahm einen Umschlag aus ihrer Handtasche und legte ihn auf den Tisch. Er war voller Dollarscheine.

»Das ist nur wenig«, sagte sie. »Ich hatte keine andere Wahl, verzeihen Sie mir, Hanna. Sagen Sie, dass Sie mir verzeihen.«

Die dunkelhaarige Frau verbarg ihr Gesicht in den Händen.

»Ich verzeihe Ihnen«, sagte Hanna. »Alles wird gut.«

»Glauben Sie?«

»Ist Ihnen jemand hierher gefolgt?«

Die Frau schüttelte den Kopf.

»Sind Sie sich ganz sicher?«

»Ich habe eine Straßenbahn und zwei Taxen genommen. Schließlich bin ich eine alte Frau aus Beirut, was glauben Sie? So dumm bin ich nicht.«

»Sie dürfen das niemals jemandem sagen«, fuhr Hanna fort. »Niemals. Sonst kann ich nicht für Ihre Sicherheit garantieren.«

Die Frau saß regungslos da.

»Sie vertrauen mir und ich vertraue Ihnen, nicht wahr?«

Die Frau nickte vorsichtig.

»Wann geht Ihr Flug?«, fragte Hanna, nahm das Handy heraus und rief ein Taxi.

Hanna begleitete sie bis zur Haustür. Die Frau wollte ihre Hände fast nicht loslassen, als das Taxi vor der Tür hielt.

»Gehen Sie jetzt«, sagte Hanna. »Sonst verpassen Sie Ihren Flug.« Hanna nahm die Reisetasche und hängte sie ihr über die Schulter. »Leben Sie wohl«, sagte sie. »Ich hoffe, die Operation verläuft gut.«

Die Frau öffnete den Mund, um etwas zu sagen, doch Hanna legte ihr den Zeigefinger auf die Lippen.

»Was geschehen ist, ist geschehen. Es ist Gottes Wille«, flüsterte Hanna.

Sie beobachtete den Taxifahrer, der aus dem Auto ausstieg und die Tür öffnete. Die Frau stieg ein, und der Wagen wendete am Ende der Straße. Auf dem Rückweg sah sie die Frau ihre Handfläche gegen das Glas pressen.

6. Juli 2017
Oslo

Hanna Svarstad wusste nicht, wie lange sie schon im Bad war, als er anklopfte. »Wir müssen los«, hörte sie ihn durch die Tür.

Sie antwortete nicht. Leif hörte ohnehin schlecht, und so eilig hatten sie es wirklich nicht.

Sie warf einen letzten Blick in den großen Spiegel und begutachtete ihren Körper. Er war noch immer schön, auf jeden Fall für eine Frau ihres Alters. Das Gesicht hingegen – überall Falten, wie bei einer alten Hexe. Einer kinderlosen, verbitterten Frau, dachte sie und korrigierte sich gleich: Eigentlich hatte sie das nur dem Rauchen zu verdanken. Sie war seit ihrer Jugend eine Sklavin dieser Glimmstängel und hatte sich von den Zigaretten mehr Falten in ihre Haut brennen lassen, als sie es sich eingestehen wollte. Was sagte Leif immer? *Du bezahlst einen hohen Preis, nur um dann vor allen anderen zu sterben. – Tja, und wenn ich das so will?*, lautete jedes Mal ihre Replik.

Trotzdem hatte er natürlich recht. Es hieß, dass jede Zigarette fünf Minuten Lebenszeit kostete und dass die Falten bei Rauchern tiefer und zahlreicher waren als bei den vernünftigen Menschen, die nie in den Genuss einer Zigarette gekommen waren.

Aber spielte das eine Rolle? Waren die Falten und das Alter jetzt noch von Bedeutung?

Wenn es nur nicht so verdammt schwer wäre, alt zu werden! Die fünfzig zu passieren, war schon hart genug gewesen. Aber sechzig? Da gab es dann wirklich kein Zurück mehr. Ab da balancierte man am Rand seines Grabes. Wäre das leichter auszuhalten gewesen, hätte sie eigene Kinder gehabt? Jemandem, der ihre Gene weiterführte und die Erinnerung an sie wachhielte? Sie hatte einmal ein Gespräch belauscht, in dem jemand gesagt hatte, eine Frau, die nie ein Kind bekommen habe, sei gar keine richtige Frau. Damals hätte sie diesen Kerl am liebsten niedergeschlagen, aber jetzt … verstand sie.

Doch es gab nur einen Mann, mit dem sie Kinder hätte haben wollen. Und dieser Mann war seit Langem tot.

Nein, ich bereue nichts, dachte sie.

»Ich glaube, wir müssen jetzt wirklich los«, hörte sie einen Schritt hinter sich.

Wieder klopfte es vorsichtig an der Badezimmertür.

»Wir müssen los«, wiederholte er.

Leifs Stimme klang fast kindlich, als wollte er sagen: *Ich gehe jetzt, mach dir keine Sorgen um mich.* Als müsste er die grüne Linie von Ost- nach West-Beirut überqueren, durch zerrissene Zäune, zerbombte Gebäude, Hochhäuser voller Heckenschützen, vorbei an Kindern mit Maschinenpistolen und Palästinensertüchern um den Kopf und über Barrikaden aus Stacheldraht und Sandsäcken, behängt mit den Bildern all der Märtyrer. An den Wänden Graffiti: *Tod allen Zionisten.*

»Ich bin noch nicht schwerhörig, Leif«, sagte sie. »Die Zeit ist noch nicht knapp, du fährst ja erst morgen. Und ich muss nur das Flugzeug nach Kopenhagen kriegen und nicht …« Sie hielt sich selbst zurück. Durch West-Beirut fahren, dachte sie und machte sich für einen Moment Sorgen, ob sie nicht doch an einem posttraumatischen Stresssyndrom litt. All diese Gedanken über Beirut … Sie wusste nur zu gut, dass traumatische Erinnerungen auch erst Jahrzehnte später aufbrechen und einen Menschen vollständig in die Knie zwingen konnten. Seit einigen Jahren hatte sie immer wieder Albträume. Regelmäßig wachte sie auf, wenn sie nachts die grüne Linie an der Damascus Street überquerte und von einem Heckenschützen mit einem Teilmantelgeschoss in den Rücken getroffen wurde, sodass ihr der Brustkorb aus dem Körper flog.

In den letzten Monaten war es besser geworden, bis dann diese Frau aus der Vergangenheit auf der verfluchten Treppe gesessen hatte. Seither war sie jede Nacht wach geworden und hatte im dunklen Schlafzimmer nach Atem gerungen.

Wenn man träumt, versucht das Unterbewusstsein einem etwas zu erzählen, hatte ihr Psychiater gesagt. *Es gibt gute Medikamente, damit man schlafen kann, das wissen Sie doch?* Medikamente? Was zum Henker sollte sie mit Medikamenten?

»Einen Moment noch, Leif. Ich bin gleich so weit«, sagte sie.

Dann zog sie den Morgenmantel an und öffnete die Badezimmertür.

Leif stand direkt davor und wartete. Nur die sorgenvollen alten Augen und die diskreten Hörgeräte in beiden Ohren verrieten, dass er achtzig und nicht Mitte sechzig wie sie war, was man sonst leicht hätte glauben können.

Sie musterte ihn einen Moment, er trug sportliche Freizeitkleidung, ein feuerrotes Poloshirt und eine Kakihose in modernem Schnitt. Sein Rücken war noch immer gerade wie bei einem jungen Mann.

Sie fuhr ihm mit der Hand vorsichtig durch die grauen, aber nach wie vor kräftigen Haare.

»Leif. Ich liebe dich noch immer, das weißt du, oder?« Sie nahm seine Hände und hielt sie fest, um sich zu vergewissern, dass er wirklich da war. »Es ist mir wichtig, dass du das weißt.«

Er sah beinahe überrascht aus, zog sie dann aber nickend an sich.

Als die Haustür hinter ihr ins Schloss fiel, blieb sie wie versteinert stehen. Leif ging zum Ende der Sackgasse, wo ihr Auto stand. Hanna hatte ihre Augen auf die leere Treppe auf der anderen Straßenseite gerichtet. Eine Sekunde lang sah sie dort wieder die schwarzhaarige Frau sitzen. Im nächsten Moment war sie verschwunden.

Während der Fahrt sagte keiner der beiden ein Wort. Als sie die Anhöhe bei Skjetten erreicht hatten, in Richtung Olavsgaard fuhren und rechter Hand die grünen Felder und bewaldeten Hügel auftauchten, schaltete Leif den CD-Spieler ein.

Ma Lach Yalda?, dachte sie und betrachtete Leif, während er die hebräischen Worte so gut es ging mit den Lippen mitsprach. Sie öffnete das Handschuhfach und nahm die CD-Hülle heraus. Zohar Argov starrte sie mit seinen heroinschweren Augen direkt an, als wollte er sie fragen, was er sang: *Und wovon träumst du, Mädchen*?

Nach einer Minute schaltete sie die Stereoanlage wieder aus. Es war Jahrzehnte her, dass sie im Nahen Osten gewohnt hatten, warum sollten sie sich die Musik jetzt noch anhören?

Leif drehte sich zu ihr.

»Guck auf die Straße.«

Sie drückte seine Hand, die auf dem Schaltknüppel lag.

Eine Minute später bekam sie eine SMS. Annema war bereits in Kopenhagen.

Bis nachher, schrieb Hanna und schaltete ihr Handy aus. Sie bekam Kopfschmerzen, es drückte direkt hinter dem Stirnbein, weitere Störungen verkraftete sie jetzt nicht.

Auf dem Parkplatz des Flughafens Gardermoen streichelte sie Leifs Wange.

»Wir sehen uns morgen«, sagte sie.

»Ich hätte das nicht sagen sollen«, sagte er.

Sie nickte. »Ich weiß, Leif. Hättest du nicht.«

Sie zündete sich eine Zigarette an und sah dem Wagen nach, als er vom Flugplatzgelände hinunterfuhr. Eine Träne rann ihr über die Wange. Sentimentale alte Schachtel, dachte sie. Das war nur die Musik, sonst nichts.

Mit mechanischen Schritten ging sie in die Abflughalle und durch die Sicherheitskontrolle. Auf der anderen Seite versuchte sie, auf den großen Bildschirmen den Flug nach Kopenhagen zu finden, aus irgendeinem Grund gelang es ihr aber nicht. Sie hatte das schon Hunderte, ja Tausende Male getan, warum konnte sie ausgerechnet heute ihren Flug nicht finden? Wie versteinert blieb sie vor den Bildschirmen stehen, aber die gelben Buchstaben verschwammen. Sie ließ ihren Rollkoffer los und hatte für einen Moment das Gefühl, nach hinten zu kippen. Die Geräusche in der Halle erfüllten ihren Kopf, bis mit einem Mal alles still wurde.

Und du, Mädchen? Wovon träumst du?

Sie schloss die Augen und sah nur noch die karge Wüstenlandschaft vor sich, ein paar Olivenbäume und den Dunst der Hitze. Sich selbst, wie sie das Auto anhielt, sich über das Lenkrad beugte, das Gesicht in den Händen verbarg und flüsterte, dass das alles nicht wahr sein konnte.

Er konnte nicht tot sein.

Teil 1

24. August 1982
Beirut

1

Leif Wilberg wachte auf und glaubte, geträumt zu haben, doch dann wurde ihm abrupt bewusst, dass das Geräusch, das ihn geweckt hatte, von israelischen Kampfjets kam. Nur die verfluchten Jetmotoren drangen durch den Nebel der Schlaftabletten. Er riss die Augen auf und starrte in den nachtschwarzen Kellerraum, der ihm nun als provisorisches Schlafzimmer diente. Er war zu den Geräuschen des Krieges eingeschlafen, was an sich schon ein Wunder war.

Ein paar Sekunden blieb er mit dem Kopf auf dem Kissen liegen und lauschte dem Summen des Aggregats draußen vor der Kellertür, das den Strom für die Klimaanlage des Hauses produzierte. Er hatte auf dem Schwarzmarkt einen Wahnsinnspreis für den Diesel zahlen müssen, aber was half es? Der Strom wurde jede Nacht abgeschaltet, und wenn er den Keller nicht richtig runterkühlte, konnte er es mit dem Schlafen vollends vergessen. Dann würde er hier unten mit Sicherheit den Verstand verlieren. Wenn er den nicht schon verloren hatte, so oft wie er an die Krankenschwester aus dem Hospital im Lager Al-Shubra dachte. Als die Motoren der Kampfjets genau über dem Haus dröhnten, wurde ihm bewusst, dass er auch in dieser Nacht von ihr geträumt hatte. Sie hatten irgendwo auf den Lofoten gewohnt, in ihrem Heimatort. Für einen Moment lächelte er wie ein kleiner Junge vor sich hin.

Ein paar Kilometer entfernt war das Donnern von Granateneinschlägen zu hören. Er war hellwach, obwohl er sich nichts mehr wünschte als ein paar Stunden Schlaf. *Rolling thunder*, dachte Leif Wilberg, die Geräusche kamen näher und näher, bis die Explosionen direkt über dem Haus waren. Die Israelis begannen die Bombardierung des besetzten West-Beirut von den Rändern her, sobald es gegen acht Uhr dunkel wurde. Sie starteten in den westlichsten Stadtteilen unten am Strand. Von dort aus wanderte die Feuerfront langsam nach Osten durch die Flüchtlingslager, dann nach Südosten entlang der endlosen Damascus Street bis zu den Vierteln um das Hippodrom. Auch wenn die Residenz am äußersten Rand von West-Beirut lag – ein gutes Stück entfernt von den palästinensischen Vierteln – fühlte es sich so an, als würde sie jeden Moment von den Bomben ausradiert werden. Er wartete noch ein paar Minuten und hörte das Klirren der Scheiben oben im ersten Stock, als mehrere Flugzeuge dich über die Häuser flogen. Er stellte sich vor, wie die Kronen der Palmen am Schwimmbad von dem Luftzug der in Amerika produzierten Phantom- und F16-Jäger hin und her gerissen wurden. Dann kamen die Einschläge, und dieses Mal waren sie lauter und näher.

»Hanna«, sagte er vor sich hin in den dunklen Raum, als gäbe ihm dieser einfache Frauenname Sicherheit. Waren die obersten Etagen des Krankenhauses evakuiert worden? Leif Wilberg dachte keine Sekunde an die Patienten, weder an die Frauen noch an die Kinder, seine Gedanken galten einzig und allein Hanna. Ihr durfte nichts geschehen. Er faltete die Hände, wie damals, als er noch ein Kind gewesen war: Lieber Gott, betete er, lass Hanna jetzt im Keller des Krankenhauses sein.

Er nahm die Hände auseinander und für einen Moment

schämte er sich. Nicht weil er für Hanna gebetet hatte, eine Frau, der er nur ein paarmal in seinem Leben begegnet war, sondern aufgrund der Tatsache, dass er überhaupt gebetet hatte. Schließlich gab es keinen Gott, keinen Himmel. Was er in der Sonntagsschule gelernt hatte, war blanker Unsinn! Es gab nur die Hölle, und die wurde von den Menschen selbst geschaffen. Hatte er sich jemals so hilflos gefühlt?

Sekunden später knallte es so kräftig, dass die Wände um ihn herum wackelten. Weitere Flugzeuge folgten, Helikopter. Er glaubte sogar die Ketten von Panzern zu hören, die sich in den Asphalt gruben. Er sprang auf und zog sich seine Kleider an. Dann huschte er an dem kleinen Kellerraum vorbei, in dem Yasmine schlief. Er rannte die Treppe ins Erdgeschoss hoch, ging ins Wohnzimmer und goss sich einen großen Whisky ein. Dann öffnete er die Schiebetür zur Terrasse. Die warme Sommernacht umfing ihn, aber der erste Windhauch, der ihn erreichte, trug den Geruch von gebratenem Fleisch mit sich. Pulver, Dieselabgase und alter Putz. Er kippte die Hälfte des Whiskys runter, bevor die nächsten Jets über ihn jagten. Instinktiv zog er den Kopf ein, stellte das Glas ab und presste sich die Hände auf die Ohren. Das Wasser im Schwimmbad schwappte leicht hin und her, wie während der Winterstürme in der Bucht vor der Stadt. Der Militärattaché der Botschaft, Tore Austlid, hatte ihm den strengen Befehl erteilt, nachts im Keller zu bleiben, aber Befehle waren dazu da, sich ihnen zu widersetzen. Dabei waren nicht wenige Menschen auf ihren Terrassen und Balkonen von Streifschüssen, Querschlägern und Granatensplittern getötet worden. Es gab nichts, das es nicht gab, solange der Teufel regierte. Aber wenn Hanna in dieser Nacht stirbt, will auch ich sterben, dachte Wilberg und zündete sich eine Zigarette an. Dann ging er an den äußersten Rand des Grundstücks und stellte sich an die Zypressenhecke. Ganz in der Nähe waren Schüsse zu hören, erst nur einzelne, dann das unverkennbare Stottern der Maschinengewehre. Etwas weiter entfernt ein Helikopter. Eine Fontäne aus Leuchtspuren schnitt sich in elliptischen Bahnen durch den nachtschwarzen Himmel im Westen. Und dann, das Schlimmste von allem: Artilleriefeuer. Eine Serie von Granaten schlug in die Häuser ein, maximal zwei, vielleicht nur einen Kilometer entfernt. Es folgte eine neue Salve, das dumpfe Dröhnen kam immer näher, wie ein Rudel wild kläffender Hunde. Vergeblich versuchte er, die Geräusche des Krieges auszuschalten und nur den Zikaden zu lauschen. Vielleicht bildete er sich das nur ein, aber er glaubte, sie in den Oliven zirpen zu hören, als wäre diese Stadt noch immer so schön, wie sie es einmal gewesen war.

Während er so dastand und sich mit den Zikaden tröstete, zog ein Schauer aus weißem Phosphor über den westlichen Himmel. Es sah fast aus wie an Silvester, aber dies hier war kein Fest, sondern die größte Schweinerei seit dem Napalm in Vietnam. Der Phosphor schälte die Haut von den Menschen, wenn sie getroffen wurden. Auch noch Tage danach brodelten und rauchten die Wunden. Hanna hatte ihm davon erzählt, als sie sich im Frühsommer getroffen hatten. Es gab Tage, an denen er sich wünschte, das alles nicht zu wissen. Manchmal glaubte er, die Schreie der Kinder bis zu sich hören zu können, aber bestimmt bildete er sich das alles nur ein.

Irgendwo hinter sich war die Stimme einer Frau zu hören, sie rief seinen Namen, es klang fremd. Er ignorierte sie, leerte den Whisky und zündete sich eine weitere Zigarette an, den Blick fest auf den Kriegsschauplatz vor sich gerichtet.

»Monsieur Wilberg!« Die Stimme der Frau war jetzt ganz deutlich zu hören. Sie kam näher, wurde aber unterbrochen vom Dröhnen der Granateneinschläge.

Er spürte ihre Hand auf seinem Arm, sie drehte ihn herum.

Er blickte direkt in die angsterfüllten Augen der Hausangestellten Yasmine. Sie trug ein Nachthemd, ihre Locken standen in alle Richtungen ab, und ihre Augen waren mehr schwarz als braun.

»Was tun Sie hier?«, fragte sie auf Französisch. »Sie könnten hier draußen zu Tode kommen. Sie dürfen nicht …«

Leif Wilberg dachte, dass ihre Angst weniger dem Krieg galt als der Tatsache, dass er sich, wie so oft in den letzten Tagen, den Vorschriften widersetzte. Man durfte nachts nicht rausgehen. Nachdem der französische Botschafter im letzten Frühjahr liquidiert worden war, hatte man weitreichende, beinahe hysterische Sicherheitsmaßnahmen getroffen. Wilberg hatte Frau und Kinder direkt nach dem Attentat nach Hause geschickt. Eine Diplomatengattin wäre das perfekte Entführungsopfer, und wer konnte sagen, welchen Schaden seine Söhne hätten nehmen können, wären sie trotz der konstanten Bedrohung hiergeblieben. Er war allein in Beirut geblieben, nur umsorgt von der jungen, vom Krieg gezeichneten Yasmine. Nachdem sie jahrelang in der französischen Botschaft gearbeitet hatte, schien sie jetzt kaum noch etwas wahrzunehmen, sie hatte resigniert, lebte nur noch von einem Tag zum anderen. Auch die norwegische Botschaft hätte schon vor Jahren evakuiert werden müssen, kaum ein anderes kleines Land war in dieser Ruine von Stadt geblieben.

»Das war dumm von mir«, sagte er. »Ich komme wieder rein.« Yasmine legte ihren Arm um seine Schulter, als wäre er verletzt, und führte ihn zurück ins Haus. Er ließ sich auf das Sofa fallen und hätte sie am liebsten gefragt, ob sie glaube, dass mit Hanna alles in Ordnung sei. Stattdessen sah er nur schweigend zu, wie sie die Terrassentür schloss und die schweren Vorhänge vorzog.

»Gehen Sie wieder ins Bett«, sagte er. »Entschuldigung, Yasmine. Ich werde das nicht wieder tun.«

»Sie müssen sich nicht entschuldigen, Herr Wilberg.«

Sie blieb stehen und richtete ihre Haare.

»Sie sehen aus, als würden Sie sich Sorgen machen«, sagte sie.

»Nein, ich kann nur nicht schlafen.«

»Sie müssen mehr essen. Schlafen Sie jetzt, dann mache ich Ihnen morgen früh ein gutes Frühstück, genau wie Sie es mögen.«

»Ich lege mich gleich wieder hin.«

»Aber gehen Sie nicht wieder nach draußen.«

»Das verspreche ich.«

Sie schien ihm keinen Glauben zu schenken, verließ aber trotzdem das Wohnzimmer und ging zurück nach unten in den Keller.

Er goss sich einen zweiten Whisky ein und ging die kleine Kassettensammlung durch, die seine Frau nicht mit zurück nach Norwegen genommen hatte.

Barbra Streisand, ich brauche jetzt eine Jüdin, die für etwas Gutes steht, dachte er. *We've got nothing to be guilty of. Our love will climb any mountain.*

Er dachte an den Empfang, den er Anfang des Sommers gegeben hatte, unmittelbar vor dem Beginn der israelischen Belagerung. Dabei hatte er Hanna zuletzt gesehen. Sie war bis zum Morgen geblieben, viel länger als die UNIFIL-Offiziere oder das andere medizinische Personal. Sie hatten sich gemeinsam betrunken. Leif konnte sich nicht daran erinnern, sich jemals so gut mit jemandem unterhalten zu haben. Als sie am frühen Morgen aufgebrochen war, hatte er ihr versprochen, sie bald wieder einzuladen. Sie hatte ihn lange umarmt, seine Hände gehalten und gesagt, er wirke wie ein guter Mensch.

»Ich komme gerne wieder«, hatte sie schließlich gesagt.

Nur wenige Tage später waren die ersten Bomben gefallen, sodass er sie nur noch zweimal kurz gesehen hatte, als er im Krankenhaus gewesen war.

Er musste auf dem Sofa eingeschlafen sein und wurde davon wach, dass Yasmine sich über ihn beugte und seinen Arm nahm. Sie war angezogen, sodass er annahm, dass der nächste Tag angebrochen war. Sie trat ans Fenster und zog die Vorhänge zurück. Draußen war es noch immer dunkel.

»Er sagt, dass Sie mitkommen sollen.«

Leif Wilberg spürte, dass er zu viel getrunken hatte. Die Whiskyflasche auf dem Couchtisch war leer. Der Aschenbecher voll. Dann kam die Erinnerung: Er hatte die Flasche geleert, nachdem Yasmine ihn aus dem Garten geholt hatte.

Hanna, dachte er. Ein beunruhigendes Gefühl überkam ihn. Er fürchtete, Hanna könnte bei den nächtlichen Luftangriffen getötet worden sein. Leif Wilberg senkte den Kopf, starrte auf das große Sofakissen und spürte, wie das schlechte Gewissen sich in seinem ganzen Körper breitmachte: Seit einer Woche hatte er nicht ein einziges Mal mit seinen Kindern gesprochen, all seine Gedanken galten Hanna.

»Haben Sie gehört, was ich gesagt habe?«, fragte Yasmine. »Er wartet am Eingang auf Sie.«

»Wer ist *er*?«, fragte Leif Wilberg leise. »Tore?«

»Dieser norwegische Journalist. Er ist zusammen mit dem Fotografen hier, diesem Franzosen. Und Yussuf«, sagte sie. »Sie sagen, sie müssten Ihnen etwas zeigen.«

7. Juli 2017
Oslo

2

Leif Wilberg versuchte schon den ganzen Morgen, Hanna zu erreichen, es hatte sich aber immer nur der Anrufbeantworter gemeldet. Schon um sechs Uhr früh war er mit dem merkwürdigen Gefühl aufgewacht, dass das Band, das sie über all die Jahre verbunden hatte, gerissen war.

Sie stand immer früh auf, nie später als sieben, nicht einmal an den Wochenenden. War sie auf Reisen, schickte sie ihm in der Regel eine Guten-Morgen-SMS, heute war diese Nachricht aber ausgeblieben. Er konnte sich nicht erinnern, dass dies jemals zuvor geschehen war.

Um neun Uhr hatte er schon achtmal versucht, sie anzurufen. Dann hatte er es bei Anne-Marie Edvardsen versucht, aber auch bei ihr nur den Anrufbeantworter erreicht.

In der nächsten halben Stunde fühlte er sich wie ein Idiot, was er vielleicht auch war. Irgendwo tief in seinem Inneren fürchtete er einfach, dass Hanna die Nacht mit einem anderen Mann verbracht hatte. Es war kein schöner Gedanke, aber ein Altersunterschied von zwanzig Jahren konnte vielleicht für eine Frau attraktiv sein, die siebenundzwanzig war, vorausgesetzt, sie hatte einen Hang zu älteren Männern, Jahrzehnte später war das dann aber nicht mehr der Fall. Hanna war zweiundsechzig, wirkte aber wie fünfzig. Mehr als einmal hatte er mitbekommen, wie Männer, die deutlich jünger als Hanna waren, sie mit ihren Blicken ausgezogen hatten. Er wusste ganz genau, dass sie diese Momente liebte, auch wenn sie immer das Gegenteil behauptete. Er selbst war längst kein Adonis mehr, die Haut hing fast überall und mit der Zeit hatte er mehr Körperteile aus Titan als diejenigen, die der Herr ihm vor achtzig Jahren gegeben hatte.

Eine weitere halbe Stunde später, in der er wie ein Hund immer im Kreis gelaufen war, rief er Magnus an.

»Es ist zehn«, sagte er. »Ich kann sie noch immer nicht erreichen.«

Leif Wilberg glaubte, Magnus am anderen Ende resigniert schnaufen zu hören, als wäre dies der Tropfen, der das Fass endgültig zum Überlaufen brachte. Fast hörte er die Gedanken seines Sohnes: Es ist wirklich an der Zeit, dass der Alte in ein Heim kommt.

»Sie ist also in Kopenhagen?«, fragte Magnus abwesend. Vermutlich sah er beim Telefonieren auf den Computerbildschirm und arbeitete an irgendeinem Fall.

»Ja. Und das macht mir Sorgen. Ich glaube, es ist etwas passiert. Etwas Ernstes, Magnus.«

»Das wäre dann ja wohl kaum deine Schuld«, sagte Magnus Wilberg. Er hatte Hanna immer verachtet, seine Ablehnung aber recht gut überspielt. Leif Wilberg empfand seinen Sohn als ziemlich unreif. Trotz seiner fünfundvierzig Jahre war dieser nie darüber hinweggekommen, dass sein Vater sich in eine jüngere Frau verliebt und seine Jugend zerstört hatte. Dabei war sein Sohn jetzt in dieselbe Falle getappt, worüber Wilberg sich manchmal richtiggehend freute.

»Schuld? Wer redet hier von Schuld?«, sagte Leif Wilberg.

»Ich muss in eine Sitzung, Papa. Wir sehen uns heute Abend, und denk an die Umleitung in Holmestrand.«

»Ja, ja.«

»Und dass Gabriel heute Geburtstag hat.«

»Glaubst du wirklich, dass ich das vergessen kann?«

»Tut mir leid, ich stehe ein bisschen unter Stress.«

Ja, wegen deiner idiotischen Frau, dachte Leif Wilberg. Sie

hatte die Sommer ihrer Kindheit auf einem Campingplatz verbracht und kannte kaum den Unterschied zwischen Rot- und Weißwein.

Und dieser Name, Gabriel – wer, bitte schön, nannte sein Kind heute noch so? Dabei waren sie nicht einmal sonderlich gläubig.

Das Besetztzeichen schnitt sich durch Leif Wilbergs Kopf.

Noch einmal versuchte er, Hanna zu erreichen, das Ergebnis war dasselbe. Danach zwang er sich, eine Scheibe Brot zu essen und eine Tasse Tee zu trinken, ehe er mit der Straßenbahn die kurze Strecke ins Zentrum zurücklegte.

In Wahrheit hatten sowohl er als auch Hanna Gabriels Geburtstag vergessen. Der Enkel aus der zweiten Ehe seines Sohnes hatte nie wirklich einen Platz in seinem Herzen ergattert, aber das hätte Leif Wilberg niemals zugegeben.

Als die Straßenbahn am Nationaltheater vorfuhr, rief Anne-Marie Edvardsen zurück.

»Tut mir leid, Leif, ich war in einer Sitzung, wir haben gerade eine kurze Pause. Und denk dran, das andere Telefon zu nehmen, wenn es wichtig ist, okay?«

Klang ihre Stimme nicht irgendwie anders? Versuchte sie, betont freundlich zu klingen? Leif Wilberg war sich nicht sicher. Für einen Moment wurde ihm schwarz vor Augen. Er sah sich selbst in Al-Shubra stehen. Anne-Marie Edvardsen, die alle nur Annema nannten, stand hinter ihm, das Gesicht vollkommen ausdruckslos. Ihr Blick klebte an den Fliegen, die in den leeren Augenhöhlen des Mädchens herumkrabbelten, das vor ihnen auf dem Boden lag.

»Ich kann Hanna nicht erreichen«, sagte er.

»Ist sie nicht nach Hause gekommen?«

»Nein.« Leif Wilberg spürte, wie es ihm die Kehle zuschnürte. Er schloss die Augen und versuchte, ruhig zu atmen.

Für ein paar Sekunden lähmte ihn der Gedanke: Es ist also wirklich wahr.

Er war kurz davor, es Annema zu sagen, riss sich aber zusammen. Hanna würde sicher nach Hause kommen.

»Sie hatte gestern Vormittag einen Migräneanfall und hat für den Tag alles abgesagt«, sagte Annema. »Sie hat mir noch vor der Sitzung eine SMS geschickt. Hat sie dir nichts gesagt?«

»Nein«, sagte Leif Wilberg. Migräneanfall, dachte er und spürte einen Anflug von schlechtem Gewissen, weil er in den letzten Jahren immer wieder geglaubt hatte, dass sie diese Anfälle nur simulierte. Sie wollte dabei immer nur in Ruhe gelassen werden, und er war dumm genug gewesen, sich wie ein Kind abgewiesen zu fühlen.

»Den Rest des Tages habe ich sie dann nicht mehr erreicht. Im Hotel haben sie mir nur gesagt, dass sie nicht eingecheckt hat, weshalb ich dachte, dass sie direkt wieder zurück nach Norwegen geflogen ist.«

»Mit *Migräne*?«, fragte Leif Wilberg etwas schärfer als beabsichtigt.

Annema Edvardsen antwortete nicht gleich.

»Hanna hat viele Jahre in Beirut überlebt«, sagte sie schließlich. »Und zehn Wochen in Gefangenschaft, Leif. Ich habe damit gerechnet, dass sie irgendwie klargekommen und im Laufe des Tages nach Hause zurückgeflogen ist. Aber du, ich muss jetzt los. Hanna ist bestimmt auf dem Rückweg. Hältst du mich auf dem Laufenden? Ich fliege heute Nachmittag in die USA, morgen kannst du mich aber wieder erreichen.«

Leif Wilberg legte auf, ohne sich zu verabschieden, als wollte er die Fakten auf diese Weise irgendwie verdrängen. Hanna ist bestimmt auf dem Rückweg? Wie konnte Annema etwas derart Idiotisches sagen, wie konnte sie so kalt sein?

Er hatte das Gefühl, als sei sein gesamtes Inneres erfüllt von einer schwarzen, zähflüssigen Masse.

Leif Wilberg stieg an der Øvre Slottsgate aus der halbvollen Straßenbahn und ging zum Kaufhaus Steen & Strøm. Drinnen wollte er einer der Verkäuferinnen den Auftrag geben, Kleider für einen Fünfjährigen zusammenzustellen. Oder wurde er sechs? Er musste Hanna fragen. Er blieb stehen. Nein, dachte er. Hanna ist weg, sie kommt nie wieder zurück. Für ein paar Sekunden sah er alles glasklar vor sich: Hanna ist tot. Natürlich.

Dann schüttelte er den Gedanken ab und kam gerade noch rechtzeitig wieder zu sich, um auf der Rolltreppe nicht zu stolpern. Es hieß, die Zeit der großen Kaufhäuser sei bald vorbei, doch davon war an diesem Freitag nichts zu merken. Das Haus war so voll wie in seiner Kindheit. Überall waren Menschen, nicht nur Norweger, sondern auch Touristen aus aller Herren Länder.

Er stellte sich auf die Rolltreppe, ohne sich weiter für die anderen Menschen zu interessieren. In seinem Kopf war nur der Gedanke, dass Hanna etwas Grauenvolles zugestoßen war. Genau das hatte er immer befürchtet. In Beirut hatte sie in all den Jahren einen Schutzengel gehabt, aber jetzt schien ihr Glück aufgebraucht zu sein.

Und das alles war sein Fehler. Oder etwa nicht?

Kopf hoch, dachte er kurz darauf. Sie landet um achtzehn Uhr dreißig und alles wird gut werden. Drei schöne Wochen lagen vor ihnen, drei lange, beschauliche Wochen, in denen sie auf Nøtterøy die Beine baumeln lassen konnten. Sie brauchten das, bevor der Herbst kam.

Um zwanzig Uhr war Leif Wilberg das Warten leid. Es war sich sicher, dass ihr etwas zugestoßen war, wusste nur noch nicht, was. Die Polizei anzurufen, hatte keinen Zweck, oder sollte er es doch tun? Um was zu sagen?

Eine Weile saß er wie ein alter, verlassener Mann in seinem Wohnzimmer und weinte, die Hände vors Gesicht geschlagen. Dann riss er sich zusammen und versuchte sich davon zu überzeugen, dass sie zurückkommen würde. Er trug den fertig gepackten Koffer nach unten und verfrachtete ihn ins Auto, das auf der Straße parkte.

Der Gedanke an ihren möglichen Tod wurde immer wieder von der Überzeugung verdrängt, dass sie ihn verlassen hatte. So oder so hatte es keinen Zweck, zu Hause zu bleiben. Grübeln konnte er auch im Ferienhaus.

Er fuhr in gleichmäßigem Tempo über den Drammensveien, ohne sich wirklich auf den Verkehr zu konzentrieren. In Gedanken war er bei Hanna. Erst am Zebrastreifen vor dem alten Staatlichen Sozialamt kam er zu sich.

Zwei Personen warteten an der Straßenbahnhaltestelle auf der linken Straßenseite, und nur wenige Meter vor ihm wurde ein Kinderwagen auf den Fußgängerüberweg geschoben. Er trat auf die Bremse und realisierte in diesem Moment zwei Dinge: dass er schneller gewesen war, als er gedacht hatte, und dass das Klicken, das er laut und deutlich vernommen hatte, nur von einem kleinen Zylinder mit Quecksilber unter dem Bremspedal kommen konnte. In Beirut hatten sie ihm erklärt, wie Bomben gebaut wurden, aber sollte nun hier geschehen, wovor er damals eine solche Angst gehabt hatte?

Der Kinderwagen, dachte er, nicht schon wieder ein Kind! Dann wurde die Leinwand schwarz und ein kleines, geblendetes Mädchen in einem Hidschab rannte auf ihn zu. Als Letztes spürte er Hannas Hand auf seiner Wange.

7. Juli 2017
Oslo

3

Tommy Bergmann hatte den ganzen Abend gepackt, aber was brauchte man, um zwei Wochen nach Kragerø zu fahren? Wenigstens einmal wollte er vor Susanne fertig sein, um eines der Wunder zustande zu bringen, die – laut Susanne – nicht von selbst geschahen.

Wie recht sie doch hat, dachte Tommy und ging aus dem Schlafzimmer zum Flurschrank, in dem einer seiner Koffer stand.

Nach fünf weiteren Minuten hatte er alles zusammen. Zu guter Letzt stopfte er voller Optimismus noch zwei Badehosen und das grässliche Hawaiihemd zu seinen Sachen, das er sich aus reinem Übermut gekauft hatte. Ich muss nur lange genug leben, dann werden die Dinger schon wieder modern, hatte er gesagt.

So alt wird kein Mensch, hatte Susanne gekontert.

Es war acht Uhr. Vor einer Stunde hatte Susanne angerufen und gesagt, dass sie in einer halben Stunde im Büro aufbrechen würde, und gefragt, ob er in der Zwischenzeit etwas zu essen machen könne? Natürlich konnte er.

Früh am nächsten Morgen wollten sie zu ihrem Ferienhaus aufbrechen. Mit dem rechtzeitigen Packen wollte er ihr zeigen, dass es ihm mit dem Erwachsenwerden ernst war und er das noch schaffen konnte, bevor er in Rente ging. Zehn Jahre hatte er noch. Vielleicht würde ihm das wirklich gelingen.

Den Großteil des Tages hatte er sich mit der Frage beschäftigt, ob er sich selbstständig machen sollte, den Gedanken schließlich aber wieder verworfen. In dem ersten Halbjahr in seiner neuen Position beim Polizeilichen Sicherheitsdienst PST war enttäuschend wenig geschehen. Über Monate hinweg war er wie ein Schlafwandler herumgelaufen. Christian Wessel hatte ihm gesagt, dass jeder Krieg aus neunzig Prozent Warten und nur zehn Prozent Action bestehe.

Nachdem er die Reste des Mittagessens in der Mikrowelle aufgewärmt hatte, öffnete er das Küchenfenster. Er goss sich ein Glas Rotwein ein, zündete sich eine Zigarette an, beugte sich etwas aus dem Fenster und schaute zum Himmel.

Warum habe ich zwei Badehosen eingepackt?, fragte er sich. Es war wie fast immer im Sommer in Oslo, ein stahlgrauer Himmel lag wie eine Decke über der Stadt, und die Luft war vielleicht dreizehn oder vierzehn Grad warm.

Nachdem er die Zigarette zu Ende geraucht hatte, schloss er das Fenster und setzte sich auf einen der exklusiven Designerstühle, die rund um den Küchentisch standen.

Er wollte gerade die Füße auf den Tisch legen, als er einen Knall hörte.

Es war nur ein Knall, aber dieser Knall war so kräftig, dass er zusammenzuckte und dabei mit der Hand das Weinglas vom Tisch auf den Boden fegte, wo es zerbrach.

Statt zu fluchen, sprang er auf. Das hatte nicht weit entfernt geklungen. Es konnte nur aus einer der angrenzenden Straßen gekommen sein. Als er die Autoalarmanlagen hörte, die ausgelöst worden waren, fühlte er sich wie ein Idiot. Er hatte nur ein paar Sekunden gezögert, trotzdem war damit schon zu viel Zeit vergangen.

»Was war das? Waren das Terroristen?«, hörte er hinter sich. Mathea sah ihn aus angsterfüllten Augen an. Sie weinte. Susannes Tochter war achtzehn und kurz davor, aus der

Wohnung ihrer Mutter auszuziehen. In diesem Moment war sie aber wieder so klein wie bei ihrer ersten Begegnung.

»Mama geht's gut, keine Sorge«, sagte er und nahm sie kurz in seine Arme. »Aber geh nicht raus. Und sag Filip, dass du später kommst. Das war was verdammt Großes.«

Er war beinahe überrascht, dass sie nur still nickte. Es war Freitagabend.

»Woher willst du wissen, dass es Mama gut geht?« Mathea drückte sich bereits das Handy ans Ohr.

Sie war schon einmal tot gewesen, dachte Tommy. Man stirbt nicht zweimal.

»Ich weiß es einfach«, sagte er, öffnete hektisch die Wohnungstür und schob Bulle, den Bullterrier, mit dem Fuß zurück.

»Kannst du ihn mal eben zurückhalten?«, bat er Mathea.

»Tommy, lass mich jetzt nicht allein!«

Er antwortete nicht. Als er über die Treppe nach unten rannte, hörte er, dass Mathea Susanne erreicht hatte.

Danke, Gott, dachte er. An die Alternative wollte er nicht einmal denken.

Unten auf dem Bürgersteig war er sich beinahe sicher, dass diese Alternative jetzt für einige Menschen zur Realität geworden war: Jemand hatte seine Geliebte verloren, seinen Freund, die Mutter oder den Vater. Für einen Moment blieb er stehen und sah sich um. War der Knall von rechts aus der Gabels gate oder von links aus Richtung Drammensveien gekommen? Ein Mann mittleren Alters trat mit verstörtem Gesicht aus der Tür des Hotels schräg gegenüber. Er sah kurz zu Tommy, dann drehte er den Kopf in Richtung Drammensveien.

Als wäre Tommy seit dem Knall taub gewesen, nahm er jetzt erst das weit entfernte Schreien von Menschen wahr.

»Das kam von da unten«, sagte der Mann auf der anderen Straßenseite und streckte den Arm aus.

Tommy drehte sich nach links und rannte, so schnell er konnte, in Richtung Drammensveien.

Ein paar Autos hatten auf der Straße gehalten. Eine Frau mittleren Alters stand mitten auf der Fahrbahn. Sie hatte die Hände vors Gesicht geschlagen und schrie so laut, dass Tommy sie trotz der Alarmanlagen, die durch die Explosion ausgelöst worden waren, hörte. Dann sah er das Wrack eines Autos an der Straßenbahnhaltestelle. Zwei Menschen, die allem Anschein nach auf die Bahn gewartet hatten, lagen beinahe übereinander.

Er rannte zwischen den Autos hindurch und schob die schreiende Frau zur Seite.

Das Wrack stand brennend mitten auf der Straße.

Entfernt hörte er die Sirenen eines Rettungswagens, das Heulen mischte sich unter die Alarmsignale der ringsum geparkten Wagen. Auf dem Bürgersteig, wenige Meter vor dem brennenden Auto, lag ein lebloser Körper. Oder vielmehr das, was einmal ein Körper gewesen war, dachte Tommy. Die Hitze war so stark, dass er sein Gesicht mit den Armen schützte, als er sich näherte. Er glaubte zu erkennen, dass es sich um eine junge Frau handelte. Ein Arm war abgerissen worden und das Gesicht war mehr oder weniger weg. Auf einer Seite des Kopfes waren die langen Haare vollends verbrannt.

Was noch an Blut in ihrem Körper war, lief in den Rinnstein und auf die Straße. Durch die Kakophonie der Sirenen und der weinenden Menschen glaubte er noch ein anderes Schreien zu hören, eine andere Frequenz. Er sah nach rechts.

Ein Mann, der zu wissen schien, was er tat, leistete an der Haltestelle Erste Hilfe. Gerade zerrte er sich den Pullover vom Leib und riss ihn in Streifen.

Erst jetzt, als hätte auch er für einen Moment unter Schock gestanden, bemerkte Tommy den umgestürzten Kinderwagen.

Er musste durch die Druckwelle zur Seite gefegt und umgestoßen worden sein. Tommy hastete hinüber und kniete sich hin. Für den Bruchteil einer Sekunde sah er sich wie von außen. Ein unförmiger Koloss von einem Mann, der in seinem Leben verdammt viel Mist gebaut hatte, nahm vorsichtig das hilflose rosa Bündel aus dem Wagen. Mit dem Kind im Arm rannte Tommy von dem brennenden Auto weg. Das kleine schreiende Gesicht hatte Kratzer vom Asphalt, aber die Augen schienen unverletzt zu sein. Erst als er es kurz darauf einem Rettungssanitäter übergab, bemerkte er, dass sein Hemd vor Blut triefte.

24. August 1982
Beirut

4

Leif Wilberg hörte noch seine eigenen Worte, sie hallten wie ein Echo durch seinen Kopf: *Wer ist* er?

Er starrte an die Decke, auf den kaputten Ventilator, und wurde erst langsam auf Yasmines Stimme aufmerksam, die aus dem Flur zu hören war. Und auf die leise und doch irgendwie polternde Männerstimme, die ihr antwortete. Wilberg drehte sich auf dem Sofa herum und nahm die Kassettenhülle vom Couchtisch. Er starrte in Barbra Streisands Augen und bildete sich ein, es seien Hanna Svarstads.

»Lassen Sie ihn einfach rein«, rief Wilberg.

»Hier lümmelst du also herum?«

Frank Krokhol sah aus, als hätte er mehrere Nächte nicht geschlafen. Hinter ihm tauchte Yussuf auf, sein libanesischer Helfer, der – wenn das möglich war – noch fertiger aussah. Als dritter Mann kam dann auch noch Krokhols Fotograf zum Vorschein, ein Franzose mit dem Spitznamen Mitterand, der für einen amerikanischen Nachrichtensender arbeitete.

Wilberg sah auf seine Uhr.

Es war noch nicht einmal sechs.

»Mann, was für ein Aufmarsch«, sagte Wilberg und wandte sich dann an Yasmine: »*Machen Sie die Gardinen auf.*«

Sie tat wie geheißen. Draußen war es noch dunkel, er konnte aber erkennen, dass das Schwimmbecken und die Palmen noch da waren.

»*Machen Sie diesen Männern ein Frühstück, Yasmine*«, ordnete Leif Wilberg weiter an. Er stand vom Sofa auf. Ihm war schwindelig. Hatte er in der Nacht so viel getrunken?

Frank Krokhol trat vor ihn. Der Journalist roch nach Schweiß und Alkohol. Er hatte immer einen Flachmann in einer der Taschen seiner Weste, die er in der Regel über seinen kakifarbenen Hemden trug. Der Mann war der festen Überzeugung, dass jeder vernünftige Mensch in dieser Hölle von Stadt etwas brauchte, womit er sich trösten konnte.

»Es herrscht Waffenstillstand«, sagte Krokhol. »Die Amerikaner haben das den Israelis in der letzten Nacht abgerungen. Reagan soll in einem Gespräch mit Begin sogar das Wort *Holocaust* für diese Scheiße hier benutzt haben. Hast du das wirklich nicht mitbekommen?«

»Warum weiß ich davon nichts?«, fragte Wilberg und fühlte sich im nächsten Moment wie ein Idiot. Er hatte sich betrunken und musste gleich eingeschlafen sein, nachdem die

Flasche leer war, sodass er nicht mitbekommen hatte, dass das Bombardement im Westen verstummt war. Und er sollte der norwegische Botschafter sein? Im Ernst? Ebenso gut hätte er Direktor eines Flohzirkus sein können.

»Wir haben keine Zeit, Leif. Wir müssen da sein, wenn es hell wird. In einer halben Stunde geht die Sonne auf!«

»Wo ist *da*? Verdammt, wovon redet ihr? Und schafft mir Anne-Marie herbei, ich muss mit ihr sprechen«, sagte er.

Frank Krokhol legte ihm die Hand auf die Schulter.

»Anne-Marie war heute Nacht nicht bei sich zu Hause. Du kannst froh sein, dass du nicht ihr Vater bist.«

»Bei wem war sie?«, fragte Leif Wilberg.

»Ich verrate niemanden, Leif. Das musst du schon selbst rausfinden.«

Leif Wilberg spürte, wie sich Enttäuschung in ihm breitmachte. Seine junge Assistentin hatte sich bereits im Frühsommer in eine zweifelhafte Affäre mit einem Typen im Hotel Commodore verstrickt. Ging das jetzt schon wieder los?

Aber was konnte er sagen, geschweige denn tun? Im Krieg und in der Liebe war alles erlaubt, und in dieser Stadt gab es kaum noch etwas anderes. Sah man mal von der unmenschlichen Menge an Hass ab.

»Du solltest dir jetzt wirklich um andere Dinge Gedanken machen«, sagte Frank Krokhol.

Leif Wilberg überkam die Angst, Krokhol könne ihm sagen, dass das Schlimmste passiert war. Dass Hanna, die Krokhol ihm hier in der Residenz vor einem Monat vorgestellt hatte, in der Nacht getötet worden war.

»Die haben sie heute Nacht reingelassen. Die Falangisten«, sagte Krokhol. »Die Israelis haben sie reingelassen, Leif. Direkt nach Beginn der Waffenruhe. Die Frontlinie hat sich gestern Abend schnell nach Westen verschoben, sodass die

Lager und das Krankenhaus hinter den Linien gelandet sind, verstehst du? Du ahnst nicht, wie das da drinnen aussieht. Das ist der reinste Völkermord.«

Ihre Blicke begegneten sich. Krokhol schüttelte langsam den Kopf, als hätte er die Moral auf seiner Seite, dachte Wilberg, aber die Götter konnten ihm eigentlich nur zustimmen. Krokhol war der einzige norwegische Journalist, der noch nicht aus Beirut geflohen war. Der Mann wagte es sogar, sich tief im Westen im Hotel Commodore aufzuhalten. Krokhol hatte seine Reportagen sowohl in norwegischen als auch in internationalen Zeitungen platzieren können und war darüber hinaus angeblich auch noch im norwegischen Fernsehen präsent. Er hatte lukrative Angebote internationaler Nachrichtenagenturen ausgeschlagen, um weiter als Freelancer zu arbeiten, was in Wilbergs Augen nur deutlich machte, dass der Mann ebenso idealistisch wie verrückt war.

Krokhol holte ein paar zerknitterte Polaroidfotografien aus der Tasche seiner Weste.

»Ein Fatah-Späher hat die hier heute Nacht rausschmuggeln können.«

Wilberg hielt sich die Fotos dicht vor die Augen, um etwas erkennen zu können. Eine Mutter lag auf dem Boden, in den Armen ihr totes Kind. Ihr Oberkörper war nackt und in die Stirn schien ihr jemand mit einem Messer ein Kreuz geritzt zu haben. Den Rest des Körpers wollte er sich gar nicht ansehen. An der Wand hinter ihr waren eine Reihe von weiteren Toten unter dem Wandbild des Jerusalemer Felsendoms aufgereiht worden. Leif Wilberg erinnerte sich an das Wandbild aus seinen früheren Besuchen im Lager. Die Menschen träumten davon, Jerusalem zurückbekommen zu können, stattdessen wurden jetzt ihre Kinder umgebracht.

»Das ist bei Weitem noch nicht das Schlimmste, Leif.

Die Falangisten haben den Schwangeren die Föten aus dem Bauch geschnitten. Bei lebendigem Leibe. Und die nennen sich Christen …« Frank Krokhol schien es die Sprache zu verschlagen.

Leif Wilberg presste sich die Handflächen auf die Augen und versuchte, an Hanna zu denken, an die Nacht, die sie hier in der Residenz verbracht hatten, an ihr Gespräch, an alles, als wäre sie die Frau, auf die er immer gewartet hatte. Bei dem Versuch, sie sich vorzustellen, sah er aber nur blutüberströmte Säuglinge, die aus den Bäuchen ihrer Mütter gerissen wurden.

»Und was ist mit den internationalen Mächten?«

»Mächte?« Frank Krokhol lachte. »Das kannst du nicht ernst meinen, Leif. Die trauen sich doch nicht aus ihren Büros, außer jeder hat einen Panzer für sich. Vielleicht wagen sie sich in ein paar Tagen mal über die Linie, wenn die Israelis sie denn durchlassen. In der Zwischenzeit machen die Falangisten da drinnen, was sie wollen, das siehst du doch wohl selbst. Du musst für den Rest des Westens sprechen, verstehst du? Die schaffen sonst alle weg und verstecken ihre Untaten. Yussuf kennt mehrere Zugänge zum Lager, noch sollen die offen sein. Ich verspreche dir, wir kommen da rein.«

Leif Wilberg wollte den Mund öffnen, aber seine trockenen Lippen klebten aneinander. Eigentlich egal, denn er wusste ohnehin nicht, was er sagen sollte.

Nacht auf den 8. Juli 2017
Oslo

5

Tommy versuchte, sich an Susannes Stimme zu erinnern. Fast wäre er für einen Moment eingenickt. Das Einzige, was ihn noch am Schlafen hinderte, war die kalte Luft im Besprechungsraum.

Er richtete seinen Blick auf den Projektor am Ende des Raumes, während ihm das Telefonat, das er in der Pause vor einer Viertelstunde geführt hatte, schon unglaublich weit entfernt vorkam.

»Ich nehme Mathea mit«, hatte sie gesagt. »Morgen früh verschwinde ich aus der Stadt. Ich kann hier nicht mehr schlafen. Diese arme junge Mutter. Sie geht mir nicht mehr aus dem Kopf. Und Leif Wilberg. In meinen Augen war das immer ein anständiger Mann.«

»Mathea kommt hier zurecht«, hatte Tommy geantwortet. »Ich glaube nicht, dass da noch mehr passiert.«

»*Glaube nicht* reicht mir nicht, Tommy.«

»Ich komme nach, so schnell ich kann. Aber morgen wird das noch nichts. So schnell wird das nicht gehen.«

»Versprich mir einfach, dass du vorsichtig bist«, sagte sie.

Tommy dachte, wie viel ihm gerade diese Worte bedeuteten. *Versprich mir einfach, dass du vorsichtig bist.* Er stand nicht mehr allein im Leben, wie es immer gewesen war, trotz der Partnerinnen, die er zeitweise gehabt hatte. Ja, ohne Susanne würde er nicht einmal mehr hier sitzen.

Er verdrängte den Gedanken daran, einmal alles getan zu haben, was in seiner Macht stand, um sie und alle anderen auf diesem Planeten hinter sich zu lassen. Aber Susanne hatte ihn zurück ins Leben geholt, wie vom Boden eines dunklen Sees, und würde ihn nicht mehr gehen lassen.

»Du bist der letzte Mensch auf Erden, der einem leidtun müsste, aber du bist der Mensch, den ich liebe«, hatte sie gesagt, als er in der Psychiatrie in Dikemark gewesen war. »Und du hast jetzt wirklich genug getan, um all deine Schuld abzubezahlen. Vergiss nicht, dass du nicht Jesus bist. Du bist ein Mensch aus Fleisch und Blut. Ich will dich nicht verlieren, nur weil du dich beweisen willst. Das hast du schon zu oft versucht.«

Versprich mir einfach, dass du vorsichtig bist, hallte es in seinen Ohren nach.

Vorsichtig? Ich sitze doch nur hier rum und rede, dachte er, sagte aber nichts. Auch im Herzen des Staatsschutzes schien die härteste Währung das Reden zu sein, es wimmelt von Menschen, die es liebten, ihre eigene Stimme zu hören. Tommy dachte für einen Moment, wie absurd es war, dass ausgerechnet er sich jetzt hier befand.

Er war vom Stabschef des Büros des Ministerpräsidenten, seinem alten Auftraggeber Christian Wessel, aufgefordert worden, sich für die neu geschaffene Stelle des koordinierenden Ermittlers im Sicherheitsstab des Staatsschutzes zu bewerben, und hatte sich damit beinahe bei der gesamten Organisation unbeliebt gemacht. Niemand verstand, warum ausgerechnet er diesen Job verdient hatte, und eine Erklärung dafür würden sie auch nie bekommen. Der Mythos vom sagenumwobenen Topspion mit Codenamen »Bär« bestand noch immer, und die Wahrheit würden Tommy und Christian Wessel mit ins Grab nehmen. Außer ihnen beiden wusste nur noch Susanne darüber Bescheid, und sie würde den Mund halten.

Er arbeitete direkt unter der neuen Vizekommandantin

und konnte seine Nase damit in alles stecken, was ihn interessierte. Nachdem er das verletzte Baby an die Sanitäter übergeben hatte, war er noch eine Stunde auf dem Drammensveien geblieben.

Den Rest des Freitagsabends hatte er in den Räumlichkeiten des Polizeilichen Sicherheitsdienstes PST in Nydalen verbracht, wo pure Verwirrung herrschte.

»Wie ich schon vor der Pause gesagt habe«, ertönte eine Männerstimme am Ende des Sitzungstisches, »diente Leif Wilberg als Mediator und Hintermann in den geheimen Friedensverhandlungen zwischen den Israelis und den Palästinensern. Eine dänisch-norwegische Initiative, die noch vor Weihnachten in konkrete politische Gespräche münden sollte. Folgende Personen waren, soweit wir bis jetzt wissen, auf norwegischer Seite beteiligt: Tore Austlid, Staatssekretär des Außenministeriums, und Anne-Marie Edvardsen, die norwegische Botschafterin in Wien. Darüber hinaus wusste Nils Aubert, der Vorsitzende des Außen- und Verteidigungsausschusses, über die einleitenden Gespräche Bescheid. Es ist möglich, dass er auch direkt involviert war, aber das kann ich zum jetzigen Zeitpunkt noch nicht mit Sicherheit sagen.«

Olav Ruud, der Vizekommandant des Militärischen Nachrichtendienstes, schien die Kontrolle über die gesamte Ermittlung übernommen zu haben. Die sogenannte Zusammenarbeit zwischen dem Militärischen Geheimdienst und dem zivilen Sicherheitsdienst durfte nicht an die Öffentlichkeit geraten, aber das schien im Moment von untergeordneter Bedeutung zu sein. Leif Wilberg war von einer Autobombe ins Jenseits befördert worden. Eine fünfundzwanzigjährige alleinerziehende Mutter war getötet und ihre kleine Tochter lebensgefährlich verletzt worden. Zwei weitere Personen waren schwer verletzt worden, ein Pärchen, das an der Straßenbahnhaltestelle gewartet hatte. Sie würden überleben, wenn auch dem Mann beide Beine amputiert werden mussten.

Die wenigen Spuren, die sie hatten, deuteten in Richtung der Palästinenser, vermutlich Hamas, wenn nicht, was noch schlimmer wäre, des iranischen Geheimdienstes. Tommy hatte die rotbraune Farbe auf dem Asphalt und dem Autowrack selbst gesehen. Er schloss daraus, dass Semtex benutzt worden war – ein Plastiksprengstoff. Ein knappes Kilo davon reichte, um ein zweistöckiges Gebäude in die Luft zu sprengen.

»Der verwendete Sprengstoff legt nahe, dass die Palästinenser hinter dem Attentat stehen, die hatten schon früher eine Vorliebe dafür«, sagte Ruud. »Wie auch Gaddafi, aber der ist ja mittlerweile tot.«

Verhaltenes Lachen breitete sich am Tisch aus, verstummte aber abrupt, als allen bewusst wurde, wie unpassend das war.

Tommy musste daran denken, dass Semtex ursprünglich ein tschechisches Produkt war, das auch intensiv von der IRA in Nordirland genutzt worden war, hielt aber den Mund. Er sollte Ruuds Schlussfolgerungen zustimmen. Ruud war ein zynischer Machtmensch und vermutlich ein ausgemachtes Arschloch. Da war es besser, wenn Tommy erst einmal mitspielte.

Er konnte sich kaum ein unterschiedlicheres Paar vorstellen als die beiden, die am Ende des Tisches saßen. Seine Chefin, die neue Vizekommandantin des PST, Camilla Rygg, sah aus wie aus einer Shampooreklame entsprungen, wobei sie im Gegensatz zu Ruud weniger mit sich selbst beschäftigt zu sein schien. Tommy war mit seiner eigenen Voreingenommenheit konfrontiert worden, als er erfahren hatte, dass Rygg mit einer Frau zusammenlebte. Aber das spielte im Moment wirklich keine Rolle. »Hanna Svarstad ist verschwunden«, sagte Camilla Rygg.

Leif Wilbergs Sohn hatte der Tønsberger Polizei in der Nacht anvertraut, dass sein Vater ihn angerufen und gesagt habe, dass er sich Sorgen mache, weil er Hanna nicht erreichen könne. Sie war aus Kopenhagen nicht nach Hause zurückgekommen. Jetzt war ihr Mann Opfer eines Sprengstoffattentats geworden. Konnte das Zufall sein?

Tausend Fragen und nicht eine einzige Antwort, dachte Tommy. So einen Ausgangspunkt zu haben, war ein Albtraum, egal wie groß der Fall war.

»Wir kriegen so schnell wie möglich Unterstützung«, sagte Olav Ruud. »Um ehrlich zu sein, können wir jede Hilfe gebrauchen. Der erste Israeli ist bereits in der Luft. Drei weitere kommen morgen.«

Tommy starrte für einen Moment nach draußen auf den Ringveien, auf dem trotz der nächtlichen Stunde der Verkehr pulsierte. Der Horizont sah so aus, als wollte es jeden Moment zu dämmern beginnen. Fast spürte man, wie die feuchte Nachtluft langsam von der steigenden Sonne verdrängt wurde.

Die Israelis kommen, dachte er. Ohne die kamen sie nicht vom Fleck, das war allgemein bekannt, auch in technischer Hinsicht, denn inzwischen stammte bald die Hälfte ihres Materials aus Israel. Sogar die Fensterscheiben, durch die er nach draußen sah. Das schusssichere getönte Glas war von außen komplett undurchsichtig.

»Unsere Theorie lautet wie folgt«, sagte Olav Ruud am Ende des Tisches. »Hanna Svarstad steht noch in Verbindung mit den Palästinensern. Sie war lange eine der fanatischsten Unterstützerinnen des Marxisten, Entschuldigung, Maoisten Pål Starheim, der jetzt in Italien lebt. 1977 hat sie sogar an einem Ausbildungscamp teilgenommen. Starheim hatte es damals auf eine bewaffnete Revolution in Norwegen abgesehen. Er hatte Verbindungen zur Rote-Armee-Fraktion und den Roten Brigaden in Italien. Ende August 1982 brachte sie diesen Mann aus West-Beirut, wurde dabei aber von schiitischen Milizen gefasst und zehn Wochen gefangen gehalten.«

Das Bild eines lächelnden Arabers erschien auf der Leinwand.

Schwarzer September, stand darunter. *Abu Ahman.*

Tommy musterte Olav Ruud. Der Mann wirkte unglaublich engagiert, gerade so, als würde diese Autobombe seinem Leben erst richtig Sinn geben.

»Zahlreiche Menschen haben vor Hanna Svarstad gewarnt, als sie in den Achtzigerjahren vom Außenministerium angestellt wurde. Aber man wollte ja nicht auf uns hören. Desgleichen, als sie später Staatssekretärin und 2005 sogar Außenministerin wurde. Und jetzt stehen wir also hier«, sagte er und klickte weiter zu einem Bild von Leif Wilbergs zerbombtem BMW.

Die Aufgabe, die sie zu lösen hatten, war kaum zu überblicken, dachte Tommy und war froh darüber, nicht direkt in der Verantwortung zu stehen. Tagelang die Listen aller Flüge aus dem Nahen Osten nach Europa zu checken, war ebenso verlockend wie in einer Badewanne über den Atlantik zu schippern.

Er starrte auf die Notizen vor sich:

Hanna Svarstad, Beraterin mit Sonderfunktion im Außenministerium. Staatssekretärin von 2001 bis 2005. Dann Außenministerin. Kurz vor Weihnachten 2006 trat sie nach einem privaten Besuch beim Hamas-Führer in Doha von ihrem Amt zurück. Die geheimen Akten, die über sie existierten, waren entfernt worden, als sie Außenministerin war. In den 1970ern engagierte sie sich erst bei den Sozialisten in Oslo, dann war sie aktives Mitglied der Kommunistischen Partei. Aufgewachsen in Nord-

norwegen. Vater Arzt, Mutter Hausfrau, beide Eltern aktiv in der lokalen Kirchengemeinde.

Das sieht nicht gut aus für dich, Hanna Svarstad, dachte Tommy und studierte ein Foto von ihr. Sie musste in ihrer Jugend eine unglaublich attraktive Frau gewesen sein. Die Männer mussten Schlange gestanden haben, auch wenn sie für die bewaffnete Revolution gekämpft hatte.

»Warum sollte jemand Leif Wilberg das Leben nehmen?«, warf Tommy in den Raum hinein.

Olav Ruud betrachtete ihn eine ganze Weile.

»Vielleicht hat er seine Frau entlarvt, Bergmann. Es ist möglich, dass sie deshalb verschwunden ist. Die Hamas will kein Friedensabkommen, das würde nur die Existenz Israels zementieren, und damit wäre es für immer ausgeschlossen, dass sie ganz Palästina zurückbekommen.«

Tommy nickte.

»Das sehe ich ein«, sagte er und warf noch einmal einen Blick auf Hanna Svarstad. Kann sie uns wirklich alle getäuscht haben?

Morgens gegen sechs Uhr fuhr er nach Hause. Er hielt an der Tankstelle am Ullevål Stadion, um sich ein Päckchen Zigaretten zu kaufen. Der junge Mann hinter dem Tresen schien ebenso schockiert über die Geschehnisse zu sein wie Tommy selbst. Tommy war beim Zeitungsständer stehen geblieben und hatte einen Blick auf die Titelseiten von VG und Dagbladet geworfen. Leif Wilberg starrte ihn an, daneben prangte ein kleineres Foto von Hanna Svarstad und ein wiederum etwas größeres der lächelnden jungen Mutter, die gerade ihren fünfundzwanzigsten Geburtstag gefeiert hatte.

Die Bildlegende unter dem Foto von Hanna Svarstad war nicht unbedingt subtil: *War Ministerin, musste wegen Kon-*

takten zur Hamas zurücktreten. Tommy nahm die Zeitung aus dem Ständer und blätterte sie durch.

Sie hatten bereits ein Foto, das Hanna Svarstad auf dem dänischen Flughafen Kastrup zeigte. Auf dem Bild stieg sie gerade in ein Taxi. Daneben war wiederum ein Foto von Wilberg platziert worden. *Ihre erste Begegnung war in Beirut*, las Tommy. *Damals arbeitete die heute als »stubenrein« geltende »Ex-«Kommunistin als Krankenschwester im palästinensischen Flüchtlingslager Al-Shubra.* Die nächste Seite war der jungen Mutter und ihrer sechs Monate alten Tochter Ingrid gewidmet. *Das Ullevål Krankenhaus beschreibt den Zustand des Kindes als kritisch.*

Tommy las ein paar Zeilen und blätterte dann zurück zu dem Porträtfoto von Hanna Svarstad.

»Ihre Zigaretten«, sagte der junge Mann hinter dem Tresen.

Tommy blickte von der Zeitung auf.

Irgendwo hatte er doch Hanna Svarstad schon einmal gesehen? Das musste auf jeden Fall nach seinem Aufenthalt in Dikemark gewesen sein. Oder trog ihn seine Erinnerung? Eine ganze Reihe von Jahren steckten in einem zähen, undurchdringlichen Nebel fest.

Er schüttelte den Gedanken ab und nahm die Zigaretten.

Auf dem Weg zu seiner Wohnung fuhr er noch beim Ullevål Krankenhaus vorbei und schaffte es irgendwie bis in die Notaufnahme. Der Dienstausweis des PST leistete als Türöffner gute Dienste.

Er hatte das Gefühl, die Kleine einfach noch einmal sehen zu müssen.

»Zwei Minuten«, sagte der Arzt und begleitete ihn. »Sie kämpft um ihr Leben. Wenn ein so kleiner Mensch …« Er verstummte.

Der Flur war leer bis auf eine ältere Frau, die regungslos auf einem Stuhl neben einer halb geöffneten Tür saß.

»Die Großmutter schläft, flüsterte der Arzt und legte Tommy eine Hand auf die Schulter.

Das kleine Mädchen hing an diversen, kreuz und quer verlaufenden Schläuchen.

»Und von dem Vater haben Sie noch immer nichts gehört?«, fragte er leise.

»Über persönliche Dinge darf ich Ihnen keine Auskunft geben«, sagte der Arzt.

In einer anderen Zeit hätte ich ihn gefunden und von hier bis in die Hölle geprügelt, dachte Tommy. Aber nein. Er hatte genug idiotische Dinge getan und in diesem Leben schon zu viel Zeit vergeudet.

Jetzt musste er Hanna Svarstad finden, und wenn es das Letzte sein sollte, das er tat.

8. Juli 2017
Gardermoen

6

Spät am Samstagnachmittag war er in Gardermoen. Der Flughafen lag wie im Schlaf da, nur wenige Menschen standen vor den Türen der Ankunftshalle. Tommy war das nur recht. Er hatte nicht mitbekommen, wie Susanne und Mathea am Morgen in Richtung Sørland aufgebrochen waren. Als er aufwachte, war die Wohnung verwaist. Kein Bulle, kein Lachen, keine Musik aus Matheas Zimmer.

Gegen elf Uhr war er vom Klingeln des Telefons geweckt

worden. In den ersten Sekunden hatte die sorglose Stimme seiner Chefin ihn täuschen können.

»Sie müssen um fünf Uhr einen der Israelis abholen«, sagte sie. »Seien Sie bitte pünktlich. Ohne diese Unterstützung haben wir keine Chance, und es ist mir sehr wichtig, dass wir uns als professionelle Partner zeigen.«

Merkwürdig war, dass Tommy noch immer nichts von Christian Wessel gehört hatte. Der sogenannte Stabschef des Staatsministeriums war noch immer im Amt, dabei musste er bald siebzig sein. Wessel hatte ihm »eine Position im PST gesichert«, wie er sich selbst ausgedrückt hatte.

Normalerweise konnte Tommy nur davon träumen, die höchste Sicherheitsfreigabe zu bekommen. Schon die niedrigste Stufe wäre ein Wunder gewesen. In diesem Fall waren ihm aber im Laufe von nur einer Woche alle Wege geebnet worden. Mit einem Mal hatte er die Freigabe *cosmic top secret*, obwohl im Einwohnermeldeamt noch immer *Vater unbekannt* stand.

»Sie dürfen da ruhig Ihren Kopf benutzen«, hatte Wessel gesagt, als Tommy ihm mitgeteilt hatte, dass er die Stelle bekommen hatte.

Es sollten vier Israelis ins Land kommen, um ihnen bei den Ermittlungen zu assistieren. Jeder kam natürlich in einem anderen Flugzeug und vermutlich mit falschem Pass und falscher Identität.

Tommy sollte Shlomo Liva abholen. Laut Camilla Rygg brauchte sie ihn nicht zu beschreiben. »Er wird Sie erkennen, bevor Sie ihn gesehen haben«, hatte sie gesagt. »Liva hat reichlich Erfahrung.«

Tommy hatte den Namen Shlomo Liva zu googeln versucht, war aber auf nur zwei Einträge gestoßen. In einem hatte Liva sich gegenüber der liberalen Zeitung Haaretz im Namen des Mossad zu der Liquidierung eines Hamas-Führers in Dubai geäußert und ihre Unschuld beteuert. Darüber hinaus hatte Tommy ein Bild gefunden, auf dem Liva am Rand einer Delegation stand, die den israelischen Ministerpräsidenten nach Kanada begleitet hatte.

»Bergmann?«, hörte er in einem unaufmerksamen Augenblick eine Stimme direkt vor sich.

Er hob den Blick und starrte in ein paar braune Augen, die ihn aufmerksam musterten.

Ein blendend weißes Lächeln verriet, dass der etwas sechzigjährige Mann vor ihm ein Vermögen für seine Zähne ausgegeben haben musste.

Der Mann war etwa fünf bis sechs Zentimeter kleiner als Tommy und streckte ihm die linke Hand entgegen. An der rechten fehlten Ringfinger und kleiner Finger. Zwei lange, blasse Narben liefen über die linke, sonnengebräunte Wange.

Obwohl seine Erscheinung auf den ersten Blick freundlich wirkte, wusste Tommy gleich, dass Shlomo Liva ein Mann war, bei dem man nicht in Ungnade fallen durfte.

Auf dem Weg nach Oslo sagte der Israeli nur wenige Worte. Er drehte den Rückspiegel ein paarmal zu sich, um nach hinten schauen zu können, verhielt sich sonst aber unauffällig.

»Ich mag diese Landschaft«, sagte er in Höhe von Kløfta. »Sie verleiht mir so eine innere Ruhe.«

Ausgerechnet hier, dachte Tommy, erwiderte aber nichts.

Erst als sie am IKEA vorbei durch ein Industriegebiet fuhren, das Liva unmöglich schön finden konnte, fragte dieser:

»Was, glauben Sie, ist mit Hanna Svarstad passiert?«

»Ich weiß es nicht«, erwiderte Tommy. »Es spricht einiges gegen sie. Möglicherweise haben wir einen großen Fehler begangen, als wir sie im Außenministerium auf die höchste politische Ebene haben aufsteigen lassen. Wir sind, im Gegensatz zu Ihnen, eine recht naive Nation.«

Der Israeli nickte, schien von Tommys Aussage aber nicht beeindruckt zu sein.

»Es ist wichtig, Fehler zu machen«, sagte er. »Auch wenn die Konsequenzen fatal sein können. Sonst lernt man nichts. Viel zu viele Leute grübeln heute hinter irgendwelchen Schreibtischen und kommen nicht vom Fleck. Und vor was haben sie die größte Angst? Sie haben Angst davor, Fehler zu machen. Aber so es gibt kein Happy End.«

»Was glauben Sie? Wo kann sie sein? Katar? Teheran?«

»Ich bin kein Freund von Spekulationen«, sagte der Israeli. »Mir ist es wichtig, erst einmal eine Faktenbasis zu schaffen. Wenn ich die habe, kann ich Prioritäten setzen. Die Fakten halten mich am Leben, und die Prioritäten verhindern, dass ich meine Zeit für etwas vergeude, das ich nicht ändern kann, oder nichts erreiche, weil ich zu viel auf einmal will. Wir hatte eine fünfundneunzigprozentige Chance, Eichmann zu schnappen, und eine fünfundsiebzigprozentige, was Mengele anging. Am liebsten wollten wir Mengele, aber hätten wir ihn verfolgt, hätten wir riskiert, keinen der beiden in die Finger zu kriegen. Verstehen Sie? Manchmal muss man sich mit der zweitbesten Lösung zufriedengeben, sei es nun im Krieg oder in der Liebe.«

Tommy sagte nichts. Was sollte er dazu auch sagen?

»Morgen beginnen wir mit der Faktenlage. Entweder Hanna Svarstad lebt, oder sie ist tot«, sagte Shlomo Liva. »Was meinen Sie, sollen wir erst einmal von fünfzig zu fünfzig ausgehen? Ich bin Ihrer Meinung, es sieht so aus, als sei sie auf Seiten der Palästinenser, aber sicher ist das nicht. Und sollte sie tot sein, wird sie schon irgendwo auftauchen. Lebt sie noch, können wir sie erst einmal vergessen. Dann finden wir sie, wenn es so weit ist. Die Erde ist rund, Bergmann.«

Tot, dachte Tommy. Aus irgendeinem Grund hatte niemand im Land auch nur in diese Richtung gedacht.

Tommy war davon ausgegangen, dass Liva in Tel Aviv ein ziemlich hohes Tier war, und die Tatsache, dass er im Grand Hotel einquartiert war, verstärkte diese Vermutung.

»Setzen Sie mich am Parlament ab«, sagte Shlomo Liva. »Ich laufe dann runter zur Karl Johan. Es regnet ja nicht mehr.«

Allem Anschein nach war Liva nicht zum ersten Mal in Oslo.

»Wir könnten ja schon heute Abend anfangen, aber ich bin mittlerweile so alt, dass ich allen Schlaf brauche, den ich bekommen kann. Außerdem sind ja schon vierundzwanzig Stunden vergangen. Da eilt das auch nicht mehr so. Die sind längst außer Landes. Außer sie haben vor, auch noch andere Menschen zu töten. Mich zum Beispiel.« Der Israeli lächelte und nickte kurz, bevor er sich eine Zigarette anzündete, die er mit den drei Fingern seiner rechten Hand hielt. Tommy blieb sitzen und sah dem Mann nach, der den Rollkoffer hinter sich her zog.

Und sollte sie tot sein, wird sie schon irgendwo auftauchen, dachte Tommy. Er hatte das Gefühl, als wüsste Shlomo Liva bereits, dass Hanna Svarstad tot war.

10. Juli 2017
Oslo

7

»Als Botschafter Wilberg den Fuß vom Bremspedal nahm, wurde der Stromkreis unterbrochen«, sagte ein bemerkenswert junger Mann, der sich nur als David vorgestellt hatte, jetzt aber mit einem Zeigestock an der Leinwand stand. Tommy nahm den Blick von dem Israeli und fokussierte den Mann daneben. Olav Ruud wirkte so drahtig und misstrauisch wie immer, nickte aber eifrig.

Tommys Chefin, Camilla Rygg, sah hingegen so bedrückt aus, wie Tommy sich fühlte. Er hatte in der Besprechungspause in der Klinik angerufen und erfahren, dass die kleine Ingrid nicht mehr bei Bewusstsein war und auch nicht mehr aus eigener Kraft atmete.

»Es hätte überall passieren können, leider ist die Bombe aber direkt vor dem Zebrastreifen detoniert. Andererseits hätte es auch noch schlimmer kommen können«, sagte David in perfektem amerikanischen Englisch.

Tommy, der sich sonst nicht für Technik interessierte, passte so gut auf wie an seinem ersten Schultag. Er war wirklich beeindruckt, wie schnell die Israelis gearbeitet hatten. David erklärte, wie der teuflische Mechanismus die kleine Menge Semtex gezündet hatte, die unter dem Fahrersitz des Wagens platziert worden war. Ein Glaszylinder mit Quecksilber, der über Kupferkabel mit dem Semtex verbunden war, hatte die Bombe ausgelöst, als das Quecksilber die Kabel berührt hatte.

»Im Grunde entscheiden Zufälle darüber, wann die Bombe hochgeht. Wie fest man aufs Gaspedal tritt oder ob die

Straße steil nach oben oder unten führt. Ein professioneller Agent braucht nicht lang, um so etwas unter einem Wagen zu installieren, oder vom Bremspedal bis unter den Fahrersitz. Wir gehen davon aus, dass vier oder fünf Agenten in Oslo waren. Es ist, vorsichtig ausgedrückt, nicht ohne Risiko, so etwas auf offener Straße mitten in einer norwegischen Sommernacht zu machen. Wir gehen deshalb davon aus, dass zwei Männer die Bombe platziert haben, während die anderen zwei oder drei Wache gehalten haben. Leider ist Oslo eine Stadt mit viel zu wenigen Überwachungskameras, in der betreffenden Straße gibt es keine einzige.«

David listete anschließend eine schier endlose Reihe von Personen auf, inklusive ihrer Decknamen. Palästinenser, Iraner, Libanesen, Libyer. Die Liste möglicher Verdächtiger umfasste schließlich mehr als hundert Namen.

Zuletzt folgte eine Übersicht über die Angestellten der iranischen Botschaft in Norwegen, ergänzt durch die Namen weiterer Iraner, die als Flüchtlinge getarnt unter der Regie der Botschaft operierten.

»Von denen hat aber niemand diesen Anschlag ausgeführt, dazu fehlt ihnen die Kompetenz. Der iranische Geheimdienst hat sein europäisches Hauptquartier in Wien«, sagte David. »In der dritten Etage der iranischen Botschaft.«

In der Folge sprach er noch über den Sprengstoff, der häufig bei Anschlägen der IRA sowie von Gaddafi, den Palästinensern und den Iranern genutzt worden war.

»Sie bekamen und bekommen das Zeug noch heute von einigen osteuropäischen Staaten«, sagte David.

Wien. Osteuropa, notierte Tommy sich. Das Ganze glich inzwischen eher einer Vorlesung der Politikwissenschaft als einer Ermittlung, dachte er. Es juckte ihm in den Fingern, zurück in sein Büro zu kommen und noch einmal in der Klinik anzurufen. Sollte das kleine Mädchen sterben … er wollte den Gedanken nicht zu Ende denken, wusste aber, dass er den Fall dann noch persönlicher nehmen und niemals aufgeben würde.

»Die Hisbollah war ja schon mal hier im Land und hat es fast geschafft, einen Verleger zu töten, nicht wahr?«, sagte David. »Ich bin mir ziemlich sicher, dass die wieder hier waren, und sei es nur, um der Hamas zu helfen, ein neues Friedensabkommen zu torpedieren, bevor dieses überhaupt erst aus den Startblöcken gekommen ist. Der Iran will kein Friedensabkommen, sie wollen Israel von der Landkarte tilgen, das wissen alle. Und die Hamas will dasselbe. Frieden steht nicht auf deren Agenda, auch wenn sie dafür mit den Schiiten zusammenarbeiten müssen.«

»Aber warum gerade Leif Wilberg?«, fragte Tommy in die Runde. Alle Köpfe drehten sich zu ihm. Für einen Moment fühlte er sich wie der Dorftrottel. Er hatte einen Platz am Tisch bekommen und durfte seine Tasse zu den anderen stellen, fiel jetzt aber durch diese blöde Frage auf.

»Weil Hanna Svarstad für die Hamas gearbeitet hat, Bergmann. Das ist die Theorie, von der wir ausgehen. Haben Sie das vergessen? Wilberg könnte seine Frau entlarvt haben. Vielleicht ist bei den Verhandlungen aber auch irgendetwas herausgekommen, sodass man entschieden hat, zwei Fliegen mit einer Klappe zu schlagen: Man kann die Verhandlungen torpedieren und gleichzeitig eine Person loswerden, die über Hanna Svarstads Landesverrat Bescheid weiß.«

Olav Ruud konnte seine Verärgerung nicht zurückhalten.

Tommy hätte gerne erwidert: *Kann sie denen nicht einfach den Rücken gekehrt und es dabei belassen haben?*, hielt aber den Mund. Er sah von Ruud zu Shlomo Liva auf der anderen Seite des Tisches. Liva hatte die Arme vor der Brust verschränkt. Die Augen hielt er die meiste Zeit geschlossen. Tommy ließ ihn nicht aus dem Blick.

»Sie haben aber, wie Sie sagen, keine Signatur an der Bombe gefunden?«, sagte Tommy. »Keinen klaren Hinweis auf den Bombenbauer?« David hatte zuvor erwähnt, dass die Israelis eine Riesenbibliothek über die Signaturen der unterschiedlichsten Bombenbauer hätten. Von mikroskopischen Gravuren in den Metallteilen der Bombe bis hin zu realen Fingerabdrücken an dem Plastiksprengstoff.

»Das ist Staatsterrorismus, Bergmann«, sagte Shlomo Liva und öffnete die Augen. »Staatsterroristen hinterlassen im Gegensatz zum IS oder al-Qaida keine Signaturen. Sie kommen her und verschwinden wieder, bevor die Bombe hochgeht. Meistens sind sie dann schon wieder zu Hause in Wien, in Beirut, in Doha oder in Teheran. Da bekennt sich niemand, niemals. So dumm sind die nicht, Bergmann.«

»Können wir uns sicher sein, dass niemand versucht hat, das genau so aussehen zu lassen?«, fragte Tommy.

Olav Ruuds Blick traf ihn und ließ mehr als deutlich erkennen, dass sich Tommys Beteiligung an dieser Ermittlung langsam dem Ende entgegenneigte – wenn er nicht augenblicklich den Mund hielt.

Ruud bedankte sich bei David und klickte durch eine Serie von Fotos, die das norwegische Unterhändlerteam zeigten. Jetzt beginnen sie bereits, sich zu wiederholen, dachte Tommy. Wie ein Hund, der seinen Schwanz jagt.

»Der norwegische Außenminister sollte wie sein dänischer Kollege im Laufe des Herbstes in die Verhandlungen einbezogen werden. Zu den norwegischen Unterhändlern gehören: Tore Austlid, Anne-Marie Edvardsen und Hanna Svarstad. Hinter den Kulissen war natürlich auch noch Nils Aubert beteiligt. Zwei der Unterhändler sind frühere Maoisten und PLO-Freunde, im schlimmsten Fall Agenten, auch wenn das außerhalb dieses Raumes niemand laut aussprechen sollte. Ich denke dabei an Svarstad und Aubert. Auberts Rolle ist unbekannt, und die Presse bringt bereits Svarstad mit diesem Anschlag in Verbindung. Austlid und Edvardsen haben wie ihre dänischen Kollegen Leibwächter. Nils Aubert hat jedes Angebot auf Personenschutz abgelehnt.«

Tommy kannte die Namen mittlerweile auswendig. Austlid war Staatssekretär des Außenministeriums, Edvardsen Botschafterin in Wien. Er machte ein Ausrufungszeichen hinter ihren Namen. Und Aubert war ein ehemaliger Chirurg und Anführer der Marxisten, bis er etwa 1990 mit ihnen gebrochen und sich der Arbeiterpartei angeschlossen hatte. Jetzt war er der Vorsitzende des Außen- und Verteidigungsausschusses des Parlaments, und sicher die erste Wahl für einen neuen Außenminister, sollte die Arbeiterpartei wieder an die Macht kommen.

»Shlomo, vielleicht ist einer von ihnen Morpheus«, sagte Olav Ruud und lachte trocken. »Das wäre dann das Ende meiner Karriere.«

Tommy war sich nicht sicher, glaubte aber ein leichtes Zucken auf Shlomo Livas Gesicht erkannt zu haben. Ein Unbehagen.

»Was meinen Sie mit Morpheus?«, fragte Tommy.

Olav Ruud sah ihn an und aus seinen Augen sprach: »Was machen Sie eigentlich hier in diesem Raum, in diesem Job?«

Shlomo Liva schnitt eine Grimasse, sodass die Narben auf seiner Wange sich kräuselten.

»Eine alte Geschichte. Etwas, das mittlerweile im Sand verlaufen ist. Wir hielten ihn damals für einen Norweger, aber vermutlich war Morpheus ein Amerikaner. Kommen Sie zurück zur Liste, Olav.«

Tommy hielt wohlweislich den Mund. Niemand sonst schien auch nur im Traum daran zu denken, Olav Ruuds oder Shlomo Livas Autorität anzuzweifeln.

Vier Gesichter strahlten Tommy von der Leinwand entgegen.

Tore Austlid, Anne-Marie Edvardsen, Nils Aubert und Leif Wilberg.

Alle waren in Beirut, dachte Tommy. Dort liefen alle Fäden zusammen: Wilberg war Botschafter, Austlid Militärattaché, Edvardsen Botschaftsrätin und Svarstad und Aubert arbeiteten im Krankenhaus im Flüchtlingslager Al-Shubra.

Tommy notierte sich auf seinem Block: *Beirut, Wien. Morpheus*?

In der nächsten Pause rief er im Krankenhaus an, bekam aber keinen Arzt ans Telefon. Auch dort war man ihn leid, dachte er. Als sie zurück in den Besprechungsraum kamen, um weiterzumachen, war Shlomo Liva nicht mehr da. Tommy starrte mehr auf den leeren Stuhl, auf dem Liva gesessen hatte, als dass er zuhörte, was die jeweiligen Redner sagten.

Shlomo Liva hatte jedes weitere Gespräch über Morpheus im Keim erstickt. War er deshalb hergekommen? Ging es ihm darum, die Ermittlungen in die Richtung zu lenken, die ihm am besten passte?

Morpheus las er auf seinem Block und kringelte den ersten Buchstaben ein. *M.*

Nachdem auch die nächsten anderthalb Stunden vorbei waren, erhielt Tommy den wohl unvermeidbaren Bescheid.

»Tommy«, sagte Camilla Rygg hinter ihm auf dem Flur.

Er ignorierte sie, doch sie folgte ihm in sein Büro und schloss hinter sich die Tür.

»Sie haben doch Urlaub?«

»Sagen Sie mir nicht, dass Shlomo Liva mich von den Ermittlungen fernhalten will? Oder Ruud? Oder beide?«

»Darum geht es nicht. Wir müssen uns in diesem Einsatz sehr fokussieren. Und Sie arbeiten ja eigentlich nicht mit Terrorismus.« Den nächsten Satz schluckte sie herunter. *Wir können Sie ganz einfach nicht gebrauchen.*

Als sie gegangen war, griff er zum Telefon und war kurz davor, Christian Wessels Nummer zu wählen, doch dann besann er sich. Er wollte sich nicht wie eine beleidigte Leberwurst aufführen.

Stattdessen verließ er das Büro, setzte sich in seinen Wagen und rief Susanne an.

»Ich komme noch heute Abend zu euch. Es kann aber spät werden.«

Sie zögerte, als stimmte etwas nicht.

Plötzlich musste er wieder an Nicolay denken, er fürchtete, dass Susanne nach all den Jahren wieder Kontakt zu ihrem Ex haben könnte, nachdem dieser sich im letzten Jahr von seiner neuen Frau getrennt hatte. Trotzdem sagte er nichts.

»Schön, ich lege dir den Schlüssel raus.« Er hörte, dass sie sich etwas verstellte und nicht so froh war, wie sie es zu sein vorgab.

Was verschweigst du mir?, dachte er, schob den Gedanken aber von sich. Einen Zweifrontenkrieg konnte er jetzt weiß Gott nicht gebrauchen.

***

Am Abend fuhr er mit der Straßenbahn zur Stortingsgata und überquerte den Eidsvolls plass. Das Grand Hotel ließ ihn an einen traurigen alten Mann denken, der in dem leichten Sommerregen den Kopf neigte. Tommy blieb stehen und betrachtete die Fassade. Im zweiten Stock erkannte er auf einem der französischen Balkone eine bekannte Gestalt. Ein Mann, etwas kleiner als er, führte eine Zigarette an die Lippen.

Weiß er, dass ich komme?, fragte Tommy sich.

Er drehte sich um und ließ seinen Blick über den Platz schweifen. Er sah niemanden, der ihn beobachtete, aber das war jetzt, da er stehen geblieben war, nur schwer zu sagen. Ein Pärchen ging Arm und Arm unter einem Regenschirm am Parlamentsgebäude vorbei, ein Mann mittleren Alters hastete über die Rosenkrantzgate und eine Gruppe südeuropäischer Touristen studierte einen Stadtplan.

Verdammt, dachte Tommy. Seine Chefin hatte sicher recht, Shlomo Liva hatte wirklich Erfahrung.

Als er in die Lobby kam, schaltete er sein Handy ab. Nur zu dumm, dass er den Akku nicht herausnehmen konnte, dachte er. Er wartete fünf Minuten in der Lobby, aber Liva kam nicht nach unten. Dann ließ er sich die Gästeliste geben und brauchte zehn Minuten, um darauf einen Namen und eine Identität zu finden, die zu Liva passen konnte. David Gross. Brite. Außendienstmitarbeiter einer der größten Spielzeugketten der Welt.

Der Mann an der Rezeption reichte ihm das Telefon.

»Mister Gross«, sagte Tommy. »Ich gehe davon aus, dass Sie mit meinem Kommen gerechnet haben?«

»Überhaupt nicht«, sagte Shlomo Liva am anderen Ende.

Die Aufzugtür öffnete sich mit einem Klingeln und eine Gruppe Chinesen machte Platz, damit der Mann in die Lobby treten konnte.

»Bergmann. So ein Zufall«, sagte Shlomo Liva.

Die zwei Männer betrachteten einander eine gefühlte Ewigkeit.

»Ja. Es ist wirklich erstaunlich, dass Sie sich gerade dann eine Zigarette anzünden, wenn ich unten vorbeilaufe«, sagte Tommy.

»Ich habe eine ziemlich gute Intuition«, sagte Shlomo Liva. »Die hilft mir in meinem Job. Wollen Sie mich auf ein Glas Wein einladen? Das Wetter lädt ja nicht gerade zu einem Spaziergang ein.« Er legte Tommy eine Hand auf die Schulter und führte ihn in Richtung Restaurant.

Drinnen bestand Liva darauf, an dem großen Tisch in der Mitte des gerade erst renovierten Raums Platz zu nehmen, von dem aus man freien Blick auf alle hatte, die das Restaurant betraten. Außerdem war die Küche nur wenige Schritte entfernt. Eine Berufskrankheit, dachte Tommy.

»Darf ich Ihnen eine persönliche Frage stellen? Sind Sie verheiratet?«, fragte Shlomo Liva. Sein Blick ging für einen Moment von einer Seite des Raums zur anderen und dann durch die Fenster zur Karl Johan.

»Verheiratet? Nein, ich lebe aber mit einer Frau zusammen.«

»Wie heißt sie? Wenn Sie mir diese Frage erlauben.«

»Ihr Name …«, sagte Tommy und zögerte etwas. Eine Kellnerin war an den Tisch getreten.

»Was kann ich für Sie tun?«, fragte sie, dem Akzent nach eine Schwedin.

»Ich nehme einen trockenen Weißwein«, sagte Shlomo. Er machte eine Handbewegung in Tommys Richtung, der mit einem Nicken zustimmte. Er vertrug keinen Weißwein, aber das war ihm jetzt egal.

Sie verschwand.

»Lassen Sie mich raten«, sagte Shlomo und sah einen Augenblick zu der großen Wandmalerei von Per Krohg hinüber. »Susanne, nicht wahr?«

Tommy schüttelte den Kopf. »Allem Anschein nach stimmt es, was man sich erzählt«, sagte er zu Liva. »Es gibt keine netten Geheimdienste.«

»Immer einen Schritt voraus, Bergmann«, sagte Shlomo Liva und lächelte kurz und eisig. »Hinterherhecheln geht nicht.« Er hob die rechte Hand und deutete auf die Narben auf seiner Wange. »Ich weiß gerne, mit wem ich arbeite. Für mich gibt es nichts Schlimmeres als Überraschungen. Was wissen Sie über mich?«

»Nichts«, antwortete Tommy, obwohl das nicht ganz stimmte.

»Dann haben Sie einen schlechten Job gemacht. Vielleicht gilt das für Sie alle. Vielleicht mussten wir deshalb hier zu Ihnen kommen?«

Tommy erwog einen Moment, einfach aufzustehen und zu gehen. Aber das wäre wie das Eingeständnis einer Niederlage gewesen. So schnell gebe ich nicht auf, dachte er. Er musste bloß den verdammten Stolz runterschlucken.

»Waren Sie schon einmal in Israel? Falls nicht, sollten Sie mit Susanne mal dorthin reisen. Und dann melden Sie sich bitte. Sie können so lange bleiben, wie Sie wollen, Tommy. Ist es okay, wenn ich Tommy sage?«

Shlomo Liva holte einen Zettel aus der Anzugjacke. Der Stift, mit dem er darauf etwas notierte, sah nach einem halben Monatslohn aus.

»Meine Adresse«, sagte er. »Und eines sollten Sie wissen. Wenn ein Israeli so etwas sagt, dann meint er das auch.«

»Erzählen Sie mir von Morpheus«, sagte Tommy leise. »Wer oder was ist Morpheus?«

»Sie habe da heute eine gute Frage gestellt«, sagte Shlomo Liva. »Die anderen halten Sie für dumm, nicht wahr? Ich werde Ihnen ein Kompliment machen«, fuhr er fort. »Ich glaube, die anderen denken, dass Sie sich immer wieder in irrelevante Sachen verbeißen. Aber da irren sie, habe ich recht?«

Tommy biss sich kurz auf die Oberlippe. Den Gedanken, zu gehen, hatte er noch nicht ganz aufgegeben.

Die Kellnerin kam.

»Wer möchte probieren?«, fragte sie. Die zwei Männer sahen sich an, bevor Liva auf sein eigenes Glas deutete.

»Sonderlich trocken ist der nicht, aber das geht schon«, sagte er. »Wir haben nicht den ganzen Abend Zeit.« Tommy bemerkte, dass die junge Schwedin unsicher wurde. Sie kratzte sich kurz über den tätowierten Unterarm. Dann schenkte sie Tommy mit leichtem Zittern ein.

»Wenn ich richtig liege«, sagte Liva, als sie wieder verschwunden war, »sind Sie deutlich intelligenter als alle, mit denen Sie zusammenarbeiten.«

»Wenn Sie meinen«, sagte Tommy. »Ich hatte Sie nach Morpheus gefragt. Das hat irgendwas mit Wien zu tun, aber ich komme nicht auf den konkreten Zusammenhang.«

Shlomo Liva zuckte mit den Schultern.

Wien, dachte Tommy und beobachtete Liva. Was ist mit Wien? Er fühlte sich, vorsichtig gesagt, nicht so intelligent, wie Liva glaubte.

Shlomo Liva beugte sich über den Tisch nach vorn. Seine Stimme war durch die Musik gerade noch zu hören.

»Während der Verhandlungen zum Oslo-Abkommen Anfang der Neunziger hat einer unserer palästinensischen Agenten absolut geheime Informationen aufgeschnappt. Es handelte sich um israelische Positionen. Die Informationen kamen von einer Quelle namens Morpheus. Mehr gibt es dazu nicht zu sagen. Es könnte ein Norweger gewesen sein, ein Amerikaner oder auch ein Israeli. Morpheus hat vermutlich im State Departement gearbeitet. Aber er – oder sie – ist uns vom Haken gegangen.«

»Ist der oder die Betreffende einfach verschwunden?«

»Unsere palästinensische Quelle bei der Fatah wurde 1993 in einem Hotelzimmer in Kairo gefunden. Mit einer Kugel im Kopf und zwei in der Brust. Das war es. Außerdem haben wir ja, vorsichtig ausgedrückt, auch noch anderes zu tun.«

Für einen Moment wurde es still zwischen ihnen.

»Warum sind Sie eigentlich hier?«, fragte Tommy.

»Warum sind *Sie* eigentlich hier?«, erwiderte Liva. Das Lächeln war jetzt vollends von seinem Gesicht verschwunden. »Sie arbeiten nicht mehr an dem Fall. Und ich habe schon mehr gesagt, als ich sagen müsste. Ich mag Sie, Tommy, aber stecken Sie Ihre Hand nicht in dieses Wespennest, okay? Man muss wissen, wann man weitermachen und wann man aufhören muss. Nehmen Sie das als einen guten Rat. Sagen wir … von einem guten Freund.«

Tommy ignorierte den Ratschlag. »Ein Mann, den ich einmal kannte, hat mir gesagt, dass die wichtigste Aufgabe des Geheimdienstes nicht darin besteht, die Wahrheit herauszufinden, sondern dafür zu sorgen, dass die Wahrheit nie ans Licht kommt. Wie denken Sie darüber?«

»Dieser Mann kann nicht sonderlich gut informiert gewesen sein«, erwiderte Shlomo Liva und blickte demonstrativ auf seine Uhr. »Gute Nacht. Und denken Sie daran – Sie sind immer willkommen, Sie und Susanne. *No hard feelings.*«

11. Juli 2017
Kragerø

8

Irgendwann am Vormittag wachte er vom Kreischen einer Möwe auf, schlief aber gleich wieder ein. Als er die Augen das nächste Mal aufschlug, hielt Susanne eine dampfende Tasse Kaffee vor seine Nase. Die leichten Gardinen wurden zur Seite gezogen, das Fenster stand offen. Alles, was er sehen konnte, waren Felsen und spiegelblankes Wasser.

Ausnahmsweise regnete es nicht. Vielleicht war er jetzt doch endlich am richtigen Ort.

»Wann bist du gekommen?«, fragte Susanne. »Ich habe dich gar nicht gehört.«

»Ich glaube, das war so gegen zwei.«

Sie streichelte ihm ein paarmal über die Haare, schien in Gedanken aber weit weg zu sein.

»Haben sie dich aus den Ermittlungen ausgeschlossen?«, fragte sie.

Er antwortete nicht.

»Fährst du mit den Mädchen raus?«, fragte sie, als wären die beiden noch zehn Jahre alt. Dabei war es Mathea gewesen, die ihm alles über Boote und Fischen beigebracht hatte. Er nahm es als Kompliment, dass Mathea und ihre Freundin überhaupt Zeit mit ihm verbringen wollten.

Er nickte.

»Das Baby ist heute Nacht leider gestorben«, sagte Susanne. »Ingrid. Alle Sender berichten darüber.«

»Scheiße«, flüsterte er. »Ich dachte, ich hätte die Kleine retten können.«

Susanne küsste ihn. »Fahr mit den Mädchen raus. Ich muss noch ein bisschen arbeiten.«

Sie sah weg, als er ihren Blick einzufangen versuchte. Irgendetwas stimmte ganz und gar nicht. Oder sah er jetzt schon am helllichten Tag Gespenster? Es wäre nicht das erste Mal, tröstete er sich.

»Ich habe aber auch noch eine gute Nachricht: Onkel und Tante kommen heute Abend zum Essen. Du musst allerdings kochen.«

Tommy mochte Torfinn, den Bruder von Susannes Mutter. Die gute Laune dieses Mannes war einfach ansteckend und eine willkommene Ablenkung von den traurigen Neuigkeiten über den Tod des Kindes.

Außerdem, fiel Tommy ein, war Torfinn im Libanon gewesen.

Nach einem langen Tag auf dem Wasser war die allerschlimmste Bedrückung über den Tod des kleinen Mädchens buchstäblich weggewaschen. Den Sonnenbrand, den er sich zugezogen hatte, nahm er dafür gern in Kauf.

Nach dem Essen blieb er mit Torfinn, der im Laufe solcher Abende immer gerne Zigarre rauchte, auf der Terrasse sitzen. Er beobachtete den alten Mann und fragte sich ein weiteres Mal, wie er selbst nur in all diesem ererbten Reichtum hatte landen können. Torfinn trug eine teure Schweizer Uhr am Handgelenk und auch sein Hemd hatte vermutlich ein kleines Vermögen gekostet.

Unter ihnen am Anleger schaukelte Torfinns Daycruiser im Licht der untergehenden Sonne. Dass Torfinn zu viel getrunken hatte, um mit dem Boot noch zurück zu ihrem zwanzig Minuten entfernten Luxusferienhaus zu fahren, kümmerte ihn nicht. Für ihn zählte noch die Promillegrenze, die gegolten hatte, als er Bootfahren gelernt hatte, pflegte er zu sagen.

Torfinn goss Tommy einen Cognac ein und schob das Glas zu ihm hinüber.

»Bei dieser Kälte braucht man das«, sagte er, leerte sein eigenes Glas und schenkte auch sich noch einmal großzügig nach.

Es war nicht sonderlich kalt, aber kalt genug, dass Torfinns Frau gemeinsam mit Susanne ins Haus gegangen war.

Tommy war das nur recht. Irgendetwas stimmte mit Susanne nicht.

»Erzähl mir vom Libanon«, bat er.

Torfinns Hand erstarrte auf dem Weg zum Mund. Er blickte in seinen Cognac, während die Zigarre in seiner anderen Hand langsam vor sich hin glühte.

Er war auf die Militärakademie gegangen und hatte in den Siebziger- und Achtzigerjahren als Offizier gedient, bevor er ins Finanzgeschäft eingestiegen war, wo er es schließlich bis zum Bankdirektor gebracht hatte. Schon beim Essen hatte er sicher eins und eins zusammengezählt, obwohl Tommy so wenig wie nur möglich über Leif Wilberg oder Hanna Svarstads geheimnisvolles Verschwinden am Flughafen Kastrup gesprochen hatte.

»Bist du in die Ermittlungen zu dem Attentat involviert?«, fragte Torfinn.

»Du weißt, dass ich dich da nicht einweihen kann. Sagen wir einfach, dass ich mich für den Libanon interessiere.«

Torfinn nahm einen Zug von der Zigarre und blies den Rauch durch die Nase aus.

»Das war die Hölle, Tommy. Die reinste, verfluchte Hölle. Ich war zwei Mal mit UNIFIL da unten, es war entsetzlich desillusionierend. Moshe Dayan hatte Ben Gurion in den Fünfzigern gesagt, dass er nur einen harten Offizier brauche, um im Libanon ein Ragnarök auszulösen. Zwanzig Jahre später bekam er Major Haddad. Der übernahm den Südlibanon und machte mit israelischem Segen ein Schlachthaus daraus. Ich weiß nicht, wie viele meiner damaligen Männer noch heute darunter leiden. Ich wusste nicht mehr, welche Partei ich wählen sollte, als ich wieder zu Hause war. Dabei bin ich mit dem Geld einer alteingesessenen, konservativen Familie aufgewachsen. Aber, verdammt, nachdem ich gesehen hatte, wie die Palästinenser da unten behandelt wurden und wie wir den Amerikanern und Israelis nach der Pfeife getanzt sind, bin ich echt ins Grübeln gekommen.«

Onkel Torfinn verstummte und sah lange nachdenklich vor sich hin.

»Weißt du was?«, sagte er schließlich. »Es würde mich nicht überraschen, wenn die Israelis Leif Wilberg getötet hätten. Denen ist alles zuzutrauen. Alles, Tommy. Ich vertraue ihnen nicht mehr. In meinem Umfeld wurden Hanna Svarstad und Nils Aubert damals von allen wie die Pest gehasst, aber weißt du was? Ich hatte echt was für die beiden übrig. Sie glaubten an etwas. Und das war mehr, als wir zum Schluss von uns sagen konnten.«

Torfinn wedelte mit der Zigarre herum. Er schien wirklich zu viel getrunken zu haben. »Ich habe mich allerdings gefragt, ob Hanna Svarstad in der Zeit, in der sie in Beirut gefangen gehalten worden ist, nicht einer Gehirnwäsche unterzogen wurde. Ich habe das bei einem meiner Männer erlebt. Er war nur für drei Tage in Gefangenschaft, aber als er zurückkam, war er der reinste Muslim. Die Leute da unten waren komplett verrückt, und ich war ja noch nicht einmal in Beirut. Das war ein Stellvertreterkrieg, Tommy. Die PLO wurde von den Russen unterstützt, die Falangisten von den Amerikanern. Es wimmelte da unten nur so von KGB- und CIA-Agenten.«

Tommy stellte das Cognacglas auf das Geländer und betrachtete die Lichtreflexe im Kristall.

Die Russen, dachte er, aber seine Gedanken wurden unterbrochen.

»Wovon redet ihr denn da? Gehirnwäsche? Ihr selbst seht aber auch ziemlich durch den Wind aus.« Susanne schloss die Terrassentür hinter sich und nahm sich eine Zigarette aus Tommys Päckchen.

Was heckst du eigentlich aus?, dachte Tommy, als er Susannes seltsamen Blick sah. Dann versuchte er, eine der Mentalisierungstechniken anzuwenden, die Viggo Osvold ihm vor Jahren beigebracht hatte, die aber viel zu oft vom Reptiliengehirn außer Kraft gesetzt wurden.

Vermutlich war er der einzige Mitarbeiter des PST, der zum Psychiater ging und trotzdem noch die höchste Sicherheitsfreigabe hatte, dachte Tommy.

Im selben Augenblick fiel es ihm wie Schuppen von den Augen.

Wien.

M.

Natürlich. Morpheus war M.

12. Juli 2017
Oslo

9

Um fünf Uhr am nächsten Morgen war er zurück in seinem Büro. Susanne hatte nicht einmal enttäuscht gewirkt, als er aufgebrochen war. Sie machte sich nur Sorgen, weil er getrunken hatte und sich und andere gefährden könnte.

Der Wachmann am Einlass war nicht sonderlich überrascht, ihn um diese Uhrzeit zu sehen, es arbeiteten bald mehr Menschen in der Nacht als tagsüber. Die Sitzungsräume lagen zwar im Dunkeln, aber hinter zahlreichen Fenstern brannte Licht.

Tommy öffnete den Safe in seinem Büro und suchte die Kopie des Briefes heraus, der ihm in den Sinn gekommen war. Ein Schreiben vom österreichischen Sicherheitsdienst, BVT, der im Winter, kurz nach Tommys Anstellung, eine wenig aufsehenerregende Anfrage gestellt hatte.

Tommy hatte damals mit einem jungen Analytiker der Gegenspionage über die Anfrage diskutiert, war dann aber zu einem obligatorischen Kurs in die USA geschickt worden. Dort hatte er den Österreicher Hansi Möller getroffen und mit ihm die Anfrage besprochen. Hansi hatte gemeint, es handele sich vermutlich um einen der unzähligen Fälle aus der österreichischen Hauptstadt, die er als *Spielplatz für die Nachrichtenorganisationen der Welt* bezeichnet hatte. Als Tommy zwei Wochen später nach Oslo zurückgekehrt war, war die Anfrage bereits archiviert worden, und kurz darauf hatte er sie vergessen.

Der junge Analytiker hatte im Frühjahr gekündigt und in einer privaten Firma angefangen, aber seine einfache Schlussfolgerung stand noch immer auf der Kopie des Briefes der Österreicher.

Bei dem Vorgang war es um einen Österreicher mit dem Namen Jan Schmidt gegangen, dessen Wohnung Ende Januar von der österreichischen Sicherheitspolizei heimlich durchsucht worden war. Schmidt war sechzig Jahre alt, ein gebürtiger Tscheche. Er betrieb eine kleine Kunsthandlung in Wien und war vor dem Fall der Mauer als Flüchtling nach Österreich gekommen. Das BVT meinte, Schmidt könne von den Russen platziert worden sein und würde möglicherweise als illegale Zentrale für mehrere russische Agenten in Europa fungieren, die aus den unterschiedlichsten Gründen keinen direkten Kontakt zu ihren Führungsoffizieren aufnehmen konnten. Schmidt hatte allerdings zu unvorsichtig operiert und war zu oft in der Nähe eines GRU-Agenten gesehen worden. Schließlich entschlossen die Österreicher sich, seine Wohnung und seine Büroräumlichkeiten etwas genauer unter die Lupe zu nehmen. In einem Archivschrank in seinem Büro fand das BVT dann einen kleinen grünen Almanach mit zahlreichen verschlüsselten Nachrichten. Zwei Wochen vor der heimlichen Durchsuchung, nämlich am Freitag, dem 13. Januar, sollte Schmidt infolge seines Almanachs ein nicht uninteressantes Päckchen abholen. Folgendes war notiert worden: *Kunst holen – der hohe No. (D+D). D. I. 22.23.00.01.*

Der Almanach war vom BVT zurückgelegt worden, doch noch am folgenden Wochenende war Schmidt so diskret wie nur möglich verhört worden. Er hatte dabei die Karten auf den Tisch gelegt und zugegeben, unter anderem verschlüsselte USB-Sticks aus sogenannten toten Briefkästen an verschiedenen Stellen in Wien zu holen. Da die neuen Computersysteme zu viele Sperren hatten, um verschlüsselte und gradierte Informationen einfach so zu verschicken, lief das System, wie Tommy gelernt hatte, mehr oder weniger noch immer wie in Zeiten des Kalten Krieges.

Schmidt sagte aus, dass die einfache Buchstabenkombination vermutlich auf einen Codenamen hindeutete, er wisse als Kurier aber nicht, wer hinter den kryptischen Buchstaben versteckt sei. Die anderen Angaben bezögen sich lediglich auf den Ort und Zeitpunkt der Übergabe. Er hatte sich die Notizen gemacht, um die verschiedenen Übergaben nicht durcheinanderzubringen und sie auf die Kuverts zu übertragen, in denen er die Infos an den russischen Kurier weitergab, der über seiner Kunsthandlung eine Wohnung gemietet hatte.

Die Österreicher waren schon vor dem Verhör davon ausgegangen, dass mit D.I. die Donauinsel gemeint sein könnte. Diese Insel war über zwei U-Bahnlinien und mehrere Brücken zu erreichen. Schmidt holte die USB-Sticks an den Tagen, die ihm vorher über kleine Hinweiszettel genannt wurden, die unter einer Bank im Norden der Insel klebten.

»Der hohe No.« war eine seltsame Angabe, die eigentlich nur »Der hohe Norden« bedeuten konnte. Das Problem war nur, dass damit von Island bis Finnland so gut wie alles infrage kam. Es war, wie die Nadel im Heuhaufen zu suchen. Das BVT hatte sich zuerst an den PST und die norwegischen Kollegen gewandt, um zu hören, ob sie eine Idee hätten, wer *D+D* sein könnte, sofern diese Buchstaben denn überhaupt auf eine Person hindeuteten.

Tommy öffnete die geheime Akte und überprüfte die Antwort, die die Österreicher Ende Februar bekommen hatten. *Wir haben den Fall untersucht, müssen Ihnen aber leider mitteilen, dass in unserer Datenbank keine relevanten Hinweise zu finden sind und wir Ihnen folglich nicht helfen können.*

Tommy fingerte an seinem Zigarettenpäckchen herum und verfluchte die Tatsache, in einer Zeit zu leben, in der drinnen nicht mehr geraucht werden durfte. Dann warf er noch einmal einen Blick auf die Notizen, die der Analytiker auf dem Brief hinterlassen hatte. Die intuitive Annahme, dass es sich um die Initialen einer Person handelte, hatte er sogleich ausgeschlossen. Man dürfe seine Widersacher nicht unterschätzen, auch wenn die Russen hin und wieder schluderten. Es könnte aber 4+4 bedeuten, also 8, da D der vierte

Buchstabe des Alphabets sei. Oder 44, was auf einen Agenten mit dem Codenamen 44 anspielen könnte. Der Analytiker hatte aber auch hier zu bedenken gegeben, dass die Welt nur selten so einfach sei.

Die letzte Möglichkeit, die er erwähnt hatte, stammte im wahrsten Sinne des Wortes aus den Zeiten Jesu. Und genau das war für Tommy interessant.

D ist die römische Zahl für 500, hatte der Analyst geschrieben. *Also 500+500, was dann 1000 ergibt.*

Und der römische Buchstabe für die Zahl 1000 ist M, las Tommy weiter.

Die Informationen auf dem USB-Stick stammten aus dem hohen Norden, dachte Tommy.

Was auch auf Morpheus zutraf, auch wenn Shlomo Liva ihn etwas anderes glauben lassen wollte.

Wer sonst sollte sich hinter *M* verstecken?

Konnte Hanna Svarstad die Metallhülse mit dem USB-Stick im Januar dort platziert haben, als sie Annema Edvardsen besucht hatte? Oder war *M* Edvardsen selbst?

Eine rasche Überprüfung von Annema Edvardsen dämpfte seinen Enthusiasmus: Edvardsen hatte ihre Stelle als Botschafterin in Wien erst nach Ostern angetreten, und nach allem, was Tommy fand, hatte sie aufgrund der aktuellen Friedensverhandlungen auch danach kaum Zeit in Wien verbracht. Man durfte sich fragen, warum sie den hochrangigen Posten in Wien überhaupt bekommen hatte.

Um acht Uhr schickte er eine verschlüsselte Nachricht an Hansi Möller.

Erinnern Sie sich an den Schmidt-Fall? Die Antwort kam nach wenigen Minuten.

Natürlich.

Ist da noch etwas passiert?

Sie müssen mir schon mehr geben, Tommy.

M ist möglicherweise der Codename für Morpheus. Aber das muss vorläufig unbedingt unter uns bleiben.

Dieses Mal dauerte es lang, bis Möllers Antwort kam. Vielleicht hatte er zuerst mit seinem Chef gesprochen. Jetzt hatten sie einen konkreten Namen, dem sie nachgehen konnten. Auch Vertrautheit hat offensichtlich ihre Grenzen, dachte Tommy. Er wartete eine weitere halbe Stunde, dann noch eine, und kam Hansi Möller schließlich zuvor:

Wann ist das nächste Treffen? Hat Schmidt etwas über ein nächstes Treffen gesagt?

Das war am Freitag, am selben Tag wie der Anschlag in Oslo. Hört sich nicht nach einem Zufall an?

Ich glaube eigentlich nicht an einen Zusammenhang, antwortete Tommy. *Was ist passiert?*

Fehlalarm. Es ist niemand gekommen. Schmidt ging mit leeren Händen nach Hause. Es hatte ihm niemand gesagt, dass seine Kontaktperson nicht kommen würde.

Das kann dann doch nur heißen, dass die Kontaktperson auf eigene Initiative gehandelt hat. Oder ist Schmidt aufgeflogen?

Eher Ersteres. Die GRU hatte ihre Späher draußen. Die halten Schmidt noch immer für sauber. Schmidt hat seinen Teil der Vereinbarung eingehalten. Es war aber niemand auf der Donauinsel. Das habe ich selbst gesehen. Schmidt hat unter der angegebenen Parkbank nachgeschaut, aber keine weitere Nachricht bekommen.

Freitag, dachte Tommy. Könnte Morpheus nach irgendwelchen Treffen in Wien geblieben sein? Dann konnte es sich nicht um Hanna Svarstad handeln, die an diesem Tag ja aus Kopenhagen zurückerwartet worden war. Und Edvardsen könnte auch kaum über ein Treffen am selben Tag berichten.

Der Gedanke war ebenso unmöglich wie unausweichlich: War Morpheus zurück in Norwegen?

24. August 1982
Beirut

10

Leif Wilberg saß auf der Rückbank des alten Mercedes, den Yussuf für Krokhol aufgetrieben hatte. Sie waren erst wenige Viertel von der Residenz entfernt, trotzdem fühlte es sich so an, als wären sie schon den ganzen Tag unterwegs. Vielleicht bedrückte ihn die Vorahnung dessen, was sie im Lager erwarten würde, als würde das Gewicht von all den Toten auf seinen Schultern lasten.

Er versuchte, das Croissant zu essen, das Yasmine ihm direkt vor ihrem Aufbruch zugesteckt hatte. Sie hatte seine Hand gedrückt, als hätte sie Angst, dass etwas geschehen könnte. Sicher war nur, dass der Militärattaché der Botschaft ihn töten würde, sollte er von seinem Ausflug erfahren. Vielleicht bildete Wilberg sich aber auch nur ein, dass die Gefahr, entführt zu werden, mit jedem Viertel, das sie hinter sich ließen, größer wurde. Er hätte seinen Pass in der Residenz lassen sollen, aber dann könnte er den Israelis gegenüber nicht beweisen, dass er Botschafter war. Nun, dachte Wilberg, und steckte sich den letzten Rest Croissant in den Mund, vielleicht ist dies deine letzte Reise.

Obwohl der Weg von der Residenz bis zum Flüchtlingslager Al-Shubra eigentlich ziemlich geradlinig war, schlug Yussuf vor, in Richtung Nordosten parallel zur Küste zu fahren und sich dem Lager von dort zu nähern. Danach wollte er versuchen, irgendwie durch den Sperrgürtel zu kommen, den die Israelis gemeinsam mit den Falangisten um die palästinensischen Viertel errichtet haben sollten.

Wilberg schüttelte fassungslos den Kopf, als er aus dem Fenster sah. Binnen einer Belagerungswoche waren durch das israelische Bombardement mehr als fünfhundert Gebäude in Schutt und Asche gelegt worden. Noch vor zehn Jahren hätte er jeden Abend mit einem Drink in der Hand im Beirut Carlton sitzen und den Sonnenuntergang über dem Meer verfolgen können. Jetzt dienten die Hotels, wenn sie nicht bereits zerbombt waren, als Abschussrampen für die Artillerie der PLO und waren damit Bombenziele für die Israelis. Wilberg erinnerte sich daran, wie PLO-Kämpfer während des Hotelkriegs 1976 christliche Falangisten vom Dach des InterContinental gestoßen hatten, nachdem sie sich die Kontrolle über West-Beirut gesichert hatten. Massaker und Waffenruhen folgten in dieser Stadt, in diesem Land dicht aufeinander. Warum also sollte er an eine neue Waffenruhe glauben?

Yussuf fluchte hinter dem Steuer, als zwei kleine Kinder mit Spielzeugwaffen neben dem Auto herrannten. Das Auto rollte durch ein christliches Viertel, in dem noch immer eine gewisse Ordnung herrschte, obwohl die Bewohner auch hier extrem unter dem Bombenhagel der Israelis litten. Vor den Cafés und Läden, die noch geöffnet hatten, stapelten sich Sandsäcke. Ein sicheres Zeichen, dass man auch hier jederzeit mit dem Einschlag einer Granate rechnete, wenn nicht gar mit einer der unzähligen Autobomben.

»Du musst jetzt bald mal Richtung Osten«, sagte Krokhol zu Yussuf. Er schlug ein paar Straßen vor, Yussuf wählte aber seinen eigenen Weg. Noch ehe Wilberg die Situation richtig erfasst hatte, waren sie in einer engen Gasse, in der rechts und links Autos parkten. Der Franzose, der sogenannte Mitterand, zündete sich eine weitere Zigarette an. Ob aus Langeweile oder Nervosität war nicht zu sagen. Die Augen des Mannes waren hinter einer Polaroidsonnenbrille versteckt, die ihn wie einen Söldner aussehen ließ. Vielleicht hatte er wie Wilberg einfach nur Angst davor, dass irgendeines dieser Autos explodierte. Dabei war der Franzose ein abgebrühter Kerl, der das Schlachtgetümmel geradezu suchte. Je mehr Tragödien, desto größer die Chance, dass er seine Fotos an die großen Pressebüros verkaufen konnte.

Mit einem Mal kam der Verkehr komplett zum Erliegen. Sie blieben vor einem Café stehen, das mit Sandsäcken geschützt war. Eine kleine Gruppe von Männern frühstückte, sie schienen der Waffenruhe nach sieben Wochen Bombardement zu trauen. Sie tranken Tee und rauchten Wasserpfeife, als hätte es in dieser Stadt nie einen Krieg gegeben.

Der Wagen stand etwa eine Minute still, als Leif Wilberg spürte, wie die Klaustrophobie sich langsam anpirschte. In der schmalen Straße waren einfach zu viele Autos, und die Männer im Café wirkten immer feindlicher. Erst jetzt sah Wilberg, dass einer der Männer eine kleinere automatische Waffe auf dem Tisch neben sich liegen hatte. Auch die Autos am Straßenrand schienen auf seltsame Weise immer näher zu kommen. Wilberg wusste, dass in dieser Stadt jederzeit und überall eine Autobombe hochgehen konnte. Bei vielen davon handelte es sich um verdeckte israelische Operationen. Der Mossad nutzte die Falangisten, um die Bomben zu zünden und so die Palästinenser zu terrorisieren. Manchmal wurden die Anschläge sogar den Palästinensern in die Schuhe geschoben, um so die Libanesen zu zwingen, die Flüchtlinge schneller aus dem Land zu vertreiben, als dies den Israelis jemals gelingen konnte.

Wilberg drehte sich um und musterte das Auto hinter sich. Er schloss die Augen. Für einen Moment dachte er, dass die Israelis den Verkehr an der nächsten Kreuzung unterbrochen hatten, damit der Schaden maximal war, sollte der rote Renault hinter ihm in die Luft gehen.

»Kein Problem«, sagte Yussuf auf Französisch, als könnte er Wilbergs Angst riechen.

»*Pas de* problème. *C'est pas grave*«, wiederholte der Franzose neben Wilberg und wandte sich ihm mit einem sarkastischen Lächeln zu.

Die Fotografie von der getöteten Mutter und ihrem kleinen Mädchen lag zwischen ihnen. Wilberg nahm sie in die Hände.

Frank Krokhol öffnete die Beifahrertür und stieg aus.

»*Careful*«, sagte der Franzose.

Krokhol ging über den Bürgersteig zum Kontrollposten vorn auf der Straße. Als er ein paar Minuten später zurückkam, hatten Wilberg und der Franzose beide zwei Zigaretten geraucht.

»Falangisten«, sagte Frank Krokhol durch das offene Fenster. »Da läuft irgendeine Scheiße, sie lassen nur hin und wieder ein Auto durch.« Er zeigte zum Ende der Straße in Richtung des Kontrollpostens. »Verdammt, die Israelis haben ihnen doch schon die halbe Stadt überlassen. Wollen die jetzt auch noch den Rest? Heute Nacht sind sie über die grüne Linie gekommen. Die Israelis haben echt jeden Anstand verloren, oder was meinst du, Leif?«

Wilberg antwortete nicht.

»Wenn es doch nur mehr vom Schlag Eli Gevas gäbe«, sagte Krokhol und setzte sich wieder ins Auto.

»Ja«, murmelte Leif Wilberg und legte die Fotografie zurück auf den Sitz. Es gab Grenzen dafür, wie lange man sich so etwas anschauen konnte. Gäbe es doch mehr Leute wie Eli Geva, den israelischen Oberst, der sich im Juli aus Rücksicht auf Kinder und unschuldige Zivilisten geweigert hatte, seine Soldaten in West-Beirut einmarschieren zu lassen.

»*Drive*«, sagte Krokhol mit einem Mal zu Yussuf. »Gib mir deinen Diplomatenpass, Leif. Da hinten steht eine Gruppe Amerikaner, einige davon kenne ich.«

»Die werden uns töten«, sagte Wilberg.

Yussuf fuhr aus der Schlange und beschleunigte.

»Die halten uns hier doch nur fest, damit wir nicht ins Lager kommen. Die räumen da jetzt auf, verstehst du? Die transportieren die Leiche mit Baggern ab und kippen sie in irgendwelche Löcher.«

»Ihr sitzt vorn, ihr werdet als Erste erschossen«, sagte Leif Wilberg.

Sie fuhren auf der linken Spur zwanzig Meter an der Schlange der wartenden Autos vorbei, bis ein Falangistensoldat seine Waffe anhob und auf sie zielte. Er trug eine schwarze Gesichtsmaske und sah damit noch abschreckender aus.

»Dein Pass, Leif.« Krokhol drehte sich zu Leif Wilberg um.

Yussuf hielt an und legte die Hände hinter den Kopf. Frank Krokhol streckte den Diplomatenpass aus dem Fenster und wedelte damit herum.

Der maskierte Soldat kam ihnen langsam entgegen und rief Yussuf etwas zu.

»Er hat einen Termin«, flüsterte der Franzose Wilberg zu, um ihm zu übersetzen, was Yussuf zu dem Soldaten sagte. »Mit den Amerikanern. Mit denen wollen Sie es sich doch wohl nicht verscherzen?«

Der Soldat ging zurück zur Absperrung. Ein anderer maskierter Falangist studierte den Pass. Er trat zu einem

Soldaten, der ein Funkgerät hatte, und nahm Kontakt mit jemandem auf. Nach einer Minute kam der erste Soldat zum Wagen zurück. Er warf den Pass durch das offene Fenster auf Yussufs Schoß, rief etwas auf Arabisch und winkte sie weiter. Sie fuhren am Rest der Schlange vorbei, während eine Gruppe von Journalisten an der Absperrung stehen blieb.

»Er sagte, er hofft, dass wir auch wieder zurückkommen«, sagte der Franzose zu Wilberg. Der nahm seinen Pass wieder an sich, den Krokhol ihm reichte. Er öffnete ihn und starrte sein eigenes Passbild an, eine jüngere, fast nicht mehr wiederzuerkennende Ausgabe von sich selbst, die vorsichtig lächelte.

Auf der Avenue stand nur noch eine Fahrbahn zur Verfügung. Barrikaden aus Sandsäcken, Spanischen Reitern, Betonklötzen, Stacheldraht und provisorischen Wachtürmen blockierten die anderen drei Fahrstreifen. Zwei Sprengstoffhunde liefen um einen Citroën herum, der an einer Barriere aus Betonklötzen parkte.

Wilberg schloss die Augen und spürte die Müdigkeit. Yussuf beschleunigte, sie fuhren jetzt in westlicher Richtung, trotzdem waren keine Schüsse zu hören.

Nach ein paar Minuten fuhr Yussuf von der Avenue ab auf eine komplett zerbombte Straße. Wilberg hatte längst den Überblick verloren, als Yussuf auf einem Bürgersteig anhielt.

Zwanzig Meter vor ihnen war eine israelische Straßensperre. Zwei Panzer standen quer auf der Straße. Etwa zwanzig Soldaten hatten Stellung bezogen.

»Seit wann gilt die Waffenruhe?«, fragte Wilberg den Leutnant, der das Kommando über die improvisierte Barrikade zu haben schien, und reichte ihm seinen Diplomatenpass. Der Leutnant, ein kleiner Mann mit olivfarbener Haut und den Augen eines Greises schüttelte den Kopf. »Ich weiß es nicht. Ich weiß nichts. Warum zeigen Sie mir den? Ich will einfach nur nach Hause, das ist nicht meine Stadt, hier.«

»Diese Männer begleiten mich«, sagte Leif Wilberg. »Wir müssen weiter.«

Der Leutnant schnitt eine Grimasse und ging zu einem Soldaten mit Funkgerät. Fünf Minuten später kam er zurück.

»Wenn Sie wollen. Das ist nicht meine Stadt«, sagte er noch einmal.

Er machte eine Handbewegung in Richtung Westen und sagte etwas auf Hebräisch, bevor er seine Worte selbst ins Englische übersetzte.

»Aber, Freunde, denken Sie dran: Die Waffenruhe ist keine Garantie dafür, dass Sie nicht beschossen werden.«

Wilberg versuchte sich zu orientieren, bevor die vier Männer die Straße mit raschen Schritten überquerten und in Richtung des Viertels liefen, in dem das Flüchtlingslager lag. Die angrenzenden Straßen waren beinahe menschenleer. Die Fatah-Krieger hatten in den letzten Tagen ihre Stellungen aufgegeben und waren in der Nacht endgültig verdrängt worden. Als Wilberg den Kopf drehte, sah er hier und da in den zerbombten Häusern Familien in Zimmern ohne Wände leben. Ein kleines Mädchen in einem weißen Kleid winkte ihm aus einer Wohnung im zweiten Stock zu. Er winkte zurück, bis eine junge Mutter im Hidschab zum Vorschein kam und die Kleine ausschimpfte. Dann nahm sie das Kind in die Arme und verschwand aus Wilbergs Blickfeld.

»Nicht zu lange stehen bleiben«, sagte Yussuf und zog ihn weiter durch das Labyrinth aus Trümmern. An den wenigen verbliebenen Schaufenstern hingen Plakate von Fatah-Kriegern mit Gewehren und Kalaschnikows und um den Kopf gewickelten Palästinensertüchern. Die arabische Schrift, die auf die Plakate gedruckt war, verstand er nicht.

In der Ferne war eine Maschinengewehrsalve zu hören. Wilberg duckte sich instinktiv. Yussuf zog ihn an eine Hauswand und spähte durch die klaffenden Löcher der Häuser um sie herum. Ein paar Viertel entfernt war eine Explosion zu hören, dann war es wieder ruhig. Die vier Männer hielten kurz inne, bevor sie weitergingen. Wilberg fasste sich instinktiv ans Herz, als wollte er sich vergewissern, dass er wirklich noch am Leben war. Tore Austlids Ermahnung, eine Schutzweste zu tragen, hatte er brüsk abgewiesen, jetzt dachte er, dass Austlid vermutlich gar nicht so dumm war.

Sie überquerten einen alten Marktplatz, und mit einem Mal nahm Wilberg den charakteristischen Geruch wahr. Leichengestank.

Vor ihm lagen die ersten Gebäude des Lagers Al-Shubra. Bei den meisten handelte es sich um vierstöckige Häuser, die dicht an dicht um das hoch aufragende Krankenhaus gruppiert waren, das wie durch ein Wunder noch stand.

Sie gingen noch ein Stück weiter.

Der Verwesungsgeruch wurde immer stärker.

Er spürte, dass er kurz davor war, sich zu übergeben, und hielt sich die Hand vor den Mund.

Eine Gruppe von Menschen stand vor dem Haupteingang, der von israelischen Soldaten abgeriegelt war. Darunter ein paar Journalisten und Diplomaten, die er schon mal irgendwo gesehen hatte. Die Amerikaner, Briten und Schweden, die er am besten kannte, waren aber nicht darunter.

»Gib mir eins der Fotos«, sagte Wilberg zu Frank Krokhol.

Er nahm ein Foto von dem toten Mädchen und ging an drei gepanzerten Fahrzeugen vorbei auf die Soldaten zu.

»Was geht hier vor?« Leif Wilberg brüllte die Soldaten beinahe an und streckte ihnen das Foto entgegen.

»Verschwinden Sie«, sagte einer der Offiziere. Er war fast

zwei Köpfe größer als Wilberg, riss ihm das Foto aus den Händen und zerfetzte es.

Wilberg schüttelte den Kopf und sah aus den Augenwinkeln, dass die anderen sich langsam zurückzogen.

»Glauben Sie etwa, das ist das einzige Foto? Als wenn wir nicht wüssten, was heute Nacht da drinnen passiert ist!«

»Ich weiß nicht, wovon Sie sprechen«, sagte der Offizier.

»Verdammt, Mann, das sieht hier aus wie in Treblinka!«, sagte Wilberg. »Ich gehe keinen Meter weg. Keinen beschissenen Meter, verstehen Sie?«

»Ich weiß wirklich nicht, wovon Sie reden.«

»Lügen Sie mich nicht an. Sie haben die Kinder, die da drinnen liegen, doch wohl gesehen!« Wilberg hörte das Klicken der Kamera des Franzosen, der jetzt auch seine Videokamera aus der Tasche nahm.

»Ich bin gerade erst gekommen.«

»Sie haben uns gestern schon gestoppt«, sagte Wilberg. »Ich erinnere mich an Sie.«

»Wir sind gestern aus Tyr gekommen. Ich habe keine Ahnung, wovon Sie reden.«

Der Offizier sagte etwas auf Hebräisch, und noch ehe Wilberg etwas verstanden hatte, lag der französische Fotograf auf dem Boden. Der Offizier versuchte, die Videokamera zu zertreten, aber der Franzose richtete sich auf, um die Kamera zu schnappen. In diesem Moment traf ihn ein Gewehrkolben an der Schulter, und der Fotoapparat schlug hart auf dem Boden auf.

Wilberg beugte sich nach unten und zog ihn weg.

»Ihr habt es versprochen«, sagte er. »Ihr habt dem amerikanischen Botschafter versprochen, dass niemand zu Schaden kommen wird. Niemand! Ich weiß das, ich war dabei! Wenn ihr den Rückhalt der Amerikaner verliert, verliert ihr alles! Kapiert ihr das denn nicht! Ohne *Uncle Sam* seid ihr ein Nichts. Im Namen der norwegischen Regierung lege ich Protest ein.«

Der Offizier schüttelte den Kopf. »Was reden Sie da, Mann?«

»Das hier …«, Wilbergs Stimme zitterte. Er war kurz davor, in Tränen auszubrechen, dabei aber auch so wütend, dass er dem Offizier jeden Moment ins Gesicht schlagen konnte. »Das hier … wird euch nicht verziehen werden. Niemals!«

Er packte die Uniform des Offiziers.

»Ich schlag dir den Schädel ein«, schimpfte er auf Norwegisch.

»Leif«, sagte Frank Krokhol. »Leif, lass ihn los! Halt dein Maul und lass ihn los. Verdammt noch mal, du bist Botschafter!«

Wilberg hörte ihm nicht zu.

Er grub seine Finger noch tiefer in die Uniform des Mannes.

Der französische Fotograf packte Wilbergs Hände und löste seine Finger, dann zog er ihn gemeinsam mit Krokhol ein paar Meter zurück. Wilberg war in diesem Moment alles egal. Sollte er diesen Scheißjob doch verlieren.

»*Chazir!*«, schrie Wilberg den Offizier an. *Schwein.* Der kräftige Mann schüttelte nur den Kopf.

»Verschwindet!«, sagte er. »Ehe ich es mir anders überlege.«

»Was zum Henker sollte das denn?«, hörte Leif Wilberg eine Stimme hinter sich.

Plötzlich spürte er die Sonne, die ihm auf den Nacken brannte, und der Gestank verschlug ihm den Atem. Für einen Moment wurde er still. Am liebsten hätte er sich übergeben, aber eine Hand auf der Schulter zog ihn weiter. Als er sich umdrehte, sah er direkt in Tore Austlids Sonnenbrille. Dahinter erkannte er Annema Edvardsen vor dem alten Botschaftsfahrzeug.

Tore und Annema?, dachte Leif Wilberg für den Bruchteil einer Sekunde, bis ihm das alles vollkommen unwesentlich vorkam. Sollten sie sich doch um den Verstand ficken.

Ich muss da rein, dachte Wilberg. Ich muss wissen, ob Hanna noch am Leben ist. Es war wie verhext, aber in diesem Moment war wirklich nur noch sie in seinen Gedanken.

»Du kannst hier getötet werden, Leif, verstehst du das? Und ich habe die Verantwortung für dich«, sagte Austlid und zog ihn weiter von den israelischen Soldaten weg. »Du gehst hier nicht ohne mich rein, verstanden? Nur ich kann dich verteidigen, hast du das vergessen?« Austlid hatte immer seine *Saturday night special* bei sich, eine Raven MP-25, die er auf dem Schwarzmarkt gekauft und an einem Riemen am Bein trug. Natürlich konnten sie Schwierigkeiten bekommen, sollten sie durchsucht werden, andererseits hatte Austlid recht, Diplomaten wurden nicht durchsucht, sie wurden bloß gekidnappt oder in die Luft gesprengt.

»Spielt das noch irgendeine Rolle?«, fragte Wilberg. »Versuch dir lieber vorzustellen, was heute Nacht da drinnen passiert ist, Tore. Stell dir mal vor, jemand schneidet deiner Frau das Kind aus dem Bauch.«

Tore Austlid nahm die Sonnenbrille ab und starrte ihn direkt an.

»Diese Welt ist die reinste Hölle, Leif. Das überrascht dich doch wohl nicht.«

»Frag dich lieber, was da drinnen vor sich gegangen ist«, sagte Wilberg und nickte in Richtung des angrenzenden Flüchtlingslagers. »Oder willst du den ganzen Tag hier draußen stehen?«

»Leif, du solltest dich wirklich beruhigen«, sagte Annema Edvardsen hinter Austlid.

Leif Wilberg schüttelte den Kopf und dachte, dass Annema viel zu unschuldig für einen Ort wie diesen war. Der weiche Sørlandsdialekt passte nicht in dieses Inferno menschlicher Bosheit. Er sollte sie nach Hause schicken, solange sie noch lebte.

»Die lassen uns nicht rein, Annema.«

»Lassen uns nicht rein? Und an den Scheiß glaubst du?«, sagte Tore Austlid.

Er nahm das Zigarettenpäckchen, das Krokhol ihm hinhielt, nahm eine heraus und zündete sie an. Dann gab er das Päckchen an Annema weiter. Er legte Wilberg die Hand auf die Schulter und führte ihn über die Straße in Richtung Märtyrerfriedhof.

»Kommst du, Frank?«, sagte er. »Und nimm den Franzosen mit. Annema, du schreibst alles auf, ja?«

Leif Wilberg spürte die Blicke der israelischen Soldaten im Nacken, aber Austlid führte ihn einfach weiter zur nächsten Straßenecke, an der ein mit Spanplatten verbarrikadierter Laden lag.

»Du weiß so gut wie ich, dass es mehr als zwanzig Eingänge zu diesem sogenannten Lager gibt. Sollen wir einfach den Schwanz einziehen? Weiter unten stehen keine Wachposten mehr, Leif. Das ist hier wie in Vietnam, hast du das nicht kapiert? Hier herrscht *free ride for everyone*, da gelten schon lange keine Gesetze mehr. Und jemand muss das dokumentieren, findest du nicht auch?«

Leif Wilberg spürte die lähmende Angst, als Austlid an einem Tabakladen nach rechts abbog. Er war nicht mehr wütend, hatte nur noch Panik, dass alles schiefgehen würde. Die Straße vor ihm war eng, eigentlich nur eine Gasse. Ein

Wirrwarr von Telefon- und Stromkabeln führte kreuz und quer darüber hinweg. Grüne und schwarze Plakate von blutjungen Märtyrern hingen an den kaputten Scheiben. Wilberg heftete seinen Blick auf eine Wandmalerei von Arafat, dessen Faust eine Karte von Israel zerstörte. Die arabische Schrift darunter verstand er nicht.

Wenn etwas schiefging und ein verbliebener Heckenschütze sie ins Visier nahm, würde man das jetzt einzig ihm anlasten. Sollte er dabei überleben, wären Job und Karriere ruiniert.

Sie gingen ein paar Meter weiter, schlüpften nach rechts durch einen schmalen Spalt zwischen zwei Häusern und bogen dann wieder nach links ab.

Eine seltsame Stille lag über dem Viertel, als wenn alle, die noch gestern Abend hier gewohnt hatten, nicht mehr da wären. Wilberg blieb stehen und hob den Blick, schwarze Fensterlöcher, die meisten ohne Glas, starrten ihn an.

»Geh weiter«, sagte Austlid.

Vom anderen Ende der schmalen Gasse drangen Schreie von Frauen zu ihnen. Erst nur wenige, dann immer mehr.

»Hier rein«, sagte Austlid und führte sie durch einen extrem schmalen Spalt zwischen zwei Häusern, der nach hinten immer enger wurde.

Tore Austlid blieb am Ende des Spalts stehen. Er zog ein Tuch aus der Tasche seiner Hose und band es sich vor das Gesicht. Der Verwesungsgeruch war kaum noch zu ertragen.

Leif Wilberg sah zehn bis fünfzehn Kinder, die auf einem Haufen lagen, ihre Körper waren von Fliegen bedeckt. Zwei erwachsene Männer lehnten an der dreckigen Wand, die Gesichter waren von den Mündern bis zu den Ohren aufgeschnitten. Die Hemden aufgerissen, in die haarigen Brustkörbe waren blutige Kreuze geritzt worden. Drei halbnackte

Frauen lagen auf dem Boden, als versuchten sie in der hellbraunen Erde zu verschwinden. Und direkt vor Austlids Füßen lag ein vielleicht siebenjähriges Mädchen mit nacktem Unterleib und blutigen Schenkeln. Die dünnen Arme waren zur Seite gestreckt, wie an einem Kreuz. Um den Kopf trug sie ein weißes Tuch mit dünnen Goldfäden, der Mund stand offen, ein stummer Schrei in Richtung Himmel.

»Ihre Augen sind weg«, sagte Tore Austlid und musste sich für einen Moment an der Wand abstützen.

Leif Wilberg hatte es längst gesehen und schaffte es nicht, seinen Blick von den leeren, von Fliegen besetzten Augenhöhlen des Mädchens abzuwenden.

»Fang an, die Leichen zu zählen, Frank«, sagte Tore Austlid zu Krokhol. »Verdammt, nimm dein Tonband und beginn mit der Reportage! Annema, schreib alles auf. Mitterand, check noch mal deine Kamera.«

Leif Wilberg schaffte es nicht mehr, aufrecht stehen zu bleiben. Er stützte sich an der Wand ab und starrte auf die Kotze, die plötzlich seine teuren Schuhe bedeckte.

Als nichts mehr kam, drehte er sich um und sah in das Gesicht von Annema Edvardsen, die nicht aus dem engen Spalt treten zu wollen schien. Sie hatte sich die Unterlippe blutig gebissen, Tränen rannen über ihre Wangen. Wenn es einen Menschen gab, der das hier nicht sehen sollte, der seine Unschuld nicht verlieren durfte, dachte Leif Wilberg, dann Annema Edvardsen.

»Und das will Gottes auserwähltes Volk sein?«, flüsterte sie.

12. Juli 2017
Oslo

11

Tommy hatte eine Stunde an der Rezeption des Verteidigungsministeriums gewartet, in dem auch das Büro des Ministerpräsidenten lag. Es war Ferienzeit, trotzdem herrschte auf den Fluren reges Leben. Nach Hanna Svarstads Verschwinden und der Autobombe, der Leif Wilberg zum Opfer gefallen war, hatten sicher einige Mitarbeiter ihren Urlaub abschreiben können. Christian Wessel sei im Haus, sie habe ihn bislang aber nicht erreichen können, sagte die Frau an der Rezeption. Er würde aber bestimmt bald Zeit haben. Tommy wusste nicht, ob er daran glauben sollte, war aber bereit, wenn nötig den Rest des Tages zu warten. Er umklammerte die Mappe, als hätte er Angst, sie könne ihm von irgendwem aus den Händen gerissen und in den Aktenvernichter gesteckt werden.

Noch einmal googelte er die Onlinezeitungen.

Sein alter Kontakt beim Dagbladet, Frank Krokhol, hatte einen Kommentar zum Wilberg-Fall geschrieben.

Wir alle erinnern uns an die emotional aufgeladene Pressekonferenz kurz vor Weihnachten 2006, als Hanna Svarstad ihren unausweichlichen Rücktritt ankündigte. Dem Land sei nicht gedient mit einer Außenministerin, die auf eigene Faust operiere und direkten Kontakt mit der Hamas pflege.

Als Person hat Hanna Svarstad sicherlich immer polarisiert, aber ihrem Einsatz für den Frieden im Nahen Osten, speziell zwischen Israel und den Palästinensern, kann nicht genug Bedeutung beigemessen werden. Trotz ihrer Vergangenheit als Marxistin und ihrer offenen Unterstützung der PLO in den

Siebziger- und frühen Achtzigerjahren des letzten Jahrhunderts ist es Svarstad gelungen, ein äußerst umfassendes Kontaktnetz aufzubauen und sich das notwendige Vertrauen auf beiden Seiten zu erarbeiten. Für norwegische Verhältnisse ist dieser Einsatz beispiellos. Mittlerweile sind sechs Tage seit dem letzten Lebenszeichen von Hanna Svarstad vergangen.

Der für Tommy interessanteste Teil war die Autorenbox am Ende des Artikels:

Krokhol berichtete als Auslandskorrespondent aus Beirut, als auch Wilberg und Svarstad dort eingesetzt waren. Einige Jahre war er der Lebensgefährte von Anne-Marie Edvardsen, Wilbergs Botschaftsrätin. (Anm. der Redaktion)

Frank Krokhol hatte eine Beziehung mit Annema Edvardsen gehabt? Das war Tommy neu. Sie mussten einander in Beirut kennengelernt haben. Er nahm seinen Notizblock heraus, notierte sich Krokhols Namen und kreiste ihn dick ein. Wenn die Gerüchte stimmten, hatte Krokhol zu trinken begonnen, seit er vor mehr als einem Jahr ausgemustert worden war. Jetzt hatte der Redakteur auf dreiste und fragwürdige Weise noch einmal auf ihn zurückgegriffen.

Tommy hörte ein Klopfen an der Panzerglaswand der Sicherheitstür ein paar Meter neben sich. Es war Christian Wessel persönlich, der dort stand. Er sah eine Generation älter aus als bei ihrem letzten Treffen. Schweigend nahm er Tommy mit in die dritte Etage.

Wessels Sekretärin kam mit einem Tablett mit Wasser und Kaffee herein, balancierte es bis zu dem niedrigen Tischchen, an dem Tommy saß, und schaute ihn für einen Moment so an, als wäre er aus einer Strafanstalt getürmt. Tommy konnte ihr keinen Vorwurf machen. Er hatte in den letzten Tagen kaum geschlafen und die Obsession, was diesen Fall betraf, sprach sicher auch aus seinen Augen.

»Wie gut kennen Sie Shlomo Liva?«, fragte Tommy, als die Frau die Tür hinter sich geschlossen hatte.

»Ich hatte vor ein paar Jahren hin und wieder mit ihm zu tun«, sagte Wessel. Er hatte die Beine auf den Schreibtisch gelegt und starrte mit leerem Blick aus dem Fenster. »Vor zehn oder zwölf Jahren etwa, das kann aber auch schon länger her sein. Er ist Olavs Protegé, oder umgekehrt …«

»Er hat keinen Kontakt zu Ihnen aufgenommen?«

Christian Wessel schüttelte den Kopf.

»Er hat mich aus den Ermittlungen ausgeschlossen.«

»Sind Sie sich sicher, oder ist das nur wieder etwas, das Sie glauben wollen?«

Tommy antwortete nicht. Er goss zwei Tassen Kaffee ein und spürte, wie müde er war. Allein das Anheben der Silberkanne war eine Herausforderung.

»Gehen Sie zu Wilbergs Beerdigung?«, fragte Tommy.

»Dem Begräbnis dessen, was von ihm übrig ist, ja.« Christian Wessel stand auf und ging aus dem Büro. Er schien nicht sonderlich begeistert von Tommys Besuch zu sein. Für ihn bedeutete das bestimmt nur Ärger, und den hatte er nach der Autobombe und Hanna Svarstads Verschwinden schon genug.

Tommy dachte, dass er herausfinden musste, wann die Beerdigung der kleinen Ingrid war, schob den Gedanken dann aber von sich. Er war dem nicht mehr gewachsen. Vor zehn Jahren vielleicht, aber jetzt?

Wessel kam von der Toilette zurück, blieb gedankenverloren vor seinem Schreibtisch stehen und trocknete sich mit einem Papiertuch die Hände ab.

»Sie müssen mich da wieder reinbringen«, sagte Tommy.

»Nein. Wenn da was nicht stimmt, schmeißen die Sie nur wieder raus, und dann mit Nachdruck.«

»Ich hab das kleine Mädchen in den Armen gehalten,

Wessel. Ich werde in diesem Fall nicht klein beigeben. Verdammt, nein.«

Christian Wessel stellte sich ans Fenster. Hinter ihm waren der Prinsessens plass und die Festung Akershus zu sehen. Links dahinter ragte der riesige Schornstein eines Kreuzfahrtschiffes auf.

»Warum sollte Shlomo Liva zu Olav gehen, um Sie aus den Ermittlungen ausschließen zu lassen?«, fragte er.

»Morpheus«, antwortete Tommy. »Klingelt da was bei Ihnen? Aus irgendeinem Grund will Liva nicht, dass jemand über Morpheus spricht.«

Wessel drehte sich um. Er sah wirklich aus wie ein Mann, der bald siebzig wurde und längst erkannt hatte, dass ihm die Zeit davonlief. Er hatte gesagt, das Attentat gegen Wilberg raube ihm den Schlaf und mache ihn depressiv. Beides spiegelte sich in seinem Gesicht wider.

»Morpheus, dieser angebliche PLO-Agent? War der nicht Amerikaner? Ich dachte, das hätte man inzwischen herausgefunden. Anfangs vermutete ich immer, Hanna Svarstad wäre Morpheus, ich konnte mich mit dieser Meinung aber nie durchsetzen. Sie hatte mächtige Freunde, sehr mächtige, außerdem war sie damals unglaublich populär, bis sie denen dann in Doha auf den Leim gegangen ist. Ich meine, immerhin hat sie Abu Ahman in Sicherheit gebracht, bevor sie in Beirut von den schiitischen Milizen gekidnappt wurde. Glauben Sie, sie hätte diesen Auftrag bekommen, hätte sie nicht direkt für die PLO gearbeitet? Verdammt, für mich gehörte die zum Schwarzen September. Und jetzt hat sie uns wieder getäuscht, Tommy.«

»Sie kennen die Geschichte also? Über Morpheus?«

Wessel nickte vorsichtig.

»Natürlich. Und was will dieser Liva verbergen? Und jetzt

sagen Sie mir nicht, dass er sie irgendwo umgebracht hat. Ich vertraue den Israelis nicht, Tommy, das dürfen Sie aber nicht zitieren. Die denken nur an sich selbst, aber das würde ich an ihrer Stelle vermutlich auch tun.«

Er hört sich an wie Onkel Torfinn, dachte Tommy.

»Liva hat mir nicht viel erzählt. Er will nicht, dass die Morpheus-Spur in diesem Fall verfolgt wird. Er hält das angeblich für irrelevant. Aber sehen Sie sich mal das hier an«, sagte Tommy und reichte Wessel den Brief vom BVT.

»Shlomo Liva ist absolut in der Lage, Hanna Svarstad allein zu jagen, Tommy. Und dann lebt sie nicht mehr lang.«

Wessel setzte seine Brille auf und las den Brief der Österreicher.

»Verdammt«, sagte er leise. »Verdammte Scheiße.«

So hatte Tommy ihn noch nie erlebt.

»Sind Sie meiner Meinung?«, fragte Tommy. »D+D ergibt M, und M steht für Morpheus, wie sonst sollte das zusammenhängen? Und vermutlich ist Morpheus Norweger?«

»Ich hatte gehofft«, sagte Wessel und machte eine Pause, »... dass es nicht so ist. Dass ich ins Grab steigen kann, bevor das auffliegt, oder dass meine Paranoia mir nur einen Streich gespielt hat. Wir hätten Hanna Svarstad nie so weit kommen lassen dürfen. Und natürlich, ich hätte das auch schon in den Siebzigern sagen können, aber all diese Romantiker enden irgendwann in den Klauen von Moskau. Arbeitet man für die PLO, arbeitet man früher oder später auch für Moskau oder Teheran.«

»Sind Sie sich sicher, dass es Svarstad ist? Ich habe heute mit einem Kontaktmann beim BVT gesprochen. Raten Sie mal, wann Schmidt die nächste Nachricht von M bekommen sollte?«

Wessel schüttelte den Kopf.

»Am Freitag. Als das Auto auf dem Drammensveien explodierte. Wenn M Morpheus ist, kann Hanna Svarstad also kaum unsere Zielperson sein.«

»Doch, das kann sie. Dass sie in Wien nicht aufgetaucht ist, beweist doch nichts. Und wenn sie nicht Morpheus ist, kann sie die andere sein.«

Tommy sagte nichts, er vermutete aber, dass er einen irritierten Gesichtsausdruck haben musste.

»Die andere?«, fragte er schließlich.

»Das ist es ja«, sagte Wessel.

»Das ist was?«

»Es wäre ja noch zu verkraften, wenn nur dieser Morpheus sich als PLO-Agent hätte anwerben lassen. Sei es von Arafat oder den Russen. Aber er oder sie war nicht allein, das ist mir inzwischen klar. Vielleicht wusste ich das sogar schon immer. Aber Sie wissen ja, wer das Sagen hatte und seine Freunde beschützt hat, auch wenn sie für die Russen gearbeitet haben, Tommy! Was glauben Sie? Wer hat alle Verdächtigungen in seinen Schubladen weggesperrt?«

Tommy antwortete nicht gleich. Er dachte an den letzten Fall zurück, an dem Wessel und er gearbeitet hatten. Die Jagd auf den sowjetischen Spitzenspion »der Bär«.

»Sie meinen, dass jegliche Ermittlungen … boykottiert wurden?«, fragte Tommy.

Christian Wessel nickte.

»Das ist das Meisterstück der Russen«, fuhr Wessel fort. »Seit den 1920er-Jahren haben sie ein Puzzle aus den unterschiedlichsten Leuten aufgebaut, die langsam in der Hierarchie aufgestiegen sind, erst hier in Europa, dann in Amerika. In Asien haben sie damit vor dem Zweiten Weltkrieg begonnen, in Afrika danach. Von Harbin bis Buenos Aires, von San Francisco bis Auckland. Von London bis Kapstadt.

Sie sind überall, und mittlerweile sind diese Leute weit oben im System. Es wird viel über die Chinesen geredet, aber die haben sich nie auf die Menschen verstanden. Die kennen sich besser mit Maschinen aus, Tommy. Die Russen sind da ganz anders, die verstehen die menschliche Seele so gut wie Sigmund Freud. Und jetzt sind wir hier. Hatten Sie wirklich gedacht, Sie wären fertig mit denen?«

»Sie meinen also, dass Morpheus nicht allein ist?«, fragte Tommy in dem Versuch, Wessel wieder auf den Boden der Tatsachen zurückzuholen.

»Ihr Freund Sascha«, sagte Wessel, »Sie erinnern sich doch an den Führungsoffizier des Bären?« Ein müdes Lächeln glitt über Wessels besorgtes Gesicht.

»Ich war vielleicht der Letzte, der mit ihm geredet hat«, sagte Tommy.

Wessel schien nach den richtigen Worten zu suchen. Er schmatzte ein paarmal leise, bevor er den Mund aufmachte.

»Sascha hat uns eine Unmenge an Material über angebliche Norweger verkauft. Das meiste davon hat sich als ziemlich unbrauchbar erwiesen. Wenn ich ehrlich sein soll, waren das nur vage Andeutungen, noch dazu so codiert, dass wir vieles nicht verstanden haben. Die Abtrünnigen haben uns zu dem Bären geführt, zu Arvid Storholt und zu ein paar Idioten, die für Ostdeutschland gearbeitet haben. Aber es gab da eine unscheinbare Kopie einer verschlüsselten Meldung, die ein Agent in Washington nach Moskau geschickt hatte. Sascha hatte die im Chaos nach dem Mauerfall aufgeschnappt, damals stand die Sowjetunion ja kurz vor dem Zusammenbruch.«

Wessel stützte die Ellenbogen auf die Tischplatte und lockerte seine Krawatte.

»Ich erinnere mich noch an den genauen Wortlaut«, sagte er. »Es war ein kurzer Auszug eines Berichts aus Washington.

Sehr kurz, aber klar genug, um zu wissen, dass eine Person mit dem Decknamen Hypnos aufgetaucht war. Vermutlich war Hypnos nicht vom KGB, sondern von der GRU. Deshalb hatte Sascha keine weiteren Informationen. Vermutlich hatte er die Info irgendwo im Suff bekommen oder von einem Nachrichtenoffizier der Roten Armee gekauft.«

Tommy wartete. Wessel schien für einen Moment an etwas ganz anderes zu denken. Tommy wollte ihn schon fragen, ob alles in Ordnung sei.

»Al-Shubra«, sagte Christian Wessel plötzlich. »Sie erinnern sich an Al-Shubra?«

»Wer tut das nicht?« Tommy erinnerte sich gut daran, wie Frank Krokhol damals für die Nachrichten aus Beirut berichtet hatte. Die Kugeln waren ihm dabei förmlich um die Ohren geflogen. Tommy hatte die gedämpfte Stimme noch im Ohr, während die Bilder der getöteten Kinder und Frauen im Fernsehen gezeigt wurden.

»Nun, in diesem Bericht schrieb der russische Agent etwas über ein Massaker an den Kurden im Nordirak 1991: *Es ist so schlimm wie in Al-Shubra, Hypnos hat mir von Al-Shubra erzählt. Hypnos war in Al-Shubra.*«

Tommy blieb stumm.

Er versuchte, Wessels Worte zu sortieren.

»Dann wurden beide etwa zur Zeit des Massakers in Al-Shubra rekrutiert?«

»Das nehme ich an«, sagte Wessel, bevor er leise fluchte. »Die allermeisten, natürlich inklusive des Bären, zweifelten damals daran, dass es sich um Norweger handelte. Sascha war ein gerissener Kerl. Er hat mit dem Verkauf dieser Glasperlen ein Vermögen verdient. Er hätte uns täuschen können, inzwischen frage ich mich aber, ob ich mich nicht selbst getäuscht habe.«

Er trat an den Schreibtisch und tippte auf seiner PC-Tastatur herum.

»Hypnos war Morpheus' Vater«, sagte er. »Morpheus ist der Gott der Träume, der Bote zwischen den Göttern und den Sterblichen. Diese beiden, Tommy, kennen einander gut, sonst hätten sie niemals zwei Codenamen bekommen, die so eng miteinander verbunden sind.«

»Morphin ist nach Morpheus benannt worden, oder?«, fragte Tommy. »Krankenschwester. Oder Arzt …«, dachte er laut und musste sich eingestehen, dass wieder alles auf Hanna Svarstad hindeutete.

»Können das Leif Wilberg und Hanna Svarstad gewesen sein?«, fragte er. »Ich meine, Morpheus?«

Wessel sah ihn an, als wäre er ein Idiot, weshalb ihn die Antwort überraschte:

»Es *können* die beiden gewesen sein. Oder nur einer der beiden. Da haben Sie recht. Aber Leif? Ich weiß nicht. Und genau dieser Gedanke macht mir Angst. Jemand hat Leif ins Jenseits gebombt, um Hannas Helfer zu schützen, ich glaube, wir halten uns erst einmal an diese Theorie, Tommy. Sie wissen sicher, dass bei den aktuellen Friedensgesprächen im Großen und Ganzen dieselben Leute beteiligt sind wie beim Oslo-Abkommen in den Neunzigern. Es ist kein Zufall, dass diese Bombe jetzt explodiert ist.«

Tommy sagte nicht, dass er dachte, dass Shlomo Liva in Norwegen war, um Morpheus und Hypnos zu finden. Wessel sah so schon deprimiert genug aus.

»Ich muss mit Olav Ruud reden«, sagte Tommy.

»Nein«, erwiderte Wessel. »Sind Sie verrückt? Der ist viel zu dumm für diesen Job. Trampelt wie ein Elefant im Porzellanladen herum. So war er immer schon. Wir haben es mit intelligenten Menschen zu tun, Tommy. Viel intelligenter als

Sie und ich und erst recht Olav Ruud. Und das macht mir, um ehrlich zu sein, Angst. Sie arbeiten in diesem Fall jetzt für mich und für niemanden sonst. Lassen Sie die anderen ruhig glauben, dass Sie Urlaub haben, okay? Ich werde dafür sorgen, dass Sie mit den richtigen Leuten sprechen können. Fangen wir mit Tore Austlid an. Ihr Deckmantel ist, dass sie nach Hanna Svarstad suchen. Und dass ich nicht zufrieden mit der Arbeit des PST bin. Das klingt glaubwürdig.«

»Was ist mit Wilbergs Sohn, mit dem sollte ich auch reden, oder?«

»Nein«, sagte Wessel. »Von dem halten Sie sich fern. Wilbergs Sohn habe ich unter Kontrolle.«

»Warum?«, fragte Tommy.

»Tun Sie einfach, was ich sage«, fuhr Wessel fort. Sein Tonfall lud nicht zur Diskussion ein.

Na dann, dachte Tommy und beließ es dabei.

»Leif, Hanna Svarstad, Annema Edvardsen, Nils Aubert und Tore Austlid waren alle nach dem Massaker in Al-Shubra. Und ich glaube, dass alle irgendwann auch in Washington waren. Und dann ist da noch Frank Krokhol, aber er kann weder Morpheus noch Hypnos sein.«

Tommy nahm seinen Notizblock und einen Stift heraus. Wessel ging zu ihm, nahm ihm den Stift weg und schüttelte den Kopf.

»Das sind fünf Leute. Einer von denen ist Morpheus, ein anderer Hypnos. Und ja, gehen wir erst einmal davon aus, dass einer der Decknamen zu Hanna Svarstad gehört. Ihr Job ist es, herauszufinden, zu wem der andere gehört. Ich bin mir verflucht sicher, dass Leif getötet wurde, um ihn – oder sie – zu schützen.«

24. August 1982
Beirut

12

Zehn Minuten, Leif. Dann müssen wir los, sonst wird es dunkel«, sagte Tore Austlid, nachdem er auf seine Uhr geblickt hatte.

Leif Wilberg schloss die Augen und schickte ein Stoßgebet zum Himmel, dass Hanna Svarstad aus dem Haupteingang des Lagers kommen möge. Er spürte den Alkohol. Hatte im Hotel Commodore, tief im Inneren von West-Beirut, vermutlich zu viel Whisky getrunken. Statt zurück zur Botschaft zu fahren, hatten Tore Austlid und er Frank Krokhol, den französischen Fotografen und ein paar amerikanische Journalisten begleitet, nachdem sie die Toten im Lager Al-Shubra gezählt hatten. In der Botschaft vertraute er weder der Telefon- noch der Telexleitung, doch im Commodore funktionierte auf unerklärliche Weise noch immer alles. Er war von mehreren Journalisten interviewt worden und dachte, dass er bald eine Art Promi sein würde. Das hatte er keinesfalls beabsichtigt, aber was sollte er machen?

Er schlug die Augen wieder auf. Wollte die Bilder auf seiner Netzhaut nicht sehen, die Stapel von Kinderleichen, von Fliegen umschwärmt. Den alten Mann ohne Augen, neben ihm sein Stock. Das Mädchen mit den abgeschnittenen Brüsten und dem zerrissenen Rock. Und all die Fliegen, es mussten Millionen sein, die Luft da drinnen war schwarz von ihnen. Nein, er hatte nicht zu viel Whisky getrunken, eher zu wenig.

Es wunderte ihn immer wieder, dass in dem Hotel trotz der konstanten Bombardierung von West-Beirut durch die Israelis noch immer alles funktionierte. Der Großteil der

Journalisten war aus Furcht um ihr Leben nach Osten in die christlichen Stadtteile geflohen, nur Krokhol und eine Gruppe ausländischer Reporter waren geblieben. Wie in Saigon, sieben Jahre zuvor. Strom, Wasser, Telefon und Telex funktionierten, die Bar war voller Zigaretten und Spirituosen, und auch an Essen mangelte es nicht. Leif Wilberg hatte den Verdacht, dass die CIA das Hotel mit allem versorgte, was notwendig war. An die Gründe dafür wollte er gar nicht denken. Als hätten die Israelis den Amerikanern versprochen, das Commodore, die amerikanische Universität und das Krankenhaus zu verschonen, damit die USA im Gegenzug die Augen vor dem Völkermord verschlossen. Leif Wilberg hatte als Erstes in Norwegen angerufen und darum gebeten, dass der Außenminister sofort über die Gräueltaten in Kenntnis gesetzt werden solle. Stunden später war er dann gemeinsam mit Annema und Tore zur Botschaft zurückgefahren, wo er ein paar Stunden an einem ungeschönten Bericht für das Außenministerium gearbeitet hatte. Oslo musste im Detail erfahren, was sie in Al-Shubra erlebt hatten. Erst danach waren sie zum Lager zurückgekehrt.

»Da ist sie«, sagte Tore Austlid und zeigte zum Eingang.

Leif Wilberg kam wieder zu sich und fing seinen Blick ein. Er erinnerte sich nur zu gut daran, dass Tore vor ein paar Wochen im Suff gesagt hatte, dass er niemanden so gerne durchficken würde wie gerade diese Hanna Svarstad. Ein paar Tage später hatte er sich nicht mehr an seine Worte erinnert, sondern stattdessen Leif Wilberg davor gewarnt, sich auf diese *rabiate Kommunistin* einzulassen.

»Es ist vielleicht nicht der richtige Tag«, sagte Austlid und zündete sich eine Zigarette an, »aber du solltest einen Versuch unternehmen. Sieben Minuten, Leif, dann fahren wir. Zur Not auch ohne dich. *Seven minutes,* Yussuf.«

Leif Wilberg ignorierte ihn und stieg aus dem Wagen.

»Hanna!«, rief er viel lauter, als er es gewollt hatte. Das Lärmen der Bagger drinnen im Lager übertönte ihn trotzdem. Ein paar Mitarbeiter einer Menschenrechtsorganisation rannten in grünen Schutzwesten durch das Tor.

»Hanna!«

Sie war ganz in Schwarz gekleidet, als würde sie Trauer tragen. Nur die teure Sonnenbrille, bestimmt während einer Auszeit in Israel gekauft, verriet, dass sie nicht zu denen gehörte, die ihr ganzes Leben eingepfercht in West-Beirut verbringen mussten. Sie hatte sogar ihre blonden Haare dunkel gefärbt.

Die israelischen Soldaten drehten sich nach ihr um. Einer von ihnen pfiff, ein paar andere lachten und schoben die Sonnenbrillen tiefer auf die Nasen, um sie besser beobachten zu können.

Die untergehende Sonne färbte die Straße wie immer rosa, als gäbe es all die Bosheit um sie herum gar nicht.

»Leif«, sagte sie und nahm ihre Sonnenbrille ab. Er wusste nicht, wie er ihre Augen beschreiben sollte. Sie waren so blau wie bei ihrer ersten Begegnung im Sommer. Aber die dunklen Ringe, die sich unter ihnen abzeichneten, ließen sie krank aussehen. Sie war erst siebenundzwanzig, wirkte aber doppelt so alt. Das war nicht verwunderlich, schließlich arbeitete sie seit Wochen in den überfüllten Kellern des Krankenhauses.

»Erinnerst du dich an mich?«, fragte er, ehe ihm klar war, wie blöd die Frage sich anhören musste.

Sie nickte stumm und schob sich eine Locke aus dem Gesicht. Ein Lufthauch trug den Gestank von verbranntem Fleisch zu ihnen herüber. Leif wusste nicht, ob die Quelle Tier oder Mensch war. Dann wurde für einen Augenblick alles vom Knattern eines Helikopters übertönt. Die Rotoren wirbelten den Staub der Straße auf, und in der Ferne wurde eine Maschinengewehrsalve von einzelnen Schüssen beantwortet. Eine israelische Patrouille raste von hinten auf sie zu. Er spürte ihre Hand auf seiner Hüfte. Sie zog ihn zu den Resten einer Wand neben der Straße.

»Wir müssen alle sterben«, sagte sie, »aber nicht unbedingt am Kühlergrill eines israelischen Jeeps.«

Er begann zu lachen. Hanna lächelte nur vorsichtig. Wäre er verrückt gewesen, hätte er sie dort an Ort und Stelle geküsst. Jäh bekam er eine Gänsehaut, als drinnen im Lager eine Frau wieder und wieder einen Namen schrie, wie ein Tier, das seine Jungen verloren hatte.

Leif Wilberg versuchte mit aller Macht, die Tränen zurückzuhalten. Ohne Erfolg. Er begann zu schluchzen, wie damals, als sein Bruder angerufen und ihm mitgeteilt hatte, dass seine Mutter seit Jahren todkrank sei. Er schloss die Augen und hoffte, dass die israelischen Soldaten oder Tore Austlid und Yussuf sein Weinen nicht bemerkten. Dann spürte er ihre Hand auf seiner Wange.

»Weine nicht«, sagte sie. »Es werden bessere Zeiten kommen. Ich versuche mich an etwas Positivem festzuhalten, Leif. Wie daran, dass ich ein oder zwei Stunden in meiner eigenen Wohnung schlafen und etwas Sauberes anziehen kann, bevor ich hierher zurückmuss. Wenn es meine Wohnung denn noch gibt. Ich habe das Krankenhaus nicht mehr verlassen, seit …«

Ihre eigenen Worte schienen ihr zuzusetzen. Sie schlug sich die Hände vors Gesicht, um zu verbergen, dass auch ihr die Tränen kamen.

»Wolltest du was sagen?«, fragte sie.

Er öffnete den Mund, Hals und Lippen kämpften gegen die Trockenheit an. Er nahm die Zigaretten aus der Tasche seiner Anzugjacke und bot ihr eine an, aber sie schüttelte nur den Kopf. Dann zündete er sich eine an. Es schien Minuten zu dauern.

»Es ist total falsch, das jetzt zu fragen«, begann er. »Ich kann aber nicht anders. Du weißt ja, ich wollte dich zu mir einladen, wenn du frei hast. Wenn das alles vorbei ist. Ich halte dieses Elend nicht mehr aus. Ich habe heute Hunderte von Toten gezählt und mich gefragt, ob es irgendeinen Sinn hat, dass ich selber noch am Leben bin. Was soll das Ganze?« Er zeigte mit der Zigarette herum und spürte, dass er kaum mehr in der Lage war, zusammenhängend zu reden. »Wenn ich ehrlich sein soll, der Gedanke an dich, an das, was du tust … das ist das Einzige, was mich das alles noch ertragen lässt.«

Hanna Svarstad starrte auf das Auto hinter ihm, in dem Tore Austlid und Yussuf saßen. Ihre Augen waren so blau, dass er es nicht wagte, zu lange in sie hineinzuschauen.

»Gerne«, sagte sie voller Leichtigkeit, als befänden sie sich irgendwo in Oslo und nicht in Beirut. »Wenn du mir eine ordentliche Mahlzeit versprechen kannst, sage ich sofort Ja.«

Leif Wilberg redete weiter, als hätte er nicht zugehört, er hatte längst kein Sicherheitsnetz mehr. Es fühlte sich an, als stünde er auf dem Dach eines der Hotels und ließe sich einfach nach hinten kippen.

»Ich glaube, ich halte diese Stadt keinen Tag mehr aus, wenn ich dich nicht sehe.«

Ihre Augen wurden schmal, und er wusste nicht, wie er das deuten sollte.

Er spürte, wie sie für einen Moment seine Hand nahm und sie leicht drückte, als verstünde sie, dass er sich in einer Art Schockzustand weitab der Wirklichkeit befand.

»Ich habe gesagt, dass ich gerne komme, Leif. Und warum warten? *In the long run, we're all dead.* Nils hat mir morgen einen freien Tag versprochen, wenn ich heute Nacht arbeite. Ich will nicht, aber er zwingt mich dazu. Das Rote Kreuz kriegt morgen angeblich neue Leute. Ich wohne jetzt schon seit sechs oder sieben Wochen im Keller des Krankenhauses. Da bin ich leicht zu bestechen, weißt du.«

Leif Wilberg spürte einen Anflug von Eifersucht, als er den Namen Nils hörte. Der Gedanke daran, dass andere Männer mit ihr geschlafen hatten, erfüllte ihn mit einer Verzweiflung, wie er sie seit seinen Jugendtagen nicht mehr gespürt hatte.

»Morgen also?«, fragte er. Der Gedanke wirkte in Anbetracht all dessen, was ihn umgab, absurd, aber er konnte ja nicht Nein sagen. Immerhin hatte er davon geträumt.

»Abgemacht«, bekräftigte er schnell, als würde die Chance vergehen, wenn er sie nicht schnell ergriff.

»Okay«, sagte sie. »Jetzt muss ich aber schlafen. Ich werde versuchen, um neun Uhr da zu sein, ich kann aber nichts versprechen. Falls etwas dazwischenkommt, rufe ich an. Wenn ich denn ein funktionierendes Telefon finde.«

Leif Wilberg nickte. Er versuchte etwas zu sagen, fand aber keine Worte.

Wieder ertönte ein Schrei von der anderen Seite der halb eingestürzten Mauer. Das Klagen einer Frau, zu dem sich gleich darauf andere verzweifelte Stimmen gesellten. Weit entfernt dröhnte eine Explosion, dann war für einen Moment das Knattern von Maschinengewehrsalven zu hören. Dann wieder nur noch das klagende Heulen aus dem Lager. Leif Wilberg sehnte sich nach Kraft, wusste aber nicht, ob er diese in sich trug oder ob er an allen Fronten zusammenbrechen würde, als Diplomat wie als Mensch. Als Ehemann bin ich bereits gescheitert, dachte er, als Hanna Svarstad ihm direkt in die Augen sah.

»Es gibt noch immer eine Gerechtigkeit«, sagte sie und

legte ihm noch einmal kurz die Hand auf die Wange. »Auch wenn es im Moment unglaublich schwer ist, daran zu glauben.«

Leif Wilberg schloss die Augen und spürte ihre Finger auf seiner Haut.

»Ich verstehe nicht, wie du das aushältst«, sagte er.

Sie verzog die Lippen zu einem traurigen Lächeln.

»Morgen«, sagte Hanna Svarstad.

Leif Wilberg biss sich auf die Oberlippe, er durfte jetzt nicht zu weinen beginnen. Wenn er sich nur nicht so machtlos fühlen würde, so müde, so unsicher wie ein Jugendlicher.

Er war den Krieg so leid. Außerdem nagte der Gedanke an ihm, dass er seine Frau und seine Kinder für diese junge Frau verlassen würde, die gerade vor ihm stand.

Ein israelischer Unteroffizier kam auf sie zu.

Er sagte irgendetwas auf Hebräisch und gab ihnen mit einem Wink zu verstehen, dass sie verschwinden sollten.

Hanna Svarstad antwortete auf Hebräisch. Sie klang wütend. Der Offizier war sichtlich überrascht, dass sie seine Sprache sprach.

»Ich muss gehen«, sagte sie. »Und du musst auch los, es wird gleich dunkel.«

Hanna Svarstad drehte sich um und ging.

Leif Wilberg sah ihr nach, während sie über die zerbombte Straße lief. Überall im Asphalt waren Löcher und Haufen von hellbrauner Erde. Ein Wirrwarr von Telefonkabeln hing schlaff von einem kaputten Haus zum nächsten, Armierungseisen ragten aus den Ruinen. Auf dem Boden lag das Schild eines Cafés, dahinter zwei Autowracks, eines platt gewalzt von einem israelischen Panzer.

13. Juli 2017
Nesodden

13

Tommy hatte allergnädigst eine halbstündige Audienz bei Staatssekretär Tore Austlid zugebilligt bekommen. Austlid hielt sich im Sommer vorwiegend in seinem Ferienhaus auf Nesodden auf, weshalb Tommy auf Anweisung von Austlids Sekretärin auf die Halbinsel gefahren war. Tommy hatte Austlid unter die Lupe genommen und dabei mitbekommen, dass dessen Werdegang in groben Zügen dem von Christian Wessel glich.

Wie andere junge Norweger, die mit etwas zu viel Geld aufgewachsen waren, hatten Austlid und Wessel eine militärische Ausbildung an der Marineschule in Bergen hinter sich. Er stammte aus einer wohlhabenden Reederfamilie im Osloer Westen, was schließlich dazu geführt hatte, dass er seine Stellung als Militärattaché in Beirut verloren hatte. In den Achtzigern konnte man zwar noch keine Namen googeln, aber mit etwas Einsatz wäre es dennoch möglich gewesen, etwas mehr über Austlids Hintergrund herauszufinden. Ein Artikel in der Washington Post im Herbst 1982 hatte Austlid als *»the shipping tycoon«* bezeichnet, womit seine Karriere im gefährlichsten Land des Nahen Ostens schlagartig beendet gewesen war. Mit der Entführung von Hanna Svarstad im selben Sommer war deutlich geworden, dass nicht nur die Amerikaner, Briten und Franzosen der beginnenden Entführungswelle zum Opfer fielen, sondern auch die Soldaten der Menschlichkeit, womit die naiven Norweger gemeint waren. Dass Tore Austlid ein *tycoon* war, stimmte nur bedingt. Die Familie leitete eine mittelgroße, aber sehr einträgliche Reederei, die 1990 an den Großreeder Johs. Andersen, einen alten Freund der Familie, verkauft worden war. Andersen hatte sein Vermögen während des Ersten Golfkriegs mit Öllieferungen aus dem Persischen Golf gemacht. 1983 wurde Austlid, angeblich gegen seinen Willen, nach Norwegen zurückgeschickt. Danach verließ er das Militär und begann mit dreiunddreißig Jahren in der Shippingbranche. Bereits nach einem Jahr beendete er aber seine Reedertätigkeit und wechselte als militärischer Berater zur UN-Delegation in New York, was ihm wiederum 1986 die Türen für eine Karriere im Außenministerium öffnete. Mitglied in der Konservativen Partei war er sozusagen qua Geburt. Nach einer Blitzkarriere in der Politik wurde er 1990 für kurze Zeit Staatssekretär im Außenministerium, ehe er seine Karriere als Diplomat fortsetzte. Vor sechs Jahren war er dann zurück ins Außenministerium gewechselt.

Die Familie Austlid hätte ihr Anwesen auf Nesodden vermutlich als *Ferienhaus* bezeichnet. In Wahrheit handelte es sich dabei aber um eine perfekt ausgebaute Villa aus dem frühen 20. Jahrhundert: ein klassisches Hauptgebäude mit Schieferdach, einem Anleger auch für größere Schiffe und ein paar Nebengebäuden. Solche Immobilien standen vielleicht einmal im Jahrhundert zum Verkauf, dachte Tommy, als er die Handbremse seines Autos auf der steilen Zufahrt anzog, die nach unten zum Haus führte. Er meinte, gelesen zu haben, dass Austlid auch noch ein großes Anwesen in Südafrika besaß, das er in einem Interview ebenfalls als *Ferienhäuschen* bezeichnet hatte. Auf die Tatsache, dass die Reederfamilie die Immobilie angeblich durch einen Strohmann noch während der Apartheid gekauft hatte, war Austlid in dem Interview nicht eingegangen.

Tommy sah zu dem schwarzen BMW X5 hinüber, der vor

dem Haus parkte. Als er nach unten ging, öffnete sich die Autotür.

Tommy zeigte auf seinen Dienstausweis, blieb dann aber zur Sicherheit mit ausgestreckten Armen stehen. Es brauchte nicht viel, um in diesen Zeiten erschossen zu werden.

Er erachtete es als sicherer, zu warten, bis die Bodyguards bei ihm waren und konstatierten, dass sie beide denselben Arbeitgeber hatten.

Austlid selbst öffnete ihm die Tür. Der Mann war sonnengebräunt und sah weit jünger aus, als seine siebenundsechzig Jahre es hätten vermuten lassen. Sein Händedruck zeugte ebenfalls von juveniler Energie. Er sah Tommy direkt in die Augen und drückte kurz und so kräftig zu, dass selbst Tommy, der kein Schwächling war, für einen Moment Schmerzen empfand.

»Sie sind also Christians neuer Laufbursche?«, sagte er.

»Für einen Laufburschen bin ich wohl ein bisschen zu alt«, erwiderte Tommy und entschloss sich unmittelbar, Austlid nicht zu mögen.

»Ich habe eine halbe Stunde«, sagte Austlid. »Maximal.« Dann führte er Tommy etwas widerwillig auf die Terrasse mit großartiger Aussicht auf Asker und Bærum.

»Sie suchen also nach Hanna Svarstad, habe ich das richtig verstanden? Auf Christians private Rechnung?« Tore Austlid goss sich einen Kaffee ein, ohne Tommy etwas anzubieten. Er trug ein blaues Hemd mit hochgekrempelten Ärmeln zu einer offensichtlich maßgeschneiderten Anzughose. Auf dem Tisch lagen ein Stapel Dokumente und daneben zwei Handys, ein iPhone und ein etwas eckiges Krypto-Handy.

»So in der Art«, sagte Tommy.

»Was, glauben Sie, ist mit ihr passiert?«, fragte Austlid.

»Das wollte ich Sie fragen«, antwortete Tommy.

Austlid nickte, sagte aber nichts.

»Kannten Sie Leif Wilberg gut?«, fragte Tommy.

Die Frage schien Austlid zu überraschen. Er schnaubte leicht, dann nahm die Tasse von der linken in die rechte Hand und sah demonstrativ auf seine Armbanduhr.

»Sie haben bereits eine Minute verbraucht, Bergmann. Ich schlage vor, dass Sie mich Sachen fragen, die Sie nicht schon wissen.«

»Können Sie mir sagen, womit Sie, Hanna Svarstad und Anne-Marie Edvardsen gearbeitet haben?«

»Das wissen Sie doch sicher auch.«

Eines der Handys, das iPhone, klingelte tonlos. Tore Austlid griff danach, legte es aber gleich wieder hin. Tommy versuchte einen Blick auf die Nummer zu erhaschen.

»Also, was glauben Sie, ist mit Hanna passiert?«, fragte Tommy. »Ist sie tot?«

Tore Austlid wartete mit der Antwort.

»Ihre Frage ist ebenso berechtigt wie meine«, sagte er schließlich. »Ich habe keine Ahnung. Vielleicht ist sie tot, vielleicht galt die Bombe ihr. Was weiß ich? Ich bin zum Glück ja kein Ermittler.« Tore Austlid wich Tommys Blick aus, stand auf und trat ans Geländer der Terrasse.

»Worüber haben Sie und Leif Wilberg in den Wochen vor seinem Tod gesprochen?«, fragte Tommy.

Tore Austlid ließ das Geländer los und drehte sich langsam um. Mit einem Mal wirkte er nicht mehr so sonnengebräunt und energisch wie zuvor.

»Die Verhandlungen«, sagte Austlid. »Leif war mein Mentor, das wissen Sie sicher.«

»Etwas konkreter bitte. Worüber haben Sie gesprochen?«

»Ich habe schon eine stundenlange Befragung hinter mir, Bergmann. Und ich habe nicht vor, noch mehr zu sagen, als ich es bereits getan habe. Lesen Sie die Protokolle. Außerdem sind das höchst sensible Informationen, so sensibel, dass Leif dafür mit dem Leben bezahlt hat. Und jetzt ist auch noch Hanna verschwunden, und ich habe keine Ahnung, wo sie steckt. Hanna ist eine meiner zentralsten Mitarbeiterinnen in einem Vorhaben, das unserem Außenminister den Nobelpreis sichern kann, sollten wir Erfolg haben. Christian soll Ihnen ein Protokoll der polizeilichen Vernehmungen beschaffen. Ich kann Ihnen nur sagen, dass ich diesen Ort hier noch heute verkaufen würde, wenn Hanna dafür morgen wieder bei der Arbeit wäre. Was Leif angeht, war er, wie gesagt, seit Jahren mein Mentor. Er hat bei diesen Verhandlungen im Hintergrund die Fäden gezogen. Ich habe Leif sehr geschätzt, das ist alles, was ich Ihnen sagen kann. Es ist kaum ein Tag vergangen, an dem wir nicht miteinander gesprochen haben.«

Austlid verstummte abrupt.

Das iPhone auf dem Tisch klingelte erneut. Austlid sah auf seine Armbanduhr.

»Ich glaube, das bringt hier nichts.«

»Versuchen Sie bitte, sich konkreter daran zu erinnern, worüber Leif und Sie gesprochen haben. Vielleicht waren das nicht nur die Verhandlungen, vielleicht war da noch etwas anderes, an das Sie noch nicht gedacht haben.«

Austlid blieb stumm.

»Ich kann Anne-Marie Edvardsen nicht erreichen. Sie war die Letzte, die mit Hanna Kontakt hatte. Und Sie sind auch nicht gerade redselig. Da ist es schwierig, einen guten Job zu machen.«

Austlid nickte, schwieg aber weiterhin.

»Hat Wilberg auf irgendetwas reagiert, das Sie gesagt haben? Etwas, das vielleicht nichts mit den Verhandlungen zu tun hatte?«

»Was sollte das gewesen sein?«

»Werden die Verhandlungen wie geplant weitergehen?«

»Nein«, sagte Austlid. »Natürlich nicht. Hanna ist verschwunden. Wie vom Erdboden verschluckt. Ich war total abhängig von ihr. Annema ist gut. Sie genießt, unter uns gesagt, bei den Palästinensern aber nicht dasselbe Vertrauen wie Hanna. Annema war immer eine gute Schülerin, wenn Sie wissen, was ich meine. Sehr vertrauenserweckend und eine brillante Verhandlerin, aber nicht so genial und schlagfertig, wie Hanna es sein kann.« Er kam zum Tisch und warf einen Blick auf das Handy, ohne es in die Hand zu nehmen.

»Tut mir leid, wenn die Gefühle mit mir durchgehen. Das alles ist einfach ein bisschen viel für mich.«

»Erzählen Sie mir von ihr. Was für eine Beziehung haben Sie zu Hanna Svarstad?«

»Was meinen Sie mit *Beziehung*?«

»Ich versuche mir ein Bild von ihr zu machen.«

»Worauf wollen Sie hinaus?«

»Wann sind Sie sich zum ersten Mal begegnet?«

Tore Austlid blieb stumm. Dann fuhr er sich mit der Hand durch die nach hinten gekämmten Haare.

»Sie waren noch in Beirut, als Hanna Svarstad entführt wurde?«

»Also«, begann Austlid. »Diese Entführung … ich weiß nicht, die hat Leif irgendwie verändert.«

»Waren Sie in die Entführung verwickelt?«

»Sie fragen, ob ich sie gekidnappt habe?« Austlid schnaubte.

»Ob Sie bei der Befreiung irgendwie beteiligt waren? In Beirut?«

»Nein, Leif hat das Ganze gemeinsam mit Oslo gesteuert, wobei uns vermutlich auch die Amerikaner irgendwie geholfen haben. Vielleicht auch die Franzosen. Leif hat nie darüber gesprochen.«

»Was ist mit Anne-Marie Edvardsen? Erzählen Sie mir etwas über sie.«

»Annema? Was soll ich da erzählen?«

»Sie kennen sie gut?«

»Besser als Hanna Svarstad. Sie steht mir nahe, das hat sie immer getan, persönlich wie politisch. Annema war nie Kommunistin, um es mal so zu sagen. Annema und ich waren Leifs einzige Angestellte, sieht man mal von den lokalen Leuten da unten ab. Ich rede jetzt von den zwei, drei Jahren Anfang der Achtziger in Beirut. Unter solchen Verhältnissen lernt man sich gut kennen. Annema hat viele Jahre hart gearbeitet, vor allem für die Beziehungen mit dem Nahen Osten, aber als Diplomatin wollte sie in eine Botschaft in einem relativ ruhigen Land. Wir werden alle nicht jünger, verstehen Sie.«

Tommy widerstand der Versuchung, zu fragen, ob Tore Austlid Österreich wirklich für ein ruhiges Land hielt. Insbesondere die Hauptstadt.

»War sie irgendwie an der Befreiung Hanna Svarstads beteiligt?«

Tore Austlid schüttelte vorsichtig den Kopf.

»Nicht, dass ich wüsste. Leif hat das allein geregelt. Annema war damals noch ziemlich frisch im Amt, eine Unschuld vom Lande. Sie hat Leif allen möglichen Mist abgenommen, um es mal so zu sagen, von der Haushälterin bis hin zum Fahrer … Ja, ich rede von Bestechungen, *you name it.* Sie hat sich um alles gekümmert, damit das Leben da unten irgendwie weiterging. Es war manchmal lebensgefährlich, in Beirut zu arbeiten, und wir hatten niemanden in der Verwaltung, sodass Annema sich auch darum kümmern musste.«

»Später war sie dann auch sie viele Jahre in Washington?«

Tore Austlid lachte leise, hielt den Mund aber geschlossen. Für Tommy hörte sich der Laut, der aus Austlids Nase kam, ziemlich verächtlich an.

»Was wollen Sie damit andeuten? Ist etwa irgendwas falsch daran, in Washington zu arbeiten? Wenn man nicht in Washington war, hat man kaum Chancen, bis ganz nach oben zu kommen, Bergmann. Sie kennen sich mit den Karrierewegen innerhalb des Auswärtigen Dienstes offensichtlich nicht aus. Vermutlich mit anderen Dingen auch nicht. Alle, die im Außenministerium Rang und Namen haben, waren in Washington. Oder in Moskau. Wir sind ein Spiegelbild der Machtbalance in der Welt.«

Was meint er denn mit *alle*, fragte Tommy sich. Wer sind *alle*?

»Und Sie und Hanna Svarstad haben sich dann Anfang der Neunziger bei den Verhandlungen zum Oslo-Abkommen wiedergetroffen? Sie waren da ihr Chef, nicht wahr? Und Edvardsen war in der Zeit in Washington?«

»Annema war unsere Kontaktperson zu den amerikanischen Unterhändlern«, sagte Austlid. »Sie war häufiger im Weißen Haus als jeder norwegische Botschafter. Sie wusste über die Palästinenser und Israelis genauso Bescheid wie Hanna und ich. Deshalb wollte ich sie auch dieses Mal dabeihaben, auch wenn man in der Botschaft in Wien damit ja eigentlich nichts zu tun hat.«

Tore Austlid hörte abrupt zu reden auf, als hätte er das Gefühl, zu viel gesagt zu haben.

Das Telefon klingelte erneut. Tore Austlid trat mit leerem Blick an den Tisch, um das Gespräch entgegenzunehmen. Alles, was Tommy hörte, war Austlids kurzer Bescheid auf Englisch, er werde in einer Minute zurückrufen.

»Warum wollen Sie Annema in die Sache hineinziehen? Sie hat nie auch nur einer Fliege etwas zuleide getan. Sie sind nur hier, weil ich Christian einen Gefallen tun wollte. Sie können doch wohl eins und eins zusammenzählen, was Hanna angeht? Warum versuchen Sie es nicht bei Nils Aubert, dem fanatischsten ihrer damaligen Kommunistenfreunde? Leider ist er heute Vorsitzender des Außen- und Verteidigungsausschusses, sodass auch er über die Verhandlungen informiert ist«, sagte Tore Austlid und wedelte mit der Hand, als wollte er ihn wie ein lästiges Insekt verscheuchen. »Um ehrlich zu sein, habe ich nur darauf gewartet, dass mit Hanna irgendetwas passiert. Einmal Kommunist, immer Kommunist. Und ihr Kontakt mit der Hamas damals – muss ich noch mehr sagen? Verstrickt man sich auf diese Weise mit denen … nun, dann ist es nicht sicher, dass man noch lange lebt.«

»Sie meinen, dass sie für die Palästinenser gearbeitet haben könnte?«

»So weit würde ich nicht gehen«, sagte Tore Austlid. »Hanna war die ganze Zeit über das Ziel von boshaften Gerüchten. Ich bin kein Anhänger von Konspirationstheorien, Bergmann. Aber sie hat sich mit gefährlichen Menschen umgeben. Ich meine – Hamas? Hätten Sie sich mit denen eingelassen?«

»Was ist mit dem Patienten, den sie in Beirut in Sicherheit gebracht hat? Jemand meinte, sie sei schon damals PLO-Agentin gewesen?«

»Davon weiß ich nichts«, sagte Austlid.

»Nichts?«

Austlid schüttelte den Kopf.

»Versuchen Sie es bei Nils Aubert. Er ist jetzt ein Mann der Arbeiterpartei. Ich vertraue ihm aber nicht. Unter uns gesagt, war dieser Mann nie ganz koscher.«

»Sie waren damals auch in Beirut. Sie müssen sich doch Gedanken gemacht haben, weshalb Hanna Svarstad diesen Mann von der PLO aus dem Krankenhaus in Sicherheit gebracht hat?«

Austlid antwortete nicht gleich.

»Das Krankenhaus war komplett am Ende. Bei jeder sich bietenden Gelegenheit wurden Patienten in andere Krankenhäuser verlegt.«

Für eine Weile wurde es still, als wäre das Gespräch damit vorüber.

»Verstehe ich Sie richtig? Sie glauben, dass Hanna Svarstad tot ist?«, fragte Tommy.

»Tut mir leid, aber Sie müssen jetzt gehen.«

Tore Austlid nahm das Telefon und wählte eine Nummer.

»Sie waren in Al-Shubra«, sagte Tommy. »Das muss doch auch auf Sie einen starken Eindruck gemacht haben. Und auf Wilberg und Anne-Marie Edvardsen ... Waren die nicht auch dort?«

Austlid machte keine Anstalten, zu antworten. Er nahm nur die Dokumente und das Telefon, verschwand im Haus und schloss die Terrassentür hinter sich.

»Okay, verstanden«, sagte Tommy zu sich selbst.

Aus dem Auto versuchte er noch einmal, Anne-Marie Edvardsen zu erreichen, aber wieder meldete sich nur der Anrufbeantworter.

25. August 1982
Beirut

14

Hanna Svarstad wusste nicht mehr, wie viele Stunden sie jetzt schon im Dienst war. Seit einigen Minuten spielte ihr Kopf verrückt, sodass sie keinen klaren Gedanken mehr fassen konnte. War es gestern gewesen, dass sie Leif Wilberg vor dem Lager getroffen hatte? Oder am Tag davor? Die Beine gaben unter ihr nach, als sie aus dem Keller über die Treppe nach oben ging. Das Weinen der Kinder wurde leiser und leiser. Sie legte ihre Finger um das Geländer und versuchte, mehrere Stufen auf einmal zu nehmen, nur damit sie die Geräusche nicht mehr hören musste.

Heute Abend, dachte sie. Heute Abend treffe ich Leif Wilberg. Bereute sie es bereits? Ja.

Als sie auf dem Treppenabsatz der dritten Etage war, gingen ihr die Kräfte aus. Sie sackte auf dem kalten Beton zusammen und legte den Kopf in die Hände. Für ein paar Sekunden war es vollkommen still. Hanna konnte sich nicht daran erinnern, wann es das letzte Mal so still gewesen war. Im Frühjahr? Als sie in Israel gewesen war? Vielleicht.

Ganz ohne Vorwarnung überkamen sie die Tränen.

Bilder, die sie nicht sehen wollte, flimmerten, wie von einem Filmprojektor abgespielt, über ihre Netzhaut. Nicht jetzt. Sonst würde sie die letzten Stunden des Arbeitstages niemals schaffen. Sie fuhr sich mit den Nägeln über das Gesicht, dann krallte sie die Finger in die dünne Haut ihrer Unterarme und drückte so fest zu, wie sie nur konnte.

Nicht weinen, dachte sie. Du darfst jetzt verdammt noch mal nicht weinen.

Was hatte diese plötzliche Trauer nur ausgelöst? Der Geruch des arabischen Arztes, der frisch geduscht war? War es das gewesen?

Eine Etage unter ihr fiel eine Tür ins Schloss, und eine Wolke von Dieselabgasen stieg zu ihr hoch. Tod, Blut und Diesel, nicht mehr lange, und alles roch gleich.

Sie stand auf und ging weiter nach oben. Der Treppenabsatz der fünften Etage war weggebombt. Eine Granate hatte ein großes Loch in die Wand gesprengt, durch das nun das Morgenlicht hereinfiel. Die Nacht des Angriffs würde sie nie vergessen, noch heute spürte sie den Herzschlag der Kleinen nahe an ihrem eigenen.

Aber es war gut gegangen. Sie und das Mädchen hatten überlebt. *Guten Menschen ist das Glück hold,* hatte er immer zu ihr gesagt.

Bis das Glück dann irgendwann aufgebraucht war und es ihn nicht mehr gab. Von einem Augenblick auf den anderen. Der Gedanke, dass er niemals mehr zurückkehren würde, war unerträglich. *Niemals.* Waren Menschen überhaupt imstande, die Bedeutung dieses einen Wortes zu fassen?

Sie öffnete die Tür der vierten Etage und wäre fast mit dem jungen jordanischen Arzt, Hassan, zusammengestoßen, der nach draußen hastete. Seine Augen wirkten erloschen. Die Niederlage stand ihm ins Gesicht geschrieben. Auch er hatte sich für diese Freiwilligenarbeit gemeldet, um der PLO zu helfen, Beirut fest in ihre Hand zu bekommen, doch jetzt war die Niederlage unausweichlich. Wenn die Verteidigungslinien der Palästinenser schon bei der ersten nächtlichen Bodenoffensive durchbrochen werden konnten, war ein Waffenstillstand die beste aller Lösungen. Auf mehr konnten sie nicht hoffen. Die Niederlage setzte ihnen allen zu. Sie waren nicht gekommen, um unschuldige Kinder und Frauen zu retten, die ins Kreuzfeuer geraten waren, sondern um einen Beitrag zu leisten, damit dieser Krieg gewonnen würde. Aber galt das auch für sie?

Hannas Finger griffen wie automatisch nach dem Ausweis, den sie um den Hals trug. Sie studierte das Logo des Roten Kreuzes, dann den roten Halbmond und zum Schluss ihr Foto. Dass sie einmal so jung ausgesehen hatte, so unbekümmert, verwunderte sie. Sie lächelte, als glaubte sie wirklich daran, dass es auf dieser Welt etwas gab, das ein Lächeln wert war.

Das Lager war am Morgen von den Israelis übernommen worden. Bis die internationalen Truppen eingetroffen waren, um die Waffenruhe zu sichern, hatten ausgerechnet die Israelis den Frieden im Innern wahren sollen. Positiv an der Waffenruhe war nur, dass die evakuierten Patienten jetzt wieder nach oben auf die höheren Stockwerke gebracht werden konnten, sodass sie vielleicht, irgendwann, wieder wie ein richtiges Krankenhaus arbeiten konnten. Die grausamen Nächte in den überfüllten Kelleretagen hätten dann endlich ein Ende. Kinder und Patienten waren dort zusammengepfercht worden wie Schweine in einem Schlachthaus.

Ein paar Gockel von den Vereinten Nationen waren bereits zur Inspektion im Krankenhaus gewesen, ein seltsamer Typ aus Sri Lanka und ein Italiener, der sich nur für die Frauen zu interessieren schien, aber Nils hatte recht: Sie standen unter der Kandare der Israelis und Amerikaner. Hanna wiederholte innerlich, was Nils schon vor Jahren gesagt hatte: Die Zionisten wollten nicht nur ganz Palästina, sie wollten auch Jordanien. Und warum nicht auch den Libanon? Dass Reagan Begin Einhalt geboten hatte, war nur ein Spiel für die Galerie. War die PLO erst vertrieben, würde Reagan sowohl Beirut als auch den Südlibanon Israel zuschlagen. Und das war nur noch eine Frage von Wochen. Die letzten Fatah-Krieger, die noch in der Stadt waren, hatten ihre Waffen abgegeben. Und auch die weiter westlich stationierten Fatah-Truppen würden früher oder später kapitulieren.

Im provisorischen Pausenraum stand Federico, ein italienischer Arzt mittleren Alters, und wusch sich die Hände. Hanna hatte vor dem Sommer für ein paar Wochen eine Art Beziehung mit ihm gehabt. Sie wusste nicht einmal, warum sie begonnen hatte, mit ihm zu schlafen, vielleicht um Trost zu finden, einen Rest von Sinn in diesem Leben.

Die Trauer in ihrem Inneren war dadurch aber nur noch größer geworden, gepaart mit der panischen Erkenntnis, dass sie niemals wieder richtig würde lieben können. Voller Wut dachte sie, dass man ihr im Grunde das Leben genommen hatte.

Federico hatte die Beziehung nach einem Heimaturlaub glücklicherweise beendet, vermutlich um seine Ehe zu retten.

»Diese Waffenruhe hat auch was Gutes«, sagte Federico. Die Israelis reparierten jetzt die Wasserleitungen, die sie selbst ein paar Wochen zuvor zerstört hatten. Sie hatten Treibstoff, Aggregate, Nahrung. Alles.

»Wenn die Hunderte von Toten erst aus dem Lager gebracht worden sind, wird niemand sich an sie erinnern«, sagte Hanna.

Darauf erwiderte Federico nichts, er trocknete sich die Hände mit den neuen Papiertüchern ab, die tags zuvor gekommen waren. Dann legte er seine Hand vorsichtig an ihr Kinn und hob ihren Kopf.

Er kannte sie zu gut, oder? Sein Blick war eindringlich, als sähe er, dass etwas nicht stimmte.

»Du darfst jetzt nicht einbrechen«, sagte er. »Hoch den Kopf!«

»Sieh mich nicht so an«, flüsterte sie. »Und red' nicht so'n Scheiß. Hoch den Kopf? Gehörst du jetzt auch zu *denen*?«

Er biss sich auf die Oberlippe, hielt sie aber weiter mir den Augen fest.

»Ich vermisse dich«, sagte er plötzlich.

»Lüg mich nicht an«, sagte Hanna und versuchte sich zu erinnern, wann er das nächste Mal nach Italien fahren würde. Je früher, desto besser.

Die Tür zum Flur wurde aufgerissen, dann waren schnelle Schritte zu hören, die sich rasch entfernten.

Federico nahm die Finger von Hannas Kinn. Sie begegnete Nils Auberts Blick. Der Mann sah aus, als hätte er seit dem Beginn der Belagerung nicht mehr geschlafen, was beinahe auch zutraf. Ein paar Stunden auf einer Decke im Keller waren alles, was er sich gönnen durfte, und das umgeben von Hunderten von weinenden Patienten. Sein Gesicht war ausdruckslos, unter den Augen hatte er große, dunkle Ringe. Er war in den letzten Jahren, in denen er immer wieder nach Beirut gekommen war, alt geworden, aber auf wen traf das nicht zu? Nur wenige waren so engagiert gewesen wie Nils Aubert. Er hätte von Zypern aus in einem Ruderboot übergesetzt, wenn das nötig gewesen wäre, um nach Beirut zu kommen. Manchmal spürte sie seine Anziehungskraft noch wie eine alte Narbe, die nie ganz verschwunden war.

Er legte sich auf das Sofa und starrte an die Decke.

»Federico, lass uns allein«, sagte er.

»Seit wann sagst du mir, was ich zu tun habe?«

»Tu einfach, was ich sage. Es ist wichtig. Ich kann dir das jetzt nicht erklären.«

Federico biss sichtlich wütend die Zähne aufeinander. Er zog demonstrativ langsam seinen weißen Kittel aus, als wollte er dem Kollegen signalisieren, dass er mit diesem Ort abgeschlossen hatte und keine Befehle von Nils entgegennahm. Der Kittel blieb auf dem Boden liegen, blutig und verschwitzt. Jede Routine und jede Infektionsschutzverordnung missachtend.

»Hanna?«

Sie antwortete nicht.

»Du musst nach Abdullah sehen.«

Sie blieb stumm, wusste nicht, was sie sagen sollte. Alles, was mit dem Patienten zu tun hatte, der unter dem Namen Abdullah rangierte, war verdächtig. Er lag im hintersten Zimmer im zweiten Stock des Westflügels. Ein Einzelzimmer, was in diesem überfüllten Haus an sich schon an ein Wunder grenzte. Er hätte eigentlich in den Keller oder ins Erdgeschoss evakuiert werden sollen, aber Nils hatte gesagt, die Verletzungen des Mannes seien dafür zu schwer. Nur Nils und Dr. Hassan durften zu ihm sowie zwei ägyptische Pfleger, die sie seit dem Beginn der Waffenruhe nicht mehr gesehen hatte.

Abdullah war vor einer Woche mit schweren Granatenverletzungen eingeliefert worden. Sie wusste nur, dass Abdullah nicht Abdullah hieß und die zwei Pfleger weder Pfleger noch Ägypter, sondern Fedajin-Soldaten waren. Hanna trat ans Fenster, in dem wie in fast allen Fenstern des Krankenhauses nur noch am Rahmen ein Rest Glas hing, und sah zu dem Gebäude auf der anderen Straßenseite hinüber. Das einfache Blechdach war zur Hälfte weggesprengt und ein Drittel der Giebelwand lag als Schutt auf der Straße.

»Abdullah?«, fragte sie und spürte für einen Moment, wie sie allein bei dem Namen Gänsehaut bekam.

»Ja.«

Warum ich?, dachte sie, sagte aber nichts.

Sie wusste, dass Abdullah während eines der schlimmsten Bombenangriffe von Nils und Hassan operiert worden war.

Jetzt waren die zwei Soldaten nicht mehr da, Abdullah musste aber noch zu schwer verletzt sein, um transportiert werden zu können. Nils und Hassan hatten ihn den letzten Tag selbst gepflegt. Sie rechnete damit, dass die beiden Soldaten tief im Viertel Al-Fakhani verschwunden waren, bevor die Israelis Ernst machten und ganz West-Beirut besetzten. Bis jetzt hatten sie das Hippodrom und die Viertel westlich der Damascus Road eingenommen, es war aber nur eine Frage der Zeit, bis sie ihre Spezialkräfte und Infiltratoren weiter nach Westen schickten, um Arafat selbst sowie seine Nummer zwei, drei und vier in der Rangordnung auszuschalten. Die Waffenruhe bot die perfekte Gelegenheit, um im Stillen zu operieren, sollte es Arafat nicht gelingen, freies Geleit aus Beirut zu verhandeln. Es gab generell nur wenige Wege nach draußen. Am einfachsten war der Seeweg, über den Abdullah aber nicht fliehen konnte Wollte er von hier weg, musste er den Weg nach Osten wählen, aber das war im wahrsten Sinn des Wortes ein Minenfeld.

Aber wer war er? Hanna wusste nur, dass der Mann wichtig sein musste und sicher nicht Abdullah hieß. Das war ein Codename.

»Warum ich?«, fragte sie.

»Weil ich dir diese Verantwortung übertrage. Mach kein Problem daraus. Es ist nur eine Frage der Zeit ist, bis die Israelis oder die Falangisten auch dieses Krankenhaus übernehmen, verstehst du? Sie werden auf der Jagd nach Menschen wie Abdullah alle Patienten überprüfen. Den UN-Kontrolleuren vertraue ich schon lange nicht mehr. Und die Amerikaner? Die Israelis hatten versichert, nicht in Beirut einzumarschieren, aber schau dich doch mal um. Sie schieben die Falangisten wie tolle Hunde vor sich her und waschen anschließend ihre Hände in Unschuld. Genau wie Pontius Pilatus. Für den

Waffenstillstand wollen sie sicher eine Gegenleistung. Dieser Waffenstillstand ist für die Medien, Hanna. Der hat keine Bedeutung. Sie werden das Krankenhaus durchsuchen. Es kann sich nur noch um Tage, vielleicht um Stunden handeln.«

Er wandte sich von ihr ab und krümmte sich, als hätte er Schmerzen. Dann legte er sich aufs Sofa.

Vorsichtig berührte sie seine Stirn. Sie war glühend heiß.

»Fass mich nicht an«, sagte er. »Pass auf dich auf.«

»Nils.«

Er hob abwehrend den Arm.

Wenn er nur nicht Typhus hat, dachte sie. Sie durfte sich nicht anstecken.

»Wo hast du Schmerzen?«, fragte sie, als wäre er ein ganz normaler Patient.

»Es geht mir gut«, erwiderte er.

»Das tut es offensichtlich nicht.« Er drehte ihr den Kopf zu. So müde hatte sie ihn nie zuvor gesehen, sein Gesicht glich einer Totenmaske.

»Ich hole Dr. Hassan«, sagte sie. Sein Allgemeinzustand schien sich mit jeder Minute zu verschlechtern..

»Verdammt«, sagte Nils. »Ausgerechnet jetzt, wo ich nach Hause wollte. Auf der Sommarøya baden gehen, das wollte ich. Fischen. Mich betrinken. Um sechs Uhr morgens nach Hause gehen und weiter trinken. In der Mitternachtssonne sitzen. Das Dunkel eines Winters erleben.«

Er begann, über sich selbst zu lachen. Es war wirklich, als redete ein komplett anderer Mann. Nils lachte weiter und klang immer verrückter. Hanna konnte ihm das nicht vorwerfen, er musste seit über zweiundsiebzig Stunden auf den Beinen sein. In der Nacht hatte er Verletzte aufgenommen und die Toten in einem Tempo aussortiert, wie sie es selbst niemals geschafft hätte.

»Ich kapiere nicht, wie du es hier so lange ausgehalten hast, Hanna. Ich an deiner Stelle – wäre vollkommen durchgedreht.«

Darauf entgegnete Hanna nichts.

»Wenn ich das hier nicht schaffe …«, sagte Nils und verstummte.

»Wie meinst du das? Natürlich schaffst du das. Du stirbst nicht.«

»Der Tod wartet auf uns alle, jeden verfluchten Moment, das weißt du ganz genau. Die Waffenruhe kann schon heute Nacht vorbei sein, auch wenn wir mit der israelischen Besatzung jetzt sogar sicherer sind. Ich war in Jordanien, Hanna, für die Israelis bin ich einer von denen, das weißt du verdammt gut. Für die bin ich ein Palästinenser, ein Krieger.«

Nils Aubert fasste sich an den Bauch.

»Du musst Abdullah hier rausbringen«, sagte er. »So schnell wie möglich. Ich schaffe das nicht mehr.«

»Hier *rausbringen*?«

»Hör mir gut zu. Sobald es dunkel wird, gehst du zum Märtyrerfriedhof. Bei den hintersten Gräbern wartet ein Mann. Er nennt sich Zahir, der Helfer. Er wartet auf mich. Vergiss nicht, dass die Gegend von den Israelis besetzt ist. Sei vorsichtig. Die Israelis haben die Stadt vom Hippodrom bis zum Meer und auf der anderen Seite bis zum Flughafen besetzt. Für die PLO bleibt bald nur noch die Halbinsel, ohne Zahir wirst du da nicht hinkommen. Er weiß, wo die Falangisten ihre Stellungen haben. Es sind gut zwei Kilometer von da bis zu den Hotels. Sie verlegen die Führung so nah an die Küste wie nur möglich. Sollte alles verloren gehen, könnte die Führungsspitze von dort innerhalb einer Stunde nach Zypern oder Griechenland evakuiert werden.«

»Zu den Hotels?«, hakte sie nach.

»Ja, zum Hoteldreieck. Du musst herausfinden, ob und wohin Abdullah verlegt werden soll. Und wenn ich das nicht schaffe, musst du das organisieren. Du musst die Befehle bekommen, Hanna.« Seine Stimme versagte für einen Moment, und er dämmerte weg.

Sie versuchte nachzudenken, doch es gelang ihr nicht.

»Und wie erfährt er, dass ich an deiner Stelle komme?«, fragte sie, bevor sie es bereuen konnte.

Seine Augen wurden für einen Moment wieder klar und er winkte sie zu sich.

Dann sagte er seinen Codenamen.

Er war leicht zu merken.

Schließlich wisperte er auch noch die Kennworte von Zahir und was sie ihm antworten musste.

Zwei arabische Sprichworte, die sie gut kannte.

Land ist wie Tage.

Sie brauchte keine Deutung. Eines Tages würde Israel untergehen.

14. Juli 2017
Tromsø

15

In Nordnorwegen überfiel ihn immer ein merkwürdiges Gefühl. Eine unbestimmte Mischung aus Freude und Trauer, als hätte er sein Leben hier oben leben sollen und nicht in Oslo. Kann mir egal sein, dachte Tommy, als das Taxi den höchsten Punkt der Strecke zwischen Flughafen und Stadt erreichte und langsam hinunter in Richtung Zentrum fuhr. Der Fahrer versuchte eine Art Gespräch in Gang zu bringen, aber Tommy antwortete nur einsilbig. Er sah hinüber zu den Bergen auf der anderen Seite des Sunds, zur Eismeerkathedrale, zum Skilift, zum Tromsdalstinden.

Würde Susanne mit ihm hier hoch ziehen?

Sie hatte im Winter ihre eigene Kanzlei in Oslo eröffnet und bis zum Frühsommer um jeden Auftrag gekämpft, bis sie ziemlich unerwartet zur festen Verteidigerin am Osloer Bezirksgericht ernannt worden war. Seither hatte er sie kaum mehr gesehen. Bald würde Mathea ausziehen, und dann wären sie sich selbst überlassen. Hier oben würde sie keine Schwierigkeit haben, Aufträge zu bekommen, und auch für ihn gäbe es hier Möglichkeiten. Aber der Job war nicht das Problem. Susanne würde niemals ihre einsame Mutter verlassen, die im Geld schwimmende Eiskönigin, die mit eiserner Hand ihre Kinder und Enkel zu dirigieren versuchte.

Er ärgerte sich über seine eigenen Gedanken. Zunächst einmal musste er sich an die eigene Nase fassen. Seine Mutter stammte zwar aus dem Norden, und er hatte eine melancholische Sehnsucht nach diesem Teil des Landes, aber die Winter hier oben würde er niemals überleben.

Der Wagen hielt vor einem Neubau aus Glas und Beton direkt am Wasser, von dem aus Nils Aubert und die anderen Bewohner des Hauses eine spektakuläre Aussicht haben mussten. Ein fast schon kitschiges Postkartenpanorama. Wobei das vielleicht eine untergeordnete Rolle spielte, wenn es das halbe Jahr dunkel war.

Außerhalb der großzügigen, dreimonatigen Parlamentsferien wohnte Nils Aubert in einer der Parlamentarierwohnungen im Parkveien in Oslo, wenn er auch laut einem Zeitungsartikel, den Tommy gelesen hatte, alles daransetzte, jedes Wochenende zu Hause in Tromsø zu sein. Der alte Marxist, der mittlerweile zum aussichtsreichsten Kandidaten der Arbeiterpartei für das Amt des Außenministers avanciert war – wenn sie denn jemals wieder eine Wahl gewinnen würden –, litt in seiner Heimatstadt keine Not, konstatierte Tommy.

Die Stimme, die aus der Gegensprechanlage ertönte, klang ebenso gleichgültig wie zuvor am Telefon.

»Hanna?«, hatte er gesagt. »Die kommt schon zurecht. Sie hat neun Leben und bestimmt noch nicht alle aufgebraucht.«

Auberts Frau, sicher dreißig Jahre jünger als er selbst, öffnete die Tür. Hinter ihr erstreckte sich die spektakuläre Aussicht aus der über zwei Etagen reichenden Penthousewohnung. Er lief über die exklusiven Teppiche im Eingangsbereich und sah nach rechts und links. Die Kunstwerke, die hier hingen, mussten ein Vermögen wert sein, der alte Kommunist Per Kleiva schien das riesige Wohnzimmer zu dominieren. Nils Aubert hatte Tommy den Rücken zugedreht, als hätte er das ganze Arrangement geplant: Seine junge Trophäenfrau sollte öffnen, während er in seinem Sessel thronte und das Spektakel vor den Wohnzimmerfenstern betrachtete.

»Schöne Wohnung«, sagte Tommy, nachdem Aubert sich umgedreht hatte.

Aubert nickte nur stumm. Obwohl er den Mund nicht geöffnet hatte, spürte Tommy die Aura von Autorität. Die feinen Gesichtszüge, mager wie bei einem Windhund, und die hohen Wangenknochen verliehen ihm in gewisser Weise ein indianisches Aussehen. Er trug ein hellrosa T-Shirt und ein paar ausgewaschene, aber sicher teure Jeans. Aubert war barfuß, wozu die Temperaturen eigentlich nicht einluden. Offensichtlich wollte er zur Schau stellen, dass er noch immer – wenigstens in der Freizeit – ein waschechter Radikaler war.

Im Fernsehen sah Aubert immer wie ein erzkonservativer Politiker aus. Man sagte über ihn, er trüge immer einen

Schlips, weil das seine Chancen steigerte, Außenminister zu werden. Tommy musste aber einräumen, dass Aubert seine Rolle als Staatsmann gut spielte. Aubert war seit vielen Jahren eine Figur der norwegischen Öffentlichkeit, an der die Geister sich schieden. In den letzten Jahren hatte er sich mehr Freunde rechts der Arbeiterpartei als links davon gemacht. In den marxistischen Studienkreisen der Siebzigerjahre schien er gelernt zu haben, wie man sich in Richtung Macht manövrierte.

Aubert stand nun auf und kam auf ihn zu. »Darf ich Ihnen etwas zu trinken anbieten?«, fragte er, als er Tommys Hand nahm. »Oder zu essen? Für ein kurzes Gespräch haben Sie einen langen Weg hinter sich. Ich bin selbst erst heute Vormittag aus Oslo gekommen, aber ich bin das Pendeln ja gewohnt. Wasser? Oder lieber einen Drink? Es ist ja Freitag.«

»Vielleicht beides«, sagte Tommy. »Was haben Sie in Oslo gemacht? Ich dachte, Sie hätten in dieser Zeit Urlaub?«

»Ach, dies und das«, entgegnete Aubert. Seine Stimme klang freundlich. »Sitzungen, Gespräche, Sie wissen schon, man versucht doch die ganze Zeit, an irgendwelchen Strippen zu ziehen. Und dann habe ich noch meine älteste Tochter getroffen, die dort wohnt. Ich stamme ja eigentlich aus Oslo, aber das wissen Sie bestimmt schon. Dann sagen wir, einen Whisky, okay?«, fragte Aubert, verschwand in der Küche, kam aber gleich darauf mit leeren Händen zurück. Nach ein paar Minuten Smalltalk über die Aussicht – Aubert hatte Tommy ein großes Fernglas gegeben und ihm verschiedene Stellen auf der anderen Seite des Sunds gezeigt – kam seine Frau mit einem Tablett.

Sie stellte einen doppelten Whisky vor Tommy ab, außerdem ein Glas Rotwein, eine Flasche Pellegrino und ein paar Tellerchen mit Tapas.

Tommy dachte, dass die Rollenverteilung schlecht zu Auberts früherem Radikalismus passte. Trophäenfrau und Bedienung in Personalunion.

Tommy aß schweigend, während Aubert über Hanna Svarstad sprach.

»Zum ersten Mal getroffen habe ich sie in der Schule des Roten Kreuzes hier in dieser Stadt.«

Meine Mutter war da auch ein paar Jahre, dachte Tommy, sagte aber nichts.

»Ich habe da ein paar Stunden in der Woche unterrichtet. Hanna war Erstsemester, hat parallel aber einen Kurs in Notfallmedizin belegt. Ich muss eingestehen, dass ich mich ziemlich schnell in sie verliebt habe. Es dauerte ein Jahr, dann hat sie Schluss gemacht. Anschließend gab es so eine On- und Off-Zeit. Diese Frau war etwas ganz Besonderes.«

Tommy war nicht entgangen, dass Aubert von ihr in der Vergangenheitsform sprach, das bemerkte dieser offensichtlich.

»Ich meine, ist«, sagte Nils Aubert. Er ließ den Wein im Glas kreisen und nahm einen großen Schluck.

Tommy nickte. »Alle, mit denen ich gesprochen habe, reden so, als wäre sie schon tot«, sagte er. »Sie auch?«

»Ich habe nie auch nur einen Menschen aufgegeben, den andere für tot gehalten haben, verstehen Sie?« Nils Aubert hob die Hände. »Ich will mich nicht selbst loben, aber diese Hände haben viele Menschen vor dem sicheren Tod bewahrt, einfach, weil ich nicht weiß, was Aufgeben bedeutet.« Er lächelte ein trauriges Lächeln, als hätte er zu viel Elend gesehen, um sich über seine Erfolge freuen zu können.

»Und in Beirut haben Sie Leif Wilberg kennengelernt?«

»Das erste Mal getroffen habe ich ihn in Beirut, und danach immer wieder. Leif war ein guter Mensch. Er ist unersetzbar, und es ist wirklich lange her, dass ich so geweint habe wie letzten Freitag. Er war ein Freund meines ältesten Bruders, wir hatten ja beide so einen Background als Salonlöwen, wie ich das gern nenne. Er hat mich nicht wie einige andere alte Freunde als Klassenverräter abgestempelt, als ich zu den Marxisten ging. Wobei ja viele zu den Kommunisten kamen. Ein alter Kamerad aus der Schule hat mich immer nur als *rote Sau* bezeichnet. Ich galt damals ja wirklich als Staatsfeind Nummer eins. Ich und Pål Starheim. Jetzt bin ich längst wieder von der Gesellschaft aufgenommen worden. Mein Vater wäre sicher zufrieden, wenngleich er die Arbeiterpartei damals auch nicht sonderlich mochte. Er hätte sicher gesagt: *Was habe ich gesagt, jeder kommt irgendwann zur Vernunft.*«

Nils Aubert lächelte auf eine Weise, die Tommy als echt erachtete. Es war leicht, zu glauben, dass dieser Mann einem nur Gutes wollte. Aber er war weiß Gott schon früher getäuscht worden, dachte Tommy.

»Und Hanna Svarstad, sie war doch auch sehr links?«

Nils Aubert nickte.

»Wir drei waren ziemlich radikal. Aber Hanna hatte das Aussehen auf ihrer Seite, was ihr in vielerlei Hinsicht geholfen hat. Nach der israelischen Invasion im Libanon 1978 sind Hanna und ich nach einer Anti-Israel-Demo verhaftet worden, aber der Osloer Polizeiinspektor hat wörtlich gesagt, Hanna sei zu hübsch für eine Marxistin. Er hat einfach nicht geglaubt, dass sie dazugehörte.«

Nils Aubert schwelgte einen Moment in der Erinnerung, dann hob er den Zeigefinger seiner rechten Hand, als wollte er etwas sagen, tat es aber nicht.

»Haben Sie oft mit Wilberg gesprochen?«

»Ziemlich, in den letzten Jahren wurde es aber weniger.

Das heißt, bis letzten Winter, als die ersten Sondierungen und Verhandlungen begannen.«

»Hat er nie gesagt, dass ihn etwas quält? Ist Ihnen da nie etwas aufgefallen?«

Aubert schüttelte den Kopf.

»Was, glauben Sie, ist mit Hanna geschehen?«, fragte Tommy.

Nils Aubert schüttelte den Kopf.

»Ich habe wirklich keine Ahnung. Leider.«

»Wie war Ihr Verhältnis zur PLO?«

Aubert richtete sich instinktiv auf.

»Worauf wollen Sie mit dieser Frage hinaus? Sie wissen sicher, dass ich damals ein guter Freund von Jassir Arafat war. Jeder, der damals in Beirut war, hat irgendwie für die PLO gearbeitet. Das ist kein Geheimnis, das war ja der Sinn der Sache. In den Siebzigern war ich auch Anhänger von Mao und Pol Pot, aber das habe ich längst hinter mir gelassen und dafür um Entschuldigung gebeten. Aber hinter Arafat stehe ich noch immer. Seinen Terror kann ich nicht gutheißen, aber die Forderung der Palästinenser nach einem eigenen Staat halte ich für legitim. Dafür setze ich mich noch immer zu hundert Prozent ein.«

»Wie sieht es mit dem Schwarzen September aus?«

Auberts Augen wurden schmal, es sah aus, als steckte doch noch ein überzeugter Marxist in ihm.

»Für die Nazis war der Widerstandskämpfer Max Manus ein Terrorist, das wissen Sie ganz genau.«

»Dann sind israelische Zivilpersonen, die von den Palästinensern getötet werden, also Nazis?«

Aubert hob die Hand.

»Lassen Sie uns damit jetzt nicht anfangen«, sagte er. »Ich dachte, sie wollten etwas über Hannas Verbleib herausfinden?«

»Wann haben Sie zuletzt mit Hanna gesprochen?«

Aubert schnitt eine Grimasse, die Tommy nicht zu deuten wusste. Er glaubte aber, dass Aubert sich nicht so leicht aus der Bahn werfen ließ.

»Das weiß ich nicht so genau. Anfang des Sommers, glaube ich.«

»Nicht an den Tagen vor ihrem Verschwinden?«

Aubert schüttelte den Kopf.

»Haben Sie oft miteinander gesprochen?«

»Ein paarmal im Monat, manchmal öfter. Seit dem Frühjahr sicher öfter. Ich wurde früher ja schon einmal abgehört, aber das wissen Sie bestimmt. Ich denke, Sie haben Zugang zu meiner gesamten Kommunikation. Manchmal treffen wir uns auch ganz privat zum Essen und reden über alte Zeiten.«

»Wie ist das mit Anne-Marie Edvardsen?«

»Ob ich mit ihr rede?«

Tommy nickte.

»Nicht so oft wie mit Hanna, bei Weitem nicht. Ich habe sie ein paarmal in Beirut getroffen, aber nur flüchtig. Und dann wieder bei einem Empfang in Washington Anfang der Neunziger. Danach ein paarmal in Europa, sie war an vielen verschiedenen Orten. Ich weiß nicht, wann ich das letzte Mal mit ihr geredet habe, ich erinnere mich aber noch sehr gut an den USA-Besuch, das muss kurz nach dem Golfkrieg gewesen sein. Wir hatten in dem Jahr ein paarmal miteinander zu tun, aber Annema und ich haben nicht so viele Gemeinsamkeiten, um es mal so zu sagen. Tief in ihrem Inneren hat sie bestimmt noch ihr Gottvertrauen. Sie hat damals für Leif einen guten Job gemacht, aber …«

»Aber?«

»Ach nichts«, sagte Aubert.

»Es könnte wichtig sein«, sagte Tommy. »Ich habe versucht, sie anzurufen, sie geht aber nicht ans Telefon.«

»In Beirut«, begann er. »Wir Norweger hatten untereinander ja Kontakt, und ja, Annema kam mir damals unheimlich gutgläubig vor, fast naiv, wenn Sie verstehen.«

Man muss schon naiv sein, wenn man mit einem Mann wie Frank Krokhol zusammenzieht, dachte Tommy. Was ihn daran erinnerte, dass er auch zu Krokhol musste. Mit ihm hatte er seit bald einem Jahr nicht mehr gesprochen.

Tommys Handy begann in seiner Hosentasche zu vibrieren.

»Was ist mit Tore Austlid? Haben Sie den auch in Beirut getroffen?«

Aubert schnaufte fast, dann nickte er.

»Tore Austlid war ein verdammtes Arschloch, das ist er bestimmt noch immer. Aber das dürfen Sie natürlich niemals zitieren. Ich sage Ihnen, sollte ich jemals diesen Ministerposten bekommen, würde ich ihn sofort in Pension schicken. Aber Leif hat ihn aus irgendeinem Grund vergöttert. Sie waren wie Vater und Sohn.«

Hypnos und Morpheus, dachte Tommy. »Wie Vater und Sohn?«, wiederholte er.

Nils Aubert legte den Kopf auf die Seite und sah dabei wie ein in die Jahre gekommener Hund aus.

»Klingt das so komisch für Sie?«, fragte er.

Tommy schüttelte den Kopf, hatte aber das Gefühl, dass Aubert weit mehr wusste, als er sagte.

»Überhaupt nicht.«

»Und Tore war wie besessen von Hanna. Ich konnte ihm seine Eifersucht regelrecht ansehen, als Leif schließlich bei ihr gelandet war. Er schien das nie überwinden zu können. Ich hatte lange den Verdacht, dass Tore nur so eng mit Leif war, um Hanna näherzukommen.«

Tommy versuchte, nicht überrascht auszusehen. Aus irgendeinem Grund traute er aber nicht allem, was Aubert von sich gab.

»Was an ihm hat Ihnen nicht gefallen?«

»Das meiste. Unsere Liebe war aber vermutlich gegenseitig«, sagte er sarkastisch. »Er verachtet mich. Er kommt ja auch aus einer wohlhabenden Familie, und Tore Austlid ist einer von denen, die in mir einen Klassenverräter gesehen haben. Er hasste mich damals, und er tut das sicher noch immer. Nein, Tore hat trotz seines Reichtums einige Entbehrungen in seinem Leben hinnehmen müssen. Er war schwer in Hanna verliebt, musste sich aber mit Annema begnügen.«

Tommy beugte sich vor.

»Was sagen Sie da?«

»Da unten hat jeder mit jedem geschlafen, das ist im Krieg wohl ganz normal. Tore und Annema hatten in Beirut ein Verhältnis. Soweit ich weiß. Das hat auf jeden Fall Leif mir erzählt.«

Tore Austlid und Annema Edvardsen, dachte Tommy. Sein unmittelbar schlechter Eindruck von Austlid wurde dadurch nicht sonderlich besser.

»Wie lange dauerte diese Beziehung?«

Aubert schüttelte den Kopf.

»Ich denke, so lange, bis Frank Krokhol sie ins Bett bekam.«

»Ich habe ein paar Fragen zu Hannas Entführung«, sagte Tommy.

Aubert unterbrach ihn, bevor er den nächsten Satz sagen konnte.

Gleichzeitig begann das Handy in Tommys Hose erneut zu vibrieren.

»Lassen Sie mich ehrlich zu Ihnen sein«, sagte Nils Aubert.

»Annema Edvardsen hat in Beirut eine Art Metamorphose durchgemacht. Sie hat im Auswärtigen Amt angefangen, um die Welt zu einem besseren Ort zu machen, sie war dabei aber sehr proamerikanisch und proisraelisch. Das Massaker von Al-Shubra hat sie verändert. Der Krieg macht so etwas mit den Menschen.«

Das Handy hörte zu vibrieren auf, begann aber gleich wieder.

»Tut mir leid«, sagte Tommy und zog das Handy aus der Hosentasche.

Er hoffte, dass Aubert nicht den Namen *Christian Wessel* auf dem Display gelesen hatte, und ging zur Verandatür.

Draußen nutzte er die Gelegenheit, um sich eine Zigarette anzustecken. Der Tromsdalstinden sah aus, als wartete er bereits auf den nächsten Winter.

Christian Wessel persönlich war am Apparat.

»Ich bin bei Nils Aubert«, sagte Tommy leise.

»Mist«, sagte Wessel, und Tommy verstand sofort, dass das Gespräch nicht lange dauern würde.

»Wir sollten nicht am Telefon darüber sprechen«, sagte Wessel. »Aber okay, es wird ohnehin bald herauskommen.« Seine Stimme war tonlos, flach, ganz fremd für ihn.

»Ich gehe davon aus, dass Sie Hamlet kennen?«

Tommy antwortete nicht. Er spürte einen Schauer auf dem Rücken und gab sich alle Mühe, wachsam zu bleiben.

»Geht es um Hanna Svarstad?«, fragte Tommy leise.

»Ihr Koffer ist gefunden worden«, sagte Wessel. »In einem Ferienhaus bei Helsingør. Unter einem Doppelbett. Ihre Kleider hängen im Schrank. Sie haben begonnen, den Öresund nach ihr abzusuchen. Sie glauben, dass sie in dem Haus gefangen gehalten und verhört wurde. Es gibt Blutspuren auf dem Küchenfußboden, die jemand wegzuwischen versucht hat. Morgen wissen wir, ob es ihr Blut ist. Ich weiß nicht, wann die Nachrichten durchsickern, es gibt Grenzen dafür, wie lange man so etwas geheim halten kann.«

»Helsingør?«, fragte Tommy. Es war das Vernünftigste, auf das er kam.

»Ich weiß nicht, was jetzt passieren wird. Hier herrscht das totale Chaos, Tommy. Alle rennen wie kopflose Hühner herum, ich verstehe gar nichts mehr.«

Tommy warf einen Blick auf seine Armbanduhr, dann stellte er das Handy auf Lautsprecher und googelte die Abflüge von Tromsø-Langnes. Er konnte spät am Abend in Dänemark sein. Auf jeden Fall morgen früh.

»Ich kann jetzt direkt nach Dänemark fliegen, soll ich?«

»Nein«, sagte Wessel. »Sie tun gar nichts. Sie fliegen zurück nach Oslo und warten die nächten Befehle ab. Kein Wort zu Nils Aubert. Sie fahren direkt nach Langnes. Geben Sie ihm keinerlei Hinweise. Ich vertraue diesem Mann nicht. Er hat die Persönlichkeit eines Verräters, davon war ich all die Jahre überzeugt. Ich zweifle daran, dass er wirklich ein Mann der Arbeiterpartei ist.«

Tommy rauchte seine Zigarette zu Ende, um bei Nils Aubert nicht mehr Misstrauen zu wecken als nötig.

Als er wieder ins Wohnzimmer kam, war Aubert verschwunden. Tommy hörte leise Stimmen aus der Küche. Eine Diskussion. Er hustete ein paarmal.

Aubert steckte den Kopf durch die Tür.

»Es ist etwas dazwischengekommen«, sagte Tommy. »Ich muss leider direkt los.«

Aubert musterte ihn, als verstünde er, was geschehen war.

»Geht es um Hanna?«

Tommy schüttelte den Kopf. »Ein anderer Fall, an dem ich arbeite.«

»Aha.«

Er wusste, dass Aubert ihn durchschaute, aber wie sollte man auch einen Chirurgen täuschen, der selbst schon so viele Hiobsbotschaften überbracht hatte?

Tommy hatte sich seine Schuhe angezogen und wollte sich von Aubert verabschieden.

»Ich sehe es Ihnen an. Sie brauchen nichts zu sagen«, sagte Nils Aubert. »Hanna ist tot.« Er blinzelte einmal. Eine Träne rann über seine Wange.

Warum bist du dir da so sicher?, dachte Tommy.

Teil 2

25. August 1982
Beirut

1

Der Friedhof der Märtyrer lag unweit der Flüchtlingslager. Hanna war schon mehrfach dort gewesen. Der muslimische Friedhof war nicht so verwahrlost wie manche christlichen Friedhöfe in Europa, auf die man sich nach Einbruch der Dunkelheit wegen all der Penner und Kriminellen gar nicht mehr traute.

Paradoxerweise hatte Hanna sich hier deshalb sicherer gefühlt als in London, Paris oder Oslo. Solange man sich in dieser vom Krieg so zerrütteten Stadt richtig verhielt und den Hinweisen folgte, die einem die Milizen in den jeweiligen Vierteln gaben, war man sicher. Sollte man dennoch von einem der unzähligen Heckenschützen erschossen oder Opfer einer Autobombe werden, war das Gottes Wille. Sie schauderte darüber, dass sie wie ihr Vater zu denken begonnen hatte. Wie viele Jahre war es jetzt her, dass sie zuletzt miteinander gesprochen hatten? Zehn? Vielleicht sogar mehr.

Etwas entfernt waren Bagger dabei, Massengräber auszuheben, in denen die Opfer der Massaker verscharrt werden konnten. Sie sollte mit den wenigen Familien fühlen, die an der Ostseite des Friedhofs standen und noch den Mut hatten, mit den Israelis zu diskutieren. Stattdessen dachte sie an die irrationale Logik ihres Vaters, als sie über den Friedhof nach Norden ging und sich den Schal etwas tiefer ins Gesicht zog.

Es ist Gottes Wille. Ich habe meine Entscheidung bereits gefällt.

Die weißen, dicht an dicht stehenden Marmorgräber waren hier und da mit Kerzen geschmückt, die in dem warmen Lufthauch flackerten. Schüsse waren nicht zu hören. Zum ersten Mal seit … wie vielen Jahren?

Sie hätte an einen anderen Mann denken sollen, aber sie dachte an ihren Vater, den christlichen Fanatiker, den Arzt der Gemeinde, der seinen Job aus Protest gegen das Abtreibungsgesetz gekündigt und sie in einen Kibbuz geschickt hatte. Wie stolz er gewesen war, als sie nach Hause gekommen und vom Jom-Kippur-Krieg erzählt hatte.

Trotz des entfernten Dröhnens der Bagger und des Zirpens der Zikaden in den Zypressen kam es Hanna ganz still vor.

In der letzten Gräberreihe hockte ein Mann. Sie sah nur seine Konturen, war sich aber sicher, dass er der richtige war. Sie drehte sich einmal langsam um.

Die nächsten Menschen waren mehr als fünfzig Meter entfernt, eine palästinensische Familie, die vor einem Grab kniete.

Der Mann blieb in der Hocke sitzen und rauchte, der Qualm der Zigarette stieg empor und verflüchtigte sich zwischen den Zweigen einer Zeder. Mit einem Mal erschien ihr das Zirpen der Zikaden nicht mehr leise, sondern unerträglich laut. Vor einem Grab in der Nähe blieb sie stehen.

Der Mann war nur zwei Meter entfernt, reagierte aber nicht.

»Zahir?«, fragte sie leise.

Er antwortete nicht.

»Land ist wie Tage«, sagte sie und starrte vor sich auf das Grab. In dem schwachen Widerschein der Kerze auf dem Grab nebenan erkannte sie eine alte, aufgequollene Fotografie in einem rostigen Rahmen. Ein junges Gesicht.

Der Mann nahm eine Kerze aus der Jackentasche. Stand auf, beugte sich vor und stellte sie auf den am Boden liegenden Grabstein. Dann zündete er sie an.

Das Zirpen war ohrenbetäubend, trotzdem hörte sie seine Antwort.

»*Ein Baum beginnt mit einem Samen*«, sagte er und nickte vor sich hin.

Hanna drehte sich nur einmal kurz zu ihm, mehr wagte sie nicht.

»Wo ist er?«, fragte er und nannte Nils' Codenamen.

»Er ist krank, schwer krank. Er ist mein Chef, er hat mich geschickt.«

Der Mann hockte sich wieder hin und zündete sich an der Glut der letzten eine neue Zigarette an. Das Geräusch der Zikaden schwoll an und ab, jetzt war es so laut, dass sie fürchtete, ihn nicht richtig zu verstehen.

»Ist *er* noch am Leben?«, fragte der Mann.

Hanna dachte für einen Moment, dass er noch immer über Nils sprach.

»A«, sagte der Mann.

»Ja.«

»Wird er auch morgen noch am Leben sein?«

»Das weiß ich nicht. Ich habe ihn noch nicht gesehen. Aber er muss in ein anderes Krankenhaus verlegt werden. Morgen oder spätestens übermorgen. Aber den Amerikanern vertraue ich nicht, die werden herausfinden, wer er ist. Er muss raus aus West-Beirut. Ich würde ihn ins St. Francis im Süden verlegen lassen. Ich werde versuchen, ihn irgendwie dorthin zu bekommen. Es ist nur wenige Viertel von der syrischen Botschaft entfernt, nur die können ihn im Moment retten. Mehr kann ich nicht tun«, sagte Hanna.

Der Mann schüttelte den Kopf.

»Wir haben keine Freunde mehr. Das ist kein Geheimnis. Sag deinem Chef, dass morgen er kommen soll.«

»Er hat mich geschickt, verstehen Sie das nicht? Er kann nicht gehen.«

»Ich weiß nicht, wer du bist.«

Sie antwortete nicht. Mit einem Mal erfüllte nicht mehr das Zirpen der Zikaden ihren Kopf, sondern das Rauschen ihres eigenen Blutes. Ihr Kopf schmerzte, und sie hätte am liebsten den Schal abgenommen. Die Hitze drohte sie zu ersticken, und auf einmal war auch der Gestank der Toten wieder da.

»Wie kann ich Sie überzeugen?«

Der Mann hob die Hand etwas an, die Zigarette zeigte in den schwarzen Himmel.

»Du sagst deinem Chef, dass er morgen zu unserer Vereinbarung Nummer eins kommen soll. Vorher kann A nicht verlegt werden. Kannst du das behalten?«

»Er wird das nicht schaffen. Sie hören mir nicht zu.«

Rechts von ihr näherte sich ein Geräusch, das immer lauter wurde. Es konnte sich nur um eine Militärkolonne handeln. Eine Minute verstrich, vielleicht mehr. Der Staub, der auf dem Asphalt aufgewirbelt wurde, machte ihren Mund noch trockener, als er schon war. Sie warteten eine weitere Minute, ohne dass Schritte zu hören waren. Dann war auch das Brummen der Motoren verstummt. Der ablandige Wind ließ ihren Schal flattern. Wieder dachte sie daran, ihn abzunehmen, als wäre der Wind eine Warnung.

»Bist du mit deinem Chef hierhergekommen?«

»Nein, ich bin schon zwei Jahre hier. Ich war es, der ihn hierhergeholt hat.«

»Dann kommst du zu Vereinbarung eins.«

»Was …«, setzte sie an, verstummte dann aber.

»Hast du Kinder?«

»Nein.«

»Wenn du mich betrügst, wirst du nie welche bekommen. Dann wird niemand in deiner Familie Kinder bekommen.«

Sie nickte.

»Dein Boss soll dich einweisen und dir Vereinbarung eins erklären. Reden kann er doch noch, oder? Du verschaffst dir einen Eindruck von A und bekommst morgen Abend deine Befehle, *inschallah.*«

»So Gott will«, sagte sie leise vor sich hin.

Der Mann machte auf dem Absatz kehrt und ging in Richtung Friedhofsmitte. Als sie sich umdrehte, war er verschwunden, verschluckt vom plötzlich hereingebrochenen nächtlichen Dunkel.

Die Bagger am anderen Ende des Friedhofs bewegten sich langsam, tonlos, hell erleuchtet von einem Strahler oben an den Kabinen. Ansonsten sah sie nur das schwache Flackern der Kerzen – wie Glühwürmchen in einer Sommernacht, weit, weit entfernt von dieser Hölle.

31. Juli 2017
Oslo

2

Es sollten mehr als zwei Wochen vergehen, bis Tommy wieder von Christian Wessel hörte. Aus Tommys Sicht war das ein schlechtes Zeichen. Immerhin, hatte er sich vor Augen gehalten, er war noch am Leben, was man von Leif Wilberg und vielleicht auch von Hanna Svarstad nicht sagen konnte.

Der Herbst lag unverkennbar in der Luft, als er über den Bürgersteig vor der Glacisgata 1 ging.

An der Rezeption wurde er von einer wortkargen Sekretärin abgeholt.

»Christian hat mich gebeten, Ihnen zu sagen, dass er in ein paar Minuten kommen wird«, sagte sie und verschwand ohne ein weiteres Wort.

Tommy starrte direkt in ein bekanntes Gesicht. Ein Mann saß mit dem Rücken zum Fenster auf der anderen Seite des elliptisch geformten Tisches in Wessels Büro.

»Guten Morgen«, sagte Olav Ruud und leerte mit verbissener Miene seine Kaffeetasse. Er sah aus, als bräuchte er eine ganze Kanne.

»Christian kommt gleich. Er musste erst noch ein paar Telefonate führen«, sagte Ruud. »Kaffee?« Er nickte in Richtung der Kanne.

Tommy schüttelte den Kopf.

Die Tür an der linken Seite des Büros flog auf und Christian Wessel trat ein, den Blick noch auf das Handy gerichtet, das er in der Hand hielt. Er tippte auf dem Telefon herum und starrte eine Weile auf das Display.

»Wir sind uns über eine Reihe von Dingen einig geworden«, sagte er, weiterhin sein Handy fixierend. »Nicht wahr, Olav? Es sind drei Wochen vergangen, und ihr habt noch immer keine Spur, steht noch immer mit leeren Händen da. Wir sehen wie Idioten aus, nicht wahr?«

Olav Ruud deutete ein Nicken an und sah wie ein beleidigter Teenager aus.

»Wir sind uns einig, dass wir zwei russische Agenten suchen, die in Beirut angeworben wurden, wo sie vermutlich für die Palästinenser gearbeitet haben. Morpheus und Hypnos. Mit großer Wahrscheinlichkeit finden wir sie in der Gruppe der Menschen, die in die Verhandlungen zwischen Israel und den Palästinensern involviert waren. Und zwar dieses wie letztes Mal«, sagte Wessel.

Er machte eine Pause und sah abwechselnd von Olav Ruud zu Tommy.

»Morpheus wollte an dem Tag nach Wien, an dem Leif in die Luft gesprengt wurde. Das Einzige, was wir mit Sicherheit wissen, ist, dass Leif Wilberg in die Luft gesprengt wurde und Hanna Svarstad aller Wahrscheinlichkeit nach tot ist.«

»Ja«, sagte Ruud.

Tommy sah ihn direkt an, aber Ruud starrte auf die Tischplatte.

»Des Weiteren sind wir uns einig, dass Sie, Tommy, für mich arbeiten. Und dass alles, was hier in diesem Raum besprochen wird, auch in diesem Raum bleibt. Besonders dumm wäre es, mit Ausländern über die aktuellen Entwicklungen zu sprechen, insbesondere mit Israelis. Nicht wahr, Olav? Die vergessen nicht so schnell.«

Ruud nickte.

»Sie sind nach Hause gefahren«, sagte Ruud. »Aber ich hätte ohnehin nichts darüber gesagt. Das musst du mir glauben, Christian.«

Sind sie nach Hause gefahren, weil sie ihren Job erledigt haben?, fragte Tommy sich, hielt aber wohlweislich den Mund.

Christian Wessel antwortete nicht. Er setzte sich auf den Stuhl am Ende des Tisches und strahlte etwas aus, das Tommy wie stille Macht vorkam.

»Das waren die guten Neuigkeiten«, sagte Christian Wessel. »Darüber hinaus haben wir verdammt viele schlechte Nachrichten.« Er las noch einmal etwas auf dem Display seines Handys und ließ den Kopf bedenklich lange gesenkt. Tommy sah kurz zu Ruud, der noch resignierter wirkte.

»Wirklich schlechte Nachrichten. Olav, zeig die Bilder.«

Ruud beugte sich vor und bewegte eine Maus, die auf dem Tisch lag.

Ein Bild von Leif Wilbergs Beerdigung erschien auf der Projektionsfläche am anderen Ende des Tisches. Ein weißer Sarg unter einem Berg von Kränzen. In der ersten Reihe die internationalen Würdenträger, Israelis, Palästinenser, Amerikaner.

»Nächstes«, sagte Wessel. Tommy war bis an die vorderste Kante seines Stuhls gerutscht, ob aus Anspannung oder aus Freude darüber, dass Ruud zum Assistenten degradiert worden war, wusste er nicht.

Das nächste Bild zeigte Hanna Svarstads Koffer unter einem Doppelbett in einem dänischen Ferienhaus. Dann folgten eine Bluse und ein Cardigan, die in den Schrank gehängt worden waren. Das Bett war nicht gemacht. An den Bettpfosten waren Kerben und Kratzer, als wäre sie irgendwie daran gekettet worden.

»Die Blutspuren stammen von ihr«, sagte Christian Wessel. »Die Dänen haben, wie Sie wissen, ganze zwei Wochen gewartet, um damit an die Öffentlichkeit zu gehen. Warum, weiß ich nicht.«

»Seltsam, dass sie keine Decke unter sie gelegt haben«, sagte Olav Ruud.

»Die Logistik, Olav. Das Aufräumkommando ist vermutlich zu Hause geblieben. Diesen Leuten ist es egal, wenn die anderen herausfinden, dass Hanna Svarstad ermordet wurde.«

»Das Haus liegt etwas abseits«, fuhr Wessel fort. Die andere Seite ist nicht einzusehen, man kann da problemlos hin- und wieder wegfahren.«

Olav Ruud klickte durch eine Reihe anderer Fotos, die ersten Bilder zeigten Karten von Helsingør, dann folgte das letzte bekannte Foto von Hanna Svarstad, als sie am Morgen des 6. Juli rauchend vor dem Flughafen Kastrup stand.

»Das wird sich schon klären«, sagte Wessel. Die Projektionsfläche wurde dunkel.

»Eine Liquidierung und ein Koffer«, sagte Tommy. »Sind wir uns da einig? Wie lange hat der Koffer da gelegen?«

»Vergiss die Details, Tommy«, sagte Wessel. »Es ist sicher nur eine Frage der Zeit, bis Hanna Svarstad irgendwo an einem Strand des Öresund angespült oder in einem Dickicht gefunden wird. Mit einer Kugel im Kopf. Jemand hat den Koffer da platziert, um uns zu verwirren. Eine Frau mit Namen Vera Gould, eine britische Staatsbürgerin, hat das Haus über ein Ferienhausportal gemietet. Der Schlüssel war an einem großen Kiosk in Helsingør in einer Schlüsselbox mit Codeschloss hinterlegt worden. Alles wurde vorher bezahlt, mit einer Kreditkarte einer Bank auf Malta. Eine verhältnismäßig junge Frau ist auf den Bildern der Überwachungskamera des Kiosks zu sehen. Sie trägt eine Schirmmütze und Sonnenbrille und hat dunkle Haare, zu einem Pferdeschwanz zusammengebunden. Man kann unmöglich herausfinden, wer das war.«

»Gould. Das ist ein jüdischer Name«, sagte Tommy. »Und Shlomo Liva hat einen englischen Pass genutzt, als er im Grand eingecheckt hat.«

»Es wäre doch verdammt dumm, ein Haus auf einen jüdischen Namen zu mieten, wenn man vorhat, ihr das Leben zu nehmen?«, gab Ruud zu bedenken.

»Kommt darauf an, was man bezwecken will«, sagte Tommy. »Oder Frau Gould ist Russin, haben Sie mal an diese Möglichkeit gedacht? Auf jeden Fall ist das doch wohl ein schlagendes Argument gegen Ihren Verdacht, dass Hanna Svarstad ihrem Mann das Leben genommen hat?«

»Lassen Sie sich nicht täuschen«, sagte Ruud. »Bestimmt ist sie längst in Moskau. Wenn sie nicht in Doha in der Sonne liegt.«

Tommy sah vom Mitarbeiter des Nachrichtendienstes zu Wessel.

»Vielleicht sollten lieber Sie als ich mit den Israelis zusammenarbeiten?«, sagte Tommy.

»Machen Sie sich nicht lächerlich. Sie haben doch gehört, dass die abgereist sind«, sagte Olav Ruud.

Wenn er nicht gefahren ist, weil sein Job erledigt war, dachte Tommy erneut.

»Und überhaupt, was wollen Sie damit eigentlich andeuten?«, fragte Olav Ruud.

»Beruhigen Sie sich.« Wessel sah Tommy über seine Lesebrille hinweg an. »Interne Streitigkeiten sind jetzt wirklich überflüssig. Ich brauche Resultate, keine verdammte Testosteronkonkurrenz.«

Eine etwas merkwürdige Stille machte sich im Raum breit, als hätten alle dieselben Gedanken wie Tommy.

»Sie unterliegen noch immer dem Vertraulichkeitsgebot, Bergmann, vergessen Sie das nicht«, sagte Olav Ruud. »Wenn das alles ist, würde ich gern mit meiner Arbeit fortfahren.« Er sammelte seine Papiere zusammen und ging aus dem Büro, ohne jemandem die Hand zu geben.

»Ich begleite Sie nach draußen«, sagte Christian Wessel zu Tommy. »Kümmern Sie sich nicht um Olav. Er ist es einfach nicht gewöhnt, dass andere über ihn bestimmen. Sie werden heute übrigens noch einen Anruf bekommen. Aber das wollte ich nicht sagen, solange Olav hier war. Und bleiben Sie geduldig, Tommy. Das ist wichtig. Ein Fehltritt, und alles geht den Bach runter.«

Als Tommy nach Hause kam, freute sich wenigstens Bulle, ihn zu sehen. Er legte dem großen Bullterrier die Leine an und machte sich auf zur langen Runde durch den Frognerparken. Er nahm den Weg über den Drammensveien und den Solli plass. An der Straßenbahnhaltestelle war das Leben wieder wie früher. Das zerbombte Auto war weg, keine tote Mutter, kein umgestürzter Kinderwagen. »Verfluchte Menschen«, zischte Tommy leise zu sich selbst, und im selben Moment sah Bulle zu ihm hoch, als dächte er gerade denselben Gedanken.

Eine seltsame Erleichterung überkam ihn, eine Art Übermut, die dazu führte, dass er mit dem Hund bis hinauf zum Rad des Lebens im Frognerparken ging. Er setzte sich auf eine der Bänke und musste unweigerlich an den Kunsthändler in Wien denken, Jan Schmidt.

Und an Shlomo Liva. Tommy hatte das Gefühl, als hätte dieser Mann eine Geschichte konstruiert, um ihn auf Abwege zu führen. Fast wäre es Liva gelungen, ihn ganz aus den Ermittlungen zu drängen. Etwas sagte Tommy, dass der lächelnde Israeli noch in Oslo war oder dort mindestens einen seiner Männer platziert hatte, einen anderen als den Bombenexperten. Hatte Liva Hanna Svarstad in Kastrup entführen lassen und die Informationen, die er wollte, aus ihr herausgeprügelt? Und sie dann ganz einfach getötet?

Tommy musste Olav Ruud in einer Sache recht geben: Es wäre ungeheuer dumm gewesen, einen jüdisch klingenden Namen zu wählen, oder nicht?

Er stand auf, drehte sich ein paarmal im Kreis und merkte sich die wenigen Menschen, die sich hier am Rand des Parks befanden: drei Jogger, zwei etwa dreißigjährige Mütter, die jeweils ihren Kinderwagen schoben und einen Kaffeebecher in der rechten Hand balancierten, als wären sie geklont.

Hinten am Springbrunnen erkannte er einzelne Touristengruppen.

Tommy war sich ziemlich sicher, dass er beobachtet wurde, obwohl ihm bislang niemand aufgefallen war.

Erst als er nach unten zur Brücke kam, konnte er eine Person ausmachen.

Ein ziemlich junger Mann, vielleicht Anfang dreißig, saß mitten in dem Touristengewimmel auf der steinernen Brüstung und tat so, als wäre er mit seinem Handy beschäftigt. Er trug eine Baseballkappe und einen grauen Kapuzenpulli unter einer dunkelgrünen Sportjacke. Seine Züge wirkten eher arabisch als europäisch, er konnte aber auch aus Südeuropa stammen.

Als Tommy das große schmiedeeiserne Tor am Kirkeveien erreicht hatte, ging er ins Besucherzentrum und kaufte sich ein Eis. Er aß es drinnen und betrachtete die Menschen, die sich in beiden Richtungen durch das Tor schoben. Der junge Araber, wie Tommy ihn in Gedanken nannte, ging geradewegs durch das Tor, wo er ihn aus den Augen verlor.

Tommy zuckte zusammen, als das Handy in seiner Hosentasche zu klingeln begann.

Er verließ das Besucherzentrum und sah den Mann mit der Kappe etwas oberhalb auf dem Kirkeveien stehen. Er ließ das Handy klingeln, bis der Anrufer am anderen Ende auflegte. Gleich darauf klingelte es wieder. Tommy versuchte, so entspannt wie möglich auszusehen, als er zum Tor ging. Der Araber durfte nicht erkennen, dass Tommy ihn bemerkt hatte.

Widerwillig nahm er sein Handy heraus.

»Tore Austlid«, sagte die Stimme am anderen Ende. »Ich … Es tut mir leid, wenn ich bei unserer letzten Begegnung abweisend gewirkt habe. Diese Sache entwickelt sich zu einem Albtraum.«

»Verstehe«, sagte Tommy.

Ein langes Schweigen folgte und Tommy begriff langsam, dass Christian Wessel Austlid unter Druck gesetzt haben musste, damit er etwas entgegenkommender war als zuletzt auf Nesodden.

»Ich weiß einfach nicht, wie ich das sagen soll, Bergmann. Leif war … fast wie ein Vater für mich. Eigentlich habe ich erst bei der Beerdigung verstanden, dass er wirklich tot ist. Ich hatte ein sehr schlechtes Verhältnis zu meinem eigenen Vater. Ein wirklich sehr schlechtes, Sie verstehen sicher, was ich meine.«

Tommy blieb stumm.

»Es gibt etwas, das ich Ihnen beim letzten Mal nicht gesagt habe. Ich war einfach naiv und wollte die unangenehmen Wahrheiten am liebsten verdrängen. Und jetzt, da Hanna … ich meine, nach dem Fund der Blutflecken …« sagte er, ohne den Satz zu Ende zu bringen. »Sie haben mich gefragt, worüber Leif und ich gesprochen haben, erinnern Sie sich?«

»Ja«, erwiderte Tommy.

»Können Sie um zwölf Uhr in mein Büro kommen? Pünktlich. Dann habe ich eine Viertelstunde Zeit. Vermeiden Sie es, sich unten ins Besucherbuch einzutragen, im Augenblick vertraue ich niemandem. Ich habe zwei Personenschützer vom PST, kann nachts aber kaum schlafen. Auch den beiden vertraue ich nicht so recht. Niemandem, Bergmann. Seien Sie rechtzeitig an der Rezeption, ich werde dafür sorgen, dass Sie abgeholt werden.«

Tommy ging mit Bulle auf geradem Weg über den Kirkeveien. Als er zum Frogner plass kam, band er Bulle draußen an und ging in den Seven-Eleven-Kiosk. Er kaufte sich ein

Päckchen Zigaretten und wartete ein paar Minuten, bevor er wieder nach draußen trat. Die Türen öffneten in nördlicher Richtung zum Kirkeveien, sodass er eine gute Übersicht über den unteren Teil der Straße hatte, als er Bulles Leine löste.

Der Araber war ihm wie erwartet gefolgt. Er stand auf der linken Seite des Kirkeveien, hielt sich das Handy ans Ohr und gestikulierte wild. Für einen Moment nahm er sogar seine Mütze ab, um zu zeigen, wie erregt er war.

Ein guter Schauspieler, dachte Tommy, nahm Bulle und ging auf schnellstem Weg nach Hause in die Gabels gate.

In der Wohnung schaltete er das Handy aus und legte es ins Regal. Er stellte sich ans Fenster und sah den Araber wie zufällig über die Straße laufen. Dann ertönte ein charakteristisches Piepen von einem der Autos, die in Richtung Drammensveien geparkt waren. Der Mann nahm seine Mütze ab und setzte sich hinein.

»Entweder arbeitet der für Shlomo Liva oder für die Russen«, sagte Tommy zu sich selbst. »Hast du gehört, Bulle?«

Der große Hund schnüffelte an der Heizung unter dem Wohnzimmerfenster herum und machte es sich dort bequem.

»Sollen wir wetten?«, fragte Tommy weiter, aber Bulle war bereits eingeschlafen.

Tommy bestellte für halb zwölf ein Taxi.

Er ging zum Festnetztelefon, das sie nur dank Susannes altmodischer Denkweise noch hatten. Jetzt war er froh darüber. Vermutlich war es nur eine Frage der Zeit, bis auch das alte Telefon abgehört wurde, aber er ließ es darauf ankommen.

Susanne meldete sich unmittelbar, vermutlich saß sie im Auto. Auch sie hatte den Urlaub nach einer Woche abgebrochen, wegen des Jobs, wie sie sagte. Seither war sie kaum mehr aus ihrem Büro gekommen. Er wusste nicht, ob sie wirklich so viel zu tun hatte, aber dieses Thema mussten sie ein anderes Mal besprechen.

»Du kannst mich über mein Handy nicht mehr erreichen«, sagte er. »Das ist kaputt.«

»Oh«, sagte sie etwas misstrauisch. »Bist du heute Abend zu Hause?«

»Nicht lang.«

»Tommy, ich …«

»Nicht am Telefon«, unterbrach er sie.

Wieder hatte er das Gefühl, dass sie etwas vor ihm zurückhielt, und das schon eine ganze Zeit. Matheas Vater ging ihm einfach nicht aus dem Kopf.

»Ist es wieder so weit?«, sagte Susanne.

»Ich muss los. Wir sehen uns dann heute Abend«, sagte Tommy.

Er schloss die Augen, legte die Stirn an die Fensterscheibe und hoffte im Stillen, dass der junge Mann im Auto oder seine Kollegen nicht in die Wohnung einbrachen. Er wollte das nicht noch einmal erleben.

Er öffnete das Küchenfenster und zündete sich eine Zigarette an. Zehn Minuten noch, bis das Taxi kam.

Wie aus dem Nichts meldete sich ein ganz anderer Gedanke. Hatte er Hanna Svarstad nicht schon einmal gesehen? Persönlich? In ihrer Zeit als Außenministerin war sie in den Medien ständig präsent gewesen, Tommy war sich aber ziemlich sicher, dass ihre Begegnung so weit nicht zurück lag. Das musste nach seiner Entlassung aus Dikemark gewesen sein.

Irgendwie verband er Hanna Svarstad mit einem Ort, wusste aber nicht, welchem. Er glaubte sogar, sie mehrmals dort gesehen zu haben.

Vermutlich spielte das aber keine Rolle.

Der Mann mit der Mütze war leicht abzuschütteln. Tommy bat den Taxifahrer, mitten auf dem Drammensveien vor den Gebäuden des Auswärtigen Amtes anzuhalten, wo er in einer halben Stunde erwartet wurde. Statt ins Ministerium zu gehen, ging er aber über den 7. Juni plass und die breite Treppe nach unten zur U-Bahn-Station Nationaltheater.

Sein Verfolger schien nicht den Mut zu haben, seinen Wagen einfach auf dem Drammensveien stehen zu lassen.

Tommy rechnete damit, dass er den Platz umrundete und nach unten in Richtung Vika terrasse fuhr, um ihm dann in die U-Bahn zu folgen. Tommy fuhr mit der ersten Bahn in Richtung Osten. Am Storting stieg er aus und fuhr mit einem Taxi in die Arbins gate hinter dem Auswärtigen Amt. Fünf Minuten nach der vereinbarten Zeit war er da.

31. Juli 2017
Tønsberg

3

Susanne Bech hatte das Gefühl, zu alt für Prinzipien geworden zu sein. War man schon einmal tot gewesen, war das Leben einfach zu wichtig dafür. Christian Wessel hatte sie am Tag nach Leif Wilbergs Tod angerufen, um eine alte Schuld einzufordern, sodass ihr schon nach wenigen Minuten klar geworden war, dass sie den Plan, zwei Wochen Urlaub in Lillesand zu machen, abschreiben konnte. Es regnete aber ohnehin so viel, dass sie genauso gut arbeiten konnte.

»Der Wilberg-Fall«, hatte er kurz gesagt. »Ich habe das so

eingerichtet, dass Sie das Mandat seiner Kinder übernehmen. Das heißt, *Kinder*? Die sind älter als Sie, Susanne.«

Susanne hatte von Anfang an damit gerechnet, dass Wessel irgendwann eine Gegenleistung dafür fordern würde, dass er sie im Winter als feste Anwältin ans Bezirksgericht geholt hatte. Einer der alten Hasen dort hatte einen Schlaganfall erlitten und war auf lange Zeit krankgeschrieben worden. Wessel hatte die Gelegenheit genutzt, wie er selbst gesagt hatte, um an ein paar Fäden zu ziehen. In gewisser Weise war das beschämend, aber was tat man nicht alles, um in dieser Branche einen Fuß auf den Boden zu bekommen. Scham konnte man sich da nicht leisten. Auf die Idee, dass sie in diesem Zusammenhang auch die Kinder von Leif Wilberg vertreten würde, wäre sie nicht im Traum gekommen.

Am Montagnachmittag hatte sie in Wessels Büro eine Vertraulichkeitserklärung unterzeichnet. »Die Ethik des Anwalts ist keine exakte Wissenschaft«, hatte er gesagt. »Die Sicherheit des Landes geht vor, das verstehen Sie sicher.«

Christian Wessel hatte sie auch einige Tage später noch einmal angerufen und gesagt, dass Tommy vorläufig für ihn arbeite, dass sie ihm aber unter keinen Umständen etwas sagen dürfe.

Sie hatte nur die Augen geschlossen und alles geschehen lassen. Im schlimmsten Fall würde Wessel sie gegeneinander ausspielen, also hatte sie zugesagt. Aber wie viel schlimmer konnte es noch werden? Sie hinterging ihren eigenen Lebensgefährten und nahm einen Fall an, für den andere Kollegen deutlich qualifizierter waren.

Aber so etwas geschieht doch jeden Tag, dachte sie. Wessel hatte ihr erzählt, dass das Schloss einmal alle obersten Richter zum Essen eingeladen hatte, während diese einen Fall verhandelten, in den der Bruder der Kronprinzessin verstrickt war. »So etwas geschieht jeden Tag«, sagte Wessel. »Norwegen ist ein kleines Land, und wenn wir können, arbeiten wir alle für das Gute. Ein *break* wäre für Ihre Anwaltskanzlei gut, und ich brauche die Informationen, die Sie mir vielleicht beschaffen können. Eine lupenreine Quid-pro-quo-Situation, finden Sie nicht auch?«

»Sie hören sich an wie mein Vater«, hatte Susanne Bech geantwortet.

Sie blieb im Auto sitzen und rauchte eine Zigarette nach der anderen.

Als sie das Radio einschaltete, hörte sie dieselben Nachrichten, die schon die letzten zwei Wochen dominiert hatten. Hanna Svarstads Koffer, versteckt unter einem Bett in Helsingør, war und blieb ein Mysterium. Ebenso Leif Wilbergs Tod. Offensichtlich hatte der PST nicht eine Spur gefunden. Sie wussten lediglich, dass die Attentäter Semtex verwendet hatten. Berücksichtigte man Wilbergs Rolle in den geheimen Friedensverhandlungen, deutete vieles auf den Nahen Osten. Die Nachrichtensprecher trugen Tag für Tag dieselben Stichworte vor: Helsingør, vermisst, aus Rücksicht auf die Ermittlungen, Minister, PLO, Hamas, Geisel. Beirut. Leif Wilberg, Botschafter. Die getötete alleinerziehende Mutter und ihr später verstorbenes Baby waren in dem Wirrwarr um die Suche nach Hanna Svarstad leider bereits in Vergessenheit geraten.

Tommy und sie hatten am Morgen dieselben Fernsehnachrichten geschaut. Susanne war dabei erstarrt und hatte befürchtet, ihre Körpersprache könne sie verraten. Aber Tommy hatte einfach weitergefrühstückt. Typisch, hatte sie gedacht, und als er schließlich mit Bulle vor die Tür gegangen war, hatte sie Magnus Wilberg angerufen. Im Gegensatz zu ihrem ersten Anruf, bei dem er abweisend jeden Rechtsbeistand abgelehnt hatte, schließlich sei er selbst Anwalt, klang er nun deutlich entgegenkommender.

»Was meinen Sie, wie lange wird es dauern, bis sie Hanna Svarstad finden?«, hatte Susanne ihn gefragt. »Ich versuche nur, Sie zu unterstützen, auch wenn ich selbst noch nichts herausgefunden habe. Aber wenn mir das gelingen soll, brauche ich Ihre Hilfe. Kann es sein, dass Ihr Vater und Hanna Svarstad irgendwelche Geheimnisse hatten, die nicht herauskommen sollten? Haben Sie mal darüber nachgedacht? Vielleicht etwas, das Sie verdrängt haben, das aber trotzdem wichtig sein kann. Wie viel wissen Sie, zum Beispiel, über die Zeit der beiden in Beirut?«

Magnus Wilberg hatte ihr nicht gleich geantwortet.

»Verdammt, was geht da eigentlich vor sich?«, fragte er schließlich, und es klang, als würde seine Stimme jeden Moment brechen.

»Es wäre sicher gut, wenn wir uns bald mal treffen würden«, sagte Susanne. Ich kann zu Ihnen kommen. Ich habe keine Neuigkeiten, auch ich bekomme kaum Informationen, aber …«

Er hatte sie unterbrochen.

»Um eins? Passt das?«

Das Büro von Magnus Wilberg ließ keinen Zweifel daran, dass die Kanzlei gut lief. Die Möbel und die Bilder an der Wand machten dies ebenso deutlich wie der exklusive Standort an der Kreuzung Møllergaten und Baglergaten. Die wohlhabenden Vestfold-Städte waren so bürgerlich, dass selbst Susanne, die einem gediegenen bürgerlichen Milieu entstammte, bei dem Gedanken, hier zu wohnen, ein Schauer über den Rücken lief. Sie lehnte diese Zwangsjacke aus stillschweigenden Erwartungen, aus klaren, unverrückbaren Vorstellungen, was richtig und falsch, gut und böse war, aus ganzer Seele ab.

Magnus Wilberg sah älter aus, als seine fünfundvierzig Jahre hätten vermuten lassen. Ein attraktiver Mann, der aber zu viele Sorgen mit sich herumschleppte, dachte Susanne.

Sein Blick war ausweichend und gar nicht so, wie sie es erwartet hatte.

Er schloss die Tür hinter ihnen und deutete in Richtung des Besucherstuhls vor dem massiven Schreibtisch.

»Haben Sie die Blicke gesehen?«, fragte er. »Ich bin zu einem Tier im Käfig geworden. Ich kann in dieser Stadt kaum noch leben. Es ist der erste Tag nach den Ferien, und das erwartet mich von jetzt an jeden Tag!«

Er ließ sich auf seinen Bürostuhl fallen und drückte auf einen Knopf an der Wand, woraufhin die Vorhänge sich schlossen.

Susanne starrte direkt auf die Bilderrahmen, die auf seinem Schreibtisch standen.

So etwas Seltsames habe ich noch nie gesehen, dachte sie. Die Rahmen standen mit der Vorderseite zum Besucherstuhl. Insgesamt drei Fotografien. Die erste zeigte einen kleinen blonden Jungen, die zweite eine junge Frau. Sie war etwa dreißig Jahre alt und hatte den Kopf zur Seite gelegt, sodass die langen platinblonden Haare auf ihren prallen Silikonbrüsten lagen. Eine Frau, die Instagram für die Wirklichkeit hielt. Das letzte Bild zeigte Magnus Wilberg mit derselben Frau und dem Jungen auf einem großen Segelboot irgendwo in den Tropen.

Was stimmt mit den Männern eigentlich nicht?, fragte sie sich im Stillen.

Magnus Wilberg griff zum Telefon und sagte: »Bringen

Sie uns zwei Kaffee«, als redete er mit einem Hund. Dann stand er auf und ging ohne jede Vorwarnung aus dem Büro.

Susanne warf einen Blick auf die Zeitungen, die neben dem Computerbildschirm lagen. Magnus Wilberg gehörte offensichtlich zu jenen, die modern wirken wollten, aber noch die Papierausgaben lasen und dafür Lesebrillen brauchten.

Sie widersetzte sich dem Drang, ihn nicht zu mögen, auch wenn er ein profilierter Einwanderungsgegner war und als Lokalpolitiker nicht davor zurückschreckte, Menschen abzuwerten, die nichts hatten, für das es sich zu leben lohnte. Ein Mann, der eine fünfzehn Jahre jüngere Frau heiratete und kein einziges Foto der Kinder aus seiner ersten Ehe im Büro hatte. Ein Anwalt in Oslo hatte Susanne erzählt, dass Magnus Wilberg schon lange ein Verhältnis mit seiner jetzigen Frau gehabt und sie geschwängert habe, als auch seine erste Frau im achten Monat schwanger gewesen sei.

Leif Wilberg hatte wie ein liebenswerter Mann gewirkt, und doch hatte er einen Prototyp von Drecksack als ältesten Sohn großgezogen, dachte sie.

Insgeheim passte es ihr ganz gut, auf eine solche Person gestoßen zu sein, ihre eigene Untreue in der Ehe mit Nicolay erschien dadurch in etwas weniger schlechtem Licht.

Die Tür hinter ihr ging auf, und eine Sekretärin trug ein Tablett mit zwei Kaffeetassen herein. Gleich darauf kam Magnus Wilberg. Die Sekretärin hielt Susannes Blick für einen Moment fest, als wollte sie ihr etwas zu verstehen geben, doch dann ging sie wieder.

»Ich habe gesehen, dass Sie zu den festen Anwälten des Bezirksgerichts gehören«, sagte Magnus Wilberg und deutete mit der Hand in Richtung Kaffeetasse.

»Das ist richtig.«

Er blieb vor ihr stehen, ohne Anstalten zu machen, sich setzen zu wollen.

Glaubst du wirklich, mich auf diese Art nervös machen zu können?, dachte sie. Ich war schon einmal tot, mein Freund.

»Wie lange arbeiten Sie schon als Anwältin?«, fragte er.

»Die Zulassung habe ich vor vier Jahren bekommen«, sagte sie. »Da habe ich noch im Dezernat für Wirtschaftsverbrechen gearbeitet.«

»Aha.«

Seine Lippen zogen sich zusammen, als läge ihm ein Kommentar auf der Zunge, den er dann aber herunterschluckte.

»Aha«, wiederholte er stattdessen, ging um den Schreibtisch herum und setzte sich. Susanne fragte sich, ob er das Arrangement irgendwie durchschaut haben könnte, und hätte ihm am liebsten reinen Wein eingeschenkt. Der Grund, weshalb sie auf der Liste stand, war im Moment er selbst.

»Mein Vater wurde durch eine Autobombe getötet, aber ich erfahre nichts über die Ermittlungen«, sagte Magnus Wilberg. »Und Sie wurden erst im Frühjahr zur Anwältin des Bezirksgerichts ernannt. Hört sich an, als hätte Ihnen da jemand einen Gefallen getan, oder umgekehrt.«

Für einen Moment erwog Susanne, aufzustehen und zu gehen. Aber was sollte sie sagen, wenn Christian Wessel anrief?

»Sie kommen der Wahrheit über Ihren Vater mit diesen Mutmaßungen nicht näher. Ich bin hier, um Ihnen zu helfen, aber Sie müssen diese Hilfe auch wollen. Natürlich können Sie diesen Job auch selber machen, aber es ist sicher nicht einfach, im Fall des eigenen ermordeten Vaters zu arbeiten. Und ja, was geschehen ist, ist merkwürdig, höchst merkwürdig.«

Magnus Wilberg stand auf und öffnete die Vorhänge.

»Tut mir leid, aber das alles macht mich paranoid, verstehen Sie?«

Sie antwortete nicht.

»Er war am letzten Tag so merkwürdig«, sagte Magnus Wilberg. »Er war auf dem Weg hierher, aber das wissen Sie ja sicher. Vater und Hanna hatten ein Ferienhaus auf Nøtterøy. Er konnte Hanna den ganzen Tag über nicht erreichen, was sehr ungewöhnlich war, das gestehe ich gerne ein. Die Beziehung zwischen mir und meinem Vater ist schon lange nicht mehr sonderlich eng, unsere Begegnungen waren immer ziemlich unterkühlt. Trotzdem belastet es mich, dass ich ausgerechnet am letzten Tag ziemlich abweisend zu ihm war.«

»Es ist vielleicht eine dumme Frage, aber was war Ihr erster Gedanke, als sie von seinem Tod erfahren haben? Hatten Sie einen Verdacht, wer ihn umgebracht haben könnte?« Susanne dachte, dass sie noch nie einem Menschen getroffen hatte, den der Tod des eigenen Vater derart kalt ließ und der sich dabei doch so theatralisch gab.

»Hanna.«

»Hanna?«

Magnus Wilberg nickte.

»Das haben Sie der Polizei aber nicht gesagt«, erwiderte Susanne ehrlich überrascht.

»Sie sind meine Anwältin, nicht wahr? Ich gestehe gerne ein, dass ich es mit Freude sähe, würde diese Hanna in den nächsten Tagen irgendwo am Öresund angespült.«

»Das sollten Sie außer mir aber wirklich niemandem sagen«, bemerkte Susanne.

Sie nahm einen Notizblock aus der Handtasche. Magnus Wilberg verstummte abrupt und richtete seinen Blick auf die Hand, in der sie den Stift hielt.

»Warum soll ich meine Abneigung noch verbergen? Ich bin mir ganz sicher, dass Vater ihretwegen getötet wurde, ja, vielleicht sogar durch sie, durch einen Befehl, den sie gegeben hat. Sie hat ihn in den fünfunddreißig Jahren komplett getäuscht. Komplett. Sie, ihre verfluchten Marxistenfreunde und diese Palästinenser. Vater hat sich missbrauchen lassen. Und jetzt hat sie auch noch alle anderen getäuscht. Sie ist nicht tot, wissen Sie. Sosehr ich mir das auch wünschen würde – Hanna ist nicht tot.«

Susanne spürte, dass ihre Wangen heiß wurden, sie zog die Lippen nach innen und konnte sich nur mit Mühe beherrschen. Wenn Magnus Wilberg auf diese Weise weitermachte, stand er bald auf der Liste der Verdächtigen, sollte Hanna Svarstad doch ermordet worden sein.

»Erinnern Sie sich an Hanna aus Beirut?«

»Nein«, sagte Magnus Wilberg. »Meine Erinnerungen an Beirut sind ziemlich blass. Ich weiß noch, dass ich anfangs Angst hatte, aber irgendwann habe ich mich an die Sandsäcke und an die Leute mit den Maschinengewehren an allen Straßenecken gewöhnt. Kinder sind da erstaunlich anpassungsfähig. Ich weiß nicht, ob ich den Ernst der Lage wirklich verstanden habe, als der französische Botschafter getötet wurde. Mama und Papa haben uns zu schonen versucht. Mama hat nur gesagt, dass wir nach Hause ziehen. Erst Jahre später wurde mir klar, dass das Leben dort für uns ziemlich gefährlich gewesen sein muss. Ich weiß wirklich nicht, was sich das Außenministerium gedacht hat, als sie uns da runtergeschickt haben.«

Magnus Wilberg machte eine lange Pause, bevor er fortfuhr.

»Ich hatte meinen Vater sehr gern. Er war zwar die meiste Zeit weg, aber wenn er in der Residenz war, war er wirklich da. Und meine Mutter habe ich vergöttert. Aber wir Menschen sind schon komische Wesen. Als Papa gesagt hat, dass wir zurück nach Norwegen ziehen sollen, weil es für uns zu gefährlich sei, wollte ich nicht weg. Als hätte ich verstanden, dass schon damals etwas nicht stimmte, verstehen Sie? Ich wusste irgendwie, dass es da noch jemanden gab. Aber nein, getroffen habe ich sie nie.«

Schon wieder so was, dachte Susanne. Magnus Wilberg musste wirklich glauben, hellseherische Fähigkeiten zu haben.

»Als Papa aus Beirut zurückkehrte, war er verändert, ich habe ihn kaum wiedererkannt. Schon wenige Monate später waren Mama und er geschieden. Bis dahin hatten sie jeden Abend Streit. Mama sagte uns einfach, wie es war: Euer Vater hat eine andere Frau gefunden. In Beirut. Den Rest hat sie nicht erzählt: dass er zehn Wochen gebraucht hat, um diese Frau aus der Gefangenschaft zu holen. Erst später erfuhren wir, wer seine neue Frau war. Es fühlte sich vollkommen absurd an, dass ich von ihr in den Zeitungen gelesen hatte. Ich habe sehr früh angefangen, Zeitung zu lesen.«

Susanne versuchte, sich dem Drang zu widersetzen, sah dann aber schließlich doch auf ihre Uhr. Sie konnte nicht verbergen, dass es ihr lieber wäre, Magnus Wilberg würde über andere Dinge als die Eheprobleme seiner Eltern oder seine eigene Vortrefflichkeit sprechen.«

»Sie denken sicher, dass ich zu viel über mich selbst spreche«, sagte Magnus Wilberg in einem Augenblick der Selbsterkenntnis. »Mein Therapeut meint, ich sei in der Kindheit nicht genug gespiegelt worden. Dass ich mit einem narzisstischen Vater aufgewachsen bin, und dass meine Mutter ihre Opferrolle zu bereitwillig angenommen hat, als die Ehe in die Brüche ging.«

Endlich ein Schwachpunkt, dachte Susanne. Mildernde Umstände.

»Ihre Mutter ist ziemlich schnell zurück in die USA gezogen?«

»Kaum dass mein jüngerer Bruder alt genug war, um allein zurechtzukommen. Ich habe ihr nie Vorwürfe gemacht. Bei ihm ist das anders. Er hatte gerade erst sein Abi, als sie das Haus verkauft hat und zurück an die Ostküste gezogen ist. Papa kaufte ihm eine Wohnung, während er selbst mit seiner süßen kleinen Anarchistin im Drammensveien blieb. Wir haben sie alle gehasst. Hanna war dabei auch noch eine Wahnsinnsheuchlerin. Erst war sie in Beirut, dann ist sie für drei Jahre nach Israel gegangen, um eine gute Ausbildung zu machen, und zu allem Überfluss hat Papa ihr dann auch noch zu einer Topkarriere im Auswärtigen Amt verholfen. Und als sie ganz oben war und Ministerin wurde, fiel sie allen in den Rücken und zeigte ihr wahres Ich: als beste Freundin der Hamas, der radikalen Islamisten, die jeden vernünftigen Menschen von der Erdoberfläche tilgen wollen.«

Susanne atmete schwer, es war lange her, dass sie zuletzt mit einer derart beschränkten, ermüdenden Person geredet hatte. Das Vibrieren ihres Handys rettete sie wie der Gong einen angeschlagenen Boxer.

Christian Wessel stand auf dem Display.

»Hanna hatte sie nicht alle«, sagte Magnus Wilberg.

Susanne Bech legte das Handy zurück in ihre Handtasche, bereute aber gleich, den Anruf nicht angenommen zu haben.

»*Hatte sie nicht alle*?«, wiederholte sie müde.

»Ich frage mich, was in der Gefangenschaft mit ihr passiert ist«, sagte Magnus Wilberg. »Zehn Wochen in einem Verschlag im schiitischen Teil von Beirut, das bricht sicherlich den meisten das Genick. Wenn nicht gleich, dann später.«

»Wie meinen Sie das? Glauben Sie, dass ihre Psyche dabei einen Knacks bekommen hat?«

»Haben Sie schon mal was vom Stockholm-Syndrom gehört? Vielleicht ist sie umgedreht worden? Sie wissen doch, dass es Gerüchte gab, sie könne eine Agentin der PLO gewesen sein? Ich frage mich eher, ob sie nicht eine Agentin für den Iran war. Verdammt, denken Sie das doch mal zu Ende: eine norwegische Ministerin, die in Wahrheit für Teheran arbeitet. Irgendwas war da, auf jeden Fall hat sie Papa mit in die Scheiße geritten. Und das hat ihn das Leben gekostet. Verstehen Sie?«

Susanne antwortete nicht.

Wilberg öffnete ein Fenster und zog eine Zigarette aus einem Päckchen, das auf dem Schreibtisch lag.

»Bald darf man schon nicht mehr in seinem eigenen Büro rauchen, in einem Haus, das einem selbst gehört. Oder was meinen Sie?«

Er wandte sich zu Susanne und zündete die Zigarette an.

»Sie glauben, dass Hanna Svarstad in Wahrheit eine Muslima war?«

»Ich weiß es nicht«, sagte Magnus Wilberg. »Aber wie weit ist es denn von ihrem extremen Kommunismus bis zum radikalen Islam? Irgendetwas stimmte mit dieser Frau ganz und gar nicht. Sie hat mich nie gemocht, und das beruhte auf Gegenseitigkeit. Vielleicht hatte sie Angst vor mir. Ich hatte immer das Gefühl, dass sie sich von mir durchschaut fühlte, ohne dass ich sagen könnte, warum. Eine Person wie Hanna wird immer Feinde haben. Mächtige Feinde. Ich bin sicher nicht der Einzige, der ihr den Tod gewünscht hat.«

»Soso«, sagte Susanne, als wollte sie auf seinen sarkastischen Ton einsteigen. »Ich glaube allerdings nicht, dass wir so weiterkommen. Wir drehen uns im Kreis, nicht wahr?«

»Sie hören sich an wie mein Psychologe«, sagte Magnus Wilberg.

»Das wollte ich nicht.« Susanne nahm ihre Handtasche und stand auf.

»Ich nehme Kontakt mit Ihnen auf, sobald es Neuigkeiten gibt. Und denken Sie noch mal über einen Klageantrag nach. Die können die Informationen nicht jahrelang zurückhalten.« Sie wusste genau, dass das nicht stimmte, musste aber etwas sagen.

»Vergessen Sie es«, sagte Magnus Wilberg. »Den Staat verklagen? Da können Sie gleich Klage gegen den Teufel erheben.«

Susanne versuchte, so professionell wie nur möglich zu lächeln, und reichte ihm die Hand.

Magnus Wilberg drehte sich um und warf die Zigarette aus dem Fenster, als gehörte ihm die ganze Straße.

»Auf Wiedersehen«, sagte sie und blieb mit ausgestrecktem Arm stehen.

»Sie haben nicht zugehört, oder?«

»Doch«, sagte Susanne.

»Wenn ich sage, dass mit ihr etwas nicht stimmte, dann meine ich das auch so. Papa hat mir erzählt, dass sie Schlafprobleme hatte, aber keine Medikamente dagegen nehmen wollte. Er meinte, manchmal hätte sie geglaubt, zurück in Beirut zu sein.«

Susanne zog den Arm zurück und wartete.

»Ich weiß nicht, ob das wichtig sein kann, aber sie ging schon seit Jahren zu einem Psychologen. Oder besser gesagt, einem Psychiater. Noch schlimmer. Ich habe Ihnen ja gesagt, dass ich auch zu einem Psychologen gehe, Sie wissen also, was ich meine. Vielen täte so was mal gut, aber Hanna war ein ganz spezieller Fall. Das habe ich Papas Worten klar entnehmen können. Irgendetwas – oder *jemand* – suchte sie geradezu heim, das hat er mir mal in einem vertraulichen Gespräch gesagt. Er wusste nicht, was, ging aber davon aus, dass sie unter Spätfolgen der Entführung litt.«

»Wie heißt dieser Psychiater?«, fragte Susanne. Sie spürte ein Zittern im Körper, fast wie von dem Handy, das in ihrer Tasche wieder zu vibrieren begonnen hatte.

»An den Namen erinnere ich mich nicht. Das heißt, doch, Papa hat ihn mir gesagt, aber so etwas ist ja vertraulich, das wissen Sie ja.«

»Wo in Oslo?«

Er antwortete nicht.

»Ihr Vater ist Opfer einer Autobombe geworden«, sagte sie. »Es ist alles unter Verschluss. Ich weiß, dass Sie keinen Rechtsbeistand wollen, aber irgendetwas läuft hier gründlich schief, und das sehen Sie auch. Und jetzt wurde Hanna in Dänemark ermordet. Wenn Sie mich fragen, ist es ziemlich wahrscheinlich, dass sie tatsächlich tot ist, was immer Ihre persönliche Meinung dazu sein mag. Wenn Sie wissen wollen, was passiert ist, müssen Sie mir helfen. Die Polizei hilft uns ganz sicher nicht. Die werden diesen Fall unter den Teppich kehren. Wenn ich den Staat verklage, dann nur, um all die Stunden aufschreiben zu können, die ich dafür brauche, das verstehen sogar Sie.«

»Dieser Psychiater, das ist ein ziemlich bekannter Typ.«

Ein fast unmöglicher Gedanke blitzte auf, ehe er wieder verschwand.

»Können Sie nicht wenigstens sagen, wo in Oslo? Im Zentrum? Im Osten oder Westen?«

Magnus Wilberg schüttelte den Kopf.

»Ich mag Hanna, vorsichtig ausgedrückt, wirklich nicht, aber auf diese Weise ausliefern will ich sie auch nicht. Aber gut: Majorstua. Er hat seine Praxis in Majorstua. Mehr sage ich Ihnen aber nicht.«

Blöder Idiot, dachte Susanne. Magnus Wilberg war ein echter Arsch, aber musste er ausgerechnet in dieser Sache Integrität zeigen?

Sie saß gerade erst in ihrem Auto, als der Gedanke von vorhin sich wieder meldete:

Majorstua.

25. August 1982
Beirut

4

Die Worte des namenlosen Palästinensers hallten in ihren Ohren wieder, als Hanna den Friedhof verließ.

Inschallah.

In diesem Wort lag mehr Wahrheit, als ihr lieb war. Sie zog das Tuch vom Kopf und wickelte es sich stattdessen um den Hals. Auf dem Rückweg zum Krankenhaus musste sie an zwei Kontrollposten vorbei. Der erste war ein Posten der Falangisten, die, während sie auf dem Friedhof gewesen war, die Straße abgeriegelt hatten. Sie begnügten sich damit, sie einige Minuten zu trakassieren, ihr mit einer grellen Taschenlampe ins Gesicht zu leuchten und sie dann zu befragen, warum sie die Ausgangssperre gebrochen hatte, von deren Existenz sie nichts gewusst hatte. Wäre sie eine Muslima gewesen, hätten die Männer sie sicher in eine der Ruinen gezogen und einer nach dem anderen vergewaltigt. Die Straßen der westlichen Viertel gehörten jetzt ihnen, und die Leute waren dieselben, die 1976 nicht nur Palästinenser, sondern auch UN-Mitarbeiter bei dem Massaker im Lager Tel al-Zaatar getötet hatten.

Es war deshalb keine Überraschung, was jetzt in den Lagern passiert war. Sie zeigte ihnen ihren Ausweis aus dem Krankenhaus und den norwegischen Pass, den sie immer bei sich trug, und konnte nur mühsam ein triumphierendes Lächeln unterdrücken. Es gab nur wenige Orte auf der Welt, wo ein norwegischer Pass eine härtere Währung darstellte als hier in Beirut.

Dreißig Meter weiter in Richtung Krankenhaus folgte der israelische Posten, den sie schon beim Verlassen des Krankenhauses passiert hatte. Ein Offizier und vier junge Soldaten. Einem von ihnen stand die blanke Angst ins Gesicht geschrieben, vermutlich hatte er Dinge gesehen, die er niemals hätte sehen sollen. Sie fragte ihn auf Hebräisch, ob alles in Ordnung sei, aber der Offizier antwortete für den jungen Mann: »Es geht ihm gut. Mischen Sie sich nicht in Dinge ein, die Sie nichts angehen.«

»Ich mische mich ein, wann und wo ich will«, sagte sie. »Ich bin Krankenschwester, sehen Sie das nicht? Sie haben mir nichts zu sagen.«

Der Offizier sah sie lange an.

»Wo haben Sie so gut Hebräisch gelernt?«

»In Masada«, erwiderte sie.

Der Mann zog die Augenbrauen zusammen.

»Sehe ich so alt aus?«, fragte sie und entlockte ihm damit ein Lachen. Auch einer seiner Soldaten stimmte ein.

»Komikerin sind Sie also auch noch«, sagte der Offizier.

»Masada in Galiläa. Ich war während des Jom-Kippur-Krieges im Kibbuz.«

Der Offizier wirkte noch immer skeptisch, als tischte sie ihm irgendwelche Lügen auf.

»Wissen Sie, Magdala und Tiberias liegen westlich des Sees Genezareth, der Kibbuz Masada am Südende. Ich war vor bald zehn Jahren da. Mein Vater hatte mich dorthin geschickt.«

Der Offizier nickte ein paarmal.

»Ich weiß, wo das liegt«, sagte er. »Ich war auf den Golanhöhen stationiert, vermutlich war ich einer von denen, die Sie damals gerettet haben.«

Sie antwortete nicht, streckte aber den Arm aus, um ihren Ausweis zurückzufordern.

»So, Hanna …« Er reichte ihr den Ausweis. »Ihr Vater scheint ein guter Mann zu sein. Und Sie … Sie halten sich für Maria von Magdala?«, fügte er hinzu und lachte leise. »Bis Sie dann Verrat begingen.«

»Ich verrate niemanden. Ich habe damals wirklich an die Gerechtigkeit geglaubt«, sagte sie und sah an der Wand des Krankenhauses hoch. »Und das tue ich noch heute.«

»Welche Gerechtigkeit, Hanna? *Deren* Gerechtigkeit. Jeden Tag, den Sie hier sind, helfen Sie Terroristen. Das Blut unserer Kinder klebt an ihren Händen.«

»Und deshalb töten Sie jetzt deren Kinder?«, erwiderte sie.

Der Offizier schnaubte.

»Da drinnen hausen Terroristen«, sagte er und nickte in Richtung Lager. »Glauben Sie mir, lange werden die nicht mehr hier sein. Wir finden die, bevor sie uns finden. Deshalb sind wir hier.«

»Das wird die UN niemals zulassen«, sagte sie, wohl wissend, dass nicht einmal sie selbst an diese Lüge glaubte.

»Da mögen Sie recht haben. Die UN und die internationalen Kräfte beschützen die Terroristen, aber glauben Sie wirklich, dass die das noch lange tun?«

»Die werden das immer tun«, antwortete Hanna.

Er schüttelte den Kopf und nahm noch einmal ihren Ausweis, als wollte er sich vergewissern, dass die Angaben auch stimmten und nicht auch sie eine Terroristin war. Hanna hielt ihm auch ihren Pass hin, der ihn aber nicht zu interessieren schien.

»Ich habe nur einen Ratschlag für Sie. Sie sollten woanders Maria aus Magdala spielen, wenn Ihnen Ihr Leben lieb ist. Wir werden euch nicht mehr lange schützen können.«

Verfluchter Lügner, dachte sie.

Sie nahm ihren Ausweis. »Ich will nicht diskutieren, ich muss zu meiner Arbeit.«

Er ließ sie gehen und sie schob sich demonstrativ eng an ihm vorbei, wobei sie dem Blick des jungen Soldaten begegnete. Er wirkte kaum älter als achtzehn und musste vermutlich froh sein, wenn er jemals wieder nach Hause käme. Leute wie er wurden gerne als Geiseln genommen, außerdem waren sie beliebte Ziele bei den Heckenschützen.

Als sie sich ein paar Meter in Richtung Krankenhaus entfernt hatte, hörte sie lautes Lachen hinter sich. Sie unterdrückte den Wunsch, umzudrehen und zu ihnen zurückzugehen. Das Gefühl der Unwirklichkeit war so schon stark genug. Als sie den Haupteingang des Lagers erreichte, standen ihr Tränen in den Augen, es gelang ihr aber, mit dem Weinen aufzuhören, bis sie die ersten Menschen traf. Der Empfangsbereich des Krankenhauses war von Streifgranaten in Schutt und Asche gelegt worden. Wenn sie es nicht schafften, hier unten zu renovieren, würde der Winter unerträglich werden. Sie wischte sich eine Träne von der Wange und sagte sich selbst, dass Weinen nichts nützte, niemand war jemals auf diese Erde zurückgekehrt, weil man um ihn geweint hatte.

Wie per Autopilot fand sie das Treppenhaus und ging mechanisch nach oben. *Inschallah*, dachte sie wieder und wieder. Wenn sie nur wüsste, was Gottes Wille war.

Als sie den Flur der dritten Etage betrat, schoss ihr ein ganz anderer Gedanke durch den Kopf: Leif Wilberg. War das heute? Sie sah auf die Armbanduhr, die sie vor vielen Jahren von Nils Aubert geschenkt bekommen hatte. Irgendwie hatte sie das Gefühl, dass Nils das alles vielleicht nicht überleben würde, versuchte sich dann aber das Gegenteil einzureden. Natürlich würde er es schaffen.

Und Leif? Doch, das musste heute sein. Aber Leif Wilberg konnte warten. Abdullah nicht.

Als sie ins Schwesternzimmer kam, erwartete sie aus irgendeinem Grund, dass Nils Aubert auf dem Sofa schlief, eine Zeitung über dem Gesicht. Aber natürlich war er nicht da.

Sie nahm den Hörer von dem alten Telefonapparat und hörte zu ihrer Überraschung, dass das Freizeichen wieder erklang. Auf einem der vier laminierten Zettel an der Wand fand sie die Nummer der Botschaftsresidenz. Dass es dort wirklich zu klingeln begann, grenzte an ein Wunder, als wäre sie tatsächlich Maria aus Magdala. Es klingelte weiter, während draußen auf dem Flur ein Bett vorbeigeschoben wurde. Dr. Hassan kam herein. Hinter ihm fiel die Tür ins Schloss. Sie nickte ihm zu und dachte, dass seine Anwesenheit keine Rolle spielte. Er war Jordanier und verstand kein Norwegisch.

»*The Norwegian Ambassador's Residence*«, meldete sich eine tiefe Männerstimme. »*Tore Austlid speaking.*« Hanna war überrascht, Austlids Stimme zu hören.

Hanna hatte erwartet, mit Leif oder seiner libanesischen Haushälterin sprechen zu können. Im Hintergrund hörte sie Stimmen, eine Frau und einen Mann.

Sie bekam Gänsehaut auf den Armen. Nur wenige Männer waren ihr derart zuwider wie Tore Austlid.

»Hier ist Hanna Svarstad«, sagte sie leise. »Ich rufe aus dem Krankenhaus an …« Sie kam ins Stocken. Tore Austlid war einer der Menschen, die sie nervös machten, ein Frontsoldat der Bürgerschaft, der Frauen wie sie verachtete, trotzdem aber bei jeder sich bietenden Gelegenheit mit Blicken auszog.

»Es geschehen noch Zeichen und Wunder«, sagte Austlid. »Die Leitung funktioniert wieder?« Er lachte ein leises, sarkastisches Lachen, genau wie damals, als sie ihn damit konfrontiert hatte, dass es den norwegischen Einsatzkräften im Südlibanon nicht erlaubt sei, über israelische Folterungen oder die Vergewaltigungen der Südlibanesischen Armee zu berichten. Norwegische Sanitätssoldaten pflegten die Opfer, dürften aber nichts sagen. »Davon habe ich noch nichts gehört«, hatte Austlid gesagt und wie ein Junge gelacht. Sie hatte damals gedacht, dass er verrückt sein musste.

In gewisser Weise hatte Nils recht: Tore Austlid war nicht nur ein Sohn reicher Eltern, er war noch dazu ein echter Arsch. Einzig versöhnlich war, dass er eine Kühnheit aufwies, wie man sie nur selten bei Männern der Oberklasse fand. Es kam ihr so vor, als hätte Tore Austlid keine Angst vor dem Tod.

»Ich würde gerne mit Leif sprechen«, sagte sie so klar und deutlich, wie sie nur konnte. Sie betonte das Wort *Leif*, nur um anzudeuten, dass sie ihn besser kannte, als sie es in Wirklichkeit tat.

»Leif ist gerade in einer Besprechung«, sagte Austlid. »Das gilt eigentlich für uns alle.«

Es entstand eine Pause. Hanna wusste nicht, was sie sagen sollte.

»Er erwartet Sie«, sagte Austlid.

Hanna holte tief Luft, eigentlich konnte sie auch auflegen.

Sie war wütend, dass Leif Tore Austlid seine Pläne mitgeteilt hatte.

»Können Sie ihm sagen, dass ich später komme? Eine Stunde, vielleicht mehr. Es können auch zwei werden.«

Sie legte auf und versuchte sich nichts anmerken zu lassen, als sie sich umdrehte und direkt in Dr. Hassans lebloses Gesicht schaute.

»Was war denn das?«, fragte er.

»Wo ist Nils?«, erwiderte sie, ohne ihm eine Antwort zu geben.

»Ich hatte drei Amputationen in anderthalb Stunden, einen Patienten habe ich verloren – einen kleinen Jungen – und seit zwei Tagen habe ich nicht mehr geschlafen, und da willst du mir nicht antworten?«

»Nur eine Verabredung zum Essen.«

»Ein Date? Bei dir hört Beirut sich gleich wie Los Angeles oder Paris an.«

»Mehr kann ich nicht sagen.«

Dr. Hassan schnaubte. »Ich habe Nils in das Amerikanische Krankenhaus überstellt. Ich glaube, er hat Typhus, aber in diesem Chaos hier kann ich das nicht nachweisen.«

Hanna betrachtete ihr Spiegelbild in dem nur noch halb vorhandenen Spiegel an der Wand. Sie hätte duschen sollen, aber in den umliegenden Vierteln gab es kein warmes Wasser, und sollte es zurückkommen, würden Tausende von Menschen es dringender benötigen als sie. Sie glaubte noch etwas altes Maskara in der Tasche zu haben, das musste reichen.

»Was bedeutet *Vereinbarung eins*?«, fragte sie.

Noch bevor Dr. Hassan antworten konnte, ging die Tür zum Flur auf. Eine der italienischen Krankenschwestern kam herein und steckte sich mit zitternden Fingern eine Zigarette in den Mund. Hanna nahm ihr das Feuerzeug aus der Hand und gab ihr Feuer.

Dr. Hassan machte eine leichte Kopfbewegung. Dann stand er auf und ging auf den Flur.

»Es wird besser«, sagte Hanna zu der italienischen Schwester und folgte Hassan.

Auf dem Flur konnte sie ihn nirgends sehen, sodass sie ganz richtig annahm, dass er zum Treppenhaus gegangen war. Er stand am Fenster und starrte nach draußen in die Nacht. Hanna sah nur die Konturen der leeren, zerbombten Häuser. Die letzten Bewohner waren bei dem Massaker getötet oder weiter in den Westen vertrieben worden.

»Wer hat dir von Vereinbarung eins erzählt?«, fragte er leise.

»Nils«, flüsterte sie. »Er hat mich gebeten, heute am Spätnachmittag zum Friedhof zu gehen. Er will Abdullah verlegen.« Das Letzte sagte sie so leise, dass sie es selbst kaum hörte. Eine Etage unter ihnen fiel eine schwere Tür ins Schloss. Es dauerte eine Weile, bis das Dröhnen im Treppenhaus verstummte. Stattdessen war jetzt die immer lauter werdende Sirene eines Rettungswagens zu hören.

Dr. Hassan lehnte die Stirn an die Wand. Ein warmer Föhnwind kam durch die zerbrochene Scheibe.

Vielleicht bereute er in diesem Moment, seine Familie in Amman verlassen zu haben, den Pool im Garten, die Kinder, die auf eine internationale Schule gingen, und seine Praxis in einem privaten Krankenhaus.

»Sie fliehen nach Westen, Hassan. Es wird niemand kommen, um ihn zu holen. Die Israelis werden sie aufs Meer hinausdrängen, das wissen alle. Wenn er hierbleibt, ist er verloren.«

»Weißt du, wer er ist?«

Sie schüttelte den Kopf.

»Ist auch besser, wenn du es nicht weißt.«

»Sag es mir.«

»Nein. Ich habe den Befehl, ihn zu töten, sollten wir ihn nicht retten können. Ich soll ihm Morphin geben, Hanna. Eine Überdosis. Angeblich werden die UN-Beobachter sich von hier zurückziehen, vielleicht schon in wenigen Tagen. Sie überlassen alles den Israelis. Dann sollen internationale Einsatzkräfte kommen, Franzosen vielleicht, aber kann man denen trauen?

Es blieb eine ganze Weile still.

»Erzähl mir von Vereinbarung eins.«

Er schüttelte den Kopf.

»Ich werde es dir niemals verzeihen, wenn du ihn tötest«, sagte Hanna. »Ich war nicht so lange hier, damit so etwas geschieht.« Sie machte auf dem Absatz kehrt und öffnete die Tür zur Station. »Wenn ihr in den letzten zwei Stunden nicht bei ihm wart, ist er vielleicht ohnehin schon tot«, sagte sie.

»Ich habe eine Pflegerin für ihn. Ich glaube, ich kann ihr trauen.«

»Du *glaubst* das? Du hast mich«, schimpfte Hanna und ging mit schnellen Schritten zum Ende des Flurs, wo das Zimmer lag, das niemand betreten durfte.

»Dann muss ich Nils dazu bringen, mir zu helfen.«

»Nils siehst du erst in ein paar Wochen wieder.«

»Verdammt, dann musst du mir helfen.«

Hassan schloss die Augen und sah in diesem Moment wie ein Greis aus.

»Vereinbarung zwei«, sagte er. »Wir müssen uns auf Vereinbarung zwei einigen. Hafen.« Er sprach im Flüsterton, obgleich der Flur verwaist war.

»Ich weiß, dass du mit Nils darüber geredet hast«, flüsterte Hanna so leise, dass sie kaum ihre eigenen Worte hörte. »Aber willst du jetzt wirklich einen Rückzieher machen, nur weil Nils krank geworden ist? Du enttäuschst mich. Ich wollte Abdullah ins St. Francis verlegen, verstehst du. Das ist seine einzige Chance. Nicht nach Norden ins Amerikanische Krankenhaus. Kümmere dich darum. Und die Syrer müssen ihn dann weiter nach Damaskus bringen.«

Dr. Hassan schloss die Augen, und es vergingen gefühlte Minuten, bis er sie wieder öffnete.

»Ich werde einen Wagen besorgen«, sagte er. »Einen Krankenwagen, der nicht als solcher zu erkennen ist, verstehst du?«

»Okay. Ich kann das schaffen, wenn du den Transport regelst.«

»Du gehst ein Wahnsinnsrisiko ein, wenn du in den Hoteldistrikt gehst, um die Genehmigung zu kriegen. Aber sie müssen dich sehen, Hanna. Wenn du von da nicht zurückkommst, kann ich ihn nicht mehr retten. Früher oder später werden die Israelis oder die Falangisten verstehen, wer er ist.«

»Geh«, sagte sie. »Schlaf jetzt erst einmal bis Mitternacht. Mit der Unterstützung durch die Leute vom Roten Kreuz habe ich morgen zum ersten Mal seit der Belagerung frei. Aber du weißt ja, was das für mich bedeutet. Wann soll ich morgen hier sein, damit du mich in Vereinbarung zwei einführst?«

Hassan öffnete die Augen und schüttelte den Kopf.

»Du kommst morgen Abend. Sagen wir, um acht.«

Er nahm einen Stift aus der Tasche und notierte ein paar Zeilen auf einem Zettel.

»Sieh dir das gut an«, sagte er, aber sie hatte bereits alles erfasst und gab ihm den Zettel zurück. »Morgen erkläre ich dir mehr.«

Hassan riss das Papier in kleine Fetzen und steckte alles zurück in seine Tasche.

»Geh zu ihm und versichere dich, dass er transportiert werden kann. Und gib ihm zu verstehen, dass du jetzt Nils bist.«

Fünf Minuten später stand Hanna vor der Tür des Zimmers, in dem Abdullah lag. Der Stuhl, der neben der Tür stand, war leer. Die beiden Fedajin-Soldaten, die dort abwechselnd Wache gehalten hatten, waren in den Hoteldistrikt abgezogen worden. Selbst Arafat musste langsam erkennen, dass sie Beirut nur noch auf dem Seeweg verlassen konnten und es jetzt nur noch auf das freie Geleit aus West-Beirut ankam – wenn er nicht bereits weg war.

Mit geschlossenen Augen legte sie die Finger auf die Klinke und drückte die Tür auf. Der Türschließer war kaputt, sodass die Tür aufflog und rechts von ihr an die Wand knallte. Trotzdem reagierte der Mann vor ihr im Bett nicht.

Nur das Licht des Flurs fiel in das Zimmer.

Abdullah war im Profil zu sehen, ein Tropf führte in seinen linken, unverletzten Arm, der schwer auf der weißen Decke lag. Das Bett war so weit wir nur möglich vom Fenster weggerückt worden, in dem sich bis unter die Decke Sandsäcke stapelten. Nur ein schmaler Spalt inmitten der Barrikade ließ Licht und Luft herein.

Eine ganze Weile betrachtete sie den relativ schmächtigen, bärtigen Mann.

Seine Füße ragten blau unter der Decke hervor, und das Gesicht des Mannes glich einer Totenmaske. Dünne Haut spannte sich wie bei einem sterbenden Greis über den Schädel. Vielleicht würde er nie wieder die olivfarbene Haut bekommen, mit der er geboren worden war.

Wenn ich jetzt über diese Schwelle trete, gibt es kein Zurück mehr, dachte sie.

Vorsichtig trat sie ein, ging zum Nachtschränkchen auf der anderen Seite des Bettes und schaltete die Lampe ein, wobei sie darauf achtete, dass das Licht nicht auf das Gesicht des Mannes fiel. Aus irgendeinem Grund traute sie sich nicht, ihn zu lange anzusehen. Stattdessen ging sie nach hinten zu den Sandsäcken und schob die Hand durch die kleine Öffnung in der Mitte. Die Hitze hier drinnen ist unerträglich, dachte sie. Es roch unverkennbar nach Blut und verfaulendem Fleisch. Sie drückte die Fenster ganz auf und eine leichte Brise strich über ihren Kittel.

Als sie sich umdrehte, hatte er ihr den Kopf zugewandt. Im künstlichen Licht der Nachttischlampe wirkte seine Haut schneeweiß.

Sie wich seinem Blick aus und sah stattdessen zu der noch immer offen stehenden Tür. Mit schnellen Schritten war sie auf der anderen Zimmerseite und schloss sie, bevor jemand kam. Draußen näherte sich das Geräusch eines Bettes, das über den Flur geschoben wurde.

Sie stellte sich mit dem Rücken an die Tür. Er lag einen halben Meter vor ihr, sah aber noch immer in Richtung Fenster. Nur der Lichtkegel der Lampe erhellte den Raum.

»Kommen Sie her«, flüsterte er.

Sie wartete ein paar Sekunden, dann nahm sie all ihren Mut zusammen und ging um das Bett herum.

»Näher«, flüsterte er, als sie neben dem Nachtschränkchen stehen blieb.

Sie machte einen kurzen Schritt auf das Bett zu, als seine Hand plötzlich nach vorn schnellte und ihr Handgelenk packte. So fest, als hätte er alle Kraft der Welt.

Er zog sie zu sich nach unten und sie spürte, wie ihre Knie nachgaben. Dann sackte sie neben dem Bett zu Boden.

»Wenn ich herausfinde, dass Sie für *die* arbeiten«, sagte er,

»… werde ich Sie töten, wenn ich das hier überlebe. In diesem oder im nächsten Jahr. In zehn oder in fünfzig Jahren.«

Sie nickte und versuchte, die Tränen zurückzuhalten.

»Verstehen Sie?«

31. Juli 2017
Oslo

5

Einer der Leibwächter des PST wartete an der Rezeption auf Tommy und musterte ihn skeptisch, als er sich ein paarmal umdrehte, um sich zu vergewissern, dass er seine Verfolger wirklich abgeschüttelt hatte.

Tore Austlids Büro war viel größer, als Tommy es erwartet hatte. Der Leibwächter führte ihn zu einem Sofa und sagte, Austlid sei noch in einer Besprechung, werde aber sicher bald kommen. Dann schloss er die Tür hinter sich und ließ Tommy in dem riesigen Raum allein. Vor den Fenstern lagen das Odd-Fellow-Gebäude mit der Leuchtreklame, das Nationaltheater und der Schlosspark.

An einer Sitzgruppe war ein Tisch für zwei Personen gedeckt worden. Kaffee, Tassen und zwei Stücke Kuchen.

Austlid schien etwas entgegenkommender wirken zu wollen als bei ihrer letzten Begegnung.

Um fünf vor halb eins war Tore Austlid noch immer nicht aufgetaucht. Tommy goss sich eine Tasse Kaffee ein und trat an das Bücherregal, das eine gesamte Wand einnahm.

Zwischen den Büchern stand eine ältere Stereoanlage mit Verstärker und CD-Spieler. Die Regallautsprecher von

JBL verrieten Tommy, dass Tore Austlid ein Musikliebhaber war. Er nahm eine CD, ein klassischer Komponist, der ihm überhaupt kein Begriff war. Dann studierte er die Musiktitel und schließlich wieder die Bücher. Sein Blick blieb an vier oder fünf Bänden eines Autors hängen, von dem er noch nie gehört hatte. Er zog eines heraus, aus dem mehrere Post-it-Zettel herausragten.

Milan Reichelts *Gesammelte Gedichte*. Das Buch war 2003 bei einem kleineren Verlag erschienen. Drinnen stand die Widmung: *To my friend Tore. Without you, no freedom. Best wishes, Milan.*

Only the universe, hieß das erste Gedicht.

Tommy blätterte durch die Textstellen, die Austlid mit farbigen Zetteln markiert hatte. Er verstand wenig von Poesie, aber was er las, gefiel ihm.

Er stand mit dem Reichelt-Buch in der Hand da, als er hörte, wie die Klinke nach unten gedrückt wurde.

Tore Austlid betrat mit einer Dokumentenmappe unter dem Arm den Raum.

»Tut mir leid, dass Sie warten mussten.« Das Klingeln des Telefons und die leisen Stimmen im Hintergrund verschwanden abrupt, als die Tür ins Schloss fiel.

Tommy klappte das Buch zu und stellte es zurück ins Regal, ohne auch nur den Versuch zu unternehmen, sich zu entschuldigen. Austlid hatte ihn kontaktiert, nicht umgekehrt, was ihm eine Position verlieh, die er bei ihrer letzten Begegnung nicht gehabt hatte.

»Milan, ja. Er ist gut, sehr gut. Ich nutze das Buch sehr oft, wenn ich Reden schreibe. Sie wissen schon, man braucht mitunter Hilfe, wenn man klüger wirken will, als man in Wirklichkeit ist. Lesen Sie viel?«

»Meine Lebensgefährtin versucht, mich zu bekehren«,

sagte Tommy. »Aber ich weiß nicht, ob es ihr gelingen wird.«

»Es ist nie zu spät«, entgegnete Austlid. »Hätten Sie mich vor dreißig oder vierzig Jahren getroffen, wären sie überrascht darüber gewesen, wie wenig ich mich für Kultur interessiert habe. Ich war der reinste Cowboy. Habe versucht, mich so weit wie eben möglich von dem Snobismus meines Vaters zu entfernen ... ja von der ganzen Familie, die mich umgeben hat. Als ich auf der Marineakademie begonnen habe, war das wie nach Hause zu kommen, Bergmann. Da gab es Bücher über Navigation, Maschinen, Waffensysteme, Verschlüsselungen, und, ja, Liquidierungtechniken. Das alles war etwas ganz anderes.«

Tore Austlid deutete in Richtung der Sitzgruppe mit Kaffee und Kuchen.

Er nahm die Gabel, hielt aber in der Bewegung inne. »Lassen Sie uns gleich zur Sache kommen. Ich will ehrlich zu Ihnen sein. Bei unserer letzten Begegnung habe ich Ihnen nicht die Wahrheit gesagt. Ich habe nicht gelogen, aber auch nicht die ganze Wahrheit gesagt. Ich habe in diesem Metier früh gelernt, dass es da einen wesentlichen Unterschied gibt. Lügt man, bringt einen das irgendwann zu Fall, die Wahrheit zurückzuhalten, ist hingegen nicht verboten.«

»Und wie lautet nun die Wahrheit?«, fragte Tommy.

»Welche Wahrheit?«

»Über Leif und Hanna«, sagte Tommy. »Auch wenn sie jetzt vermutlich beide tot sind. Was denken Sie darüber?«

»Als das mit Hanna passiert ist, konnte ich das nicht länger zurückhalten.«

»Was zurückhalten?«

»Ich rechne damit, dass Christian Sie bereits in die Gerüchte eingeweiht hat?«

Tommy antwortete nicht. Er wollte das Spiel nicht aus der Hand geben.

»Leif und ich haben viel miteinander gesprochen«, sagte Tore Austlid. »Im Sommer hat Leif von seinem Hausarzt sein Todesurteil bekommen. Er hatte vor zwei Jahren Prostatakrebs. Die Operation ging damals gut und alle Kontrollen waren positiv. Also, mit gutem Ergebnis für ihn. Bis letzten Sommer. Da war der Krebs plötzlich wieder da und steckte mit einem Mal in allen lebenswichtigen Organen, in der Leber und in einer Niere. Die Prognose war mehr als schlecht. Hanna wusste nichts davon, er wollte sie schonen, sagte er. Auch die Kinder wussten nichts.«

Tore Austlid atmete tief ein, öffnete die Manschettenknöpfe seines Hemdes und goss sich eine Tasse Kaffee ein. Tommy studierte seine Bewegungen. Austlid zeigte keine Anzeichen von Nervosität.

»Und dann?«, fragte Tommy, als Austlid schon längere Zeit in die grünen Baumwipfel im Schlosspark schaute.

»Ich war der Einzige, der es wusste. Ich stand Leif in vielerlei Hinsicht näher, als seine eigenen Kinder es jemals getan haben. Wir waren in Beirut *brothers in arms*, so etwas vergisst man nicht. Er kam im Sommer zu mir und sagte, dass er noch vor dem nächsten Sommer sterben würde. Er saß da, wo Sie jetzt sitzen, und sagte, dass er eine Sache vor seinem Tod noch wissen wolle.«

Austlid nahm die Tasse und trank einen Schluck. Stellte sie nicht wieder zurück.

»Was wollte er wissen?«, fragte Tommy, obwohl er die Antwort kannte.

»Er wollte wissen, ob ich etwas wusste.«

»Worüber?«

»Über Morpheus. Seine Identität. Er hat mich angefleht,

ihm zu sagen, was ich wusste. Er wollte vor seinem Tod unbedingt noch Gewissheit haben.«

Tommy gelang es nicht, seine Überraschung darüber zu verbergen, dass Austlid den Codenamen kannte. Einen der beiden Codenamen, dachte er und ermahnte sich, so wenig wie möglich zu sagen.

»Sie sehen so überrascht aus«, sagte Austlid und lächelte. Sein Blick blieb aber ernst. »Morpheus war unter uns Eingeweihten ein bekanntes Geheimnis. Es wusste aber nur eine kleine Gruppe darüber Bescheid, ich selbst eingeschlossen. Ich habe gute Kontakt zu den Nachrichtendiensten, nicht nur in diesem Land.«

»Wo noch?«, fragte Tommy.

»Tja, in den USA. In Deutschland, Großbritannien, Schweden, Dänemark.«

»Und natürlich Israel?«, versicherte Tommy sich.

»Definitiv.«

»Und? Was konnten Sie Leif über Morpheus erzählen?«

»Ich habe ihm gesagt, was ich von meinen Kontakten wusste: Morpheus wurde in Beirut rekrutiert, sie oder er war Al-Shubra. Ich habe kein Blatt vor den Mund genommen und gesagt, dass ich Hanna für Morpheus halte. Wer sonst sollte es sein? Allenfalls Nils, ich bin aber bei meiner Meinung geblieben. Nils war nie eine derart zentrale Figur wie Hanna. Leif wäre fast ohnmächtig geworden.«

»Wann haben Sie das letzte Mal darüber gesprochen?«

»Am Tag vor seiner Ermordung.«

»Was genau haben Sie besprochen?«

»Ich habe mit ihm über Hanna geredet. Über Morpheus. Wir haben uns immer wieder im Kreis gedreht. Das Ganze quälte Leif so sehr, dass er kaum noch er selbst war.«

»Was glauben Sie? Hat er auch mit anderen darüber gesprochen?«

»Nicht, dass ich wüsste. Aber …« Austlid machte eine Pause, als bräuchte er vor dem nächsten Satz Bedenkzeit.

Es wurde vollkommen still zwischen ihnen. Tommy versuchte sich zu konzentrieren.

»… ich glaube zu wissen, was geschehen ist«, sagte Austlid. »Leif hat Hanna damit konfrontiert. Er konnte manchmal richtig blauäugig sein. Vielleicht hat er sie freiheraus gefragt: *Bist du Morpheus?* Oder er hat gesagt: *Tore glaubt, dass du Morpheus bist.* Leif hatte in der letzten Zeit leichte mentale Aussetzer, um es mal so auszudrücken. Ich frage mich, ob es sein Todesurteil war, dass ich Hanna für Morpheus gehalten habe.«

»Was, glauben Sie, hat Hanna ihm geantwortet?«

»Etwas, das ihn das Leben gekostet hat, meinen Sie nicht auch?«

»Aus meiner Sicht passt das nicht ganz zusammen«, sagte Tommy. »Wer hat dann Hanna Svarstad in Dänemark umgebracht?«

»Wer hat gesagt, dass sie tot ist?«, erwiderte Austlid. »Warum sind sich da alle so sicher?«

Er leerte seinen Kaffee und stellte die Tasse mit einer entschiedenen Bewegung ab.

»Das ist ein Grund dafür, weshalb die Gorillas des PST noch eine ganze Weile vor meiner Tür sitzen werden«, sagte Austlid und stand auf. Er nahm sein Handy, öffnete die Galerie und klickte das Bild von einem Brief an. Daneben ein Umschlag.

»Davon wissen Sie noch nichts, oder?«

Verdammt, dachte Tommy. Sollte Christian Wessel ihm gewisse Informationen bewusst vorenthalten haben?

»Nein.«

»Merkwürdig«, sagte Austlid. »Dieser Brief wurde mir vor drei Tagen an meine Privatadresse geschickt. Jetzt liegt er, wie Sie sich denken können, beim PST. Und das ist doch wohl Ihr Arbeitgeber, oder?«

Auf einem einfachen Briefbogen guter Qualität war etwas von Hand in einer fremden Sprache geschrieben worden.

»Können Sie Arabisch?«, fragte Austlid.

»Nein.«

»Ich habe das damals in Beirut gelernt.«

»Und was steht da?«

»*Land ist wie Tage*.«

Tommy hob den Blick und sah Austlid an. Er vergrößerte das Bild des Umschlags und studierte den Text. Lateinische Blockbuchstaben in ziemlich neutraler Schrift.

»Der wurde hier in der Stadt abgestempelt«, sagte Tommy.

»Richtig.«

»Und was bedeutet *Land ist wie Tage*?«

»Vermutlich genau das, was es bedeuten soll.«

»Dass Tage kommen und gehen?«, fragte Tommy.

»Etwas in der Art«, sagte Austlid. »Länder sind ebenso vergänglich wie Tage. Das ist eine Interpretation, aber … Sie zweifeln an der Echtheit?«, deutete Austlid Tommys Gesichtsausdruck.

»Ich weiß nicht, was ich davon halten soll.«

Austlid nickte mehrmals.

»Warum haben Sie diesen Brief erhalten? Das kann doch nur als Drohung verstanden werden?«

»Lassen Sie mich Ihnen etwas erklären: Leif Wilberg war ein Israelfreund. Ein größerer Freund des Landes, als er öffentlich eingeräumt hat. Deshalb war er so entsetzt über die Geschehnisse in Al-Shubra. Er war unendlich enttäuscht.«

»Ein so großer Freund Israels, dass man daraus ein Motiv für den Mord an ihm ableiten könnte?«

»Das müssen Sie entscheiden. Der Punkt ist, dass ich selbst als zu israelfreundlich angesehen werde. Seit Jahren versuche ich, diesen Eindruck auszugleichen. Aber ja, ich habe unzählige Berichte über israelische Übergriffe im Libanon nicht weitergeleitet. Annema hat das in Beirut richtig wütend gemacht. Leif hatte mir damals gesagt, dass wir die Anweisung dazu hätten. Nach Al-Shubra ist er wirklich ins Wanken geraten, einmal hätte er sogar beinahe den Kopf verloren und einen israelischen Offizier niedergeschlagen, aber die Befehle aus Oslo waren klar: Es sollte nichts Negatives über Israel herauskommen, wenn wir das verhindern konnten. Berichte über israelische Folter und Verstöße gegen das Genfer Abkommen durften den Libanon nicht verlassen. Haben Sie schon mal Menschen gesehen, die gefoltert worden sind? Die man irgendwo abgeladen hat? Trotzdem habe ich damals die Befehle befolgt, als wäre ich Eichmann. Ironisch, nicht wahr?«

»Dann ist das eine Drohung gegen Sie?«, sagte Tommy.

»Vielleicht«, erwiderte Austlid. »Das kommt auf das Auge des Betrachters an. Für den PST bin ich der Nächste auf der Liste.«

Austlid trat ans Fenster und ließ seinen Blick über den Platz schweifen.

»Vor zwei Tagen habe ich einen Anruf bekommen«, sagte er. »Von Annema. Anne-Marie Edvardsen.«

Ihr hattet ein Verhältnis, dachte Tommy, sagte aber nichts. Er wusste, wer ihm mehr darüber erzählen konnte: Edvardsens langjähriger Lebensgefährte Frank Krokhol.

»Ihre Tochter hat sie aus Oslo angerufen. Sie hat sich während des Sommers um Annemas Post gekümmert. Annema hat ihre Wohnung hier in Oslo behalten. Sie wird teilweise von der Presse belagert, die ja auch auf der Suche nach Annema ist.«

»Ja?«

»Auch Annema hat so einen Brief bekommen.«

»Mit demselben Text?«

»Nein, aber ich deute den Inhalt gleich: *Ein Baum beginnt mit einem Samen.* Auch dabei handelt es sich um ein arabisches Sprichwort.«

»Ist sie noch immer in den USA?«

»Nein, das ist sie nicht. Sie wollte ihre Tochter und die Enkel sehen, aber hierzulande ist sie ja so etwas wie Freiwild. Ich habe ihr deshalb mein Sommerhaus nördlich von Göteborg zur Verfügung gestellt. Das steht dieses Jahr ohnehin leer. Sie finden sie dort. Sie hat dort auch Personenschutz. Sie meint, das wäre wie im Gefängnis. In ein paar Tagen muss sie zurück nach Wien, Sie sollten also noch im Laufe dieser Woche zu ihr fahren, wenn Sie nicht nach Österreich wollen.«

Austlid notierte die Adresse auf einem Briefbogen des Ministeriums, den er sorgsam zusammenfaltete.

Tommy faltete den Zettel auseinander und studierte die Schrift. Sie war regelmäßig wie die eines Lehrers.

»Haben Sie heute mit ihr gesprochen?«

»Nein«, sagte er. »Heute Morgen habe ich versucht, sie anzurufen, aber sie ist nicht drangegangen. Was ich etwas besorgniserregend finde. Aber sie steht ja unter Personenschutz.«

»Ich fahre noch heute Abend«, sagte Tommy. »Wer weiß alles, wo sie ist?«

»Nur die Personen, denen sie es selbst gesagt hat. Sie ist gestern Abend nach Göteborg geflogen, vermutlich hat sie deshalb noch nicht geantwortet. Ich habe das nur Ihnen gesagt, und dabei muss es auch bleiben.«

Wenn sie nicht bereits tot ist, dachte Tommy.

Aber wie auch immer, erst musste er mit einer anderen Person reden.

Mindestens mit einer.

»Darf ich Ihr Telefon benutzen?«, fragte er. »Das Festnetz.«

»Aber bitte, bedienen Sie sich. Sie müssen zwei Nullen vorwählen, um nach draußen telefonieren zu können.« Austlid deutete in Richtung Schreibtisch, auf dem ein schwarzes Telefon stand, und sah auf seine Armbanduhr.

»Ich habe jetzt die nächste Sitzung. Halten Sie mich bitte auf dem Laufenden. Und sollte Annema etwas zustoßen ... ja, Sie wissen ja, dass wir in Beirut für kurze Zeit zusammen waren. Ich bin öfter geschieden, als gut ist, pflege aber eine gute Beziehung zu meinen Ex-Partnerinnen.«

Tommy nickte.

Er wartete, bis Austlid das Büro verlassen hatte, und nahm dann auf dessen Schreibtischstuhl Platz. Abgesehen von Telefon, Computerbildschirm, Maus und Tastatur war der Tisch leer.

Er drehte sich auf dem Stuhl herum. Alle Archivschränke waren verschlossen. Im Regal standen ein paar höchst langweilig aussehende Ordner, gemeinsam mit einer Reihe von Abzeichen und Geschenken, die Austlid auf den unterschiedlichsten Reisen bekommen haben musste. Daneben eine Reihe von Fotografien. Diverse Menschen, einige in Konferenzsälen, andere auf Flughäfen.

Ist es so einfach und doch so kompliziert?, fragte er sich.

Jeder, der in Al-Shubra war, kriegt solche Briefe – abgesehen von Morpheus, der sie verschickt.

Er drehte den Stuhl wieder zurück, rief die Auskunft an und bat um die Nummer von Nils Aubert.

Er wurde direkt zum Anrufbeantworter umgeleitet, weshalb er im Parlament anrief und darum bat, mit Aubert sprechen zu können.

»Er hat Urlaub«, sagte die Stimme am anderen Ende. »Zwei Wochen.«

»Ist er verreist oder zu Hause?«, fragte Tommy.

»Das kann ich Ihnen nicht sagen.«

»Es geht um eine polizeiliche Ermittlung«, sagte Tommy.

»Ich weiß es wirklich nicht.«

Tommy erhielt die Nummer der Parlamentarierwohnung im Parkveien, in der Aubert wohnte, wenn er in Oslo war. Doch auch dort erreichte er ihn nicht.

Zu guter Letzt rief er Christian Wessel in seinem Büro an, hatte aber auch da keinen Erfolg – lediglich seine Sekretärin meldete sich. Tommy legte auf, ohne etwas zu sagen.

Er stand auf und trat an die großen Fenster. Ließ seinen Blick über den Platz schweifen, die Bürgersteige ringsherum. Der junge Verfolger war nirgends zu sehen.

Nils Aubert war ein schlauer Kerl, vermutlich viel gerissener als er selbst. Tommy entschloss sich, ihn warten zu lassen und es stattdessen bei Frank Krokhol zu versuchen, bevor er Richtung Süden fuhr.

31. Juli 2017
Oslo

6

Das Büro war eigentlich größer, als Susanne es sich leisten konnte. Die Aussicht über den Hambros plass machte sich auf den Internetseiten der Kanzlei aber gut, stylishe Schwarz-Weiß-Bilder, für die sie ein Vermögen bezahlt hatte. Vielleicht hatte sie das alles nur gemacht, um ihren Freundinnen zu imponieren, als sie im Frühjahr das Dezernat für Wirtschaftskriminalität verlassen hatte, um sich in einer Branche selbstständig zu machen, in der für neue Firmen eigentlich kein Geld mehr zu verdienen war.

Als wenn Geld jemals ein Problem gewesen wäre, dachte Susanne. Deshalb arbeite ich doch nicht. Sie nutzte diese Entschuldigung oft gegenüber sich selbst, nachdem sie die dubiose Vereinbarung mit Christian Wessel eingegangen war.

Wenn ich herausfinden kann, warum Leif Wilberg und vielleicht auch Hanna Svarstad umgebracht wurden, ist es das wert, dachte sie.

Magnus Wilbergs Worte klangen ihr noch in den Ohren. Insbesondere das, was er über das Stockholm-Syndrom gesagt hatte. War Hanna Svarstad im Geheimen zum Islam konvertiert?

Das Handy auf ihrem Schreibtisch klingelte. Sie warf einen Blick auf die Nummer und ignorierte den Anruf. Stattdessen öffnete sie die Webseiten des Senders NRK. Aufmacher war natürlich der Fund von Hanna Svarstads Koffer und ihrer Kleider in Helsingør. Infolge des Artikels gab es im Haus überdies Spuren, die auf Hanna Svarstad hindeuteten. Sie musste tot sein. Vielleicht war ihre Leiche mittlerweile gefunden worden. Die Suche dauerte jetzt schon eine Woche an. Die dänische Polizei wollte in zehn Minuten eine neue Pressekonferenz abhalten, ein kleines Bild zeigte einen Countdown auf vierzehn Uhr. Susanne scrollte nach unten, bis sie auf die Überschrift stieß: *Das Rätsel um Hanna Svarstad. Die Greta Garbo der Politik*, hieß es in einem Kommentar daneben. *In ihrer Position als Beraterin mit Sonderauf-*

gaben hat Svarstad seit Dezember 2006 keine Interviews mehr gegeben.

Der Sender hatte reichlich Stoff über Svarstad zusammengetragen, darunter ein Link zu einer Talkshow, an der Hanna Svarstad am Tag ihres Rücktritts im Dezember 2006 teilgenommen hatte.

Wären sie vergleichbar vorgegangen, wenn Hanna Svarstad nicht kinderlos wäre?, fragte Susanne sich. Svarstad hatte angeblich nur noch eine lebende Verwandte, und das war ihre in einem Pflegeheim in Svolvær wohnende über neunzigjährige Mutter. Svarstads Bruder war vor mehr als fünfzehn Jahren gestorben.

Susanne startete das Video und drehte den Ton auf.

Vielleicht ist der Vergleich mit Greta Garbo gar nicht so abwegig, dachte sie, als sie Hanna Svarstad in schwarzen Hosen und mit offener weißer Bluse durch den Raum schreiten sah. Die langen Haare waren auffälliger, als Susanne sie in Erinnerung gehabt hatte.

Der Moderator, ein unscheinbarer kleiner Kerl, schien es darauf anzulegen, Hanna Svarstad fertigzumachen. Svarstad trug nur selten Schminke, hatte sich jetzt aber beinahe wie ein Filmstar zurechtgemacht. Die Lippen glänzten feucht, die Wimpern waren schwer von Maskara, als wollte sie feiern, dass sie jetzt, nachdem ihre Verbindung zur Hamas an die Öffentlichkeit gekommen war, endlich mit der Politik am Ende war.

Nach anfänglichem Smalltalk über Politik und die Ungerechtigkeit in der Welt kam der Augenblick, der als der einschneidendste Moment des Jahres 2006 in die Fernsehannalen eingegangen war.

»1982 waren Sie zehn Wochen in Beirut gefangen. Was dachten Sie, als Sie realisierten, dass Sie entführt worden waren?«, fragte der populäre Moderator wie aus dem Nichts. Die Mundwinkel zogen sich nach oben und der Blick war mit einem Mal herausfordernd wie bei einem Lausbuben.

Was für ein hässliches Wesen er da zeigte, dachte Susanne.

»Was ich dachte?«

»Ja.«

»Das ist eine Frage, die man Sportlern stellt, mein Freund«, sagte Hanna Svarstad, beugte sich vor und nahm seine Hand. Die Röte auf den neugierigen, kleinen Wangen wurden mit jeder Sekunde, die Hanna seine Hand hielt, dunkler.

»Vermutlich dachte ich an all die Dummheit, die es in der Welt gibt, glauben Sie nicht? Es gibt hier wirklich mehr Dummheit und Dreistigkeit als Armut und Elend.«

Im Studio wurde es vollkommen still, niemand applaudierte, niemand lachte. Dem Moderator rutschte eine seiner Karten aus der Hand und fiel auf den Boden.

»Lassen Sie uns über etwas anderes sprechen«, sagte Hanna Svarstad. »Terroristen sollte man keine so große Öffentlichkeit geben, das wäre kontraproduktiv.«

Susanne schüttelte den Kopf und drückte auf Pause. Sie sah direkt in Hanna Svarstads Gesicht und dachte, wie gerne sie diese Frau lebend getroffen hätte.

Verdammt noch mal, dann versuch wenigstens herauszufinden, warum sie sterben musste.

Unter den Links fand sich ein Verweis auf einen Zeitungsartikel aus der Zeit im Libanon, der sich mit den zehn Wochen beschäftigte, die sie als Geisel in Süd-Beirut gefangen gehalten worden war.

Hanna Svarstad war und blieb ein Rätsel.

Weitere Links des Senders führten zu einem älteren Beitrag in der New York Times, der ebenfalls seinen Weg auf die norwegischen Titelseiten gefunden hatte. Der Libanon-Korrespondent der amerikanischen Zeitung hatte eine Videokassette zugeschickt bekommen, auf der Hanna Svarstad in der dritten Woche ihrer Entführung zu sehen war. In der Reportage war abgedruckt worden, was Hanna Svarstad in dem zweiminütigen Clip gesagt hatte.

Hatte Magnus Wilberg recht? War Hanna Svarstad seit 1982 gläubige Muslima? Aber für wen arbeitete sie dann? Für die Hamas? Oder die Iraner?

Ein Standbild des Videos war ganz oben auf der Seite platziert worden. Hanna Svarstads abgemagertes, blasses Gesicht war unter einem schwarzen Hidschab zu erkennen. Im Text standen die Worte, die sie in stotterndem Englisch beinahe mechanisch von sich gegeben hatte:

»Ich verachte den westlichen Imperialismus, das Haus Saud, die USA und Israel, und ich schwöre Allah die Treue. Der Westen, Dschidda, Washington und Jerusalem werden Ghoms Kriegern nicht standhalten. Versucht nicht, mich zu retten, denn ich bin eine Kriegerin des Islams geworden.«

Die amerikanische Zeitung zitierte den norwegischen Ministerpräsidenten, er verurteilte die Heiligen Krieger des Islams dafür, Hanna Svarstad zu dieser Terroristenpropaganda gezwungen zu haben.

Leider können die norwegischen Behörden nur wenig tun, hieß es in dem Artikel. *Die Diplomatie greift hier nicht, da die relativ unbekannte Gruppe der Heiligen Krieger des Islam mit Teheran gebrochen zu haben scheint, sollte sie denn jemals direkt aus dem Iran gesteuert worden sein. Es gibt heute an die dreißig verschiedene Gruppierungen, die in Beirut gegeneinander Krieg führen, auch wenn die unterschiedlichen Viertel der Stadt ihre eigene, absurde Stabilität haben. Christen kämpfen gegen Muslime, Syrer und andere christliche Gruppen. Die Schiiten kämpfen gegen die Palästinenser und im Großen und Ganzen auch gegen alle anderen, also Falangisten, Syrer, Drusen und verschiedene christliche Gruppierungen. Große Teile von Ost-Beirut gelten mittlerweile als relativ stabil, seit die Falangisten eine Art Verwaltung aufgebaut haben.*

Im dem Artikel stand weiter, dass Hanna Svarstad an einem unbekannten Ort in Beirut oder Libanon jetzt schon seit fünf Wochen gefangen gehalten wurde. Es war nicht bekannt, wer der palästinensische Patient war, den sie von West- nach Ost-Beirut hatte verlegen sollen. Susanne klickte weiter durch die Webseiten des Nachrichtensender und kam zu einem Faksimile eines Artikels der Zeitung Aftenposten von einem der letzten Oktobertage 1982. Quer über der Titelseite prangte die Schlagzeile: *Svarstad freigelassen.* Ein Schwarz-Weiß-Foto zeigte Hanna Svarstad und Leif Wilberg auf einer improvisierten Pressekonferenz in einem Hotel in Ost-Beirut.

Svarstad gibt an, den Umständen entsprechend gut behandelt worden zu sein und in einigen Tagen ihre Arbeit im Krankenhaus in Al-Shubra in West-Beirut wieder aufnehmen zu wollen. Auf die Frage, ob sie nicht nach Norwegen zurückkehren wolle, antwortete Svarstad mit Nein. Sie habe eine sehr wichtige Aufgabe in einer vom Krieg auf unvergleichliche Weise heimgesuchten Stadt zu erfüllen, sagte sie. Sie gab keinen Kommentar zu dem Gerücht ab, dass es sich bei dem palästinensischen Patienten um eine zentrale Figur der PLO oder befreundeter Organisationen gehandelt haben soll. Wilberg seinerseits ging nicht auf die Frage ein, ob Lösegeld für die Befreiung Hanna Svarstads bezahlt worden sei.

Etwas oder *jemand* aus ihrer Vergangenheit quälte sie, hatte Magnus Wilberg gesagt.

Hanna Svarstad hatte unter heftigen Albträumen gelitten

und war zu einem Psychiater in Majorstua gegangen. Ein bekannter Arzt, hatte Magnus Wilberg gesagt. Wie schwer konnte es sein, die Identität dieses Arztes herauszufinden?

Eine halbe Stunde Später hatte Susanne eine Liste der Psychologen und Psychiater zusammengestellt, die ihre Praxen zwischen Fagerborg und Frogner hatten.

Ganze dreißig Namen standen darauf, aus ihrer Sicht unglaublich viele Leute für eine Fläche von gerade einmal vier Quadratkilometern. Vielleicht hatten die wohlhabenden Leute auf dieser Seite der Stadt einfach mehr Bedarf, etwas für ihre mentale Gesundheit zu tun, dachte sie, rief sich aber sogleich selbst zur Räson.

Nur fünf der Praxen lagen im eigentlichen Kerngebiet von Majorstua, und von diesen kannte Susanne nur den Namen Viggo Osvold. Tommy war zwar einer seiner Patienten, den Namen des Arztes hatte sie aber schon vorher gekannt. Osvold hatte eine feste Spalte in der Zeitung Aftenposten und war immer wieder im Fernsehen zu sehen. Er trat gerne in Diskussionssendungen auf und war ein gefragter Experte auch in Gerichtsverfahren. Er war mit seiner Harry-Potter-Brille, den Hosenträgern und der Fliege so etwas wie ein wandelndes Klischee, sodass eigentlich nur er der Mann sein konnte, auf den Magnus Wilberg angespielt hatte.

Sie nahm ihr Handy vom Schreibtisch, doch dann fiel ihr ein, dass sie Tommy gesagt hatte, über das Handy nicht erreichbar zu sein. Ihr graute vor dem Eingeständnis, selbst auch für Christian Wessel zu arbeiten, aber sie musste ihm endlich reinen Wein einschenken.

Sie versuchte ihn unter der Nummer im Nydaler Büro zu erreichen, aber er hob nicht ab. Als sie die Zentrale kontaktierte, konnte ihr niemand etwas über Tommy Bergmann sagen.

In einem letzten Versuch rief sie zu Hause an, wobei sie sich eigentlich sicher war, dass nur Bulle dort sein konnte.

Sie wollte gerade auflegen, als der Hörer abgenommen wurde.

»Hallo?«, fragte sie.

Es vergingen ein paar Sekunden.

»Oh, hallo, Mama«, sagte eine etwas seltsam klingende Stimme.

Im Hintergrund hörte sie unterdrücktes Lachen, was sie zu der Annahme verleitete, dass Mathea das Telefon mit in ihr Zimmer genommen hatte und auch Filip da war.

»Hast du was von Tommy gehört?«, fragte sie.

»Er hat eben angerufen. Er ist auf dem Weg nach Schweden«, sagte Mathea.

»Schweden?«

»Ja. Er hat mir gesagt, dass ich dir das sagen soll, aber nicht übers Handy.«

»Und das hast du vergessen?«, fragte Susanne.

»Das ist noch gar nicht lange her«, sagte Mathea. »Zuletzt hat er gesagt, dass ich mein Handy gar nicht mehr benutzen soll. Seines liegt hier in der Küche. Ich weiß echt nicht, was er treibt. Du hast bei der Arbeit ja nur dein Handy. Wie sollte ich dich da denn anrufen?«

»Verdammt«, zischte Susanne leise, nachdem sie aufgelegt hatte. Sie legte die Hand instinktiv auf den Bauch und hatte das dringende Gefühl, nach Hause fahren zu müssen. Als Nächstes sagte Tommy womöglich, dass sie ihren Wagen nicht mehr nutzen sollte. Sie unterdrückte den Impuls, Mathea und Filip zu bitten, nach unten auf die Straße zu gehen und sich zu vergewissern, dass nichts unter ihrem Auto befestigt worden war.

25. August 1982
Beirut

7

Seine Augen wirkten eher grün als braun. Einen anderen Gedanken hatte sie nicht, als Abdullah ihr Handgelenk mit eiserner Kraft umklammerte.

Sie zuckte zusammen, schluchzte kurz auf und verfluchte sich selbst dafür, dass es ihr nicht gelungen war, dieses Zeichen der Schwäche zu unterdrücken. Natürlich hatte sie schon früher geweint, nie aber vor einem Patienten, und wenn, dann hatte sie andere beweint und nicht sich selbst.

Abdullah ließ sie ebenso plötzlich los, wie er sie gepackt hatte. Sein Arm sackte müde nach unten.

»Sie sollten nicht hier sein. Wo sind meine Männer? Nils?«, er spannte den Körper an, als wollte er versuchen, sich zu erheben, sackte aber gleich wieder zusammen. Schon diese wenigen Worte erschöpften ihn.

Hanna streckte vorsichtig die Hand aus und legte sie ihm auf die Stirn. Er ließ es geschehen. Dann strich sie ihm leicht über die dicken, ungewaschenen Haare und meinte zu spüren, wie seine Schmerzen nachließen. Seine Augen waren geschlossen, doch die Augäpfel zuckten darunter hin und her. Seine Gesichtszüge waren schön, auch wenn er zu schnell alt geworden zu sein schien. In seinem aktuellen Zustand war nicht zu sagen, ob er dreißig oder fünfzig war.

»Erinnern Sie sich nicht?«, fragte sie, als würde Abdullah sich in seinem Morphinnebel an irgendetwas erinnern können.

»An was erinnern?«

»Ihre Männer sind nicht mehr hier. Es ist niemand mehr hier. Es herrscht ein Waffenstillstand.«

Er murmelte etwas Unverständliches.

»Hat Ihnen Nils das nicht gesagt? Die Israelis stehen am Hippodrom«, sagte sie. »Ihre Männer hatten keine Wahl. Sie sind nach Westen geflohen. Die Falangisten …«, begann sie, verstummte dann aber gleich wieder. »Sie werden in den nächsten Tagen mit der Durchsuchung des Krankenhauses beginnen. Verstehen Sie, was das bedeutet?«

Sein Atem wurde so ruhig, als würde er schlafen, sie glaubte aber trotzdem, dass er ihr zuhörte.

»Ich bin seit zwei Jahren hier«, flüsterte sie, noch immer auf dem kalten Steinboden hockend. Abdullah rang nach Atem und presste den Kopf bei jedem Atemzug nach hinten ins Kissen.

»Ich habe eure Kinder gerettet, als wären es meine.«

Er wedelte leicht mit dem Arm.

»Ich bin so schwach«, flüsterte er. »Nur schwache Männer haben Angst. Es tut mir leid.«

»Sie brauchen keine Angst zu haben. Ich bin hier, um Ihnen zu helfen. Nils ist schwer erkrankt, und Hassan hat auch Angst. Ich glaube, er wird bald nach Hause fahren. Sie haben niemanden außer mir.«

»Wie heißen Sie?«

»Hanna.«

»Das ist ein jüdischer Name.«

»Es ist ein christlicher Name. Mein Vater ist sehr religiös. Auch viele von euch sind Christen.«

Er nickte schwach, was ihm Schmerzen zu bereiten schien.

»Was machen Sie dann hier?«

»Das fragt mein Vater auch immer.«

Abdullah lachte leise, was ihn aber viel Kraft kostete. Seine Augenlieder schlossen sich.

Hanna schaltete die Nachttischlampe aus, und Dunkelheit legte sich über den Raum. Sie massierte ihr Handgelenk, bestimmt würde Leif fragen, was geschehen war. Draußen näherte sich eine Militärkolonne. Sie kniete sich hin und wartete instinktiv darauf, dass eine Bombe explodierte oder eine Granate durchs Fenster flog und die Sandsäcke zur Seite fegte.

Mein Gott, ich muss weg hier, dachte sie.

Zum ersten Mal seit zwei Jahren erwog sie, ganz nach Hause zurückzukehren, für immer.

Für ein paar Minuten fühlte sie sich so kraftlos, dass sie nicht aufstehen konnte. Ob nun Leif Wilberg in der Residenz auf sie wartete oder Abdullah vor ihren Augen starb, war ihr in diesem Moment egal. Sie schloss die Augen, und in Gedanken sah sie das Haus, in dem sie aufgewachsen war. Als hätte ihr Hirn alles auf Anfang gespult und versuchte einen Neubeginn. Der erste Schultag. Das laute Kreischen der Möwen. Der Wind über dem Vestfjord. Schaumkronen auf den Wellen, alles Weiß in Weiß. Dann brach mit einem Mal alles in sich zusammen, ein Granateneinschlag folgte dem anderen, sie spürte den Atem eines kleinen Mädchens an der Wange, sah ein Gewehr, das an einem Kontrollposten durch das offene Fenster geschoben wurde, und roch die Jasminseife auf der Toilette der Grenzstation. Sie spürte die brennende Sonne auf den sonnenverbrannten Hügeln, sah die Reihen der Olivenbäume, das Minarett vor dem Mittelmeer. Nahm den Duft nach Kräutern, Zimt und Zitrusfrüchten wahr.

»Mein Vater besaß die größten Zitrushaine in ganz Galiläa«, flüsterte Abdullah plötzlich, als hätte er ihre Gedanken gelesen. Er wurde wieder still, als wartete er darauf, dass seine Worte durch die Dunkelheit zu ihr drangen. »Er hat nach Frankreich, Großbritannien und Deutschland exportiert.«

Hanna spürte, dass sie für ein paar Sekunden eingenickt war und nun aus einem Traum gerissen wurde.

Es schienen Minuten zu vergehen, bis er wieder etwas sagte.

»Ich war fünf Jahre alt. Wir hatten ein Ferienhaus in Nizza und ein zweites in Algerien, woher meine Mutter stammte. Ich erinnere mich an kaum etwas, nur an den Tag, an dem wir gehen mussten, und an die Beerdigung meines Onkels, der von den Israelis getötet wurde. Es war Winter und regnete in Strömen. Als wir herkamen, haben sie uns angespuckt, wir hatten nichts zum Anziehen und wurden ausgelacht, weil wir dreckig und arm waren. Und jetzt bin ich hier, mehr tot als lebendig. Auch ich bin Arzt, will Leben retten, nicht Leben nehmen, aber was soll ich machen?«

Er rang wie ein Sterbender nach Atem.

Hanna stand auf und tastete sich vorsichtig zu seinem Gesicht vor.

Noch einmal streichelte sie ihm über die Haare. Wie über die der Kinder im Keller.

Es vergingen mehrere Minuten. Als sie zu streicheln aufhörte, begann er wieder zu reden.

»Mein Chef wurde ermordet«, sagte er. »Er hatte sich mit einer Frau angefreundet, mit der er sich nicht hätte anfreunden dürfen. Deshalb habe ich Angst vor Ihnen.«

Hanna wollte etwas erwidern, doch etwas ließ sie zögern. In ihrem Unterbewusstsein meldete sich etwas, es hatte mit Abdullah zu tun.

Er fuhr fort: »Ich habe mir geschworen, dass mir so etwas nie passieren wird. Keinem von uns. Meine Männer haben den Befehl, mir das Leben zu nehmen, sollte ich nicht zu retten sein. Sie haben den Befehl missachtet.«

»Niemand wird in einem Krankenhaus umgebracht«, sagte Hanna.

»Mein Chef hatte vier Leibwächter, früher war ich selbst

einmal sein Leibwächter, bevor ich Leutnant wurde. Aber all diese Wachen, wofür waren sie gut? Als sein Auto, die ganze Kolonne, durch die Rue Verdun fuhr, explodierte eine Bombe. Er hatte einer Frau aus England erzählt, welche Route sie nehmen würden, sie kannte alle seine Routinen. Ich hätte sie an diesem Tag begleiten sollen, hatte meine Pläne aber geändert. Er war wie besessen von dieser Frau. Man sagt, dass sie selbst die Bombe mittels eines Fernzünders zur Explosion gebracht hat.«

»Sie haben keine andere Wahl, Sie müssen mir vertrauen.«

»Ich vertraue dir. Aber deinen Freunden vertraue ich nicht. Denn wer sind deine Freunde? Er war total besessen von ihr«, flüsterte Abdullah noch einmal.

»Sie sind nicht von mir besessen, oder?«

Sie schaltete die Nachttischlampe ein und hielt die Hand vor die Birne, sodass ihn das Licht nicht zu sehr blendete. Sein Gesicht wirkte vollkommen blass, als hätten seine Worte ihm das letzte bisschen Kraft genommen.

»Morphium«, flüsterte er. »Ich will nur schlafen, sonst nichts.«

Während sie den Verband an seinem Bauch wechselte – um die Beine kümmerte sie sich nicht –, sah er sie schweigend an. Ein Augenlid schloss sich wiederholt, und der Kopf kippte zur Seite. Nur die Schmerzen, die ihn immer wieder zucken ließen, zeigten, dass er noch am Leben war.

Als sie die Nadel in die Ampulle stach und die wertvollste Flüssigkeit aufzog, die es im Krankenhaus gab, leuchtete etwas in seinem Blick auf.

Sie nahm seinen unverletzten Arm und hielt ihn fest.

»Schlafen Sie jetzt, morgen bin ich wieder bei Ihnen, und in ein oder zwei Tage werde ich Sie verlegen. Es eilt, verstehen Sie? Sie haben keine andere Wahl, als mir zu vertrauen. Dr. Hassan und ich werden Sie hier rausbringen.«

»Morgen kann es zu spät sein«, sagte er.

Ein paar Sekunden später erkannte sie an seinem glasigen Blick, dass das Morphium bereits seine Wirkung entfaltete.

31. Juli 2017
Oslo

8

Frank Krokhol war weder in seiner Stammkneipe noch in seinem Lieblingsrestaurant. Tommy fragte den indischen Restaurantbesitzer, ob er Krokhol in den letzten Tagen gesehen habe, aber der Mann schüttelte nur den Kopf.

Dann gab es nur noch zwei Möglichkeiten: Entweder lag er im Leichenschauhaus oder er war zu Hause. Tommy lief über die nachmittäglich warmen Straßen und klingelte in Krokhols Wohnung in der Konghellegata, ohne dass etwas passierte.

Er wartete eine halbe Minute und klingelte erneut. Ließ den Finger auf dem Knopf und hörte das schrille Scheppern bis draußen. Als er noch immer keine Antwort erhielt, ging er auf die andere Straßenseite hinüber und hob einige kleine Steinchen auf, die im Rinnstein lagen.

Weiches Licht fiel auf die Ziegelwand und die Fenster mit den zugezogenen Gardinen. Er ging zurück zum Hauseingang.

»Frank!«, rief er und warf den ersten Stein an die Scheibe des Raumes, den er für Krokhols Wohnzimmer hielt.

Kurz darauf wurde die Gardine etwas zur Seite gezogen, Tommy sah aber nur den vagen Umriss einer Person.

Das Fenster ging einen Spaltbreit auf.

»Was soll der Scheiß?«, schimpfte die Person. Die Stimme klang rau und brüchig, und Tommy befürchtete, der Mann könne aus dem Fenster fallen, sollte er es ganz öffnen.

»Frank?«, fragte Tommy.

Er erkannte ihn jetzt, oder besser die Person, die er einmal als Frank Krokhol gekannt hatte.

»Komm hoch«, sagte Krokhol, »bevor du noch jede Scheibe des Viertels zertrümmerst.«

Als der alte Journalist im Flur seiner Wohnung vor ihm stand, rutschte Tommy heraus: »Verdammt, Frank, wie siehst du denn aus?«

»Danke, das Kompliment geb ich gerne zurück«, sagte Krokhol. »Du siehst aus wie ein Straßenköter, der von seinem Frauchen fein rausgeputzt wurde. Fehlt nur noch der Fancy-Blazer.«

Tommy hatte Krokhol nicht mehr gesehen, seit dieser ihn in Dikemark besucht hatte. Das musste jetzt mindestens zehn Jahre her sein, vielleicht sogar zwölf. In den letzten Jahren hatte Tommy aber gehört, dass Krokhol gegen seinen Willen in den Ruhestand geschickt und vor einem Jahr aus der Redaktion der Zeitung Dagbladet verschwunden war. Sein Gesicht, das neben seiner draufgängerischen Persönlichkeit einmal eine fast magnetische Wirkung auf die Frauen gehabt hatte, war total eingefallen. Er war knapp siebzig Jahre alt, sah aber aus wie Anfang neunzig, dachte Tommy. Die Augenlider hingen, und die dunklen Ringe um die Augen waren zu dicken Tränensäcken geworden. In der Wohnung stank es nach Zigarettenrauch und irgendetwas anderem. War das Urin? Tommy wusste aus eigener Erfahrung, wie schnell man fallen konnte, wenn man nichts mehr hatte, an dem man sich festhalten konnte.

Krokhol setzte sich in einen teuren Sessel, der mitten im Wohnzimmer stand. Auf einem großen Flachbildfernseher, der auf einem alten Fernsehschrank thronte, lief die Wiederholung eines Fußballmatches. Das typische Nachmittagsprogramm der Sportsender. Tommy machte das immer ein bisschen sentimental, andererseits spürte er bei diesen Programmen auch eine gewisse Erleichterung. Ein Teil von ihm sehnte sich nach dieser Zeit zurück, ein anderer verachtete noch immer die Person, die er damals gewesen war.

»Diego Armando Maradona«, sagte Krokhol und nahm die Zigarette aus dem Aschenbecher. »Das war echt ein ganz besonderer Spieler, Tommy. Heute reden die Leute über Messi, aber der ist doch nur ein billiger Abklatsch, ein Söhnchen reicher Eltern, der vor jedem wichtigen Kampf vor Angst in die Hose macht.«

Er stieß eine leere Bierdose um, die auf dem Boden stand.

»Verdammt«, murmelte er und zündete sich die Kippe noch einmal an. Dann fuhr er sich mit der Hand durch die gelblich weißen Haare.

Der Unterschied zu Männern wie Tore Austlid oder Nils Aubert, die nur wenige Jahre jünger waren, hätte größer nicht sein können. Dabei war Krokhol der Mann, der, geschützt nur durch eine kugelsichere Weste, mit fester Stimme direkt aus dem Beiruter Kreuzfeuer berichtet und dabei ohne zu zucken in die Kamera geblickt hatte. Er war einmal einer der prominentesten Fernsehreporter des ganzen Landes gewesen, bis er sich dann der etwas mehr zurückgezogenen schreibenden Zunft zugewandt hatte. Inzwischen war er bei Leuten unter fünfzig kaum noch bekannt. Krokhol hatte immer viel getrunken, war dabei aber disziplinierter gewesen. Die Liebe seines Lebens sei sein Job, hatte er Tommy einmal gesagt. Das Rentnerdasein tat ihm offensichtlich nicht gut.

»Wo ist dein Handy?«, fragte Tommy.

Der alte Journalist schnitt eine Grimasse und nickte in Richtung Küche. Tommy ging in den angrenzenden Raum und versuchte, über all den Dreck, die schmutzigen Teller und die leeren Pizzakartons hinwegzusehen.

»Ich bin nicht hierhergekommen, um über Maradona zu reden.« Tommy fischte Krokhols Handy aus dem Müll, der sich auf dem Küchentisch stapelte. Es war ein paar Jahre alt, weshalb er den Akku herausnehmen konnte.

»Dann reden wir halt über Messi«, sagte Krokhol. Er versuchte aber nicht einmal, über sich selbst zu lachen. »Und wenn du schon mal hier bist, kannst du auch grad runtergehen und mir Bier holen«, sagte er. »Ich krieg da heute nichts mehr. Dieser neue Ladenchef ist ein echtes Arschloch. Danach schauen wir dann mal, ob es was zu besprechen gibt, Tommy. Sonst können wir natürlich auch noch in den Pub. Draußen ist doch wohl noch Sommer, oder?« Er machte eine Armbewegung in Richtung der verhängten Fenster.

»Nein«, sagte Tommy. »Wir reden hier. Wie viel Bier brauchst du?«

»So viel, wie du tragen kannst.«

Tommy kam mit drei Tüten voller Dosen und zwei Fertiggerichten wieder. Krokhols Laune besserte sich, kippte aber gleich wieder, als er sein Portemonnaie nicht finden konnte.

»Lass gut sein«, winkte Tommy ab, ging in die Küche und stellte die Fertiggerichte in die Mikrowelle. »Du siehst so aus, als hättest du Hunger«, sagte er.

»Mag sein, aber korrupt bin ich noch nicht«, erwiderte Krokhol, als er in einer der Jacken, die im Flur hingen, endlich sein Geld gefunden hatte. Er reichte Tommy einen Fünfhunderter. Tommy schüttelte den Kopf, nahm das Geld aber trotzdem entgegen.

Tommy setzte sich auf das Sofa vor dem Fenster und wartete darauf, dass Krokhol zu trinken begann.

Der tonlose Fernseher irritierte ihn, aber Tommy wollte Krokhol nicht provozieren und unternahm nichts.

»Das ist alles, was ich brauche«, sagte Krokhol nach dem ersten Schluck. »Fernsehen, Zigaretten, Bier und ein paar Tassen Kaffee. Was will man als Mann noch mehr?«

Tommy bemerkte den Stapel alter Zeitungen am anderen Ende des Sofas. Die aufgeschlagenen Seiten zeigten Artikel über Hanna Svarstad, Leif Wilberg oder Anne-Marie Edvardsen.

»Du hältst dich auf dem Laufenden«, sagte Tommy.

Krokhol antwortete nicht.

Nachdem er in schneller Folge zwei Bier getrunken hatte, sagte er:

»Du bist wegen Leif hier. Und wegen Hanna. Der Koffer, das Blut. Die werden sie wohl auch umgebracht haben, Tommy. Ich sehe noch Nachrichten, Tommy, bin im *Netz*«, sagte er voller Sarkasmus.

Tommy musterte ihn eine ganze Weile. Für einen Moment sahen Krokhols Augen so scharf und wachsam aus wie früher.

»Wer sind *die*?«, fragte Tommy.

Frank Krokhol zuckte mit den Schultern.

»Keine Ahnung.«

Aus dem Nebenraum war die Mikrowelle zu hören.

Tommy stand auf, ging in die Küche, nahm die Fertiggerichte heraus und sah aus dem Fenster. Die Sonne war bereits von der Straße verschwunden, dabei war es erst Nachmittag.

Die geparkten Autos, der Waschsalon und ein leer stehendes Büro erinnerten ihn an ein Gemälde von Edward Hopper. Soweit er sehen konnte, saß niemand in den geparkten Autos.

»Hast du einen Brief bekommen?«, fragte Tommy.

»Brief? Was denn für einen Brief?«

»Vergiss es«, sagte Tommy. »Und du hattest auch keinen Besuch oder Einbruch?«

»Ob ich Besuch hatte?« Krokhol schüttelte grinsend den Kopf und pustete auf die heißen Fleischbällchen auf seinem Teller. Tommy rührte sein Essen nicht an. Es erinnerte ihn an eine Zeit, an die er nicht erinnert werden wollte.

»Der Redakteur, das ist so ein Typ, der noch nicht mal trocken hinter den Ohren ist, bat mich, einen Artikel über Leif zu schreiben. Also, nachdem der das Zeitliche gesegnet hatte. Mehr hatte ich mit dem Fall nicht zu tun. Für mich interessiert sich doch keine Sau, Tommy.«

»Wann hast du zuletzt mit Hanna Svarstad gesprochen?«

Krokhol nahm einen tiefen Zug von seiner Zigarette. Sein Blick war auf den Fernseher gerichtet. Er schien schon satt zu sein.

»Das kann zehn Jahre her sein. Damals, als sie zurücktreten musste, habe ich ein paarmal mit ihr gesprochen. Nach der Hamas-Affäre, du weißt schon. Sie war ziemlich down, auch wenn das damals nicht so wirkte.«

»Du hast sie in Beirut kennengelernt, nicht wahr?«

»Nein, ich kannte sie schon vorher. Pål Starheim und ein paar andere Verrückte haben auf einem Hof in Setskog Schießtraining gemacht. Unter dem Deckmantel eines marxistischen Studienkreises. Ich war irgendwann mal da, warum weiß ich nicht mehr, vielleicht wollte ich ein besserer Kommunist werden. Irgend so ein Scheiß. Hanna war auch da, zusammen mit Nils Aubert. Diese Clique hat mir echt Angst gemacht. Ich habe damals bei der Zeitung Klassekampen gearbeitet und war überzeugter Kommunist, aber Påls Schießbahn da in der Scheune war ein Training für die Revolution. Das waren seine eigenen Worte. Sollte die nicht von allein kommen, müsse man mit Macht nachhelfen, argumentierte er immer. Und dann müsse die Bürgerschaft sterben, so einfach sei das. Hanna war damals ganz schön fanatisch. Eine Wahnsinnsfrau, aber durch und durch rot, Tommy.«

»Und in Beirut? War sie da auch noch so von der Sache überzeugt?«

Krokhol schüttelte den Kopf.

»Sie war schon noch Kommunistin, aber total fokussiert auf ihre Arbeit. Es ging ihr darum, den Palästinensern zu helfen, sie legte es nicht mehr darauf an, norwegische Arbeiter zu Marxisten zu machen. Ich habe sie aber erst in Beirut richtig kennengelernt. Wir wenigen Norweger da unten waren wie eine verschworene Gemeinschaft. Eine Familie. Wir haben uns so oft es ging getroffen. Es hat uns Sicherheit gegeben, unter Landsleuten zu sein. Hanna hat mir alles über die Stadt beigebracht: Wie man von West nach Ost und wieder zurück kam. Wie man die Menschen ansah, und wie man sie besser *nicht* ansah, die kleinen Dinge einfach, die einen am Leben halten.«

Für eine Weile wurde es still zwischen ihnen. Tommy machte sich ein Bier auf.

»Du hast als einer der Ersten über das Massaker in Al-Shubra berichtet«, sagte er. »Ich erinnere mich noch daran, ich hab dich im Fernsehen gesehen.«

Krokhol nickte und wandte den Blick ab. Seine Augen schimmerten feucht. Ob durch den Alkohol bedingt oder aufgrund der Erinnerung, war nicht zu sagen.

»Das wird das Letzte sein, an das ich mich in diesem Leben erinnere. Wenn ich irgendwann den Löffel abgebe, werde ich diese Bilder vor meinem inneren Auge sehen. Ich dachte, ich hätte in dieser Stadt schon alles gesehen, schließlich hatte es schon vorher Massaker gegeben, und tote Kinder kriegte man fast jeden Tag zu sehen, aber das in Al-Shubra … ich erinnere mich noch an Leif …« Krokhol stockte und schüttelte nur den Kopf.

»Mann Tommy, Leif war ein so guter Kerl. Warum bringt man solche Leute um? Und Hanna, sie ist jetzt sicher auch tot.«

»Ich weiß es nicht«, erwiderte Tommy. »Das ist ziemlich wahrscheinlich. Aber wer war bei dir, als du dieses Massaker entdeckt hast?«

»Leif, Tore, Annema, Yussuf, das war Leifs und Tores rechte Hand, und ein französischer Fotograf, der für die AFP gearbeitet hat. Er hieß François. Wir haben ihn nur Mitterand genannt.« Krokhol lachte leise.

»Wer von den Norwegern hat am heftigsten reagiert?«

»Ich glaube, wir waren alle gleich entsetzt. Außer Tore Austlid vielleicht.«

»Tore Austlid«, wiederholte Tommy, als hätte er den Namen noch nie gehört.

»Ja, der *Staatssekretär*«, sagte Krokhol mit gekünstelter Stimme. »Tore hat das am wenigsten zugesetzt, wenn mich meine Erinnerung nicht trügt. Er war wie eine Maschine. Du weißt ja, er war damals Offizier. Und das wird man nicht, wenn man in aller Öffentlichkeit weint, auch nicht in Al-Shubra. Er hat die Ruhe behalten und mich dazu gebracht, mein Tonbandgerät einzuschalten. Ich war mir sicher, dass wir uns in einer anderen Wirklichkeit befanden, als wir den ersten Berg von übereinandergestapelten Leichen sahen. Leif musste sich übergeben. Annema stand vollkommen unter Schock. Ich war einfach nur taub und benommen, als wäre ich selbst tot.«

»Hast du Tore gemocht? Nach allem, was ich weiß, hatten einige Leute Schwierigkeiten mit ihm.«

»Ich war vielleicht der Einzige, der einen echten Draht zu Tore hatte. Er war so eine Art Cowboy, aber ganz und gar nicht so ein Snob, wie man hätte erwarten können. Bei dem reichen Elternhaus, aus dem er kam. Er war dabei stockkonservativ, ein Reagan-Anhänger und Militarist. Aber trotzdem, irgendetwas an diesem Typen habe ich gemocht. Das Direkte, Raue, verstehst du. Es hat Spaß gemacht, mit ihm abzuhängen und etwas zu trinken. Wir waren da unten ja so etwas wie eine Familie. Manchmal konnte man kaum noch wissen, wer mit wem zusammen war. Heute ist Tore ein ganz anderer. Ein hochkultureller Spitzendiplomat, inzwischen entspricht er ganz seinem familiären Background. Er sitzt in diversen Vorständen, darunter das Norwegische Theater, die Bjørnson-Gesellschaft und was weiß ich noch.«

Tommy zuckte mit den Schultern. Er konnte ja schlecht sagen, dass er just im Auftrag von Tore Austlid bei ihm war.

»War er eifersüchtig auf Leif Wilberg? Auf dessen Beziehung zu Hanna Svarstad?«

»Wer hat dir davon erzählt?«

»Das kann ich dir nicht sagen.«

»Das solltest du lieber Tore fragen.«

»War er in Kontakt mit dir?«

»Hörst du mir eigentlich nicht zu? Ich habe dir doch gesagt, dass niemand mit mir geredet hat, Tommy. Glaubst du, ich fange auf meine alten Tage noch mit dem Lügen an?« Er hustete ein paarmal kräftig und streckte die Hand nach einem weiteren Bier aus. Tommy gab ihm die Dose, die er gerade für sich geöffnet hatte.

»Was ist mit Nils Aubert? Was war das für ein Typ?«

»Ein arroganter Arsch. Hanna war ein paar Jahre vorher mal mit ihm zusammen. Warum, verstehe ich wirklich nicht. Ein begnadeter Arzt, aber echt ein Egozentriker, Tommy. Dass er ein PLO-Agent war, weißt du, oder?«

Tommy antwortete nicht.

»Hattest du in deiner Zeit in Beirut Kontakt zu den Russen? Dem KGB? Weißt du, ob Nils Aubert zu denen Kontakt hatte?«

Krokhol hatte die Dose an die Lippen gesetzt, nahm sie aber wieder herunter.

»Den Russen?«

»Antworte mir einfach«, sagte Tommy.

»Jetzt wird es langsam interessant«, erwiderte Krokhol. »Vielleicht sollte ich meinen Laptop rausholen?«

»Das kannst du vergessen«, sagte Tommy. »Denk an das, was mit Leif Wilberg passiert ist. Und Hanna ist jetzt wohl auch Fischfutter, das sagt man doch so, oder?«

Krokhol wippte mit dem Oberkörper eine Weile vor und zurück. Er öffnete den Mund, entschied sich dann aber anders und schwieg eine ganze Weile. Er hatte den Blick auf den Fernsehbildschirm gerichtet.

»Es gab reichlich Russen in Beirut, Tommy. Von irgendwem mussten die Palästinenser ja Hilfe bekommen, und hinter einigen reichen arabischen Ländern standen die Russen.«

»Wann hast du zuletzt mit Annema Edvardsen gesprochen?«

Frank Krokhol sah lange zu Tommy, als glaubte er, nicht richtig gehört zu haben.

»Als ich in Majorstua gewohnt habe«, sagte er schließlich. »Das ist schon verdammt lange her. Etwa zwanzig Jahre, denke ich.«

»Du hast seit zwanzig Jahren nicht mehr mit ihr gesprochen? Ihr wart doch mal ein Paar?«

Krokhol nickte.

»Wir waren von Ende 82 bis 1996 zusammen. Wir haben eine gemeinsame Tochter, Christine. Ich war ihr fast während unserer ganzen Beziehung untreu. Irgendwann hatte Annema dann genug, eigentlich keine Überraschung.«

»Sie hat dich in den letzten Tagen nicht angerufen?«

Krokhol schüttelte den Kopf. »Ich glaube, wir kommen hier nicht weiter«, sagte er, stand auf und begann, den Couchtisch abzuräumen. Sammelte die leeren Bierdosen ein.

»Hältst du es für möglich, dass Annema nicht die Person ist, für die sie sich ausgibt?«, fragte Tommy.

»Wie meinst du das denn?«, entgegnete Krokhol, und seine Stimme war mit einem Mal glasklar. »Nicht die Person, für die sie sich ausgibt?«

»Ich glaube, Annema ist der Schlüssel zu diesem Fall, Frank. Auf die eine oder andere Weise. Ich weiß nur noch nicht, warum. Sie versteckt sich.«

»Das ist möglich, ich weiß aber nichts, ich habe keine Ahnung, was da läuft.«

»Das glaubst du doch wohl selbst nicht.«

Krokhol öffnete den Mund, die trockenen Lippen lösten sich voneinander, er sagte aber nichts, sondern beugte sich nur vor, um die Zigarette aus dem Aschenbecher zu nehmen. Dann schüttelte er die Bierdosen, um herauszufinden, aus welcher er getrunken hatte.

Mein Gott, ich hoffe, dass ich tot und begraben bin, bevor

ich so ende, dachte Tommy. Und wenn ich dafür Kohlen in der Hölle schaufeln muss.

Er ging bei Krokhol noch auf die Toilette, die auch nicht besser aussah als der Rest der Wohnung.

»Darf ich dir einen Tipp geben? Versuchs mal mit einer Putzhilfe«, sagte er, als er sich im Flur nach unten beugte, um sich die Schuhe anzuziehen.

Krokhol war aufgestanden und lehnte im Türrahmen.

»Du bist in Rente«, sagte Tommy. »Da hast du doch das Recht, eine arme Osteuropäerin fürs Putzen zu bezahlen.«

»Da gab es ein Telefonat«, sagte Frank Krokhol.

Tommy hielt inne und sah zu dem alten Journalisten hoch.

Krokhol drehte sich um und schlurfte zurück ins Wohnzimmer.

Das verdammte Fußballspiel aus den Achtzigern lief noch immer.

Krokhol ließ sich wieder in seinen Sessel fallen.

»Was meinst du mit: *Da gab es ein Telefonat*?«

Tommy stellte sich vor den Fernseher.

»Geh zur Seite«, sagte Krokhol.

»Sieh mich an«, forderte Tommy und schaltete den Fernseher aus.

»Das hat sicher nichts zu bedeuten. Ich hätte gar nichts sagen sollen.«

»Mann, Frank, Annema schwebt vielleicht in Gefahr, kapierst du das denn nicht?«

Er hoffte, dass in Krokhol noch ein Rest Gewissen existierte.

Krokhol holte tief Luft.

»Wovon redest du? Was war das für ein Telefonat?«

»Ich glaube, Leif Wilberg war ein etwas größerer Israelfreund, als er es uns hat glauben lassen.«

»Was für ein Telefonat?«

»Annema hat mir ein paar Wochen nach Hannas Rücktritt von dem Telefonat erzählt. Schließlich war sie diejenige, die alle Rechnungen der Botschaft abzeichnen musste, also auch die Telefonrechnungen der Residenz. Wir haben diskutiert, ob Leif Verbindungen zu den Israelis haben könnte, von denen wir nicht wussten. Da hat sie mir erzählt, dass ihr ein seltsames Telefonat aufgefallen ist, das er unmittelbar nach dem Massaker in Al-Shubra geführt hatte. Sie meinte, Leifs Betroffenheit könne vielleicht nur gespielt gewesen sein.«

»Hat sie Leif mit diesem Telefonat konfrontiert?«

»Nein, das hätte sie nicht gewagt. Schließlich konnte er anrufen, wo er wollte. Sie erinnerte sich nur, wie merkwürdig sie es gefunden hatte, dass er aus der Residenz mitten in der Nacht in Tel Aviv angerufen hatte, und das nur wenige Tage nach dem Massaker.«

»Tel Aviv?«

Krokhol nickte.

»Sie hat die Nummer überprüft.«

»Aber nicht, mit wem er gesprochen hatte?«

»Nicht, dass ich wüsste. Sie wollte nicht zu tief in dieser Sache herumstochern, glaube ich.«

»Hat sie noch mit jemand anderem darüber gesprochen?«

»Das weiß ich nicht.«

»Sie war nicht mit dir zusammen, als Leif in Tel Aviv angerufen hat?«

»Nein, da war sie, glaube ich, mit Tore Austlid zusammen.«

Genau, dachte Tommy.

25. August 1982
Beirut

9

Hanna hatte ihr mentales Gleichgewicht noch längst nicht wiedererlangt, als der Taxifahrer sie einen Block vor Leif Wilbergs Residenz absetzte. Abdullah hatte grüne Augen. Da hatte sie sich doch nicht geirrt? Und dann die Zitrushaine in Galiäa. Ein Haus in Nizza. Er war Arzt. Und sein Chef war ermordet worden, in die Falle gelockt von einer Frau.

Abdullah musste einer der Leutnants des Roten Prinzen sein.

»Da wären wir«, sagte der Fahrer. Hanna zuckte zusammen und richtete den Blick zum Ende der Straße, in die der Fahrer zeigte. Zwei Autos fuhren langsam über eine Querstraße, dahinter waren die Palmen auf dem Grundstück der Botschaft zu erkennen. Noch war es nicht zu spät, umzukehren, dachte sie. An den Hügeln hinter der Residenz leuchteten zahlreiche Lampen, hier sah die Stadt wirklich aus wie jede andere Stadt der Welt.

Hanna dachte, dass sie den Fahrer bitten sollte, den Wagen zu wenden und zum Krankenhaus zurückzufahren. Ihre Bluse war dreckig, und sie stank nach Schweiß, überdeckt von dem letzten Rest Parfüm, der in dem Flacon in ihrer Tasche gewesen war. Sie hatte einfach etwas aus ihrem Spind im Krankenhaus angezogen, dabei waren das nur die Sachen, in denen sie normalerweise vom Krankenhaus nach Hause ging. Sicher nicht das richtige Outfit für ein Rendezvous.

»Wollen Sie zu einer Party?«, fragte der junge Fahrer, als Hanna einen Taschenspiegel nahm und die kleine Deckenlampe einzuschalten versuchte, die natürlich nicht funktionierte. Der Fahrer zündete ein Feuerzeug an, damit sie etwas sehen konnte, aber in dem flackernden Licht sah sie wirklich wie ein Gespenst aus.

»Vielleicht«, sagte sie, bezahlte ihn in Dollar und gab ihm noch ein bisschen Trinkgeld.

»Jetzt kann ich das Kreuz vermutlich wieder rausnehmen«, sagte der Fahrer und öffnete das Handschuhfach.

Ein orthodoxes Kreuz und eine Gebetskette kamen in seiner Hand zum Vorschein, und ein Ausweis, aus dem hervorging, dass er Christ und kein Muslim war.

»Haben Sie eine Zigarette?«, fragte sie.

Er nickte und nahm ein Päckchen von dem übervollen Beifahrersitz, auf dem sein ganzes Leben Platz zu haben schien.

»Wollen Sie jemanden treffen?«, fragte er. »Sonst hätte ich anschließend frei. Eigentlich habe ich jetzt schon frei, wenn Sie wollen.«

»Nein danke«, sagte sie. »Ich treffe meinen Freund.«

Der Fahrer sagte etwas, sie verstand ihn aber nicht. Sie nahm einen tiefen Zug und musterte die Autos, die dicht an dicht rechts und links am Straßenrand standen. Genauso standen sie immer, wenn Autobomben hochgingen, aus der Ferne ausgelöst, wenn die Zielperson vorbeikam. So war auch Abdullahs Chef ums Leben gekommen. Eigentlich konnte das nur der Rote Prinz sein, der Playboy aus West-Beirut.

»Hören Sie das Lied noch an«, sagte der Fahrer. Er hatte das Radio eingeschaltete.

Sie murmelte etwas und durchsuchte ihre Handtasche. Es kam ihr wie eine halbe Ewigkeit vor, bis sie das kleine schwarze Notizbuch fand. Sie blätterte langsam von Seite zu Seite, fand schließlich, wonach sie gesucht hatte, und fuhr mit den Fingern über ihre eigene Handschrift.

Als sie den Blick wieder hob, hatte auch der Fahrer sich eine Zigarette angesteckt und sich zu ihr umgedreht.

»Sie sind schön«, sagte er.

»Danke, das findet mein Freund auch.«

Sie stieg aus, bevor er sich noch von einem freundlichen jungen Mann in etwas ganz anderes verwandelte, und hastete über die dunkle Straße weiter. Nur jede dritte Straßenlaterne funktionierte noch. Gelächter und ein alter Song von Fairuz, dem großen Liebling der Maroniten und Syrer, drang, nur gedämpft durch die geschlossenen Fensterläden, aus einem der großen Häuser, an dem sie vorbeiging.

Neben ihr hupte es: der Mercedes.

»Hallo! Dein Freund ist ein glücklicher Mann!«, rief der Fahrer durch das offene Fenster, ehe er beschleunigte und davonfuhr.

Hanna zündete sich eine weitere Zigarette an und ging an den Mauern entlang, hinter denen sich die privilegierten Bürger der Stadt versteckten. Mit jedem Schritt, mit dem sie sich der Residenz näherte, wuchsen ihre Zweifel. Würde sie es schaffen?

Sie klingelte an dem schmiedeeisernen Tor. Während sie auf das Knacken des Lautsprechers wartete, musterte sie die Autos, die am Straßenrand standen. In einem glaubte sie ein Gesicht zu sehen, aber sie wurde abgelenkt, als sich eine Stimme durch die Gegensprechanlage meldete.

Ein harte Stimme, die Englisch sprach. Das war nicht Leif Wilberg. Hanna stellte sich vor.

»Ich warte schon auf Sie«, sagte die Stimme. Ein Summen ging durch das Tor, es war so schwer, dass sie es kaum aufschieben konnte. Als sie auf Höhe der beiden Palmen im Vorgarten war, wurde die Tür geöffnet. Ein groß gewachsener Mann kam zum Vorschein, war im Gegenlicht aber nicht zu erkennen.

Erst an der Treppe erkannte sie den Bruder der Haushälterin, Roger. Er arbeitete als Koch in einem der Restaurants in der Nähe des Amerikanischen Krankenhauses. Leif hatte seine Dienste bereits öfter in Anspruch genommen.

»Ich habe eigentlich gar keine Zeit, um hier zu sein«, sagte sie leise, als wollte sie sich entschuldigen. »Ich habe wichtigere Dinge zu tun.«

Der groß gewachsene Mann kam auf sie zu und umarmte sie. Er hielt sie lange fest, als wäre ihnen beiden nach den letzten Tagen dieses Sommers die Worte ausgegangen. Hanna spürte für einen Moment, wie ihr die Tränen kamen.

»Was ist eigentlich mit den Menschen los?«, fragte er. »Wenn doch nur alle so wären wie du, Hanna.«

Roger roch stark nach einem Rasierwasser, das sie nicht kannte. Hauptsache, er roch nicht nach Zitrus. Der Rest war egal. Sie durfte jetzt nicht zusammenbrechen, nicht jetzt.

»Ich habe dich seit dem Sommer nicht mehr gesehen«, sagte Roger. »Du warst damals mit einem Mann im Restaurant, nicht wahr?«

Federico, dachte sie. Hatte er ihr auch nur einmal Trost gespendet? Nein, es gab keinen Trost, irgendwann hatte sie die Hoffnung aufgegeben, jemals wieder aufzuwachen und so etwas wie Leichtigkeit spüren zu können.

»Zwischen uns ist schon lange nichts mehr«, sagte sie. »Er hat mich für eine andere verlassen.«

»Was für ein Idiot. Ich habe ihn sowieso nie gemocht, habe ich dir das eigentlich mal gesagt?« Roger legte seine Hände auf ihre Schultern und geleitete sie ins Haus. In der Küche sah sie Rogers Schwester, wie hieß sie noch, Yasmine? Sie grüßte Hanna kurz, sicher wohl wissend, dass Leif seine Ehe nicht mehr in Ehren hielt. Hanna war das egal, der Duft des Essens raubte ihr fast die Sinne und erinnerte sie daran, dass sie in den letzten sechs, sieben Wochen kaum noch etwas Ordentliches zu sich genommen hatte.

»Sie sitzen draußen im Hinterhof«, sagte Roger und streichelte ihr ein paarmal über den Rücken. Hanna spürte, wie sehr ihr eine solche Art menschlicher Berührung fehlte.

Sie?, dachte sie im nächsten Moment.

Durch das Fenster sah sie zwei Männer an dem großen Esstisch auf der Terrasse sitzen. Leif Wilberg hatte ihr den Rücken zugedreht.

Ihm gegenüber saß Tore Austlid, der sie sofort bemerkte. Hanna wusste nicht, wie viele Stunden sie zu spät war, offensichtlich nicht genug, um den stechenden Blick von Tore Austlid abzuschütteln.

Ein Teller und mehrere Schälchen mit Essensresten und Vorspeisen standen neben Austlid. Er sammelte seine Papiere zusammen und leerte sein Weinglas.

»Sie haben nicht geglaubt, dass sie noch kommen wird, meine Herren«, sagte Roger. »Aber hier ist sie endlich.« Roger zog einen Stuhl für sie zurück, als befänden sie sich in dem Restaurant, in dem er arbeitete. Dann verschwand er wieder im Haus.

»Tut mir leid«, sagte Hanna. »Ich …« Sie wusste nicht, was sie sagen sollte. Diese Männer mussten ihr nicht leidtun, wohl aber die Patienten, deren Schicksal sie den ganzen Sommer über miterlebt hatte.

»Ich wollte ohnehin gerade gehen«, sagte Tore Austlid. »Wenn du früher gekommen wärst, hättest du noch ein paar Schweden und Franzosen getroffen.« Er lächelte, sein bohrender Blick schien dabei aber zu sagen: Ich weiß, was du treibst, Hanna. Dann umarmte er sie kurz, doch wich gleich wieder zurück, als wäre allein ihre Anwesenheit eine Gefahr für ihn.

»Wir mussten das nur noch fertig machen. Wir können so

etwas nicht einfach … geschehen lassen.« Ihm schienen die Worte auszugehen.

Hanna spürte, dass ihre Konzentration immer wieder nachließ und sie kurz davor war, das Bewusstsein zu verlieren. Sie setzte sich auf den Stuhl vor Leif Wilberg und sah zu den beiden knorrigen Olivenbäumen am Pool hinüber. Die Palme daneben wurde von zwei Laternen beleuchtet. Darüber prangte ein schwarzer, unendlicher Himmel, besungen von einem Heer von Zikaden.

Tore Austlid blieb noch einen Moment wie ein Schuljunge neben ihr stehen.

Im Licht, das aus dem Wohnzimmer auf die Terrasse fiel, sah sie, dass sein weißes, kurzärmeliges Hemd vollkommen durchgeschwitzt war.

»Wir sehen uns morgen, Leif. Euch noch einen schönen Abend.« Er verschwand, noch ehe Hanna etwas erwidern konnte. Vielleicht hätte sie ihn bitten sollen, zu bleiben, aber für diese falschen Spielchen fehlte ihr die Kraft.

Leif Wilberg stand auf, es schien ihm nichts auszumachen, dass sie ihn ein oder zwei Stunden hatte warten lassen.

Er nahm sie in die Arme und sagte: »Dieses spontane Treffen war wichtig. Aber lass uns jetzt über etwas Angenehmeres sprechen. Es ist so schön, dich zu sehen. Hast du ein bisschen Zeit?«

Hanna spürte, wie gut es ihr tat, so in die Arme genommen zu werden, auch wenn es nur für ein paar Sekunden war. Und noch ein Gedanke ging ihr durch den Kopf: Mit den zwanzig Jahren, die sie trennten, würde sie gut leben können, sollte es denn einmal dazu kommen.

Roger kam mit Rotwein und Wasser zurück.

»Du magst Tore nicht«, sagte Leif Wilberg, während Roger ihr Wein einschenkte. Als sie sich all des Wohlstands bewusst wurde, in dem sie sich nun hier befand, wurde ihr beinahe übel, aber sie versuchte, den Eindruck zu verdrängen.

»Es gibt Männer, vor denen ich richtiggehend Angst bekomme«, sagte Hanna. »Ich weiß nicht, woran das liegt. Offiziere machen mich aus irgendeinem Grund nervös.«

»Ich hoffe, das gilt nicht auch für unbedeutende Botschafter?«, entgegnete Leif Wilberg. »Tore und ich hatten ziemlich dominante Väter, das hat uns möglicherweise ein bisschen gaga gemacht. Ich hoffe, du kommst trotzdem damit zurecht?«

Hanna lachte ein Lachen, das ihr selbst kokett vorkam. Wie das Lachen der Mädchen, mit denen Leif Wilberg in seiner Jugend zusammen gewesen war, adrette und unterwürfige Mädels, die zur Tanzschule gingen und alles taten, was von ihnen erwartet wurde.

Roger trug das Essen zu ihnen nach draußen, und sie verschlang es wie eines der ausgehungerten Kinder im Krankenhaus.

»Vielleicht ist es nur die Art, wie er mich ansieht, als verachtete er die Arbeit, die ich leiste«, sagte sie. »Ich habe in ihm immer den besten Freund gesehen, den die Israelis hier unten haben.«

»Ich weiß nicht«, sagte Leif. »Ich glaube aber nicht, Hanna. Er versucht nur, seine Arbeit zu machen.«

»Er gibt auf jeden Fall sein Bestes, damit wir im Krankenhaus unsere Arbeit nicht machen können. Wie viele Berichte hat er abgefangen?«

»Vergiss Tore doch jetzt mal für einen Moment. Er war auf jeden Fall so nett, herzukommen und mir zu sagen, dass du dich verspäten wirst.«

»Tut mir leid, ich …« Sie verstummte. Ich weiß nicht, ob ich das hier überlebe, dachte sie.

»Ich freue mich sehr darüber, dass du gekommen bist.« Leif nahm in einer beinahe väterlichen Geste ihre Hand. Sie erwiderte den leichten Händedruck und lächelte vorsichtig, was genug zu sein schien, um seine Augen zum Leuchten zu bringen.

Und du hast Tore vorher gesagt, dass ich kommen wollte, dachte Hanna und trank einen Schluck Wein. Schließlich hatte Austlid am Telefon bestätigt, dass sie erwartet würde. Für einen Moment wurde es still zwischen ihnen.

»Stimmt was nicht?«, fragte Leif.

Sie biss sich auf die Oberlippe und schüttelte den Kopf.

»Ich bin nur schrecklich müde. Eben habe ich tatsächlich darüber nachgedacht, zurück nach Norwegen zu gehen. Zum ersten Mal seit zwei Jahren. Ich weiß nicht, wie gesund es ist, noch länger hier zu sein.«

»Du warst seit zwei Jahren nicht mehr zu Hause?«, fragte Leif, auch wenn er die Antwort bereits kannte.

»Anfangs ein paarmal. Ich wollte aber jedes Mal gleich wieder hierher zurück, alles andere fühlte sich so sinnlos an. Aber jetzt will ich bald nur noch nach Hause.«

Leif Wilberg griff nach dem Zigarettenpäckchen, das Tore Austlid auf dem Tisch vergessen hatte. Er öffnete es und bot ihr eine an. Als er ihr die Zigarette anzündete, hielt sie seinem Blick stand, während er vorsichtig ihre Hand berührte. Er lächelte und schüttelte den Kopf, und sie wusste mit einem Mal, wie dieser Abend enden würde. Es gab keinen Widerstand in ihr. Sie war seit einem Monat mit keinem Mann mehr zusammen gewesen, vielleicht auch seit zweien, und sie vermisste es wirklich. Ein oder zwei Nächte mit einem verheirateten Mann wie Leif Wilberg konnten wohl nicht so schlimm sein?

»Dann hoffe ich, dass du nach Oslo ziehst«, sagte Leif.

»Wir werden sehen. Eigentlich mag ich Oslo nicht sonderlich.«

Ein enttäuschter Ausdruck huschte über sein Gesicht, dann war er wieder ganz bei sich und fragte, was an Oslo ihr missfiel.

So einfach willst du mich kriegen?, dachte Hanna. Leif Wilberg war ein Mann, den sie formen und in den Abgrund stoßen konnte, das spürte sie.

Dann schweiften ihre Gedanken weit in die Zukunft, eine Zeit, in der Leif geschieden und sie selbst eine hübsche, standesgemäße Botschaftsgattin wäre. Eine Frau, die er vorzeigen und mit der er beeindrucken konnte, wenn es nötig war. Ein sorgenfreies Leben irgendwo auf der Welt, weit weg von hier.

Während des Essens redete er unablässig. Vielleicht war das seine Art, sie glaubte es aber nicht. Bestimmt war er nur nervös, wie man es wird, wenn man sich in eine weit jüngere Frau verliebt, mit beiden Beinen mitten in einem Krieg steht und denkt, dass man keine andere Chance als diese eine bekommt.

»Und was ist mit dir?«

Hanna wurde erst jetzt darauf aufmerksam, dass sie nur die Hälfte von dem mitbekommen hatte, was Leif Wilberg gesagt hatte. In den letzten Minuten war sie an einem ganz anderen Ort gewesen.

Sie stocherte in ihrem Baklava herum und starrte vor sich auf die Tischplatte. Dann hob sie den Kopf und sah zum Wohnzimmer. Die Haushaltshilfe beobachtete sie, drehte sich aber rasch um und verschwand in der Küche, als sie Hannas Blick bemerkte.

»Hanna?«, hörte sie vor sich.

»Was hast du gesagt?«

Sie ärgerte sich, wollte jetzt wirklich im Hier und Jetzt

sein, aber Abdullahs Blick strahlte ihr aus den Augen aller Menschen entgegen, die sie sah – sogar aus Leifs.

Und was ist mit dir?, hallte es in ihren Ohren.

»Mir?«

Leif saß auf der anderen Seite des Tisches und starrte sie an. Noch einmal ging ihr Blick in Richtung Wohnzimmer. Die Haushaltshilfe war verschwunden. Dann drehte sie sich zu Leif um.

Wieder hatte er für einen Moment Abdullahs grüne Augen.

Sie konnte es nicht vergessen.

Die größten Zitrushaine Galiläas.

Algerien, dachte sie. Berber oder Tuareg. Das war kein Irrtum, oder? Abdullah war einer der Erben des Roten Prinzen. Sie hatte einmal etwas über ihn gelesen, erinnerte sie sich, seinen richtigen Namen kannte sie aber nicht.

»Wie sieht deine Zukunft aus?«, fragte Leif.

»Ich versuche, nicht zu weit in die Zukunft zu denken. Nur immer einen oder zwei Tage. Im Augenblick habe ich keine anderen Pläne, als hier bei dir zu sein.«

»Ich weiß nicht, ob ich jemals so gut mit jemandem reden konnte, Hanna.«

Hanna lächelte wieder, wie sie es den ganzen Abend getan hatte. Wie die wohlerzogenen Mädchen, die Leif Wilberg gewohnt war.

Hinter ihnen war ein Laut zu hören, dann wurde die Terrassentür geöffnet.

Leif richtete sich auf.

»Ich gehe jetzt ins Bett, wenn es nichts mehr zu tun gibt«, sagte die Haushaltshilfe.

Leif nickte.

»Gute Nacht«, sagte er.

»Gute Nacht«, sagte Hanna, bekam aber keine Antwort. Erst jetzt erinnerte sie sich, dass Roger gefahren war, als sie noch beim Essen gewesen waren. Vielleicht hätte sie ihn bitten sollen, sie mit zurück zum Krankenhaus zu nehmen.

»Kümmer dich nicht um Yasmine«, sagte Leif. »Sie schläft gleich.«

Hanna stocherte weiter in ihrem Dessert herum, irgendwie dachte sie, es schon gegessen zu haben. Der Aschenbecher war voll, sie musste ein halbes Päckchen geraucht haben, vielleicht mehr. Es fühlte sich an, als wäre eine dunkle Decke über ihre Erinnerung gezogen worden. Geblieben waren nur die grünen Augen.

Sie blieb sitzen, starrte mit leerem Blick vor sich hin und spürte, dass ihr Gesicht im Licht der Lampen weißer und weißer wurde. Die Zikaden erfüllten die Nacht mit Wellen aus Geräuschen, und sie bewegte sich langsam im Takt mit dem lauten Zirpen der Insekten.

»Stimmt was nicht?«, fragte Leif.

»Ich bin einfach so müde«, sagte sie.

»Willst du nach Hause?«

Sie schüttelte den Kopf. Dann legte sie die Hand auf seine. und streichelte sie so, wie sie alle Männer in ihrem Leben gestreichelt hatte.

»Ich schaffe es jetzt nicht mehr, zurückzufahren. Du hast doch bestimmt noch eine gute Flasche Wein, oder?«, fragte sie. »Und vielleicht kann ich ja hier schlafen?«

Leif wirkte für einen Moment verwirrt, erst dann schien ihm aufzugehen, was sie gesagt hatte.

Als sie die Hälfte der Flasche getrunken hatten, nahm Leif all seinen Mut zusammen, stand auf und setzte sich auf den Stuhl neben ihr. Er legte seinen Arm um sie und küsste sie.

»Ich liebe dich«, sagte er.

»Du kennst mich doch gar nicht«, flüsterte sie. »Du kannst niemanden lieben, den du nicht kennst.«

»Doch, es gibt so etwas wie Schicksal. Schon mal davon gehört?«

Doch, das Schicksal kenne ich, dachte sie. Ich habe in den letzten Jahren an kaum etwas anderes gedacht.

Im Schlafzimmer riss er ihr die Kleider vom Leib. Er zog sie in das Bett, das er in den letzten zwei Jahren mit seiner Frau geteilt hatte, und sie erfüllte bereitwillig alle seine Wünsche.

Anschließend blieb sie auf ihm liegen, drückte ihn an sich und lauschte der Stille, dem Pochen ihrer Herzen. Nur das leise Summen des Stromaggregats, das die Klimaanlage antrieb, war zu hören. Keine schreienden Kinder, keine weinenden Frauen, keine Knochen, die abgesägt wurden, kein Heulen von Granaten.

»Ich wollte dich schon, als ich dich das erste Mal gesehen habe«, sagte Leif.

Sie murmelte etwas Unverständliches. War auf dem Weg in den Schlaf, und hoffte, über Nacht rein und unschuldig zu werden.

Leif ist der Mann, den ich will, dachte sie, ohne zu verstehen, warum. Leif ist der Mann, den ich will, wenn das alles vorbei ist. So muss es sein, ja, dachte sie im Moment des Einschlafens.

Sie dachte weder an Nils noch an Federico noch an einen anderen ihrer Männer.

Sie dachte nicht einmal an *ihn.*

Erst als sie Stunden später in dem dunklen Raum aufwachte und glaubte, dass *er* es war, der tief schlafend halb auf ihr lag. Dass er nach Zitrus roch und seine Lippen noch salzig vom Meer waren.

In diesem Moment dachte sie nur an *ihn*.

Sie streckte ihren Arm aus und flüsterte seinen Namen. Schloss die Augen und sah die Treppe zum Strand vor sich, auf der sie ihn fast verloren hätte. Seinen Körper. Die traurigen Augen.

Sie tastete nach der Tasche, die sie auf den Boden gelegt hatte, und vergewisserte sich, dass das kleine schwarze Notizbuch noch darin war.

Dann sah sie auf ihre Armbanduhr. Sie hatte noch reichlich Zeit.

31. Juli 2017
Kungälv

10

Das sogenannte Ferienhaus westlich von Kungälv sollte leicht zu finden sein. Tommy hatte sich an der Tankstelle am Svinesund eine Kartenbox gekauft und erinnerte sich auch noch an die Anweisungen, die Tore Austlid ihm gegeben hatte. Er war seit dem Abzweig von der E6 zwanzig Minuten gefahren und würde gleich am Meer sein.

Nach einem großen Buchenwald fuhr er auf einen Parkplatz zu, auf dem ein Mann dabei war, ein kleines Partyzelt abzubauen und Erdbeerkisten zu verstauen. Kleinere Ferienhäuser kamen zum Vorschein. Tommy bog nach links in einen schmalen, leicht abfallenden asphaltierten Weg ein. Hinter einer Anhöhe erblickte er das Meer. Er bog noch einmal nach links ab und folgte einer alten Allee, bis die Bäume plötzlich endeten und er sich auf einem großen Hofplatz befand.

Er hielt den Wagen an, schaltete den Motor aber noch nicht aus. Linker Hand lag ein kleineres, weiß gestrichenes Gästehaus, rechter Hand waren ein alter Stall und ein paar Geräteschuppen zu sehen, während vor ihm ein langgestrecktes, herrschaftliches ockergelbes Haus aufragte. Vor dem Haus war ein Rondell mit einem Springbrunnen in der Mitte. Neben dem Haus, das von gepflegten Obstbäumen und einem frisch geschnittenen Rasen gesäumt wurde, stand ein kleiner Citroën.

Tommy schätzte, dass der Leibwächter im Gästehaus logierte und der Citroën zu Annema Edvardsen gehörte. Wenn der Mann seinen Job richtig machte, musste er jetzt rauskommen, dachte Tommy. Oder Tore Austlid hatte gelogen. Vielleicht hatte sie gar keinen Personenschutz.

Hinter dem Haus waren einige graue Felsen zu erkennen, und Tommy nahm an, dass die Küste nur wenige Meter entfernt sein konnte.

An der Stirnseite des Hauses stand im ersten Stock ein Fenster offen. Er sah nach rechts. Ein Schwarm Vögel flog aus einer großen, sicher hundertjährigen Eiche auf.

Tommy spürte ein Zittern in seinem Körper, als wäre er im Begriff, etwas zu tun, von dem er wusste, dass es gefährlich war. Er hatte kein Handy bei sich und somit keine Chance, mit der Außenwelt Kontakt aufzunehmen. Nur Tore Austlid konnte Auskunft darüber geben, dass er hier war. Tommy wusste nicht, was genau vor sich ging, aber Austlids Worte hatten sich ihm eingebrannt. Die Sache war gefährlich, wie man die Dinge auch drehte und wendete.

Tore Austlid hatte seine Geliebte aus Beiruter Zeiten in seinem Ferienhaus einquartiert. Und sie hatte einen beinahe gleichlautenden Brief wie er erhalten. Die Frage war nun, ob die beiden ein Geheimnis teilten, ein Geheimnis, das Leif

Wilberg und vielleicht auch Hanna Svarstad das Leben gekostet hatte.

Er warf einen Blick in den Rückspiegel und fürchtete fast, dass sich von hinten ein Auto mit Russen oder Arabern näherte.

Aber alles blieb still. Aus Oslo war ihm niemand gefolgt, das hatte er mehrmals überprüft, indem er die Spur gewechselt und verschiedene Male auf Parkplätzen und an Tankstellen angehalten hatte.

Er fuhr langsam ein Stück weiter und umrundete das Rondell, sodass die Motorhaube des Wagens in Richtung Zufahrt zeigte.

Es gab nur diesen einen Fluchtweg, dachte er.

Aber wie gefährlich konnte eine Frau von rund sechzig Jahren sein?

So gefährlich, dass Leif Wilberg und vermutlich auch Hanna Svarstad jetzt tot waren.

Er drehte sich um und ging zur Haustür. Der überdachte Eingangsbereich lag im kühlen Schatten, als er mit dem Türklopfer an das grün gestrichene Holz klopfte.

»Hallo?«, rief er.

Keine Antwort.

Er ging die Treppe wieder hinunter und um das Haus herum zu dem kleinen Citroën. Hinten am Fenster klebte der Sticker eines Autoverleihs. Vermutlich hatte sie den Wagen gleich nach ihrer Ankunft aus den USA am Flughafen Landvetter gemietet. Er bückte sich und berührte vorsichtig den Auspuff. Er war kalt.

Auch auf der Terrassenseite des Hauses war kein Lebenszeichen zu erkennen. Auf einem Teaktisch standen allerdings vier Gläser. Zwei Wein- und zwei Wassergläser. In einem war noch ein Rest Rosé. Daneben stand ein voller Aschenbecher.

Gäste, dachte er. Oder sie trank Wein mit ihrem Leibwächter.

Familie, hatte Austlid nicht etwas von Familie gesagt? Tommy legte die Hand auf die Klinke der Terrassentür. Sie war verschlossen. Unruhe überkam ihn und er versuchte durch die Scheiben zu blicken, aber das schräg einfallende, scharfe Abendlicht reflektierte zu stark.

»Hallo?«, rief er noch einmal und kam sich vor wie ein Idiot.

Das leichte Rascheln des Windes in den Bäumen hinter ihm war die einzige Antwort. Er ging bis ans Ende des Gartens. Am Rand der Schären klammerten sich ein paar niedrige Kiefern fest. Er kletterte auf einen Felsen und ließ seinen Blick über das Meer schweifen, oder besser gesagt, die schmale Bucht, die in den Skagerrak überging.

Am Ende der leicht abfallenden Wiese lag eine Sauna mit einem angrenzenden Steg. Dort war ein kleines Boot vertäut.

Sein Blick fiel auf einen roten Bademantel, eine Tasche und ein Handtuch am Ende des Stegs.

Die Frau, die er für Annema Edvardsen hielt, trieb zehn Meter weiter im Wasser.

Einen Moment lang dachte er, dass sie tot war und mit der Strömung langsam in Richtung des offenen Meeres gezogen wurde.

Erst jetzt sah er, dass sie nackt sein musste. Ganz offensichtlich hatte sie nicht erwartet, dass jemand kommen könnte.

Nach einer halben Minute hob sich plötzlich ihr Kopf, als hätte sie die Nähe des anderen Menschen gespürt.

Tommy glaubte fast, die Furcht in ihren Augen erkennen zu können.

Für eine ganze Weile sah er nur ihren Kopf, ihr Körper lag noch immer ruhig im Wasser. Tommy wusste nicht, wie er ihre Reaktion deuten sollte. Schließlich schien sie sich zu sammeln und schwamm mit ein paar kräftigen Zügen zur Leiter am Steg.

Tommy blieb auf dem Felsen stehen. Er war etwa zwanzig oder dreißig Meter von ihr entfernt.

Der Überblick war ihm wichtig.

Was versteckst du?, fragte er sich.

Er ließ seinen Blick noch einmal über das Meer schweifen. Von hier war es nicht weit bis Dänemark, wo Hanna Svarstads Koffer, die Kleider und die Blutspuren gefunden worden waren.

26. August 1982
Beirut

11

Hanna hatte zwei Stunden in der Hotelbar gewartet und sich mit Tee wach gehalten. Sie hatte geraucht, Zeitung gelesen und die vielen Menschen beobachtet, die in der Art-déco-Lobby hin und her gelaufen waren. Man konnte viel über die französischen Zeiten im Libanon sagen, aber sie hatten genug schöne Gebäude hinterlassen, um ihnen das meiste andere verzeihen zu können. Die Fassade hatte schon bessere Zeiten gesehen und war in den Gefechten gegen die Syrer vor einigen Jahren stark in Mitleidenschaft gezogen worden, aber das Interieur war noch wie in den Zwanzigerjahren und strahlte den Geist einer Zeit aus, in der Krieg zur Vergangenheit gehört hatte.

Für einen Moment war sie eingenickt und hatte sich selbst

noch einmal auf dem Bürgersteig vor der Botschaftsresidenz stehen sehen. Es war erst halb sieben und noch stockdunkel. Etwas oberhalb auf der Straße hörte sie einen Dieselmotor. Durch die Gitterstäbe des Tores sah sie Yasmine hinter dem Küchenfenster.

Sie hatte Leif einen Zettel geschrieben, dass sie so schnell wie möglich zurück zum Krankenhaus müsse, ihn aber gerne noch in dieser Woche wiedersehen würde, wenn er denn Zeit habe. *Ich glaube, ich werde heute Nacht von dir träumen*, war ihr letzter Satz gewesen.

Der Übergang nach Ost-Beirut war ohne Probleme verlaufen. Die Falangisten am Wachposten hatten nur kurz einen Blick auf sie geworfen, als sie ihnen ihren norwegischen Pass gezeigt hatte. In diesem Teil der Welt war kaum ein solideres Wertpapier zu finden. Das lähmende Gefühl, dass jemand auf sie gezielt hatte, als sie die grüne Linie überquert hatte, steckte ihr trotzdem noch in den Knochen.

»Das Zimmer ist frei«, meldete sich jetzt einer der Portiers mit einem freundlichen Lächeln. Zwei Stunden vorher hatte er sie trotz ihres europäischen Aussehens noch angesehen, als wäre sie ein Straßenmädchen. Als sie dann aber das Geld auf den Tresen gelegt und ihm auch noch reichlich Trinkgeld gegeben hatte, war er aufgetaut.

»Ich bin die ganze Nacht gefahren, ich brauche ein bisschen Ruhe«, hatte sie gesagt.

»Natürlich, Fräulein Svarstad. Natürlich.«

In einer französischen Bankfiliale in der Armenia-Avenue hatte sie einen größeren Dollarbetrag abgehoben, damit er ihr nicht einfach irgendein Zimmer gab, sondern eines mit Blick über den Hafen und das Meer, und das so schnell wie möglich. Soll er doch einen der Waffenhändler oder Russen oder Amerikaner rausschmeißen, hatte sie gedacht. Wenn ich nicht ein paar Stunden Schlaf kriege, kann ich Dr. Hassans berühmte Vereinbarung zwei nicht durchführen. Vielleicht überlebe ich auch so nicht, aber ich brauche Schlaf.

Sie bat den Portier um einen Umschlag und ein Blatt Papier.

Dann trat sie einen Schritt zur Seite und schrieb die Zimmernummer auf. Sie gab ihm den verschlossenen Umschlag und hoffte, dass er nicht die falangistischen Sicherheitskräfte informierte, weil sie verdächtig wirkte.

»Eine Nachricht für Mr. Warren«, sagte sie. »Ich weiß nicht genau, wann er kommt. Ich wäre Ihnen sehr dankbar, wenn Sie ihm den Umschlag persönlich aushändigen könnten.« Sie schob zwei Zehn-Dollar-Noten über den Tresen.

Er lächelte kurz.

»Aber natürlich.«

Das Zimmer war das Warten wert gewesen. Es lag im fünften Stock, etwas rechts des Eingangsbereichs, und sah beinahe wie eine Suite aus. Sogar die Klimaanlage funktionierte. Sie hatte freien Blick auf den Hafen und zu den Hochhäusern, die hier, im Gegensatz zu West-Beirut, noch intakt waren. Beim Anblick des türkisen Wassers musste sie an ihn denken und es gelang ihr nicht, den Blick abzuwenden. Schließlich zog sie sich die schmutzigen Kleider aus und ließ sich auf das große Bett mit den weißen Laken fallen. Doch statt des Schlafes kamen die Tränen. Mehrere Minuten lang konnte sie nicht aufhören zu weinen.

Irgendwann gelang es ihr, sich in das geräumige Bad zu schleppen.

Ist das die Frau, zu der du geworden bist?, dachte sie und betrachtete ihren nackten Körper in einem der Spiegel.

Sie wagte es nicht, die freistehende Badewanne mit den Löwenfüßen zu nutzen. Ihre Angst, einzuschlafen und zu ertrinken, war einfach zu groß.

Stattdessen setzte sie sich auf den Boden der Dusche und ließ sich von dem heißen Wasser die verfluchten Tränen wegspülen. Eine Frau wie sie sollte nicht weinen, so einfach war das.

Als sie fertig geduscht hatte, stellte sie sich nackt vor das Fenster und ließ ihren Blick erneut über das Meer schweifen. Sah man von den Einschlägen der Granatensplitter in einem der Hafengebäude vor ihr ab, hätte man glauben können, es hätte in diesem Teil der Stadt nie einen Krieg gegeben. Im Hafen legte gerade eine große, weiße Jacht ab.

Noch einmal ging sie in Gedanken durch, was vor ihr lag.

Er würde mit einem Taxi auf der anderen Seite des Hotels ankommen, sich die Sonnenbrille aufsetzen, auf eine Lücke im Verkehr warten und dann mit langen Schritten über den heißen Asphalt laufen.

Nach ein paar Minuten fiel sie rücklings aufs Bett und schlief auf der Stelle ein.

Sie schlief so fest, dass sie sein Klopfen erst nach einer Weile hörte.

Sie sprang auf und glaubte für einen Moment, es sei nichts geschehen und er wäre wieder da. Dann kam die Erinnerung zurück. Leif, wie er ihre Pobacken packte und in sie eindrang, Tore Austlid, die grünen Augen, das wild hämmernde Herz des Mädchens unter ihren Händen, der Schrei eines Jungen im Keller, dessen Beine amputiert wurden.

Wieder klopfte es, dieses Mal fester. Hanna ergriff den schneeweißen Morgenmantel, ging zur Tür und warf einen Blick durch den Türspion.

»Ich bin es«, sagte er auf der anderen Seite.
Langsam öffnete sie die Tür.
Er sah sofort, dass sie geweint hatte.
»Nimm mich in die Arme«, sagte sie.

31. Juli 2017
Kungälv

12

Tommy hatte sich auf den Felsen oberhalb des Anlegers gesetzt, als wollte er signalisieren, dass er als Freund kam. Die Bewegungen von Annema Edvardsen deuteten aber nicht darauf hin, dass ihm dies gelungen war.

Sie war wie vermutet ohne Kleider ins Wasser gegangen. Mit schnellen Bewegungen kletterte sie die Badeleiter hoch und nahm ihr Handtuch. Gleich darauf schlüpfte sie in den Bademantel.

Tommy hatte sie nicht eine Sekunde aus den Augen gelassen.

Im Gegensatz zu Hanna Svarstad war Annema Edvardsen eine groß gewachsene Frau, fast eins achtzig. Von den wenigen Bildern, auf denen beide Frauen zu sehen waren, konnte Tommy schließen, dass die beiden sehr gegensätzlich waren.

Annema Edvardsen trocknete sich die Haare und wickelte sich das Handtuch dann wie einen Turban um den Kopf. Schließlich nahm sie ein Handy aus der Tasche und warf einen Blick darauf.

»Das ist hier nicht der FKK-Strand«, sagte sie, als sie endlich ihren Blick hob und Tommy ansah. »Der ist ein paar Kilometer weiter südlich.«

Sie kam langsam auf ihn zu.

»Dann hätten Sie vielleicht noch ein bisschen weiter schwimmen sollen«, sagte Tommy. »Und wo ist Ihr Leibwächter? Haben Sie ihm freigegeben, oder macht er einen schlechten Job?«

Sie verzog keine Miene.

»Er hat ein paar Stunden frei. Ich kann mich nicht daran erinnern, Sie eingeladen zu haben.«

»Ein Freund hat mich eingeladen«, sagte er.

»Ein Freund? Es ist lange her, dass ich Freunde hatte.«

Er stand auf und streckte ihr die Hand entgegen.

»Tommy Bergmann«, sagte er.

»Ich spreche nicht mit Journalisten. Oder Polizisten. Was es zu sagen gibt, habe ich bereits gesagt.«

Sie ging an ihm vorbei und ignorierte seine ausgestreckte Hand.

»Nur ein paar wenige Fragen«, sagte er. »Bevor noch mehr Menschen sterben.«

Sie war schon fast auf der Rasenfläche, die zum Haus hin anstieg.

»Was es zu sagen gibt, das habe ich gesagt.«

Tommy folgte ihr langsam.

Sie ging durch den Garten und um das Haus herum.

»Ich habe mit Frank gesprochen«, sagte er.

Annema Edvardsen blieb an der Hausecke stehen, knotete den Gürtel ihres Bademantels noch fester zu und drehte sich um.

Tommy bemerkte in diesem Moment, dass sie älter aussah, als sie war. Zu viele Sorgen, dachte Tommy, und vermutlich: zu viel Alkohol.

»Frank?«, fragte sie und lachte nervös. »Ich wusste nicht, dass der noch lebt.«

In diesem Augenblick bereute Tommy seine Worte. Er hatte Frank Krokhol nicht in Gefahr bringen wollen, doch genau das war jetzt geschehen. Sein Name hatte Annema Edvardsen aber wenigstens dazu gebracht, stehen zu bleiben.

Die beiden musterten einander einen Moment, als wollten sie das Kräfteverhältnis messen.

»Wenn Sie Hilfe von Frank brauchen, muss es Ihnen verdammt schlecht gehen.«

Tommy antwortete nicht.

»Und was hat Frank Ihnen erzählt?«

Tommy antwortete nicht.

»Ich verstehe nicht, warum Sie hier sind, wenn Sie nichts zu sagen haben.«

»Warum haben Sie den Brief, den Sie erhalten haben, nicht dem PST übergeben?«

»Warum sollte ich? Mir ist doch längst klar, dass ich zu den Verdächtigen gehöre und nicht zu denen, unter denen man das nächste Opfer befürchtet. Glauben auch Sie, dass ich schuld an dem Anschlag auf Leif bin? Kapieren Sie nicht, wie absurd das ist? Einige glauben jetzt sogar, ich hätte Hanna in Kopenhagen in eine Falle gelockt.«

»Ich glaube das nicht«, sagte Tommy, allerdings ohne sich dessen wirklich sicher zu sein. »*Ein Baum beginnt mit einem Samen.* Was hat das zu bedeuten?«

»Genau deshalb habe ich den Brief nicht weitergegeben. Das ist absurd. Das ist ein ganz normales arabisches Sprichwort.«

»Aber es ist arabisch. Tore Austlid hat etwas Ähnliches bekommen. Das ist eine Drohung.«

»Vielleicht«, sagte sie. »Ich will da aber in nichts hineingezogen werden. Das habe ich auch zu Tore gesagt – ich habe ihn gebeten, mich da rauszuhalten. Dem PST habe ich alles Wichtige mitgeteilt.«

Tommy wusste nicht recht, was er darauf erwidern sollte. Es war gegen das Gesetz, die Ermittlungen so zu behindern, wie Annema Edvardsen es tat, andererseits gehörte er offiziell nicht mehr zum Ermittlungsteam.

»Hat Hanna Sie jemals in Wien besucht?«

Sie schüttelte den Kopf.

»Warum sollte sie? Ich habe den Job erst seit wenigen Monaten. Fahren Sie zurück nach Oslo und berichten Sie Folgendes: Hanna hat sich seit den Siebzigerjahren mit sehr gefährlichen Freunden umgeben. Ich glaube, genau das hat sie jetzt das Leben gekostet. Wie auch die junge Mutter und ihr Baby. Und den armen Leif. Und jetzt lassen Sie mich bitte in Frieden.«

»Welche gefährlichen Freunde?«

»Hat Ihnen das niemand gesagt? Das ist doch kein Geheimnis mehr. Nachdem ich das erfahren hatte, habe ich ihr nie wieder vertraut.«

»Was erfahren?«

»Als sie in Beirut entführt wurde und der naive, liebe Leif alles getan hat, um sie freizubekommen. Die Israelis haben versucht, ihn davon abzubringen, sie waren schon damals der Überzeugung, dass Hanna eine PLO-Agentin sei. Sie und natürlich auch Nils Aubert. Der Patient …« sagte sie und hielt inne.

»Der Patient, den sie verlegen wollte?«

»Erinnern Sie sich an den Mord in Lillehammer? Als der Mossad den armen Kellner umgebracht hat?«

»Ja.«

»Der Mann, auf den die Israelis es abgesehen hatten, wurde der Rote Prinz genannt. Ein Playboy, der als Kopf des Terroranschlags während der Olympiade 1972 in München und als starker Mann der Organisation Schwarzer September galt. Nicht wenige sind der Meinung, er könne parallel für die CIA gearbeitet haben, aber darum haben die Israelis sich nicht gekümmert. Erst 1979 gelang es ihnen, ihn in Beirut zu töten. Aber er hatte eine feinmaschige Organisation aufgebaut, die auch noch nach seinem Tod weiterlebte. Einer der ihm untergeordneten Anführer war Abu Ahman. Codename Abdullah. Ein Sohn reicher Eltern aus Galiläa, dessen Mutter aus Algerien stammte. Er war einer der Kommandanten in West-Beirut, als die Israelis die Stadt einschnürten, um die PLO für immer auszutreiben. Erst Jahre später zeigte es sich, dass Hanna die Verantwortung übertragen worden war, diesen Mann zu verlegen, als sie von diesen verrückten Schiiten entführt wurde.«

»Mir wurde gesagt, Leif sei sehr israelfreundlich gewesen?«, sagte Tommy.

»Unsinn«, platzte Annema Edvardsen heraus. »Er hat seine Rolle nur verdammt gut gespielt. Ich glaube, Hanna hat ihn mitgezogen. Ich würde nicht ausschließen, dass er ein Teil ihrer Palästina-Bestrebungen war. Und dass er deshalb jetzt tot ist.«

»Haben Sie das der Polizei gesagt?«

»Sind Sie denn nicht von der Polizei? Sie sehen eigentlich so aus. Ich möchte, dass Sie jetzt von hier verschwinden. Mein Leibwächter wird gleich wieder da sein. Fahren Sie zurück nach Oslo und erzählen Sie Ihren sogenannten Freunden, dass Hanna zu guter Letzt über ihre eigenen Füße gestolpert ist. Leider hat sie dabei Leif mit in den Tod gerissen. Verschwinden Sie jetzt, sonst …«

Sie wurde still.

Sonst rufen Sie statt Ihres Leibwächters die Russen?, dachte Tommy.

»Ich habe gesagt, dass Sie verschwinden sollen, oder haben Sie mich nicht verstanden?« Sie blieb vor der Haustür stehen und suchte nach ihren Schlüsseln.

»Frank hat etwas von einem Telefonat gesagt.«

»Frank ist seit 1965 nicht mehr nüchtern gewesen.«

»In Beirut«, sagte Tommy. »Ein Telefonat, das Ihnen aufgefallen ist.«

Annema Edvardsen nahm ihr Handy heraus und wählte eine Nummer.

»Nein, daran erinnere ich mich nun wirklich nicht.«

Jemand antwortete am anderen Ende.

Annema Edvardsen nannte ihren Namen und ihre Adresse und sagte, dass sie auf der Stelle um eine Polizeistreife bäte.

»Haben Sie außer Frank noch jemandem von diesem Telefonat erzählt? Es muss einen Grund dafür gegeben haben, dass es Ihnen aufgefallen ist«, sagte Tommy. »Haben Sie mit Tore Austlid darüber gesprochen? Oder mit Nils Aubert? Verstecken Sie sich deshalb hier?«

»Sie legen es ja wirklich darauf an, sich in Schwierigkeiten zu bringen«, sagte sie.

26. August 1982
Beirut

13

Die Vereinbarung war im letzten Moment geändert worden. Das Ganze wirkte derart zufällig, dass ihr Bedenken hätten kommen müssen. Dr. Hassan hatte gesagt, sie solle um sieben Uhr beim palästinensischen Checkpoint in Hamra sein. Wie es von dort weitergehen sollte, wusste auch er nicht.

Sie war nur kurz in der Wohnung gewesen, die sie während des letzten halben Jahres gemietet hatte. Das Gebäude war bislang von den Granaten verschont worden, aber es gab weder Strom noch Wasser. Als sie gegen sechs Uhr die Tür schloss, wusste sie nicht, ob sie jemals wieder zurückkehren würde.

Für die Wegstrecke rechnete sie mit einer halben Stunde, vorausgesetzt, es gäbe keine Probleme an einem der Miliz-Kontrollpunkte unterwegs. Das Sicherste wäre es vermutlich, auf dem Weg nach Hamra auf den Hauptstraßen zu bleiben. Sie versuchte, sich so angstfrei und normal zu bewegen wie vor der israelischen Belagerung. Damals hatte sie sich weitestgehend sicher gefühlt, und eigentlich gab es kaum einen Grund, das jetzt anders zu sehen. Die Milizen hatten es nicht auf sie abgesehen, sie war uninteressant für sie, solange sie die Befehle der einzelnen Wachposten befolgte und immer dann in einem Eingang oder einer Hofeinfahrt Schutz suchte, wenn Schüsse zu hören waren oder irgendwo Granaten fielen.

Der Kontrast zu dem Reichtum bei Leif konnte kaum größer sein. Der Checkpoint war kaum einen Kilometer von ihrer Wohnung entfernt und vielleicht drei oder vier von der norwegischen Residenz, aber hier im Nordwesten der Stadt sah es aus wie im Berlin des Jahres 1945. Einige Viertel waren vollkommen zerstört, nur die Fundamente und Außenmauern standen noch. Eine Badewanne hing quer über der Straße, an einer anderen Stelle ragten Stahlträger aus einer Wand. In einer der engsten Gassen hockten zwei Männer mit Kalaschnikows. Beide rauchten schweigend, die Blicke leer.

Auf dem Bürgersteig spielten ein paar Kinder, eines davon hatte eine echte Maschinenpistole an einem Riemen um die Brust hängen.

Hanna lächelte ihnen kurz zu und versuchte diskret, auf die andere Straßenseite zu wechseln, wo die einzige Gefahr von einem herrenlosen Hund auszugehen schien, der auf der Treppe eines verlassenen Ladens ohne Fenster schlief.

Die Viertel waren anscheinend noch wie vor der Belagerung aufgeteilt, ein Chaos aus Drusen, Palästinensern, Christen, die seit Jahren wenige Quadratmeter verteidigten.

Als sie um die Ecke der Avenue bog, war der Himmel über ihr rosa, als gäbe es trotz allem noch einen Rest Hoffnung. Der Gedanke wurde im Keim erstickt, als von der anderen Seite der leeren, mit Autowracks und Betonklötzen abgeriegelten Straße ein Befehl ertönte.

Hinter einer Sandsackbarriere kam ein Soldat mit Palästinensertuch zum Vorschein.

Kurz darauf war Hanna von zwei Soldaten in ein ausgebombtes Geschäft geführt und bis auf die Unterwäsche ausgezogen worden. Sie stand zwischen umgestürzten Schaufensterpuppen und leeren Kleiderstangen, neben ihr auf dem Boden der Inhalt ihrer Tasche.

Einer der Soldaten beklagte sich. Das Futter ihrer Tasche war eingerissen und er schob seine Hand hinein und tastete den Bereich zwischen Leder und Futter ab. Hanna verstand sie, die Gerüchte besagten, dass die Falangisten und der Mossad Hunderte von Agenten in West-Beirut hatten, alle auf der Jagd nach dem Mann, den sie jetzt gleich treffen sollte. Sie alle hatten dasselbe Ziel: Sie wollten ihn töten, auch wenn ihm möglicherweise freies Geleit aus der Stadt zugesprochen worden war.

Hanna wusste nicht, wie eine Fahndungseinheit aussah, sie hatte aber den Eindruck, dass diese Soldaten einen konkreten Suchbefehl bekommen hatten. Langsam zog sie sich wieder an. Dann sammelte sie den Inhalt ihrer Tasche ein. Das Einzige, wofür die Männer sich wirklich interessiert hatten, waren ihr Pass und der Dienstausweis des Krankenhauses gewesen. Das kleine Notizbuch, in dem sie die ganze Verlegung haarfein notiert hatte, hatte sie in ihrer Wohnung auf dem Küchentisch liegen lassen, sie erinnerte sich aber auch so an jedes Detail.

Eine knappe Viertelstunde später wurde sie mit einer Binde vor den Augen aus dem Laden geführt. Schon nach wenigen Sekunden hatte sie komplett die Orientierung verloren. Sie gingen über Treppen auf und ab, dann knirschte eine Tür und fiel hinter ihr ins Schloss.

Zwei starke Hände packten ihre Schultern, dann spürte sie eine Hand auf dem Kopf.

»Ducken Sie sich, vorsichtig.«

Auf beiden Seiten des Wagens wurden die Türen geschlossen. Neben sich spürte sie die Anwesenheit eines Mannes. Das Auto fuhr langsam los und bog dann nach links ab. Hanna versuchte, die Kurven zu zählen, ab einem gewissen Punkt war das aber nicht mehr möglich.

Das Autoradio lief leise, ein seltenes Mal nicht die endlose Musik, sondern ein Programm über Literatur. Sie schüttelte den Kopf. Wenn sie alles richtig verstand, redeten zwei Männer auf Arabisch über alte Texte. Die ganze Situation war völlig absurd, und für einen Moment war sie kurz davor, sich die Binde von den Augen zu reißen und den Fahrer zu fragen, ob das wirklich richtig sein konnte.

Sie hatte jedes Zeitgefühl verloren, als der Wagen anhielt, vielleicht waren sie eine Viertelstunde oder länger unterwegs gewesen. Trotzdem hatte sie das Gefühl, nicht weit von dem Laden entfernt zu sein.

Auf unsicheren Beinen stieg sie aus dem Auto aus. Eine Tür wurde geöffnet.

»Treppen«, sagte eine Stimme neben ihr. Sie versuchte, die Anzahl der Stockwerke zu zählen, aber auch das erwies sich irgendwann als unmöglich. Es spielte aber auch keine Rolle, ob sie im vierten oder fünften Stock war. Erst als eine Tür hinter ihr geschlossen wurde, spürte sie Hände am Hinterkopf. Die Binde wurde ihr abgenommen.

Sie war in einem verlassenen Bürogebäude. Die dunklen Flure wurden nur von zwei einfachen Neonröhren erhellt. Über einen Flur wurde sie in ein leeres Büro geführt. In einer Ecke stand eine Stehlampe und vor den Fenstern stapelten sich die anderen Büromöbel.

Sie atmete schwer, als wäre sie eine alte Frau, die über die Treppen nach oben gescheucht worden war. An der Tür stand ein junger Fedajin-Soldat mit einer Uzi in der Hand. Er konnte kaum älter als zwanzig sein. Der Mann, der sie hergebracht hatte, verschwand hinter ihr aus dem Raum.

Der junge Soldat deutete auf den Boden.

Dort waren drei Decken ausgebreitet worden. Sie ließ die Tasche auf den Boden fallen und setzte sich.

Ihr Bewacher starrte steif vor sich hin, als wäre er bereit, ewig zu warten, sollte das notwendig sein.

Es dauerte unglaublich lange, bis etwas geschah. Hanna hatte Hunger, Durst und keine Zigaretten mehr, aber das spielte keine Rolle, als die Tür geöffnet wurde.

Auf der Schwelle stand ein Mann, den sie nur aus dem Fernsehen oder aus Zeitungen kannte. Er ist klein, dachte sie, viel kleiner, als ich gedacht habe.

Er schickte den Soldaten nach draußen und drehte die Handflächen nach oben, als wollte er seine friedlichen Absichten symbolisieren.

Eine Weile blieb er so stehen. Hanna zögerte, sie wusste nicht, ob er zu ihr treten würde. Offenbar spürte er ihre Unsicherheit und kam mit einem Lächeln auf den Lippen auf sie zu. Dann nahm er ihren Kopf in die Hände, sie rochen stark nach Zigaretten. Die leichten Küsse auf den Wangen spürte sie kaum.

Hanna tat, was er tat, und setzte sich auf die Decken.

»Ich bin ein schlechter Gastgeber«, sagte er. »Eine mutige Frau wie Sie verdient etwas Besseres.«

Sie sagte zu sich selbst, dass sie sich von seiner gespielten Freundlichkeit nicht täuschen lassen durfte. Ein einziger Fehltritt, und sie würde hier nie wieder rauskommen.

»Erzähl mir ein bisschen über dich. Ich weiß nur, dass du bereit bist, hohe Risiken einzugehen. Sonst wärst du nicht hier, nicht wahr?«

Hanna war nicht vorbereitet darauf. Sie zögerte, brachte kein Wort heraus.

»Du warst in Israel?«, fragte er, klang aber nicht so misstrauisch, wie sie es erwartet hatte.

»Mein Vater hat mich dahin geschickt. Ich hatte eine gute Zeit, aber ich habe damals gesehen, wie die Palästinenser behandelt wurden. Das hat mich sehr bewegt. Mir war eine Lüge verkauft worden, mein ganzes Land wurde hinters Licht geführt.«

»Auch Nils war in Israel, aber das weißt du ja bestimmt«, sagte er. »1967. Er hat so seine Erfahrungen gemacht. Wie du.«

Sie erzählte ihm von Pål Starheim und dass sie ihm sehr nah gewesen war. Sie wusste, dass die beiden sich mehrmals getroffen hatten.

»Die Norweger schlafen ihren Dornröschenschlaf«, sagte sie. »Sie wollen keine Revolution, das musste ich irgendwann einsehen.«

Nach einer Weile unterbrach er sie:

»Warum bist du hergekommen?«, fragte er. »In diese Stadt?«

»Um das Richtige zu tun«, erwiderte sie. »Ich bin hergekommen, um Leben zu retten und um euch zu helfen, aber das wissen Sie.«

»Was ist das Richtige? Sieh dich um, ich kann wirklich nicht mehr sagen, ob das hier richtig oder falsch ist. Was meinst du? Habe ich mein Volk betrogen? Es verraten?«

Hanna wusste nicht, was sie sagen sollte. Sie hatte nur stotternd die arabischen Worte gefunden, obwohl sie die Sprache eigentlich gut beherrschte. Sie durfte jetzt nicht zusammenbrechen, das wäre ihr Ende.

»Bist du eine Gläubige oder eine Zweiflerin?«, fragte er.

»Ich zweifle«, sagte sie. »Ich weiß ja nicht einmal, ob ich überleben werde. Trotzdem bin ich hier. Um das zu tun, was ich für das Richtige halte. Ich kann einen Krieger wie Abdullah nicht in die Hände der Zionisten fallen lassen.«

Er sah kurz auf seine Armbanduhr.

»Erzähl mir von diesem Plan«, sagte er, als hätte er alle Zeit der Welt. »Und bei unserem nächsten Treffen erzählst du mir dann etwas mehr über dich selbst, Hanna. Mein Vertrauen in Nils ist grenzenlos, und dann kennt auch mein Vertrauen in dich keine Grenzen. Für alles andere haben wir keine Zeit.« Wieder lächelte er vorsichtig, auch wenn die Niederlage ihm ins Gesicht geschrieben stand. In diesem Moment verstand sie, dass der Mann vor ihr hilflos war und alles in ihren Händen lag.

Der Plan war simpel. Sie wollte tun, was Dr. Hassan ihr gesagt hatte. Es sollte umsetzbar sein, wenn es ihnen denn gelang, Abdullah aus dem Krankenhaus zu holen, wofür er wie ein unschuldiger Zivilist aussehen musste. Eine Krankenschwester würde bei den Israelis und Falangisten vielleicht weniger Verdacht erwecken. Jeden Tag wurden Patienten verlegt, das war also nichts Ungewöhnliches. Sie sprach Hebräisch und genoss Vertrauen bei den israelischen Offizieren rund um das Krankenhaus, dessen war sie sich sicher. Sie hatten vor, ihn ins St. Francis zu bringen, unweit der syrischen Botschaft. Die Gefahr lauerte in den Vierteln vor dem Krankenhaus. Vor dem Sommer waren zwei Mitarbeiter einer Hilfsorganisation in Dahieh entführt worden. Die Schiiten, mit denen die Palästinenser ursprünglich verbündet gewesen waren, hatten ihnen teilweise den Rücken gekehrt, teilweise folgten sie mittlerweile einer ganz eigenen, von Teheran gesteuerten Agenda. Freund am einen, Feind am anderen Tag. So lief es eigentlich immer im Nahen Osten, hatte Nils ihr irgendwann einmal erklärt.

Der kleine Mann saß mit geschlossenen Augen da und hörte zu, auch wenn er aussah, als wäre er eingeschlafen. Hin und wieder brummte er etwas und nickte.

»Was meinst du selbst dazu?«, fragte er leise. »Wenn er nicht verlegt werden kann, muss er sterben. Du könntest selbst sterben, wenn du Pech hast, aber das ist dir sicher bewusst. Wenn die Schiiten dich schnappen, ist es aus mit Abdullah, er wird außerhalb des Krankenhauses nicht lange überleben. Andererseits wissen sie nicht, wer er ist, und Geld würden sie für ihn auch nicht bekommen. Du wärest ihre Währung.«

»Wenn er im Krankenhaus bleibt, finden die Israelis ihn. Das wissen Sie. Ich weigere mich, ihn sterben zu lassen. Weder Nils noch ich sind hierhergekommen, damit Männer wie er sterben. Die letzte Entführung liegt lange zurück. Das sind inzwischen Monate. Ich würde lieber bei dem Versuch sterben, Abdullah zu retten, als ihn im Stich zu lassen.«

Er nickte vorsichtig ein paarmal und lächelte dann wieder sein versöhnliches Lächeln.

»Ich werde ihn in dieses Krankenhaus bringen«, sagte sie. »Und wenn die Zeit reif ist, bringen wir ihn dann nach Damaskus.«

»Du bist eine mutige Frau«, sagte er leise.

»Wenn ich nur Ihren Mut hätte«, erwiderte sie.

Er schüttelte langsam den Kopf.

»Ich bin nur ein gejagter Mann, mehr nicht.«

Für einen Mann, der seit dem Angriff auf Karame in Jordanien vor vierzehn Jahren keine zwei Nächte am selben Ort geschlafen hatte, strahlte er eine bewundernswerte Ruhe aus.

»Wir sehen uns wieder«, sagte er. »Das ist Gottes Wille.«

Er streckte seine Arme aus und drückte ihre Hände, und für einen Moment wirkte es so, als läge in seinen Augen eine Wärme, die seine Feinde nie gesehen hatten.

1. August 2017
Oslo

14

Es war halb zwei, als er endlich nach Hause kam und den Leihwagen vor dem alten Krankenhaus des Roten Kreuzes parkte. Ein Stück entfernt schimmerte der Oslofjord zwischen den Häusern hindurch. Der Vollmond war fast heller als die Straßenlaternen. Tommy war so erschöpft, dass er es einfach nicht mehr schaffte, in der Straße auf und ab zu gehen, um zu überprüfen, aus welchem Fahrzeug er observiert wurde.

Er sah nach rechts und links, aber irgendwie waren seine Sinne getrübt, ihm war, als beeinträchtigte die Müdigkeit sowohl seine Augen als auch seine Ohren.

Als er schließlich vor dem Haus stand und den Schlüssel ins Schloss steckte, dachte er, dass Annema Edvardsen ihn irgendwie irritiert hatte. Erschreckt.

Warum war sie mit dem Brief, den sie bekommen hatte, nicht zum PST gegangen?

Spione sind wie Ratten, hatte Christian Wessel einmal zu ihm gesagt. Findet man einen, kann man sich verflucht sicher sein, dass da auch noch andere sind. Diese Andeutung war eigentlich nicht misszuverstehen.

Bulle stand im Flur und knurrte leise.

»Beruhig dich«, sagte Tommy, und der Hund begrüßte ihn mit zur Seite geneigtem Kopf.

Im Haus war das Geräusch einer Dusche zu hören. Er rechnete damit, dass es Mathea war. Sie duschte zu den merkwürdigsten Zeiten, manchmal mehrmals am Tag.

Tommy taumelte über den Flur. Die Tür zu Matheas Zimmer war nur angelehnt. Drinnen brannte Licht und er hörte die gedämpfte Stimme eines jungen Mannes, der leise zu telefonieren schien und lachte. Tommy schüttelte den Kopf und schlich sich weiter zur Schlafzimmertür am Ende des Flurs.

Susanne lag mit dem Rücken zu ihm. Sie schien schon zu schlafen. Er zog sich so leise wie nur möglich aus und kroch unter die Decke.

Er war gerade im Begriff einzuschlafen, hörte sich selbst schnarchen und sah sich gleichzeitig wieder neben dem kleinen Citroën von Annema Edvardsen stehen, als Susanne sich auf den Rücken drehte.

»Wir müssen reden«, sagte sie ins Dunkel. »Ich habe ein schlechtes Gewissen, dass ich dir das nicht schon längst gesagt habe.«

Tommy schlug die Augen auf und war mit einem Mal hellwach, im freien Fall.

Nicolay, dachte er. Natürlich. Was will sie mit einem Idioten wie mir? Deshalb diese Geheimniskrämerei in den letzten Wochen. Das ging schon den ganzen Sommer. Warum hatte sie die Ferien abgebrochen? Doch wohl nur, um ihn treffen zu können.

»Okay«, sagte er kaum hörbar.

Susanne räusperte sich, dann drehte sie sich zu ihm um und stemmte sich auf den Ellenbogen.

Tommy starrte an die grauen Konturen des Stucks unter der Zimmerdecke.

Es rauschte in seinem Kopf, begleitet von einem hochfrequenten Pfeifen, als würde jemand in eine Hundepfeife blasen.

Susanne sagte etwas, aber er hörte nur zwei Worte, die ihn verwirrten und glücklich stimmten:

»Christian Wessel«, wiederholte Susanne. Sie schaltete die Nachttischlampe ein. »Tommy, hast du gehört, was ich gesagt habe? Es ist wichtig. Aus vielerlei Gründen, ich …«

Tommy blieb ganz still liegen und sah an die Decke. Er wusste nicht, wie lange es dauerte, bis er richtig zu sich kam.

»Christian Wessel?«, fragte er leise.

»Es ist ein bisschen spät, mit über fünfzig noch mit Dope anzufangen, Tommy. Oder bist du bloß so müde?«

»Du arbeitest für Christian?« Mit einer Minute Verspätung verstand er endlich, worüber Susanne redete. Er musste lachen, konnte kaum wieder aufhören. Normalerweise hätte er sich von Susanne und Christian Wessel hintergangen gefühlt, aber das spielte jetzt wirklich keine Rolle.

Susanne sah ihn an, als hätte er wirklich den Verstand verloren.

»Tut mir leid«, sagte er und riss sich zusammen. »Was ist mit Christian Wessel?«

»Die Sache ist echt nicht sauber«, sagte Susanne kleinlaut. »Aber ich wollte doch immer als Anwältin arbeiten, meine eigene Chefin sein. Ich brauchte einen Break, und du weißt ja, wie klein dieses Land ist …«

Tommy wartete. Er schaffte es nicht, sich über das, was sie sagte, wirklich aufzuregen. Im Normalfall wäre er wütend auf Wessel gewesen, aber verglichen mit einer möglichen Affäre mit Nicolay war dies kaum mehr als eine Bagatelle.

»Wie dem auch sei. Ich habe heute Magnus Wilberg getroffen, den ältesten Sohn von Leif Wilberg. Wirklich nicht mein Typ, um es mal vorsichtig auszudrücken, aber er hat etwas gesagt, das wichtig sein könnte.«

Susanne machte eine Pause, legte sich auf den Rücken und starrte wie zuvor Tommy an die Decke. Ihre Rollen waren mit einem Mal vertauscht.

»Was hat er gesagt?«, fragte Tommy.

»Er hat reichlich viel komisches Zeug von sich gegeben. Hat gemeint, Hanna könnte am Stockholm-Syndrom leiden. Sie soll ja irgendwann gesagt haben, sie sei Schiitin geworden. Das hat jedenfalls die New York Times geschrieben, nachdem die das Video aus ihrer Gefangenschaft bekommen hatten.«

»Geiseln werden doch oft gezwungen, so ein Zeug zu sagen.«

»Ja, aber Leif Wilberg hatte sich seinem Sohn anvertraut. Hanna muss da irgendein heftiges psychisches Problem gehabt haben. Sie ging zu einem Psychiater.«

»Das tue ich auch«, sagte Tommy leise.

»Versteh mich nicht falsch. Hanna hatte immer wieder Albträume. Vielleicht irgendetwas Posttraumatisches. Vielleicht hat sie damals eine Gehirnwäsche bekommen. Ich meine, sie war, oder ist, über sechzig.«

»Worauf willst du hinaus?«

»Magnus Wilberg hat mir gesagt, dass Hanna zu einem Psychiater in Majorstua ging. Und Leif hat seinem Sohn gesagt, dass Hanna von irgendjemandem aus der Vergangenheit kontaktiert worden ist. Ihre psychischen Probleme sollen immer größer geworden sein. Ich glaube, dass sie zu …«

»Viggo Osvold ging«, vollendete Tommy den Satz.

»Ich wusste nicht, dass du hellseherische Fähigkeiten hast, Tommy«, sagte Susanne.

»Natürlich!«, entfuhr es ihm. Mit einem Mal wusste er, dass es dort war, wo er Hanna Svarstad gesehen hatte, in Majorstua. Nicht oft, aber oft genug, um davon auszugehen, dass sie dort regelmäßig zu tun hatte. Er sah es jetzt ganz klar: Einmal hatte er sie sogar auf der Treppe gesehen, die zu Osvolds Praxis führte.

Er wälzte sich aus dem Bett und begann sich anzuziehen.

»Die Krankenakten«, flüsterte er. »Ihr ganzes Leben steht in diesen Krankenakten.«

Susanne hatte sich im Bett aufgerichtet und die Decke bis zum Hals gezogen. Sie sah ihn an, als wäre er ernsthaft krank, als hätte er einen Rückfall erlitten.

Er küsste sie und überlegte, ihr zu sagen, dass sie ihn niemals verlassen dürfe, tat es aber nicht.

»Lass uns morgen weiter darüber reden«, sagte er.

Nachdem er sich die Jacke angezogen hatte, schob er Bulle zurück in den Flur.

»Jetzt nicht.«

Der Mond, der über dem alten Krankenhaus stand, wirkte unnatürlich groß und gelb, als Tommy die Straße überquerte. Er öffnete die Tür des Leihwagens und hörte, wie weiter unten auf der Straße ein Motor angelassen wurde. Etwas links von ihm leuchteten Scheinwerfer auf.

»Da bist du also«, dachte Tommy und fasste gleich darauf den Entschluss, dass dies unwiderruflich sein letzter Auftrag für Christian Wessel war.

Er unternahm nicht einmal den Versuch, seinen Verfolger abzuschütteln. Er fuhr nach links in die Bygdøy allé und bog dann rechts in die Frederiks Stangs gate ein, genau wie bei seinen sonntäglichen Spaziergängen.

In den engen Kurven hinauf zu Wessels Villa am Holmenkollbakken dachte Tommy, dass der Auftraggeber seines Verfolgers Christian Wessel sicher bereits von früher kannte.

Die Aussicht vom Parkplatz auf Wessels Anwesen erinnerte an ein Gemälde aus dem späten 19. Jahrhundert.

Er sah den Wagen nicht, der ihm gefolgt war, hörte unweit aber das Geräusch eines Motors im Leerlauf. Zwei oder drei Hunde bellten auf dem gegenüberliegenden Grundstück.

Als Tommy aus dem Wagen ausstieg, leuchtete eine Lampe auf, offenbar gekoppelt an einen Bewegungsmelder. Das Bellen wurde lauter. Dann sah Tommy hinter einem der Fenster des Haupthauses Licht angehen.

Kurz darauf stand Christian Wessel auf der Türschwelle.

Das Bellen verstummte.

»Ich hoffe wirklich, dass es wichtig ist«, sagte er und hielt Tommy die Tür auf.

»Hatten wir das nicht schon mal?«, fragte Tommy.

»Die Geschichte hat die Tendenz, sich zu wiederholen«, erwiderte Wessel und führte ihn in ein Büro, das so groß war, dass andere Leute darin eine komplette Wohnung untergebracht hätten.

Tommy ließ sich auf ein Ledersofa fallen und war sich nicht sicher, ob er es jemals schaffen würde, wieder daraus aufzustehen. Dann erzählte er so zusammenhängend wie nur möglich von seinen Treffen mit Tore Austlid und Annema Edvardsen. Frank Krokhol erwähnte er zunächst einmal nicht.

»Tore Austlid behauptet also, dass Leif Israel viel stärker zugetan war, als wir es glaubten, und Annema beteuert das Gegenteil? Und sie hat einen nahezu identischen Brief erhalten wie Tore, ihn aber nicht an die Polizei weitergegeben? Und beide halten Hanna für Morpheus? Das ist möglich, die beiden können ihre Aussagen aber auch abgestimmt haben.« Christian Wessel fuhr sich mit dem Handrücken über den grauen Bartschatten an seinem Kinn. Dann knotete er seinen kostbaren blauen Morgenmantel fester zu.

»Ich glaube, Austlid und Edvardsen teilen ein Geheimnis«, sagte Tommy. »Es hat mit irgendeinem Telefongespräch zu tun, das Leif etwa zur Zeit des Massakers in Al-Shubra mit jemandem in Israel geführt haben soll.«

Wessel blieb still.

»Unten auf der Straße steht ein Wagen«, sagte Tommy. »Jemand folgt mir, seit Shlomo Liva weg ist. Haben Sie eine Ahnung, für wen der arbeitet?«

»Nein«, sagte Wessel.

»Warum ist Shlomo eigentlich gefahren, als Hanna Svarstads Sachen in Dänemark gefunden wurden? Wurde ihm der Boden hier zu heiß?«

»Ich habe wirklich keine Ahnung«, sagte Wessel.

Tommy schüttelte den Kopf.

»Egal, Susanne hat mir gesagt ...«, begann Tommy und gab Wessel die Chance, zu übernehmen oder sich zu entschuldigen. Das Resultat war das blanke Gegenteil.

»Sie sollte Ihnen gar nichts davon sagen.«

»Die Information, die sie bekommen hat, ist zu wichtig, um sie für sich zu behalten. Es geht Ihnen doch wohl um die Resultate und nicht um die Vorgehensweise?«

Wessel antwortete nicht. Er schien über die richtige Antwort nachzudenken.

»Der Punkt ist ...«, fuhr Tommy fort, machte dann aber erneut eine Pause. Für einen Moment war er unsicher, wie er sich ausdrücken sollte.

»Man muss die Möglichkeiten, die sich einem bieten, am Schopfe packen, Tommy«, sagte Wessel, Tommy verstand aber nicht ganz, worauf er damit anspielte.

»Also. Susanne war zum ersten Mal bei Magnus Wilberg. Er hat ihr erzählt, dass Hanna seit Jahren zu einem Psychiater geht und dass sein Vater gesagt hat, dass sie immer öfter unter wiederkehrenden Albträumen gelitten habe. Irgendwas oder irgendjemand, so drückte er es aus, soll sie gequält haben.«

Die beiden Männer musterten einander eine Weile, als wäre niemand bereit, die Stille zu brechen.

»Zu welchem Psychiater?«

»Vermutlich handelt es sich um Viggo Osvold.«

Es dauerte eine Weile, bis bei Christian Wessel der Groschen fiel. Der Mann hatte wirklich ein Elefantengedächtnis und im Vorfeld sicher alle Informationen über Tommy zusammengetragen, die er finden konnte.

Tommy nickte, als wollte er bestätigen, was Wessel vermutlich gerade dachte.

»Derselbe, zu dem ich gehe. Ich habe Hanna einmal dort im Treppenhaus gesehen, hatte das aber vergessen. In Majorstua ist sie mir öfter aufgefallen.«

»Mich hätten Sie da auch öfter sehen können«, sagte Wessel. »Und ich gehe zu keinem Psychiater.«

»Ich bin mir ganz sicher. Osvold bewahrt die Krankenakten seiner Patienten in drei einfachen Holzschränken auf. Ich denke, dass ich zehn Sekunden brauche, um die zu öffnen.«

Christian Wessel steckte die Hand in die Tasche seines Morgenmantels und zog ein kantiges Krypto-Handy heraus. Er wählte eine Nummer, schaltete den Lautsprecher ein und betrachtete Tommy, während er darauf wartete, dass der Anruf entgegengenommen wurde.

Tommy warf rasch einen Blick auf seine Armbanduhr. Wenn man um diese Uhrzeit mitten in der Nacht geweckt wurde, bekam man nur selten gute Neuigkeiten zu hören.

Ein Grunzen war zu hören.

»Olav«, sagte Wessel. »Tut mir wirklich leid, dass ich dich wecken muss, aber du musst morgen früh etwas für uns regeln. Ich will diese Sache vom Tisch haben, bevor noch weitere Unglücke geschehen.«

»Okay«, sagte Olav Ruud mit trockener Stimme.

»Hanna Svarstad ging zu Viggo Osvold. Dem Psychiater.«

»Okay.« Es schien so, als wäre Ruud jetzt voll da.

»Das ist ein Ort, an dem man auch über seine größten Geheimnisse spricht.«

Ruud antwortete nicht.

»Verschaff mir Schlüssel und Zugangskarte, natürlich keine personalisierte, zum Majorstuhuset. Und ich will keine Fragen irgendeiner Wachgesellschaft hören. Finde einen guten Zeitpunkt für einen Einbruch außerhalb der Kontrollzyklen. Du darfst auch gerne dafür sorgen, dass ein paar Kameras ausgeschaltet werden. Du verstehst dich ja darauf, Leute zu überreden. Ich sorge dann dafür, dass der Einbruch an die grenzenlose Inkompetenz der Osloer Polizei übertragen wird.«

Das Telefonat war beendet, bevor Tommy sich über die Konsequenzen bewusst geworden war.

»Das wird mir noch leidtun. Ich sollte dankbar für das sein, was Viggo für mich getan hat.«

»Trösten Sie sich mit Stalins Worten«, sagte Wessel. »Dankbarkeit ist eine Krankheit von Hunden.«

***

Es war in der Nacht auf den 2. August, als Tommy über den Sørkedalsveien ging. Von allen Eingängen der U-Bahn-Station Majorstua war der bei Larsens Restaurant am schlechtesten ausgeleuchtet. Auch wenn die Verkehrsbetriebe das Gegenteil behaupteten, funktionierten die Kameras in dem spärlichen Licht kaum. Er trug eine schwarze Schirmmütze, eine blaue Jacke, dunkle Hosen und einen schwarzen Rucksack. Um den Hals hatte er einen Schlauchschal, wie man ihn im Winter zum Skifahren trug. An den Lederhandschuhen an seinen Händen war eigentlich leicht zu erkennen, dass er keine ehrlichen Absichten hatte. Er ging dicht an den Häusern entlang.

Vor dem Majorstuhuset wartete er, bis eine Gruppe grölender Studenten vorbeigegangen war, zog sich den Schal vor den Mund, nahm die Zugangskarte und hielt sie vor das Lesegerät. Die Tür öffnete sich. Er hatte etwa eine halbe Stunde, plus einen Sicherheitspuffer von rund fünfzehn Minuten. Er zog den Schlauchschal herunter, wohl wissend, dass es im Inneren des Gebäudes keine Kameras gab. Nach fünf oder sechs Stufen erinnerte er sich, Hanna genau an dieser Stelle gesehen zu haben, aber das musste schon Jahre her sein. Sie hatte starr nach vorn geschaut, als hätte sie irgendwie erkannt, dass auch Tommy in Osvolds Praxis ging, dabei hätte er natürlich auch auf dem Weg zum Zahnarzt oder zu seinem Steuerberater sein können.

Von der anderen Seite der Majorstukreuzung hatte Tommy sich zuvor vergewissert, dass nirgendwo im Haus Licht brannte. Schließlich war es durchaus möglich, dass jemand auch noch mitten in der Nacht im Büro war. Er ging mit schnellen Schritten über den Flur auf Osvolds Praxis zu, steckte den Schlüssel ins Schloss und warf einen letzten Blick über die Schulter. Er war allein. Dann drückte er die schwere Tür auf, durch die er schon so oft gegangen war. Er kam in einen kleinen Warteraum, wo er sich für einen Moment selbst sitzen sah. Die Magazine auf dem niedrigen Tischchen waren sorgsam geordnet, Wasserspender und Designerstühle warteten bereits auf die Patienten des nächsten Morgens.

Tommy verdrängte es, selbst noch in der letzten Woche hier gewesen zu sein und in drei Tagen den nächsten Termin zu haben. Hatte die Kamera unten an der U-Bahn-Station ihn doch eingefangen, würde Osvold ihn sofort durchschauen. Kommt Zeit, kommt Rat, dachte er, schloss die Flügeltür auf und trat in Osvolds große Praxis.

Der Raum war wie eine Wohnung eingerichtet. Zwei

minimalistische Ledersofas. Hinter einem stand der Sessel, auf dem Osvold bei den Therapiestunden saß, sodass man nur seine Stimme hörte. Die Kunst an den Wänden gab in gewisser Weise Aufschluss über seine Persönlichkeit, dachte Tommy, und sicher auch seine hohen Stundensätze.

Die niedrigen Schränke mit den Rolltüren standen rechts an der Wand. Tommy hatte mehrfach gesehen, wie Osvold dort die Patientenakten geholt hatte, und nahm an, dass Hanna Svarstads Akte sich im letzten der drei Schränke befand.

Das Licht der Straßenlaternen, das durch die Fenster in den Raum fiel, reichte beinahe, trotzdem schaltete er die kleine Taschenlampe ein, die er mitgenommen hatte. Der Schließzylinder des Schranks bot dem Set der Dietriche, deren Gebrauch er vor ewigen Zeiten von dem Drecksack Hallgeir Sørvaag gelernt hatte, keinen Widerstand. Er hörte das ersehnte Klicken und legte die Finger vorsichtig um den Griff der Rolltür.

Eine seltsame Ruhe überkam ihn, als er mit dem Lichtkegel der Taschenlampe über die Rücken der schmalen Ordner fuhr, als könnte er sich jetzt mit seinen eigenen Missetaten besser identifizieren. Ganz unten im Schrank fand er drei Ordner mit der Aufschrift: *Svarstad, Hanna.*

Die beiden ersten Ordner stopfte er, ohne zu zögern, in seinen Rucksack.

Den letzten öffnete er. Osvolds krakelige Handschrift war kaum zu entziffern, Tommy blätterte ein paar Seiten zurück. Hanna Svarstad hatte ihre letzte Therapiestunde am 29. Juni gehabt, in der Woche vor ihrem Verschwinden auf dem Flughafen Kastrup.

Sein Blick verhakte sich in der dritten Zeile.

Pat. hat angefangen, wieder von Eli zu träumen, will aber nicht darüber reden.

Teil 3

Ein Jahr zuvor

19. Mai 1981
Grenzübergang Rosh haNikra
Libanon–Israel

1

Die Hitze war unerträglich. Es war erst Mai, aber die Warmluft aus Afrika verwandelte den Libanon in diesem Frühjahr in einen Backofen.

Hanna legte den Kopf an die Kopfstütze und versuchte, ein paar Minuten zu schlafen. Sie war hungrig, obwohl sie in Naqura etwas gegessen hatten.

Die Fahrt von Beirut in Richtung Süden war die reinste Höllentour gewesen, außerdem hatte sie seit Tagen nicht mehr richtig geschlafen.

Dann hatte der Motor des Wagens auch noch kurz vor Tyros zu kochen begonnen. Hanna hatte so kühl und entspannt wie nur möglich nach Israel kommen wollen und deshalb in Beirut viel zu viel Geld auf den Tresen gelegt, um ein anständiges Auto zu bekommen. Doch offenbar war sie betrogen worden. Ein paar UN-Soldaten aus Nepal hatten ihnen geholfen, hatten den Kühler mit frischem Wasser gefüllt und den Ölstand überprüft. Gut, dachte Hanna, so hatten sie wenigstens zwei jungen Frauen mit ihrem Auto helfen können. Ansonsten waren sie zur Untätigkeit verdammt, ihre Truppenstärke reichte nicht, um den Israelis und den Faschisten in der Südlibanesischen Armee etwas entgegenzusetzen.

»Was für eine verfluchte Scheiße«, sagte Stefanella, die auf dem Beifahrersitz saß, als sie vor sich den langen Stau bemerkte. »Kommt man aus diesem Land jetzt auch noch so schlecht raus, wie man reinkommt?« Sie schloss die Augen und versuchte zu schlafen.

Hanna hatte erster Linie Angst, dass der Motor wieder zu kochen anfing und sie es vor Einbruch der Dunkelheit nicht über die Grenze schaffen würden.

Sie ließ ihren Blick über das Mittelmeer schweifen, das zu ihrer Rechten lag. Das Wasser glitzerte durch die Olivenbäume, die sich an der steilen Küste festklammerten

»Vielleicht sollten wir baden gehen«, murmelte Stefanella. »Splitternackt, damit wir festgenommen und schnell abgeschoben werden? Was meinst du?«

Hanna schüttelte den Kopf.

»Können wir nichts anderes hören?«, fragte Stefanella. Das Radio lief leise. Ein israelischer Sender spielte jetzt schon zum x-ten Mal Zohar Argov.

»Es gibt keinen anderen Sender«, sagte Hanna, wohl wissend, dass dies nicht stimmte.

Wieder lief *Sod HaMazalot*. Das Lied bereitete ihr eine Gänsehaut. War sie schon so alt, dass sie sich fragen musste, ob sie ihr Leben vergeudet hatte? Sie schüttelte über sich selbst den Kopf und zündete sich eine Zigarette an.

»Mach das Gejaule aus«, sagte Stefanella. Die italienische Journalistin war eine ihrer besten Freundinnen in Beirut, doch sie hatte eine Art, sich bei jeder Gelegenheit über alles Mögliche zu beschweren. Manchmal war sie wirklich wie ein verwöhntes Gör aus irgendeiner Upperclass-Familie.

»Der singt wie ein Frosch«, sagte Stefanella.

»Frosch oder Prinz, wer weiß?«, konterte Hanna. Erst jetzt bemerkte sie, dass die Israelis einige Wagen durchgelassen haben mussten, vor ihnen war viel Platz.

Hanna versuchte das Hupen zu ignorieren, als ein Pick-up

sie überholte und vor ihr einscherte. Der Fahrer winkte ihr höhnisch zu. Scheißfaschist, dachte sie und war kurz davor, auszusteigen und ihm den Marsch zu blasen.

Stefanella schaltete das Radio aus, kippte die Lehne nach hinten und drehte die Lüftung voll auf. Hanna starrte nach vorn zu der fünfzig Meter vor ihr liegenden Grenzstation. Auf der anderen Seite wartete eine schier endlose Militärkolonne. Zwei Soldaten öffneten die hohen Tore.

»Ich verstehe nicht, warum du nicht nach Hause fährst«, sagte Stefanella. »Ich muss ein paar Interviews in Tel Aviv führen, aber danach geht es direkt nach Rom. Ich kann es echt nicht mehr abwarten.«

»Ich will einfach nur ein bisschen allein sein, und meine Eltern wollen nichts mehr von mir wissen«, sagte Hanna. Sie sah in Richtung der Kolonne, die an ihnen vorbeifuhr, sodass Wagen bald von einer Staubschicht überzogen war. Minutenlang rollten Lastwagen mit Panzern und Artillerie an ihnen vorbei.

»Die wollen, dass in diesem Land wirklich alles kaputt gemacht wird. Frauen, Kinder, Alte, alle sollen weg. Jeder Palästinenser, jeder Araber. So einfach ist das.«

»Und ich dachte, meine Eltern wären verrückt«, sagte Stefanella.

Vierzig Minuten später waren sie an der Reihe. Durch die Gitterstäbe sah Hanna, wie die Straße auf der anderen Seite weiterführte.

Sie konnten in Haifa Station machen, etwas essen und trinken und ein Bad nehmen, wenn sie nur erst diese verfluchte Grenze hinter sich hatten.

Sie hielt an und zog die Handbremse an.

Zwei Soldaten in schusssicheren Westen kamen auf sie

zu, einer führte einen Metalldetektor unter den Wagen, der andere öffnete den Kofferraum. Kurz darauf gaben sie das Signal, dass alles okay sei. »Lassen Sie den Kofferraum offen«, sagte der eine Soldat und klopfte auf das Dach. Hanna fuhr zwanzig Meter weiter bis zum nächsten Stopp.

Ein Unteroffizier mit offenem Pistolengurt und einer Uzi vor der Brust streckte den Arm zu dem geöffneten Fenster auf Hannas Seite aus. Sie reichte ihm die Ausweispapiere und bemerkte dabei ihr eigenes Spiegelbild in den Gläsern seiner Polaroidbrille. Stefanella gab Hanna ihren israelischen Presseausweis, damit sie auch den vorzeigen konnte.

Der Offizier begutachtete die Pässe ohne sonderliches Interesse. Hanna warf einen Blick in den Rückspiegel, sah aufgrund des geöffneten Kofferraums aber nichts. Zwei Soldaten schienen all ihre Sachen zu durchwühlen.

»Was wollen Sie in Israel?«, fragte der Unteroffizier, als er Hanna die Pässe zurückgab.

Dieses Mal scheint es wirklich ohne Probleme zu gehen, dachte Hanna.

»Wir machen Urlaub«, sagte Stefanella und beugte sich zu Hanna vor.

»Urlaub? Niemand fährt vom Libanon nach Israel, um Urlaub zu machen«, sagte er.

»Sie ist Journalistin und ich bin Krankenschwester«, sagte Hanna. »Haben Sie schon mal was von UNIFIL gehört? Rotes Kreuz? Dann verstehen Sie sicher, dass ich eine Auszeit brauche. Und sie hat Interviews in Tel Aviv zu führen.«

»Wo arbeiten Sie als Krankenschwester?«

Der Kofferraum wurde zugeworfen. Vermutlich waren ihre Taschen ausgekippt worden, sodass Handtücher, Unterwäsche, Bücher und Zahnbürsten jetzt wild durcheinander lagen.

Hanna schnaubte resigniert und drückte den Kopf nach hinten an die Kopfstütze.

»Hören Sie«, sagte sie auf Hebräisch. Der Offizier schien unbeeindruckt. »Ich war schon mehrfach hier im Land, wenn ich freihatte. Früher habe ich in einem Kibbuz gelebt ... ich gebe Ihnen gerne den Namen meines Lebensgefährten«, sagte sie. Ein alter Trick, den ihr einer der UNIFIL-Offiziere in Beirut gegeben hatte. Sollte sie jemals Probleme an der israelischen Grenze bekommen, sollte sie nur seinen Namen nennen und sagen, sie seien ein Paar.

»Okay, das gucken wir uns genauer an«, unterbrach er sie und winkte sie aus der Schlange heraus. »Aussteigen, Hände auf das Dach.«

»Verdammtes Arschloch«, sagte Hanna auf Norwegisch.

Stefanella war klug genug, die Klappe zu halten.

»Bleib ruhig, Hanna. Du willst doch deine Auszeit, oder?«, sagte sie, bevor Hanna ausstieg.

»Du bist Journalistin, du solltest darüber schreiben«, sagte Hanna. »Oder dürfen die jetzt auch noch mit der Presse einfach so umspringen?«

Sie stieg aus und legte die Hände auf das glühend heiße Autodach.

Die Soldaten erhielten den Befehl, die beiden Frauen einer Leibesvisitation zu unterziehen.

Der Soldat auf Hannas Seite nutzte die Gelegenheit, ihr zum Ende der Untersuchung brutal in den Schritt zu packen. Sie wand sich aus seinem Griff, als würde sie vergewaltigt.

Der Offizier ging zurück zu seinem Wachhäuschen und kam nach knapp einer Minute zurück. Hanna spürte, dass sie vor Hitze fast ohnmächtig wurde. Für einen Moment spielte sie mit dem Gedanken, einfach über den Hang nach unten zu gehen und zu tun, was Stefanella vorgeschlagen hatte.

»Sie melden sich in dem mittleren Gebäude und warten die weiteren Befehle ab.«

»Verdammt«, fluchte Hanna.

Der diensthabende Offizier im mittleren Gebäude, ein noch ziemlich junger Offizier der Militärpolizei, verhielt sich etwas zivilisierter. Er wies sie an, auf den Stühlen im Schatten draußen vor dem Gebäude Platz zu nehmen, bis sie an der Reihe waren, während eine lange Reihe von Arabern im Stehen darauf wartete, verhört zu werden.

»Wir werden gut behandelt, weil wir Europäer sind«, sagte Hanna. »Das provoziert mich.«

»Halt einfach den Mund, dann wird es schon gut gehen«, sagte Stefanella. »Ich muss arbeiten, du nicht.«

»Wie schade für dich«, sagte Hanna.

»Ich hab gesagt, dass du den Mund halten sollst.« Stefanella zündete sich eine Zigarette an und setzte die Sonnenbrille auf. Hanna schüttelte den Kopf.

»Tut mir leid«, sagte Stefanella. »Alles.« Sie nahm Hannas Hand und drückte sie. Hanna erwiderte den Druck, und so blieben sie Hand in Hand sitzen wie ein altes Ehepaar.

Stefanella gelang das Kunststück, einzuschlafen. Schatten, ein Stuhl und ein leichter Windhauch, mehr brauchte sie nicht.

Hanna musterte die Reihe der gepanzerten Fahrzeuge, vor allem Jeeps und Militärlaster. Soldaten und Offiziere rannten hin und her, irgendwie erinnerte Hanna das alles an einen Ameisenhaufen.

Ein paar Meter von ihnen entfernt saß eine Gruppe von Soldaten an einem Tisch. Sie rauchten und tranken Cola. Ein paar andere spielten mit einem Basketball auf dem Asphalt herum. Sie verstand nicht, wie sie bei dieser Hitze dazu imstande waren.

An der Uniform von einem der Offiziere erkannte sie, dass die Soldaten einer Spezialeinheit angehörten, das Abzeichen mit dem Eichenblatt hatte sie noch nie gesehen.

Aus irgendeinem Grund blieb ihr Blick an einem der ballspielenden Männer hängen. Er war schlaksig und groß und wirkte wenig autoritär. Seine Nase war leicht schief, vielleicht bei einem Faustkampf gebrochen, vielleicht war er auch Boxer. Irgendwie wirkte er jung und unschuldig, dabei war ihr klar, dass diese jungen Männer zu einer Elitetruppe gehören mussten.

Nach einer halben Stunde kam der Offizier der Militärpolizei zu ihnen nach draußen.

Er zeigte auf Hanna und sagte, sie solle mitkommen.

»Ach, die Journalistin mitzunehmen, trauen Sie sich nicht?«, fragte Hanna. Der Offizier gab keine Antwort.

In dem kahlen, engen Raum funktionierte wenigstens die Klimaanlage, während ein extrem bürokratischer Unteroffizier alles daransetzte, ihr das Leben schwer zu machen. Außerdem holte er noch einen anderen Offizier dazu, vermutlich jemanden vom Nachrichtendienst.

Hanna gab an, in mehreren Lagern im Südlibanon zu arbeiten. Über Beirut schwieg sie bewusst.

»Ich hatte noch nie Probleme an der Grenze«, sagte sie. »Sehen Sie, das ist mein Lebensgefährte, wollen Sie mich wirklich daran hindern, nach Israel einzureisen? Rufen Sie ihn an und reden Sie mit ihm.« Sie schrieb den Namen des norwegischen Sanitätsleutnants Oddvar Pedersen auf. Sie hatte ihn seit Monaten nicht gesehen, er hatte ihr aber angeboten, dass sie seinen Namen nennen durfte, und sie nahm ihn beim Wort. Womöglich war er mittlerweile wieder in Norwegen und hatte geheiratet, aber das spielte keine Rolle. Er hatte ihr gesagt, dass die Israelis gerne so täten, als hätten sie die Kontrolle über alles und jeden im Libanon, dass das aber nicht der Wahrheit entspräche.

»Und hier«, sagte sie und schrieb die Namen von Freunden in Israel auf.

Erst nach einer guten halben Stunde durfte sie den Raum verlassen. Bis dahin hatte sie geduldig alle möglichen Fragen beantwortet: Warum sind Sie in den Libanon gegangen? Wer sind Ihre Kontaktpersonen? Warum waren Sie im Kibbuz? Was hat Sie dazu motiviert?

Und so war es weiter und weiter gegangen.

»Wo werden Sie in Tel Aviv wohnen? Wen wollen Sie da treffen?«

Hanna tippte mit dem Finger auf das Blatt Papier.

»Ich gehe davon aus, dass Sie lesen können?«, sagte sie.

»Okay, Sie können gehen, sagte der Bürokrat schließlich. Er schien das Verhör am Ende selbst leid geworden zu sein.

Der Flur war leer, als sie aus dem klaustrophobisch engen Raum trat. Nur ein einzelner Soldat kämpfte mit dem Getränkeautomaten hinter der geöffneten Tür. Hanna hielt den Blick auf das glänzende Meer hinter dem Stacheldraht und der langen Reihe der Autos gerichtet, in die sie sich vielleicht wieder einreihen mussten. Mit festen Schritten ging sie in Richtung Tür. Das Letzte, was sie jetzt gebrauchen konnte, waren noch mehr Querelen.

Gerade als sie den groß gewachsenen Soldaten passieren wollte, drehte er sich zu ihr um. Erst jetzt erkannte sie, dass es der junge Mann war, der ihr vorhin aufgefallen war. Sein dunkelgrünes T-Shirt war durchgeschwitzt. Er roch nach

Schweiß, aber auch nach einem speziellen Aftershave oder Parfüm.

Sie sah beinahe den harten, dünnen Körper unter dem Stoff des T-Shirts.

»Alles in Ordnung?«, fragte er, in der Hand eine Limoflasche. Er hatte ein längliches Gesicht und etwas traurige, mandelförmige Augen.

Seine Züge wirkten trotz der schiefen Nase weich. Er konnte kaum älter als achtzehn oder neunzehn Jahre sein. Wäre er ein Hund, würde ich ihn mit nach Hause nehmen, dachte sie.

»Kümmern Sie sich nicht um die. Die machen nur ihren Job«, sagte er auf Englisch.

Sie nickte.

Er hielt ihrem Blick stand. Seine Augen waren eher grau als braun.

»Sie sollten nicht so viel Limo trinken, das ist nicht gut für Sie«, sagte sie auf Hebräisch.

Sie hörte sein Lachen hinter sich, als sie nach draußen auf die Treppe trat und die nachmittägliche Hitze ihr entgegenschlug.

Stefanella lag auf dem Boden hinter dem Auto, eine Zeitung über dem Gesicht.

»Verdammt, hast du lange gebraucht. Musstest du sie wieder provozieren?«

»Diese Arschlöcher«, zischte Hanna leise. »Ich hoffe, du schreibst darüber, schließlich bist du Journalistin.«

Bevor sie die Tür öffnete und sich in den Wagen setzte, drehte sie sich noch einmal um.

Der junge Soldat stand noch oben auf der Treppe. Er hob die Limoflasche zu einem stillen Gruß.

Lächelnd schüttelte sie den Kopf.

Der Wagen startete zum Glück beim ersten Versuch.

»Wer war das?«, fragte Stefanella.

»Keine Ahnung, irgendein Idiot«, erwiderte Hanna.

3. Dezember 2017
Asker

2

Tommy wusste nicht, wie oft er jetzt schon die immer gleiche Frage beantwortet hatte. Seit Susanne gefahren war, sicher schon zum vierten oder fünften Mal.

»Ist heute der dritte Dezember?«, fragte Else, Susannes Mutter.

»Ja«, erwiderte Tommy.

»Das ist der erste Advent«, sagte sie und nickte mehrmals, als wollte sie sich selbst versichern, dass das stimmte.

Tommy stellte den letzten Teller in die Spülmaschine und begann, für den Nachtisch zu decken. Susannes Mutter starrte in die Flamme der brennenden Kerze am Adventskranz. Sie hatte die Hände gefaltet. Äußerlich hielt sie sich recht gut. Sie war erst einundsiebzig, aber nach dem Tod von Susannes Vater hatte die Demenz Fahrt aufgenommen.

»Wo ist denn Susanne?«, fragte sie.

»Sie musste zur Arbeit«, sagte Tommy und sah auf seine Armbanduhr. Susanne war vor einer Dreiviertelstunde gefahren.

»Ins Büro?«

»Ins Gefängnis. Einer ihrer Mandanten wurde festgenommen.« Er verschwieg ihr, dass Susanne streng genommen nicht hätte fahren müssen. Dass sie es getan hatte, war ihr aber nicht vorzuwerfen, nachdem ihre Mutter gleich nach ihrer Ankunft einige scharfe Kommentare abgelassen hatte. Susanne hatte immer die engere Beziehung zu ihrem Vater gehabt, was die Beziehung zu ihrer Mutter gerade in der Vorweihnachtszeit nicht leichter machte. Da verbrachte sie den Abend lieber im Untersuchungsgefängnis.

»Oh, sie musste ins Gefängnis. Sie soll bloß vorsichtig sein.«

Tommy konnte ihr nur recht geben.

»Sie hätte ihren alten Job nie aufgeben sollen.«

»Hm, da magst du recht haben. Willst du mit dem Nachtisch noch warten?«

»Oh, ja.« Sie nahm Tommys Hand und drückte sie, dann öffnete sie ihren Mund, als wollte sie etwas Wichtiges sagen, blieb aber stumm.

Er musterte sie, während sie so dasaß. Sie hatte sich schick gemacht, weiße Seidenbluse, roter Cardigan und eine schmale, graue Hose. Alles sicher exklusiv und teuer. Auch die Goldkette mit den eingefassten Diamanten, die sie um den Hals trug, war bestimmt mehr wert, als Tommy in einem Monat verdiente.

Aber kein Geld der Welt hilft gegen Einsamkeit, dachte er. Sie hatte sicher genug Freundinnen, aber wo waren die, wenn die Welt um sie herum aus den Fugen geriet?

Nach allem, was Susanne ihm erzählt hatte, war ihre Mutter die reinste Hexe gewesen. Die zunehmende Demenz hatte sie auf seltsame Weise freundlicher werden lassen, sah man einmal von vereinzelten boshaften Ausbrüchen ab. Susanne hatte gesagt, dass sie sich auf den Moment freute, in dem ihre Mutter vollständig in der Demenz verschwand und sich nicht mehr daran erinnerte, dass Susannes Schwester tot war. Dies machte sie seit mehr als drei Jahrzehnten vollkommen unbegründet Susanne zum Vorwurf. Tommy fand, dass die alte Frau im Laufe des Herbstes derart abgebaut hatte, dass sie nicht mehr allein wohnen sollte. Es fehlte nicht mehr viel und sie fragte, wo eigentlich ihr Mann war.

»Gehen wir doch ins Wohnzimmer«, sagte sie.

»Hast du das Kreuzworträtsel in der Aftenposten gelöst?«, fragte Tommy, wohl wissend, dass der Arzt ihr gesagt hatte, sie solle viel lesen und Aufgaben wie Kreuzworträtsel und Sudokus lösen, um ihr Hirn in Schwung zu halten.

Als sie ins Wohnzimmer kamen, lag Mathea ausgestreckt auf dem Sofa und starrte auf ihr Handy.

»Kreuzworträtsel?«, fragte Susannes Mutter, als verstünde sie nicht, was er meinte, doch dann sagte sie: »Nein, diese Woche nicht.«

Sie ließ sich auf dem Sessel nieder und streckte die Hand zu Mathea aus.

»Geht's dir gut, Oma?«, fragte Mathea, ohne den Blick vom Handy zu nehmen.

»Ja, ja, es geht mir gut. Du hast doch bestimmt Lust auf eine Zigarette, Tommy?«

Er konnte ihr nur recht geben.

Sie nickte und nahm die Zeitung aus dem Ständer neben dem Sessel.

Mathea warf ihm einen unmissverständlichen Blick zu. In der Regel rauchten sie gemeinsam, wenn Susanne nicht zu Hause war.

Tommy trat nach draußen auf die Terrasse und zündete sich eine Zigarette an. Es machte ihn immer unglaublich müde, Hausfrau in Susannes Elternhaus zu spielen.

Du brauchst kein Geld, Susanne, dachte Tommy, und sah sich um. Was konnte dieses Haus wert sein? Fünfzehn, zwanzig Millionen Kronen? Ganz zu schweigen von dem, was sie von ihrem Vater geerbt hatte. Er pfiff leise *Can't buy me love* und ließ seinen Blick vom Haus über den Hestsund schweifen. Er wusste, dass die Lichter auf der anderen Seite des schmalen Sunds aus dem Haus des alten Widerstandshelden Max Manus kamen, und irgendwie musste er in diesem Moment an Leif Wilberg denken.

Es war jetzt Wochen her, dass er zuletzt an Leif Wilberg oder Hanna Svarstad gedacht hatte.

Der Fall war im Sand verlaufen, nachdem er bei Viggo Osvold eingebrochen hatte. Als der Herbst kam, schien die Autobombe bereits Jahre zurückzuliegen und niemand mehr an Hanna Svarstad zu denken. Oder an das kleine Mädchen, das er in den Händen gehalten hatte, geschweige denn ihre Mutter.

Tommy war gemeinsam mit Christian Wessel Hanna Svarstads Patientenakte durchgegangen. Sie hatten in tagelanger Kleinarbeit lediglich drei kryptische Verweise auf einen oder eine E. gefunden, letztlich hatten die Unterlagen sie aber nicht klüger gemacht. Osvold war Anfang Herbst vom PST vernommen worden, er hatte sich jedoch geweigert, irgendwelche Auskünfte über Hanna Svarstad zu geben. In diesem Moment war Tommy wirklich froh gewesen, mit den Ermittlungen selbst nichts mehr zu tun zu haben. Die Schweigepflicht sei bindend, solange sie nicht des Mordes angeklagt sei, hatte Osvold gesagt. Mehr hatten sie aus ihm nicht herausbekommen. Er hatte den Einbruch angezeigt, der Fall war aber rasch zu den Akten gelegt worden.

Tommy hatte weiter Therapiestunden bei Viggo Osvold, als wäre nichts geschehen.

Hanna Svarstads Akten hatte er zu Hause in seinem Kamin in der Gabels gate verbrannt und die leeren Ordner zusammen mit anderem Schrott zum Recyclinghof gebracht.

»Vielleicht ist Morpheus ganz einfach tot«, hatte Christian Wessel zu ihm gesagt. »Was können wir sonst noch tun? Hypnos finden wir nicht.«

Ziemlich viel könnten wir tun, hatte Tommy gedacht. Aber jetzt, nach so vielen Monaten? Schließlich hatte er es selbst aufgegeben, und auch die Presse hatte den Fall längst vergessen. Vielleicht würde irgendein abgehalfterter Autor noch einmal ein True-Crime-Buch darüber schreiben.

Na dann viel Glück, dachte Tommy.

Mathea lag noch immer auf dem Sofa, als er zurück ins Haus kam. Susannes Mutter saß mit der Zeitung in den Händen im Sessel. Sie bewegte den Oberkörper leicht vor und zurück und schien sich auf einen Artikel zu konzentrieren.

Tommy nahm im Sessel auf der anderen Seite des Couchtischs Platz.

Die alte Frau hielt die Zeitung aufgeklappt mit beiden Händen fest, als wollte sie ja keinen Teil abgeben.

Tommy blieb sitzen und döste ein paar Minuten vor sich hin.

Die Mutter blätterte weiter.

»Oh, du bist schon da?«, sagte sie.

Tommy warf einen Blick auf die Seite, die sie gerade gelesen hatte.

Osteuropa – quo vadis? prangte als Überschrift über einem Artikel, illustriert von einem Schwarz-Weiß-Foto mit zwei Gesichtern, von denen er eines kannte.

Er beugte sich vor und versuchte, den Anfang des Textes zu lesen.

Milan Reichelt hat im Juni in Bratislava ein Literatur- und Demokratiesymposium abgehalten. Gestern wurde er vom Vorsitzenden der Bjørnson-Gesellschaft im Literaturhaus interviewt und zu Themen wie Literatur, Politik, Philosophie befragt. Ein besonderer Schwerpunkt lag dabei auf den antidemokratischen Entwicklungen in Osteuropa.

Tommy stand auf und versuchte, der alten Frau die Zeitungsseite aus den Händen zu ziehen.

»Darf ich mal?«, fragte er, wartete die Antwort aber nicht ab.

Susannes Mutter schüttelte den Kopf.

»Das ist meine Zeitung, Tommy.«

»Du kriegst sie ja wieder.«

Die Bjørnson-Gesellschaft unterhält Büros in Oslo und Bratislava. Bjørnson genießt in der Slowakei Heldenstatus als Freiheitskämpfer. Aufgrund seiner hohen beruflichen Arbeitsbelastung hat der Vorsitzende der Gesellschaft …, las er und warf Susannes Mutter einen kurzen Blick zu. Sie hatte den Arm ausgestreckt und wartete kopfschüttelnd darauf, dass er ihr die Zeitung zurückgab. … *gestern mitgeteilt, dass er von seinem Amt zurücktreten wird.*

»Tommy, gib Oma die Zeitung wieder«, sagte Mathea.

»Natürlich. Ich dachte, das wäre etwas Wichtiges, etwas, das mit meiner Arbeit zu tun hat«, sagte Tommy. »Ich kümmere mich dann mal um den Nachtisch, okay?«

In der Küche blieb er stehen, die Hand um den Griff des Kühlschranks gelegt.

Er ging zurück ins Wohnzimmer.

»Else, hast du irgendwo einen Atlas?«

Er hätte auch das Handy nehmen können, brauchte aber Ruhe. Musste seine Gedanken sammeln.

»Einen … was?«, fragte sie und ließ die Zeitung sinken.

»Einen Atlas, so ein Kartenbuch, du weißt schon.«

Es dauerte eine Weile, bis sie antwortete.

»Ja, ich weiß verflucht gut, was ein Atlas ist.« Sie zeigte

in Richtung Flur. Guck mal oben bei Arild. Er hatte allerlei komisches Zeug.«

Tommy lief mit schnellen Schritten nach oben. Am Ende des Flures lag das große Eckzimmer, das Susannes Vater als Büro genutzt hatte. Von dort hatte man exakt dieselbe Aussicht wie unten auf der Terrasse.

Zwei große Bücherregale füllten die eine Wand. Tommy nahm auf dem Bürostuhl Platz, auf dem Arild Bech so oft gesessen hatte, und legte die Füße auf den exklusiven Schreibtisch.

Statt nach dem Atlas zu suchen, nahm er sein Handy heraus und tippte *Bratislava* ein.

»Achtzig Kilometer«, sagte er leise vor sich hin. »Mann, war ich ein Idiot.«

Was für eine Ironie, dachte er, bevor er den Hörer abnahm.

Er sah zu Max Manus' Villa auf der anderen Seite des Fjords hinüber und wartete.

Christian Wessel meldete sich persönlich.

»Sie waren gestern nicht zufällig im Literaturhaus?«, fragte Tommy.

»Nein.«

»Wissen Sie, wie weit es von Bratislava nach Wien ist?«

»Tommy, wovon reden Sie, was …« Wessel verstummte.

»Verstehen Sie, auf was ich hinauswill?«

Wessel antwortete nicht.

»Wien«, sagte er schließlich. »Ich dachte, die Sache wäre erledigt.«

Tommy verstand Wessel nicht mehr. Der Mann wurde alt und schien alles vergessen zu wollen, was er im Sommer gesagt hatte.

»Wie lang braucht man von einer Stadt zur anderen?«

»Keine Ahnung. Eine Stunde, vielleicht weniger. Aber vergessen Sie das jetzt. Hanna Svarstad ist tot.«

»Ich fahre morgen nach Wien«, sagte Tommy. »Die Spesen gehen auf Sie.«

21. Mai 1981
Tel Aviv

3

Sie kam spät am Strand an, für die Jahreszeit war es aber noch immer ungewöhnlich warm. Hanna hatte sich in Florentin im Süden der Stadt ein billiges Zimmer genommen, um Geld zu sparen. Wobei sie sich nicht sicher war, ob sie es nicht auch getan hatte, um Avigail zu provozieren, eine alte Freundin aus dem Kibbuz, mit der sie zusammen zu Mittag gegessen hatte. Die reichen aschkenasischen Juden waren in etwa so rassistisch wie das Europa, aus dem ihre Vorfahren geflohen waren. Sie konnten die orientalischen Juden aus den arabischen Ländern nicht ausstehen, dabei machten gerade sie die Drecksarbeit im ganzen Land.

Die Freundin hatte eine Grimasse geschnitten und gesagt: »Traust du dich wirklich, da zu wohnen? Warum wohnst du nicht bei mir? Da unten hausen doch nur Araber.«

»Ich arbeite in West-Beirut«, hatte Hanna gesagt. »Warum sollte ich es da nicht wagen, in Florentin zu wohnen? Da ist es doch nicht gefährlich.«

»Du solltest nicht in Beirut arbeiten«, hatte die Freundin erwidert. »Wirklich nicht.«

Menschen und Freundschaften glitten auseinander, wenn

sie älter wurden. Hanna hatte sich wirklich gefreut, Avigail zu treffen, wusste jetzt aber, dass sie sie nicht noch einmal anrufen würde, wenn sie wieder einmal in Tel Aviv wäre.

»Das Massaker an der Küstenstraße hat mich verändert«, sagte Avigail. »Wir sollten es ihnen mit gleicher Münze heimzahlen. Der Schlange ein für alle Mal den Kopf abhacken.«

Hanna schüttelte nur den Kopf.

»Glaubst du wirklich, dass man so irgendetwas lösen kann? Willst du all die Unterstützung, die ihr bekommt, aufs Spiel setzen?«

Ihre Freundin hatte aber jeglichen Idealismus verloren. Sie hatte nach dem Wehrdienst Wirtschaft studiert und arbeitete bei einer Bank. Auch ihr Lebensgefährte interessierte sich nur für Geld und Status und erwog, wegen all der »neuen Möglichkeiten« nach London oder New York zu ziehen.

Tags zuvor waren sie in einem teuren Nachtclub in der Rotschild Avenue gewesen. Hanna hatte Avigails Rat befolgt und nicht gesagt, was sie arbeitete. Neunzig Prozent der Männer, mit denen sie ins Gespräch gekommen war, waren Soldaten oder Offiziere gewesen, aber trotzdem war es ihr gelungen, den Mund zu halten. Vor gar nicht so langer Zeit habe ich dieses Land wirklich geliebt, hatte sie gedacht und einen Drink nach dem anderen genommen

Als sie jetzt zu den Liegen am Strand ging, spürte sie, wie müde sie nach nur drei Tagen in dieser Stadt war. Eigentlich sollte sie nichts anderes tun, als ihre Tage zu verschlafen, sie musste vergessen, musste Beirut, Nils und all das andere, was sie quälte, hinter sich lassen.

Andererseits hatte sie es zu weit getrieben, dachte sie. In vier Tagen sollte sie zurück in Beirut sein, doch seit sie mit Stefanella zusammen in die Stadt gekommen war, hatte sie nichts anderes getan, als zu trinken. Ein paar Tage am Strand würden ihr guttun. Sie könnte natürlich auch andere Freunde anrufen, es gab bestimmt noch jemanden hier, der sie verstand. Sicher die am linken politischen Rand.

Wenn man spät an den Strand kam, hatte man den Vorteil, dass man die Liegen günstiger bekam.

»Die Sonne geht bald unter«, sagte sie, als der ältere Mann sich näherte, wohl wissend, dass das nicht stimmte.

»Die Sonne geht hier niemals unter«, sagte er.

Sie lachte nur und gab ihm die Hälfte von dem, was er verlangte.

»Stimmt so«, sagte sie, legte sich auf die Liege, schob die Geldbörse unter sich und legte sich den Sonnenhut aufs Gesicht.

»Bei diesen Preisen kann ich nicht überleben«, jammerte der Mann.

»Sie werden schon überleben«, antwortete Hanna und schloss die Augen.

Eine halbe Stunde später schrak sie aus dem Schlaf. Eine junge Familie hatte sich zwei Reihen von ihr entfernt auf den Liegen niedergelassen und veranstaltete einen infernalischen Lärm. Zum Glück verschwand die Mutter mit den drei Kindern in Richtung Strand. Der Vater blieb auf dem Bauch auf der Liege liegen, sicher um sie beobachten zu können.

Aber was spielte das für eine Rolle?, dachte Hanna, drehte sich um und schloss wieder die Augen. Wenn sie den Rest ihres Lebens doch einfach so daliegen könnte! Im Sommer wollte Nils zu ihr ins Krankenhaus kommen, und sie wusste nicht, ob ihr das überhaupt recht war. Sie war sich alles andere als sicher, dass sie noch an dieselben Dinge glaubte wie er. Und Zweifler waren Nils verhasst, für ihn waren sie im Grunde nichts anderes als Konterrevolutionäre.

Sie öffnete ein Auge und wurde auf eine Gruppe junger Männer aufmerksam, die auf der breiten, freien Fläche zwischen den Liegen *Matkot* spielte.

Die Musik irgendeiner englischen New-Wave-Band sickerte aus den Lautsprechern des tragbaren Rekorders, den sie mitgebracht hatten. Gleich darauf wurde sie sich all der Laute bewusst, die sie umgaben: Gerede, Weinen, Lachen, Streiten, Kichern, Musik und Verkehrslärm.

Die Stille zu Hause – manchmal fehlte sie ihr einfach unbeschreiblich. Besonders wenn der erste Schnee fiel und alle Geräusche aus der Welt verschwanden.

Sie stand von der Liege auf und hatte für einen Moment das Gefühl, ihre Beine würden sie nicht tragen. Es war einer dieser Tage, an denen sie sich schwor, nie mehr zu trinken. Sie fragte den Familienvater, der sie angestarrt hatte, ob er für einen Moment auf ihre Sachen aufpassen könne, wozu er bereitwillig Ja sagte. Dann taumelte sie halb benommen in Richtung Wasser.

Sie ließ sich rücklings in das für die Jahreszeit warme Wasser fallen und blieb so lange sie konnte unter Wasser. Erst als sie dringend Luft brauchte, tauchte sie wieder auf.

Diese Stadt, dachte sie und musterte die weißen Bauhaus-Fassaden, die Strandpromenade, die Palmen und den gleichmäßigen Strom der Autos. Dann fasste sie den Entschluss, sich einfach im Wasser treiben zu lassen. Hier draußen waren die nervigen Geräusche des Strandes nur gedämpft zu hören.

Im selben Moment sah sie ihn.

Er gehörte zu der Gruppe, die *Matkot* spielte, überragte seine Mitspieler jedoch ein wenig. Jetzt sprang er, um einen Ball zu erreichen, und landete flach im Sand, wobei ihm die Pilotenbrille vom Kopf rutschte. Er nahm sie auf, blies den

Sand von den Gläsern und klopfte sie vorsichtig gegen seine Shorts.

Hanna wollte nicht erkannt werden und schwamm etwas weiter hinaus. Ihre Haare hatte sie vor einiger Zeit dunkelbraun gefärbt, um nicht aufzufallen. Hätte er sie mit blonden Haaren kennengelernt, hätte er sie sicher wiedererkannt.

Einige Minuten später stürmten die sechs Männer wie kleine Jungs ins Wasser. Die zwei Mädchen, die sie begleiteten, folgten ihnen langsam, wobei sie sich unterhielten und dabei wild gestikulierten.

Hanna schwamm ein ganzes Stück in Richtung Norden, obwohl das Wasser ziemlich kalt war. Sie wollte so weit entfernt wie nur möglich an Land gehen.

Auf dem Strand kam ihr dann ein älteres Ehepaar entgegen. Auch wenn sie es nicht wollte, blieb ihr Blick an den Ziffern hängen, die auf ihre Unterarme tätowiert waren. Auch deshalb hatte sie 1973 in den Kibbuz gewollt, ihr Vater hatte sie nicht drängen müssen. Aber nach allem, was sie in der Zwischenzeit gesehen hatte, wusste sie einfach nicht mehr, wie sie damals gedacht hatte.

Zum Glück war die Frau mit den Kindern wieder zurück, als Hanna wieder bei ihrer Liege ankam. Als sie sich bei dem Mann bedankte, der auf ihre Sachen aufgepasst hatte, starrte dessen Frau sie eifersüchtig an.

Hanna nahm ihre Sachen und ging zu einer Liege in der hintersten Reihe.

Es dauerte fünf, vielleicht zehn Minuten, bis das vermutlich Unvermeidbare geschah.

»Hallo«, hörte sie schräg über sich.

Sie richtete sich auf.

Der groß gewachsene Mann, eigentlich noch ein Junge, stand vor ihr. Er schob die Sonnenbrille in die Haare.

Seine Freunde lagen einige zig Meter entfernt. Alle sahen zu ihr herüber. Sie hob die Hand, um die Sonne abzuschirmen.

Sein Lächeln verriet ihr, dass er nervöser war, als es den Anschein hatte.

»Erinnerst du dich an mich?«, fragte er. »Von der Grenze?«

Hanna lachte leise.

»Ja, tue ich.«

Einer der Freunde hinter ihm pfiff.

Er drehte sich um.

»Kümmere dich nicht um sie, das sind nicht gerade die cleversten.«

»Aber du bist clever?«

Er schnitt eine Grimasse.

»Vielleicht.«

Sie lachte, dieses Mal etwas lauter.

Er fing lächelnd ihren Blick ein.

»Bist du mir gefolgt?«, fragte sie.

Er schüttelte den Kopf.

»Nein, das war reiner Zufall. Ich folge niemandem.«

Ich hasse Zufälle, dachte sie.

»Bist du allein hier?«

Sie murmelte, dass sie mit einer Freundin essen gegangen war. Eine schlechte Antwort.

»Komm doch zu uns rüber. Also, nur wenn du willst.«

Sie schüttelte den Kopf.

»Nein danke, aber nett, dass du gefragt hast.«

Er nickte.

Sie versuchte, ihn nicht zu lange anzusehen.

»War aber schön, dich wiederzusehen«, sagte sie, bevor sie es bereute.

»Dann noch einen schönen Tag«, sagte er, stand auf und ging zurück zu seinen Freunden.

Hanna nahm ein Buch aus ihrer Tasche. Ein idiotischer Thriller, den sie sich schon vor ein paar Monaten gekauft, aber noch nicht gelesen hatte.

Auch jetzt konnte sie sich nicht aufs Lesen konzentrieren.

Warum zum Henker hatte er sie nicht in Ruhe lassen können?

Sie legte sich den Sonnenhut aufs Gesicht und schlief bald darauf ein. Die Geräusche des Kinderlachens und der Autos, der Musik des Soldaten und seiner Freunde versiegten.

Als sie wieder wach wurde, war ihr kalt. Sie lag im Schatten des Sonnenschirms, und irgendwie fühlte sie sich, als bekäme sie eine Grippe. Die Familie hatte den Strand verlassen und war durch ältere Badegäste ersetzt worden. Einige von ihnen wateten voll angezogen durch das flache Wasser.

Sie drehte sich um und sah den großen israelischen Soldaten seine Sachen zusammenpacken. Er hatte sich ein weißes Hemd angezogen und streifte eine kakifarbene Shorts über. Auf dem Kopf trug er eine blaue Baseballkappe.

Seine Freunde waren bereits aufgebrochen, sie sah sie weit hinten auf der Treppe der Strandpromenade, die Musik aus dem Rekorder war nicht mehr zu hören. Einer von ihnen drehte sich um und rief seinen Namen.

Der Mann warf sich das Handtuch über die Schulter und klappte den Strandstuhl zusammen. Dann ging er langsam hinter ihnen her. Nach ein paar Schritten blieb er stehen, überlegte es sich offenbar anders und drehte sich zu ihr um.

Ein Gefühl von Panik überkam sie. Warum musste das Leben immer so kompliziert sein? Geh zu deinen Freunden, dachte sie. Geh verdammt noch mal zu deinen Freunden. Geh nach Hause zu Mama.

Noch einmal hockte er sich neben ihr hin, als wollte er unterstreichen, dass er nicht gefährlich war.

»Dieser Zufall, da muss doch irgendeine Absicht dahinterstecken«, sagte er.

Hanna dachte, dass er ganz schön mutig war, immerhin musste er mindestens fünf oder sechs Jahre jünger sein als sie.

»Vielleicht ist das deine letzte Chance. Ich kann dir die Stadt zeigen. Wir können mit der Strandbar anfangen. Ich habe Hunger und du doch bestimmt auch, oder isst man da, wo du herkommst, nichts? Ich verspreche auch, dass ich nicht zu viel Limo trinke.« Er deutete mit dem Kopf in Richtung Promenade und lächelte auf eine Weise, von der sie sich wünschte, er hätte es nicht getan.

»Nett, dass du fragst, aber ich kenne mich hier aus. Und ich habe schon gegessen.«

Pack deinen traurigen Blick und dein Lächeln ein und verschwinde, dachte sie.

»Okay, verstehe.« Er nickte ein paarmal. »Dann noch einen schönen Abend«, sagte er. »War auf jeden Fall nett, dich noch einmal gesehen zu haben. Wer weiß, vielleicht laufen wir uns ja mal wieder über den Weg.«

Er stand auf und ging.

Sie drehte sich auf den Bauch und griff noch einmal zu dem idiotischen Buch.

Sie legte es rasch wieder in den Sand, drehte den Kopf nach rechts und starrte auf den Punkt, wo er und seine Freunde gelegen hatten.

Als sie die Augen schloss, versuchte sie an etwas anderes zu denken als an seine schwarzen, geraden Brauen, die merkwürdigen Augen und die etwas spezielle, gebrochene Nase.

Zitrus, dachte sie. Er roch genau wie an der Grenzstation. Bestimmt irgendein billiges Zeug, das ihm eine Freundin zum achtzehnten Geburtstag gekauft hatte, trotzdem bekam sie den schwachen Duft nicht aus der Nase.

Irgendwo in ihrem Kopf spürte sie ein Zittern. Sie wusste nicht, ob sie das wirklich noch auf den Alkohol vom Vortag schieben konnte.

Sie hob den Kopf.

Er war zehn, vielleicht fünfzehn Meter von ihr entfernt stehen geblieben und schüttelte sein Handtuch aus.

Sie öffnete den Mund, zögerte.

»Warte«, sagte sie schließlich.

Er hörte sie nicht, dafür waren die Autos oben auf der Strandpromenade zu laut.

Verdammt, dachte sie. Verdammter Mist.

Sie stand auf und lief mit raschen Schritten durch den warmen Sand.

4. Dezember 2017
Wien

4

Die Wohnung der norwegischen Botschafterin lag im vornehmen 19. Bezirk der österreichischen Hauptstadt. Tommy hatte Annema Edvardsen tags zuvor angerufen und gesagt, dass er nach Wien kommen würde, ob sie nun bereit sei, mit ihm zu sprechen, oder nicht. Er habe nur ein paar wenige Fragen, wolle ihr diese aber von Angesicht zu Angesicht stellen.

»Ich habe alles gesagt, was es zu sagen gibt«, hatte sie geantwortet und aufgelegt.

Als Tommy tags darauf in der Botschaft in der Reisnerstraße aufschlug und verlangte, in einer äußerst dringenden Sache mit der Botschafterin zu sprechen, schien sie wirklich Panik zu bekommen. Tommy hatte dem Wachmann seinen Ausweis gezeigt und gesagt, es ginge um einen Polizeifall zu Hause in Norwegen, bei dem die Botschafterin eine zentrale Zeugenrolle einnähme.

Der Wachmann hatte Tommys Blick standgehalten und zum Telefon gegriffen.

Einer der Lakaien der Botschaft, ein junger Mann mit Pomade in den Haaren, war nach unten gekommen und hatte sich erkundigt, um was genau es ging. Nach einer halben Stunde hatte Tommy dann endlich Annema Edvardsen am Telefon gehabt.

»Ich habe nur ein paar wenige Fragen über die Bjørnson-Gesellschaft«, sagte er. »Vielleicht klingeln bei Ihnen da ja ein paar Glocken.«

»Sie dürfen mir keine Szene machen«, sagte sie. »Das müssen Sie mir versprechen. Kommen Sie heute Abend um zehn in die Residenz.«

Tommy bezahlte den Taxifahrer und drückte am Tor auf die Klingel. Das Gebäude wirkte für ein kleines Land wie Norwegen viel zu herrschaftlich. Eine große weiße Jugendstilvilla, ergänzt durch einen Anbau aus Glas und Beton. Der parkähnliche Garten war weihnachtlich geschmückt, und auch in den Fenstern des Gebäudes hingen Weihnachtssterne.

Aus der Sprechanlage tönte Annema Edvardsens Stimme. Ihrem Tonfall war deutlich zu entnehmen, dass sie sich nicht auf das Treffen freute.

Sie kam in der Tür zur riesigen Halle zum Vorschein und führte ihn in einen angrenzenden Salon.

Im Kamin in der Ecke des Raumes brannte ein Feuer. Tommy wurde zu der Sitzgruppe am Fenster geführt und nahm Platz. Annema Edvardsen blieb stehen. Sie war von Kopf bis Fuß schwarz gekleidet, als trauerte sie.

»Was fällt Ihnen ein, hierherzukommen«, sagte sie und starrte hinaus in den Garten. »Was sollen meine Angestellten von mir denken?«

»Es ist wohl etwas wichtiger, was meine Auftraggeber von Ihnen denken.«

»Versprechen Sie mir einfach, nie wieder herzukommen.«

»Wenn Sie mir die Antworten geben, die ich haben muss«, erwiderte Tommy.

»Das kann ich Ihnen nicht versprechen.«

»Ich will ehrlich zu Ihnen sein«, sagte Tommy. »Meine Auftraggeber sind auf der Jagd nach einer Person, die als Landesverräter eingeschätzt wird, wenn Sie verstehen, was ich meine. Bislang habe ich gedacht, dass es sich bei dieser Person um Hanna Svarstad handelte.«

Annema Edvardsen antwortete nicht.

»Vielleicht hat diese Person auch einen Helfer oder eine Helferin, das weiß ich nicht. Einige sind überzeugt davon, andere nicht. Wollen Sie, dass ich von hier aufbreche und allen erzähle, dass ich Sie für diese Helferin halte? Meine Worte haben Gewicht …«

Tommy öffnete seine Schultertasche und nahm die Aftenposten heraus. Er schlug die Seite mit dem Artikel vom Literaturhaus auf.

»Kommt Ihnen das bekannt vor?«

Annema Edvardsen wandte sich ihm nicht zu. Sie blieb wie versteinert stehen und starrte in den weihnachtlich erleuchteten Garten. Leichter Schnee fiel. Annema Edvardsen berührte die Scheibe mit der Hand, als wollte sie eine der Schneeflocken einfangen.

»Wie oft trifft sich die Bjørnson-Gesellschaft in Bratislava?«, fragte Tommy, obwohl er genau wusste, dass sie sich zweimal im Jahr trafen, einmal im Sommer und das andere Mal kurz vor Weihnachten.

»Sie reden von Gerüchten«, sagte Annema Edvardsen. »Ich weiß darüber Bescheid. Ein oder zwei von uns wurden in Al-Shubra rekrutiert. Morpheus und ein möglicher Mithelfer. Das können eigentlich nur Hanna … oder Nils sein, nicht wahr?«

Sie nahm ihm gegenüber in dem tiefen Sessel Platz.

»Ich bin nicht die Person, nach der Sie suchen«, sagte sie und wich seinem Blick aus.

»Sind Sie sich sicher? Warum wollten Sie unbedingt nach Wien? Die Person, nach der ich suche, trifft ihre Kontaktpersonen hier in Wien.«

»Eigentlich wollte ich diesen Job gar nicht«, sagte sie. »Ich habe ihn angenommen, weil ich darum gebeten wurde.«

»Damit Sie wie Morpheus aussehen? Oder wie Hypnos?«

Annema Edvardsen winkte ab.

»Ich hatte gehofft, Sie würden im Sommer aufgeben, Bergmann. Wollen Sie den Rest Ihres Lebens darauf verwenden, nach Beweisen zu suchen, um mich zu Fall zu bringen?«

»Sie treffen Ihre Entscheidungen, ich die meinen«, sagte Tommy. »Wenn Sie mir die Wahrheit sagen, werde ich für Sie tun, was ich kann. Wenn nicht, müssen Sie mit den Entscheidungen, die Sie getroffen haben, leben. Ich kann Ihnen nicht helfen. Sie decken jemand anderen, ist es das? Die Frage ist nur, ob dieser Jemand auch bereit ist, Sie zu decken. Entweder Sie helfen mir, oder Sie werden mit in die Tiefe gezogen.«

Er blieb sitzen und musterte Annema Edvardsen, die jetzt das Gesicht in den Händen verbarg.

»Damals in der Botschaft«, sagte Annema Edvardsen, »war ich für all den Mist von Leif zuständig.«

»In Beirut?«, fragte Tommy.

»In Beirut«, wiederholte sie.

»Alle Quittungen, Empfänge, Telefonrechnungen, Überstunden, die lokalen Angestellten und die Pass- und Konsulatssachen. Den ganzen blöden Kleinkram musste ich erledigen. Als ich dorthin kam, glaubte ich wirklich daran, auswärtige Politik machen zu können, irgendwie an der Lösung der Probleme des Nahen Ostens mithelfen zu können, doch stattdessen habe ich Reisespesen bearbeitet. Ich war jung und naiv, aber so fangen wir alle mal an, oder?«

Sie machte eine lange Pause, dann stand sie auf und trat ans Fenster.

Tommy spürte, wie froh er war, nicht an Edvardsens Stelle zu sein, allein in diesem riesigen Haus, mit einem solchen Geheimnis.

»Damals als Hanna in Süd-Beirut gefangen gehalten wurde, wollte ich Leifs Telefonrechnungen für August abzeichnen. Sie war da vielleicht eine Woche oder etwas länger in Gefangenschaft. Wir alle standen noch unter Schock. Leif war total außer sich. Ich war damals ziemlich penibel, das bin ich noch immer. Unser Budget war gekürzt worden und ich wusste, dass Leif hohe Kosten über die Botschaft abrechnete. Seine Telefonrechnungen waren gigantisch, jedenfalls zu den Zeiten, als das Telefon überhaupt funktionierte. Ich bin einmal im Monat sein komplettes Privatleben durchgegangen, mit den Telefonrechnungen war ich extra genau, damit er keine Probleme mit der Verwaltung des Auswärtigen Amtes bekam oder wir das Jahresbudget schon im Oktober aufgebraucht haben würden. In jenem Monat sah das meiste ziemlich normal aus, mit Ausnahme einiger weniger Gespräche mit Washington und Oslo während der israelischen Belagerung. Aber ein Gespräch ist mir dann doch aufgefallen. In einer Nacht Ende August, das war direkt nach dem Massaker in Al-Shubra, hat Leif aus der Residenz telefoniert.«

Sie drehte sich um und ging ein paar Schritte auf Tommy zu. Draußen vor dem Fenster waren jetzt dicke Flocken zu erkennen. Sie blieb stehen und fuhr sich mit der Hand durch die Haare.

»Wo hat er angerufen?«

»In Israel«, sagte sie leise.

»Und das hat Sie überrascht?«

»Mitten in der Nacht? Aus der Residenz? Natürlich hat mich das überrascht.«

»Haben Sie das ihm gegenüber angesprochen?«

Sie schüttelte den Kopf.

»Wo in Israel hat er angerufen?«

»In Tel Aviv«, sagte sie. »Oder genauer gesagt in Herzlia, das ist etwas außerhalb von Tel Aviv.«

»Sie haben Leif nichts gesagt, aber mit anderen darüber gesprochen?«, fragte Tommy.

Annema Edvardsen setzte sich wieder in den Sessel und schloss die Augen.

Es dauerte so lang, bis sie wieder den Mund öffnete, dass Tommy das Wort ergriff.

»Sie müssen das jetzt nicht mehr für sich behalten«, sagte er.

»Leif war ein Freund Israels, aber – dieses Telefonat mitten in der Nacht …«, sagte sie leise.

»Wem haben Sie davon erzählt?«

Sie beugte sich zu dem Tisch vor, auf dem die Zeitung lag.

Vorsichtig, als wäre es gefährlich, das Bild zu berühren, tippte sie mit dem Finger auf das Gesicht.

»Dem da habe ich es erzählt.«

»Und hat er herausgefunden, wem dieser Anruf galt?«

Annema Edvardsen antwortete nicht. Sie fingerte an der grauen Decke herum, die über der Armlehne des Sessels hing.

»Er hat es also herausgefunden?«, hakte Tommy nach.

Sie nickte.

»Shlomo Liva«, sagte sie.

Es vergingen ein paar Sekunden, bis Tommy verstand, was sie gesagt hatte. Und noch ein paar Sekunden, bis er sich wieder gesammelt hatte.

»Fällt Ihnen irgendein Grund ein, warum Leif Wilberg mitten in der Nacht einen israelischen Agenten anrufen sollte? Sie kennen die Spekulationen, dass sowohl Leif als auch Hanna von den Israelis ermordet wurde?«

Jetzt sah Annema Edvardsen wirklich überrascht aus.

»Wer sagt, dass es Leif war, der angerufen hat?«

Tommy schüttelte verwirrt den Kopf. Für einen Moment hatte er das Gefühl, betrunken zu sein. Als würde der Raum sich langsam drehen.

»Haben Sie denn gar nichts verstanden?«, fragte Annema Edvardsen.

22. Mai 1981
Tel Aviv

5

Sie wurde früh am Morgen von einem Lastwagen geweckt, der mit laufendem Motor unten auf der Straße stand. Wieder eine Lieferung für die kleine Textilfabrik, dachte sie. Draußen war es noch dunkel, kein Licht sickerte durch die Fensterläden, dafür der Gestank der Müllsäcke unten auf der Straße.

Hanna zog die dünne Decke über sich und schmiegte sich dicht an ihn. Sie legte ein Bein über seinen Bauch und presste ihn an sich, als wollte sie ihn nie wieder loslassen.

Er murmelte etwas Unverständliches und schlief weiter.

Er schläft wie ein Kind, dachte sie, als hätte er noch keine Sorgen. Doch wenn er wach war, wirkte er melancholisch, fast schon traurig, als vereinte er zwei vollkommen gegensätzliche Menschen in sich.

Sie blieb noch eine halbe Stunde liegen und streichelte vorsichtig über seine Augenbrauen und seine Nase. Er bewegte leicht den Kopf, dachte sicher, dass eine Fliege ihn triezte.

Als das erste Licht durch die Läden fiel, stand sie auf, trat nackt ans Fenster und öffnete sie.

Für einen Moment dachte sie: In was habe ich mich jetzt wieder verstrickt, doch der Gedanke verschwand so schnell, wie er gekommen war.

Sie lehnte den Kopf an den Fensterrahmen und sah weit hinten in Jaffa das Minarett der Hassan-Bek-Moschee.

Florentin war billig, aber für diese Aussicht hatte sie viel bezahlt. Hinter dem hohen Minarett sah man sogar das Meer.

Sie rauchte ein paar Zigaretten und kochte Kaffee. Gegen zehn Uhr weckte sie ihn endlich.

»Wann fährst du zurück?«, fragte er.

»In drei Tagen.«

»Und danach? Wann hast du wieder frei?«

»Übertreib es nicht«, sagte Hanna. »Wir haben uns gerade erst kennengelernt.«

»Wir zwei sind füreinander bestimmt. Das spüre ich.« Er lachte leise, und es gefiel ihr, was sie hörte. Er war eine leichte Seele mit traurigem Gesicht, genau so sollte ein Mann sein, oder etwa nicht?

Sie antwortete nicht, schloss die Augen und ließ es zu, dass er ihre Haut liebkoste. Dann nahm er ihr die Zigarette aus dem Mund und rauchte ein paar Züge.

»Es ist schwierig zu konvertieren«, sagte er. »Und meine Eltern sind aus dem Jemen, das sagt schon alles. Es wird ihnen nicht gefallen, aber das ist mir egal, verstehst du?«

»Entspann dich, ich werde sowieso nicht konvertieren.«

Er lachte noch einmal und legte seine Hände auf ihre Hüften.

»Und wann fährst du zurück nach Norwegen?«, fragte er.

Nie, dachte sie. Was machte sie hier nur? Ein armer Mizrachi-Jude aus Neve Tzedek. Er hatte ihr erzählt, dass er der erste orientalische Jude in seiner Truppe sei. Einer Scheiß-Elitetruppe, von der sie nichts wissen wollte.

»Fangen wir mit einfachen Fragen an«, sagte sie. »Gehst du heute mit mir an den Strand?« Kaum hatte sie dies ausgesprochen, stockte sie. Da konnte sie ihm ja auch gleich sagen, dass sie nicht wollte, dass er sie jemals wieder verließ.

»Wenn du heute kommst und uns anfeuerst«, sagte er.

Sie schüttelte den Kopf. Er spielte in einer Basketballmannschaft in irgendeiner Amateurliga.

Er schnitt eine Grimasse.

»Okay«, sagte sie. »Ich guck dir zu.«

Nachdem sie noch einmal miteinander geschlafen hatten, verließen sie die Wohnung und gingen bei Samuel frühstücken – oder besser gesagt zu Mittag essen. Der alte Balkan-Jude betrieb das Café auf der anderen Straßenseite.

Es war einfach zu warm, um draußen zu sitzen, weshalb sie sich einen Tisch möglichst weit drinnen suchten.

Zohar Argovs charakteristische Stimme drang durch die Lautsprecher unter der Decke. *Ma Lach Yalda?*

»Und du, was ist mit dir?«, fragte Eli. »Wovon träumst du?«

Hanna zuckte mit den Schultern. »Wie meinst du das?«

»Meine Mutter liebt Zohar Argov«, sagte Eli. »Seine Familie kommt aus dem Jemen, und er ist in Rischon LeZion aufgewachsen, ich werde dir das mal zeigen. Das ist nicht weit entfernt. Er ist wie ich, der erste Mizrachi, der Erfolg hat. Ich kann dir das Haus zeigen, in dem er seine Kindheit verbracht hat.«

»Ich war schon mal da«, sagte Hanna.

Menachem Begins Gesicht erschien auf dem Fernsehbildschirm über der Bar. Der Ton war abgedreht, und Begins stummer Auftritt zu Zohars Musik wirkte einfach nur absurd. Es musste eine Art Porträtinterview sein, das wiederholt wurde. Ein altes Schwarz-Weiß-Bild eines jungen Begin mit seiner Frau wurde gezeigt, sicher aus der Zeit, als sie während des Zweiten Weltkriegs aus Warschau fliehen mussten.

»Das da ist mein Mann«, sagte Samuel und räumte ihren Tisch ab. »Oder ist er jetzt zu weich geworden? Was meint ihr?«

Hanna zuckte mit den Schultern.

»Ich will einfach nur Frieden«, sagte sie.

»Frieden«, wiederholte Samuel. »Wir alle wollen Frieden.

Aber wenn es um Terroristen geht, ist Angriff die beste Verteidigung. Ich bin nicht hierhergekommen, damit sie mich hier töten.«

»Ich hoffe, der da ist nett zu dir«, sagte er und schlug Eli auf die Schulter. »Sie ist ein gutes Mädchen, verstehst du?«

Hanna schüttelte lachend den Kopf. Sollte sie ihm sagen, dass sie einige Jahre älter war als dieser Junge hier?«

Samuel begann ein Gespräch mit Eli, das sie lieber nicht hören wollte. Er wollte wissen, wo Eli stationiert war.

»Auf den Golanhöhen«, sagte Eli.

»Geht weiter nach Libanon rein«, sagte Samuel. »Ihr seid doch schon im Land, oder?«

»Ich kann nicht so viel sagen«, erwiderte Eli und drückte Hannas Hand.

Sie wollte einfach nur eine Flasche Wein kaufen und an den Strand gehen.

»Nun, wenn ihr eines Tages Kinder bekommt, sind diese Schweine hoffentlich für immer verschwunden«, sagte Samuel. »Sorge dafür.«

Er setzte seine Runde durch das nur halb volle Lokal fort.

Eli schüttelte den Kopf. »Der Kerl ist verrückt«, sagte er. »Hör nicht auf ihn. Ich bin nicht so, das weißt du.«

Das weiß ich nicht, weil ich dich kaum kenne, dachte sie, glaubte ihm aber trotzdem.

»Ich arbeite für die Feinde«, sagte sie leise. »Hast du das vergessen?«

»Du arbeitest nicht für die Feinde«, sagte er. »Kinder sind keine Feinde, oder? Ich will nur, dass sie uns in Frieden lassen, mehr will ich doch gar nicht.«

Den letzten Tag, bevor sie zurück in den Libanon musste, verbrachten sie tatsächlich in Rischon LeZion, ein paar Kilometer südlich der Stadt. Eli hatte ihr das Haus gezeigt, in dem Zohar Argov zur Welt gekommen war, und dann waren sie auf der Strandpromenade ganz zufällig einem seiner Offiziere von der Golani-Brigade begegnet. Einem Mann mit drei Fingern an der rechten Hand. Eli hatte ihr gesagt, dass er sicher bei einem Treffen im Lager Tzrifin am Rand der Stadt gewesen sei.

»Ich hoffe, wir sehen uns wieder«, hatte der Offizier zu ihr gesagt. Allein seine Anwesenheit hatte sie nervös gemacht, als könnte er direkt durch sie hindurchschauen und wüsste bereits, dass sie in West-Beirut arbeitete.

»Stimmt was nicht?«, fragte Eli, als sie ein Restaurant gefunden hatten.

»Autoritäten machen mich einfach nervös«, antwortete sie.

Sie blieben bis nach Sonnenuntergang am Strand von Rischon LeZion.

Eli hatte nur noch einen Tag frei, am nächsten Abend musste er zurück zu seiner Einheit. Sie hatte seine Nummer und seine Adresse bekommen. Er konnte ihr nicht sagen, wo ihr nächster Einsatzort sein würde. Sie rechnete damit, dass er wieder in den Libanon musste, wollte den Gedanken aber nicht zu Ende denken. Im Moment war ihr nur wichtig, dass sie es schaffte, sich dann wieder einige Tage freizunehmen, wenn auch er freihatte. Vermutlich ein langes Wochenende in sechs Wochen, es sei denn, der Krieg brach nun richtig aus.

Irgendwann in der Nacht nahmen sie ein Taxi zurück nach Florentin.

Im Auto, einem alten Citroën, war es glühend heiß. Das Gebläse schien schon lange nicht mehr zu funktionieren. Sie saß zur Seite gedreht und betrachtete sein Profil. Das dunkle Mittelmeer zog auf der linken Seite des Wagens vorbei. Palmen, Strandrestaurants und vereinzelte Gruppen von Menschen.

Sie spürte, wie sich an ihrem Haaransatz ein Schweißtropfen löste und zwischen ihren Augen hindurch über ihre Nase lief. Als der Tropfen von ihrer Nasenspitze fallen wollte, drehte er sich zu ihr um.

»Weinst du?«, fragte er.

»Nein. Ich kann mich nicht daran erinnern, wann ich zuletzt geweint habe.«

Er fing den Schweißtropfen mit seinem Zeigefinger auf.

»Stell dir vor, das ist eine Träne«, sagte er.

Sie sahen sich in dem spärlichen Licht des Armaturenbretts an, und sie nahm seine Hand und drückte sie, sodass der Tropfen verschwand. Hielt seine Hand lange fest.

Irgendwann wandte sie ihr Gesicht ab und schluckte, erst einmal, dann ein weiteres Mal. Er sollte nicht sehen, dass sie wirklich den Tränen nahe war.

5. Dezember 2017
Oslo

6

Über die Weihnachtsdekoration des Großbürgertums ließ sich wirklich nicht Negatives sagen. Die blätterlosen Fliederbüsche waren mit unzähligen Lämpchen geschmückt und in den großen Fenstern der herrschaftlichen Häuser hingen geschmackvolle Weihnachtssterne.

Tommy hatte gegen jede Erwartung direkt vor dem Haus in der Oscars gate einen freien Parkplatz gefunden. Allerdings war er schon um vierzehn Uhr dreißig eingetroffen, also bevor alle von der Arbeit zurückkamen. Er war im Auto sitzen geblieben und hatte das Haus beobachtet – beobachtet und gewartet, wie schon so oft in seinem Leben. Warme Unterwäsche und seine gut trainierte Blase halfen ihm dabei.

Er nahm das kleine private Handy.

»Er muss jetzt gleich kommen«, sagte der Mann am anderen Ende, es war Christian Wessel. Er war so deprimiert, dass er nicht hatte mitkommen wollen. Es sei, wie einem seiner Kinder das Leben zu nehmen, hatte er am Vormittag gesagt. Eine direkte Konfrontation kam da nicht infrage.

»Ich rufe Sie an, wenn er kommt«, sagte Tommy. Außerdem war es Wessels Vorschlag, zu warten, bis er nach Hause kommt, dachte er. Der Mann sollte weder auf der Straße noch in seinem Büro festgenommen werden. Vermutlich hätte Wessel ihn gar nicht festnehmen lassen.

Es verging eine halbe Stunde. Auf der Riddervolds gate, einer nahe gelegenen Querstraße, fuhren die Straßenbahnen vorbei. Aber niemand, der aus der Bahn ausgestiegen war, glich seiner Zielperson.

Tommy rechnete damit, dass er den direkten Weg vom Büro nehmen und durch den Schlosspark kommen würde.

Dichter Schnee hatte sich auf die Windschutzscheibe gelegt, obwohl er noch vor einer halben Minute Gebrauch vom Scheibenwischer gemacht hatte.

Tommys Diensthandy leuchtete auf, eine lautlose Nachricht vom Fahndungsteam, das seit gestern Nacht in einem Ford Mondeo an der Ecke zur Riddervolds gate stand.

»Da«, sagte Tommy und zeigte nach vorn, als könnte

Wessel die Person sehen, die sich durch das Schneetreiben näherte. »Er kommt.«

Christian Wessel atmete schwer, als hoffte er innerlich, dass nichts von alledem stimmte.

Eine leicht nach vorn gebeugte Gestalt ging unter dem gelblichen Licht der Straßenlaterne hindurch und überquerte die Straße. In einer Hand hielt er eine dünne Aktentasche, in der anderen eine große Papiertüte, vermutlich gefüllt mit Weihnachtsgeschenken. Tommy dachte den in dieser Situation absurden Gedanken, dass er noch nichts für Susanne hatte.

Der Mann blieb vor dem Gartentor stehen, als witterte er irgendetwas. Er drehte sich um und musterte die Reihe der geparkten Autos.

»Er merkt, dass etwas nicht stimmt«, sagte Tommy leise ins Handy.

»Jetzt ist es zu spät für ihn«, sagte Christian Wessel. »Viel zu spät.«

»Ich warte, bis er drinnen ist«, sagte Tommy.

Der Mann schüttelte sich wie ein Hund. Schnee fiel von seinem Mantel, dann klemmte er sich die Aktentasche unter den Arm.

»Glauben Sie, dass er überhaupt an Flucht denkt?«, fragte Wessel.

»Vielleicht, seit er das von Annema gehört hat«, mutmaßte Tommy.

Der Mann öffnete das Gartentor und ging auf das Haus zu.

Flucht wäre ohnehin aussichtslos, dachte Tommy. Schon am vergangenen Abend hatte Wessel das Observationsteam in die Oscars gate und zu dem Büro des Mannes geschickt. Dazu kamen die regulären Zivilfahnder, die vor der russischen Botschaft postiert waren, und ein weiteres Team im

Drammensveien, sodass er verhaftet werden konnte, bevor er die Botschaft erreichte.

Tommy hatte befürchtet, dass Annema Edvardsen ihn am vorangegangenen Abend oder in der Nacht gewarnt haben könnte. Sie schien es aber nicht getan zu haben. Und jetzt würde sie das auch nicht mehr tun.

Christian Wessel hatte Tommy um zehn Uhr morgens angerufen, als er gerade an Bord des Flugzeugs nach Oslo ging. Die Hausangestellte hatte Annema Edvardsen in der Badewanne gefunden, ertrunken. In Anbetracht der Tatsache, dass auf dem Badezimmerboden neben der Wanne eine leere Schachtel Schlaftabletten lag, war die Obduktion vermutlich nur noch eine Formsache.

»Sie muss gedacht haben, dass er selbst klarkommen muss«, sagte Tommy, öffnete die Autotür und zog sich die Kapuze der Daunenjacke über den Kopf. Der Schnee schien mit jeder Minute dichter zu fallen.

»Na kommen Sie«, sagte Wessel. »Er weiß, dass er beschattet wird.«

»Das weiß er schon lange«, sagte Tommy. »Ich gehe jetzt rein, rufen Sie mich nicht an.« Er hielt den Blick auf die große Eckwohnung im ersten Stock gerichtet, als er mit langsamen Schritten über den schneebedeckten Bürgersteig lief. Im Wohnzimmer wurde das Licht eingeschaltet, dann in einem der angrenzenden Räume.

Tommy sah für ein paar Sekunden die Umrisse einer Person, dann nur noch das leere Fenster.

An der Tür fuhr er mit dem Zeigefinger über die Reihe der Klingelknöpfe und legte die Fingerspitze dann auf die Klingel der Wohnung im ersten Stock. Er hatte den Universalschlüssel für die Tür in der Tasche, ging aber nicht davon aus, dass er ihn brauchte.

Der Hörer der Gegensprachanlage wurde abgenommen, es meldete sich aber niemand.

»Hier ist Tommy Bergmann«, sagte er. »Ich denke, Sie wissen, um was es geht.«

Ein kurzer Moment der Stille, dann summte es.

Tommy ging mit schnellen Schritten über die breite Treppe nach oben. Auf halbem Weg zog er einen Zettel aus der Innentasche seiner Jacke und faltete ihn auseinander. Tommy sah direkt in das Gesicht von Milan Reichelt, der neben dem Vorsitzenden der Bjørnson-Gesellschaft stand.

Er trat auf die Tür zu. Ein großer Weihnachtskranz hing unter dem gediegenen Bleiglasfenster, das oben in der Tür eingelassen war. Auf dem Messingschild stand nur ein Name. Tommy dachte, dass dieses Leben unglaublich einsam gewesen sein musste. Dann klopfte er.

Ein Schatten tauchte hinter dem Glas auf, als stünde er schon bereit.

Er hat darauf gewartet, dachte Tommy, all die Jahre.

25. Mai 1981
Tel Aviv

7

Sie wachte von dem Regen auf, der schwer gegen die Fensterläden prasselte. Das Wasser sickerte hindurch, tropfte auf den Fußboden und floss in Richtung Bett. Fluchend rollte sie sich in die Decke ein und drehte sich auf die andere Seite. In diesem Moment fiel ihr wieder ein, dass er nicht da war.

»Eli?«, flüsterte sie trotzdem, ohne eine Antwort zu bekommen. Dann tauschte sie ihr Kissen gegen seines aus, um wenigstens seinen Geruch bei sich zu haben.

Gleich darauf schlief sie wieder ein und träumte, zurück in Norwegen zu sein, zur Beerdigung ihres Vaters. Es war Winter, irgendwo in Nordnorwegen. Als der Sarg ins Grab hinuntergelassen wurde, begann sie lautlos zu schreien. In den Sekunden nach dem Wachwerden war sie gelähmt von dem Gefühl, dass sie ihm noch so vieles hätte sagen wollen. Dann kam Stück für Stück die Wirklichkeit zurück. Ihr Vater war nicht tot, es war nur mittlerweile Jahre her, dass sie miteinander geredet hatten. Wie lange genau, wusste sie nicht.

Sie erinnerte sich nur an Eli. Er war gestern gefahren, oder … war das wirklich erst gestern gewesen?

Alles, ihr ganzes Leben, geriet zu einer Mischung aus Traum und Wirklichkeit. Verdrängung, dachte sie. Denn was sonst sollte das sein?

Wieder und wieder ging sie in Gedanken den vergangenen Tag durch.

Elis Worte: *Hab keine Angst vor mir.*

Und der Offizier, der vor der Tür auf ihn gewartet hatte.

Pack deine Sachen. Die harten Worte klangen noch in ihren Ohren. Er hatte leise im Flur mit Eli geredet, sodass sie nichts verstanden hatte. Gleich darauf hatte Eli mit ruhigen, aber doch schnellen Bewegungen seine Tasche gepackt.

Sie stand auf und ging ins Bad, oder wie man die Ecke mit dem Duschvorhang in der Küche nennen sollte, und suchte einen Schrubber, mit dem sie das Wasser aus dem Fenster beförderte. Sie öffnete die Fensterläden. Dicke graue Wolken hingen über dem Minarett, der Regen hatte aber aufgehört.

Der schmale Streifen Mittelmeer weit hinten am Horizont war ebenso farblos wie der Rest der Umgebung.

»Es ist bestimmt alles gut gegangen«, sagte sie leise vor sich hin und lehnte sich gegen das schmiedeeiserne Gitter des französischen Balkons. Die Straße hatte sich in einen Fluss verwandelt, sodass sie die Bordsteinkante nicht sehen konnte.

Sie schaltete das Radio in der Küche ein, drehte es aber gleich wieder aus. Die Nachrichten erinnerten sie an den Streit, den sie am Tag zuvor gehabt hatten. Am Strand waren sie von einem älteren Paar gefragt worden, ob sie schon gehört hätten, dass eine Gruppe PLO-Kämpfer ein Loch in den Grenzzaun geschnitten hätte und unweit der Golanhöhen in den Kibbuz Margaliot eingedrungen wäre. Dort hätten sie einen Mann und ein kleines Kind getötet und sich in dem Flügel des Hauptgebäudes verschanzt, in dem die Kinder schliefen.

Eli hatte sofort seine Sachen zusammengepackt und war zur nächsten Strandbar gegangen.

Hanna war einen Moment lang wie gelähmt gewesen und war erst am Strand geblieben. Nach ein paar Minuten war sie ihm dann gefolgt.

Auf dem Fernseher der Bar lief eine Sondersendung.

Die Palästinenser hatten den Mann und das Kind aus dem Fenster geworfen. Es handelte sich, so der Nachrichtensprecher, um fünf oder sechs Angreifer mit automatischen Waffen, einem Maschinengewehr, Handgranaten und Sprengstoff. Sie drohten damit, das ganze Gebäude in die Luft zu sprengen, sollten ihre Forderungen nicht erfüllt werden. Der rumänische Botschafter in Tel Aviv sollte die Verhandlungen mit der israelischen Regierung leiten. Bis zu einem Ergebnis sollte alle sechs Stunden ein Kind getötet werden.

Hanna war rücklings aus der vollen Bar gestolpert. Die

meisten Menschen waren schockiert und sagten kein Wort, während einige wenige brüllten, es sei jetzt wirklich an der Zeit, das ganze Palästinenserpack da oben im Libanon zurück in die Steinzeit zu bomben.

»*Just kill them all!*«, rief ein amerikanischer Jude.

Sie war zum Strand hinuntergegangen und hatte still zum Himmel gestarrt. Außer ihr war niemand mehr da.

Eli kam fünf Minuten später und blickte sie für einen Moment so an, als wäre das alles ihre Schuld.

Als sie kurz darauf nach Hause gingen, hatte er gefragt, wie sie überhaupt für diese Leute arbeiten könne.

Sie hatte ihm keine Antwort gegeben.

»Wenn wir zurück sind, muss ich telefonieren«, hatte er gesagt, doch der Offizier hatte schon vor der Tür gewartet. Beim Abschied hatte er ihr nichts sagen wollen, tief in ihrem Inneren wusste sie aber, dass er nach Margaliot musste. Wohin sonst hätte er abkommandiert werden sollen?

Ausgerechnet jetzt, in dieser Woche, in dieser verdammten Woche.

Schon in ihrer ersten Nacht hatte sie ihm gesagt, was sie sonst noch niemandem je gesagt hatte: Ich liebe dich. Ich will Kinder mit dir und dich heiraten, hatte sie gedacht, aber das hatte sie ihm nicht gesagt. Doch sie war sich so sicher gewesen, wie sie sich nur sicher sein konnte.

Sie kochte Kaffee, legte sich wieder ins Bett und rauchte zwei Zigaretten.

Das Radio auf dem kleinen Küchentisch starrte sie an, als wollte es unbedingt eingeschaltet werden.

Nach einer Stunde schlief sie wieder ein und wachte erst am Nachmittag wieder auf, als der nächste kräftige Regenschauer gegen die Fensterläden klatschte.

Um vier Uhr war sie so hungrig, dass sie nicht mehr warten konnte. In der Wohnung war nichts zu essen, sodass sie in einen Laden oder auf die andere Straßenseite zu Samuel musste. Er machte ihr immer etwas, egal, wann sie kam. Obwohl es nur wenige Meter bis zu seinem kleinen Café waren, war sie klatschnass, als sie eintrat.

Sie sah nicht auf den Fernseher, der leise über der Bar lief.

Drinnen waren nur drei Menschen, Samuel und zwei ältere Männer, die an einem Tisch vor dem Tresen saßen. Keiner von ihnen drehte sich um. Hanna setzte sich an den Tisch, an dem sie mit Eli gesessen hatte, als sie das erste Mal zusammen hier gewesen waren.

Sie starrte vor sich hin und fror in den nassen Klamotten. Sie wollte gerade aufstehen und wieder gehen, als Samuel sie endlich bemerkte.

»Du bist da, mein Kind?«, rief er von der Bar aus.

Er kam zu ihr, als wäre sie der wichtigste Gast von allen.

»Wie immer?«, fragte er.

Sie nickte.

»Und Wein, heute brauche ich Wein«, sagte sie und zündete sich eine Zigarette an, die auf wundersame Weise trocken geblieben war.

»Hast du es noch nicht gehört?«, fragte der Barbesitzer.

Sie wagte es kaum, ihm eine Antwort zu geben.

»Doch«, sagte sie. »Ich habe es schon gestern gehört.«

Er sah sie skeptisch an.

»Das ist der reinste Wahnsinn«, sagte Samuel schließlich und tätschelte ihre Schulter. »Ich hole dir Wein. Du brauchst das in diesen verrückten Zeiten. Wo du herkommst, ist das Leben anders. So ein Wahnsinn«, wiederholte er.

Er lief zur Bar, rief: »Bringt sie alle um!«, und fuhr sich mit dem Finger über den Hals. »Diese Monster, ich hasse sie. Ich hasse sie alle miteinander, seht nur, was sie getan haben. Das sind Kinder. Kinder!«

Er kam mit einer Karaffe zurück an ihren Tisch und goss ihr ein. Dann deutete er mit dem Arm in Richtung Fernseher.

»Sie sagen, dass er jetzt schon seit Stunden dort liegt«, sagte Samuel. »Warum holt ihn denn niemand?«

Hanna sah zum Fernseher.

Ein Bild, aus weiter Ferne aufgenommen. Ein weißes, langgestrecktes Gebäude.

Die Kamera zoomte etwas ein.

Ein lebloser, grün gekleideter Körper lag auf der Treppe, die Beine außerhalb, der Oberkörper im Gebäude.

Die Beine, dachte sie. Diese Beine.

»Das ist schon der zweite missglückte Versuch, das Haus zu stürmen. Aber die müssen ihn doch holen. Das ist eine Schande.«

Hanna umklammerte die Tischplatte und versuchte, aufzustehen. Sie schaffte es nicht.

Samuel fuhr fort. »Bombardiert ihre Kinder, sage ich. Bringt sie alle um, Frauen, Kinder, mir ist das alles egal. Jeden Tag kommt ein neuer Terrorist auf die Welt. Das ist unser Land!«

»Unser Land!«, echote einer der Alten am Tresen.

Hanna hörte nicht mehr, was gesagt wurde. Sie stützte sich auf den Tisch und drückte sich hoch. Ihre Beine drohten unter ihr einzuknicken. Sie ging von Tisch zu Tisch, stützte sich immer wieder ab, bis sie endlich am Eingang war.

»Dein Wein, Hanna«, sagte Samuel. »Was ist denn mit deinem Wein?«

Hanna hörte die Tür hinter sich zufallen, aber das alles schien weit, weit entfernt zu sein. Sie lehnte sich an die Scheibe und versuchte zur Tür ihres Hauses zu kommen, nach oben in ihr Zimmer, doch schon nach ein paar Metern brach sie auf dem nassen Bürgersteig zusammen.

Das Bild des toten Soldaten hatte sich in ihre Netzhaut eingebrannt. Sie sah nur noch die leblosen Beine auf der Treppe des Hauses in Margaliot.

Dann spürte sie kräftige Hände unter ihren Achseln. Sie hoben sie hoch, als wöge sie nichts.

Samuel sah sie besorgt an, angsterfüllt.

»Hanna«, sagte er leise.

»Erkennst du ihn denn nicht?« Sie hämmerte auf seine Brust ein. »Erkennst du ihn denn nicht?«

Er schüttelte den Kopf und nahm ihre Handgelenke, und sie schrie so laut, wie sie nur die Frauen in Beirut hatte schreien hören.

5. Dezember 2017
Oslo

8

Die Tür ging langsam auf, und der einfache Weihnachtskranz schwang sanft hin und her. Zum Vorschein kam ein Mann mit gesenktem Kopf und hängenden Schultern.

»Warum haben Sie so lange gebraucht?«, fragte Tore Austlid. Das Weiß in seinen dunklen Augen wirkte irgendwie rot gesprenkelt, und die Tränensäcke verrieten, dass er geweint hatte.

Er löste den Schlips und zog ihn sich über den Kopf.

Tommy hielt ihm den Artikel aus der Aftenposten hin.

»Wie oft waren Sie in Wien? Auf der Donauinsel?«, fragte

Tommy. »Immer, wenn Sie in Bratislava waren? Ihr Bote war besorgt, als Sie im Sommer nicht gekommen sind.«

Tore Austlid öffnete den Mund, um etwas zu sagen.

»Wir sollten nicht hier stehen bleiben«, sagte Tommy leise. Er drehte sich nach links und sah hinter der Scheibe in der Nachbartür eine Silhouette.

Austlid machte keine Anstalten, sich zu bewegen. Tommy trat in den Flur und schob ihn etwas zur Seite.

»Wo ist Ihr Chef?«, fragte Austlid, nachdem er die Tür geschlossen hatte.

»Soll ich ehrlich zu Ihnen sein? Er bringt es nicht über sich, Sie damit zu konfrontieren. Und ich verstehe ihn gut. Christian hat mir gesagt, dass er sich immer für Sie eingesetzt hat, jedes Mal, wenn Sie von irgendjemandem infrage gestellt wurden. Warum haben Sie ihm das angetan?«

Tore Austlid senkte den Kopf noch ein bisschen mehr und ließ den Schlips auf den Boden fallen.

»Ich muss mich nicht entschuldigen«, sagte er. »Damals habe ich das Richtige getan.«

»An Christians Stelle wäre ich auch enttäuscht«, sagte Tommy. Er hat mir erzählt, dass Sie zu ihm gekommen sind, wenn der PST oder der militärische Abschirmdienst wieder einmal die Verbindungen ihres Vaters zum Iran angesprochen haben. Seine Worte wogen schwer, ohne ihn hätten Sie Ihre Karriere nie gemacht.«

»Er soll dieses Jammern bloß lassen. Er ist seit Jahren getäuscht worden, nicht nur von mir. Ich kann nichts dafür, dass er so dumm ist. Außerdem hätte ich mich längst absetzen können«, sagte Tore Austlid. »Im Sommer, letztes Jahr, oder noch früher. Vielleicht ist es ihm ja ein Trost, dass ich vor der Verantwortung nicht davonlaufe.«

»Und wofür übernehmen Sie die Verantwortung? Für den

Tod von drei Menschen auf dem Drammensveien? Und für den von Hanna Svarstad?«

Tore Austlid schlurfte ins Wohnzimmer und ließ sich in einen der Sessel am Fenster fallen.

Tommy sah sich in dem großen Raum um. Nicht eine einzige Fotografie war zu sehen. Weder Kinder noch Enkel. Nur Kunst und Bücher, ein kleiner Fernseher, ein paar große, teure Teppiche. Sauberkeit und Ordnung wirkten professionell und unpersönlich, als könnte Austlid die Wohnung und sein Leben jederzeit hinter sich lassen.

Tore Austlid verbarg den Kopf eine ganze Weile in den Händen.

»Sie waren also zu zweit«, sagte Tommy. »Sie und Annema?«

»Ich habe ihr gesagt, dass sie es nicht tun soll«, antwortete Tore Austlid.

»Was sollte sie nicht tun?«

Austlid fuhr sich mehrmals mit den Händen über das Gesicht.

»Wir waren damals, im Herbst 1982, zusammen. Das heißt, ich habe mich mit Annema getröstet.«

»Getröstet?«, fragte Tommy.

»Ja, eigentlich wollte ich Hanna. Alle wollten Hanna, verstehen Sie?«

Tommy setzte sich in den Sessel neben Austlid.

»Und Leif hat gewonnen?«, fragte Tommy.

Austlid nickte.

»Das war okay. Ich war eifersüchtig, habe das aber akzeptiert, ohne eigentlich zu wissen, warum.«

»Aber schlussendlich haben Sie ihn dann in den Tod geschickt«, sagte Tommy. »Und eine Mutter und ihr kleines Baby.«

Austlid hob die Arme, als wollte er Tommy so zum Schweigen bringen.

»Das lag außerhalb meiner Kontrolle. Der Entschluss kam aus Moskau. Glauben Sie etwa, ich wollte, dass es so endet? Schließlich habe ich das alles nur der Kinder wegen getan. Der toten Kinder wegen. Ich habe damals für eine gute Sache gekämpft, für ein hehres Ziel, und bin dann doch zu einem Strichjungen für ein Schwein wie Putin geworden. Ich habe alles überlebt, Bergmann, und das war wirklich mehr, als Sie sich vorstellen können. Ich bin durch Schlamm und Schnee gelaufen, um Mikrofilme in einer alten Eiche auf Bygdøy zu verstecken, unter einer Brücke in Jevnaker, in Helsinki, Wien und wo sonst noch überall. Ich habe über Kurzwelle gesendet und empfangen. Haben Sie mein Funkgerät auf Nesodden nicht gesehen? Ich habe mir nicht mal mehr die Mühe gemacht, es zu verstecken. Niemand hätte so etwas über mich gedacht. Und da …?« Austlid zeigte zum Bücherregal.

»Ein Grundig, Bergmann. Wir nutzen das noch immer, das ist unersetzlich, wenn alles andere versagt. Sie wissen, wie dieses Spiel läuft. Der Kalte Krieg endet nie. Hin und wieder gibt es schicke neue Methoden; im Großen und Ganzen läuft aber noch alles wie früher. Als ich in Beirut die ersten Berichte verfasst hatte, war ich in einem Netz gefangen, aus dem sich niemand mehr befreien kann. Man kann Moskau nicht einfach eine Kündigung schicken. Jedenfalls nicht, wenn man das Leben liebt. Aber getan habe ich das alles nur der Kinder wegen, das müssen Sie wissen. Das ist wichtig für mich, verstehen Sie? Meine Absicht war nicht, mein Land zu verraten, ich wollte nur den Kindern und Müttern helfen, die sich nicht selbst helfen konnten.«

Es wurde still in der Wohnung. Tommy hörte nur das tiefe

Brummen eines Räumfahrzeugs unten auf der Straße. Der Widerschein des orangen Warnlichts zuckte für einen Moment durch die Wohnung.

»Ich war immer ein harter Hund«, sagte Tore Austlid. »Aber im Sommer 1982, Ende August, bekam ich plötzlich Albträume. Ich sah ständig Kinder ohne Augen und Unterleib. Wissen Sie, wie ein kleines Mädchen aussieht, nachdem es vergewaltigt und verstümmelt worden ist?«

Tommy schloss die Augen. Er blieb stumm, auch wenn er die Frage – grauenhafterweise – mit Ja beantworten konnte.

»Es gab Befehle aus Oslo. Im Südlibanon ist die ganze Zeit über irgendein Scheiß passiert. Die Israelis und die Südlibanesische Armee haben unablässig Palästinenser gefoltert und abgeschlachtet. Leif und ich haben das unter den Teppich gekehrt. Nichts davon ist bis nach Hause durchgedrungen. Absolut nichts. Ich hatte keine Probleme damit. Bis zu dem Tag in Al-Shubra.«

Tore Austlid holte tief Luft, sagte aber nichts mehr. Es entstand eine lange Pause.

»Und Leif war ein Freund Israels? Ein etwas zu enger Freund?«, fragte Tommy.

Austlid fuhr sich mit den Händen durch die Haare und schüttelte langsam den Kopf.

»Nein«, erwiderte er.

»Annema hat mir erzählt, dass er ein paar Tage nach dem Massaker mitten in der Nacht in Israel angerufen hat?«, sagte Tommy. »Oder habe ich da was falsch verstanden?«

»In Herzlia«, sagte Tore Austlid. »Es wurde in Herzlia angerufen.«

Tommy sah Austlid in die Augen. Sie beide wussten ganz genau, wer in Herzlia wohnte.

»Es wurde Shlomo Liva angerufen«, sagte Tore Austlid.

»Eines der hohen Tiere des Mossad, damals war er Nachrichtenoffizier auf den Golanhöhen.«

»*Es wurde* angerufen?«, fragte Tommy.

»Annema hat mir das erzählt, als Hanna in Geiselhaft saß. Exakt zwei Wochen, nachdem sie in Gefangenschaft geraten war. Ich weiß nicht mehr, warum, aber wir mussten wohl über Hanna geredet haben. Dass sie möglicherweise Agentin der PLO war und vielleicht freigelassen würde, wenn die Palästinenser mit diesen verrückten Iranern Kontakt aufnähmen. In diesem Moment hat sie mir von ihrer Vermutung erzählt, dass Leif irgendwie für die Israelis arbeitete, und mir eine Kopie der Telefonabrechnung gezeigt.«

Austlid machte eine Pause. Er stand aus seinem Sessel auf und ging in die Küche. Tommy hörte, wie der Kühlschrank geöffnet wurde, und stand auf. Zu seinen Füßen hatte sich Schmelzwasser am Boden gesammelt. Er folgte Austlid in die Küche, denn das Letzte, was er wollte, war, dass der andere kurzen Prozess mit sich selbst machte.

»Leif war in dieser Nacht nicht allein«, sagte Tore Austlid. Er hatte sich eine Flasche Bier aufgemacht und trank einen großen Schluck. »Er war nicht allein«, wiederholte er. »Und ich war der Einzige, der das wusste. Ich und Yasmine, seine Haushälterin.«

Tommy spürte ein schwaches Zittern im Körper, er versuchte, klar zu denken, aber es gelang ihm nicht.

»Was meinen Sie damit? Er war nicht allein?«

»Hanna war da«, sagte Tore Austlid. »Sie hat mit Leif an diesem Abend in der Residenz gegessen. Ich war vorher bei ihm, wir hatten ein Treffen mit einigen europäischen Diplomaten. Schweden, Franzosen, an die anderen erinnere ich mich nicht mehr. Aber dass Hanna da war, weiß ich noch ganz genau. Sie hatte am frühen Abend angerufen und kam ziemlich spät. Kurz nachdem sie eingetroffen war, bin ich gegangen. Ich wusste nicht, ob sie die Nacht dort verbracht hatte, ging aber ziemlich sicher davon aus. Leif wollte sie ins Bett kriegen, das war mehr als deutlich. Leif hat mir am folgenden Tag nichts gesagt, und ich habe auch nicht gefragt. Ein paar Tage später wurde Hanna gekidnappt, sodass wir ganz andere Probleme hatten.«

»Aber dann?«

»Dann hat Annema mir diese Telefonrechnung gezeigt. Ich habe ihr gesagt, dass ich mir nicht vorstellen könne, dass Leif mitten in der Nacht in Israel angerufen hat. Dann kam mir in den Sinn, dass dies der Abend gewesen war, als Hanna da war. Mithilfe einiger amerikanischer Kontakte konnte ich schließlich herauskriegen, zu wem die Nummer gehörte. Das war eine Woche vor Hannas Freilassung. Tags darauf bin ich zur Residenz gegangen. Leif war in Norwegen. Er hat dort Instruktionen bekommen, wie es anschließend mit Hanna weitergehen sollte. Nur Yasmine war da. Ich habe sie gefragt, ob Hanna in der besagten Nacht dort übernachtet habe. Sie schüttelte den Kopf. Sie wusste es nicht, war früh ins Bett gegangen, am nächsten Morgen sei Leif aber allein gewesen. Hast du in der Nacht telefoniert?, habe ich sie gefragt. Sie schüttelte wieder den Kopf und bat mich zu gehen. Sie wollte nicht mit mir reden. Ich hatte tausend Dollar in einem Umschlag bei mir und sagte ihr, dass sie das Geld kriegt, wenn sie mir die Wahrheit sagt.«

»Und?«, fragte Tommy.

»Yasmine hat nichts gesagt. Sie hatte keine Ahnung, wovon ich redete. Sie wusste nur, dass Leif am Morgen allein gewesen war. Ich gab ihr zweihundert Dollar und bat sie, zu vergessen, dass ich da gewesen war, sagte ihr aber, dass ich mein Angebot aufrechterhalten würde, bis ich sterbe.«

Tore Austlid trank einen Schluck, nahm die Bierflasche von den Lippen, setzte sie dann aber wieder an und trank sie aus.

»Ich wusste nicht, ob ich ihr glauben konnte oder nicht. Aber zu diesem Zeitpunkt war es für mich ohnehin bereits zu spät«, sagte Tore Austlid. »Ich hatte mich entschlossen, für welche Seite ich kämpfen wollte. Wusste, dass mein altes Leben hinter mir lag. Aber was Hanna anging, zweifelte ich noch immer, auch nach ihrer Freilassung. Denn warum sollten Leif oder Yasmine mitten in der Nacht Shlomo Liva angerufen haben?

Irgendwann kurz vor Weihnachten 1982 fragte ich dann Leif, ob Hanna in jener Nacht bei ihm geblieben war, aber er winkte nur ab und sagte, ich solle mich um meinen eigenen Kram kümmern. Ich glaube, er dachte, ich sei eifersüchtig, und vielleicht war ich das auch. Irgendwann habe ich mich dann wohl selbst davon überzeugt, Eifersucht und Rationalität irgendwie vermischt zu haben. Irgendwann musste ich einfach glauben, dass Hanna und ich auf derselben Seite standen. Ich meine, schließlich musste sie als Ministerin zurücktreten? Sie galt als Freundin der Palästinenser, sogar als Unterstützerin der Hamas.«

»Was wollen Sie damit eigentlich behaupten?«, fragte Tommy.

»Ich behaupte gar nichts«, sagte Tore Austlid. »Diesen Sommer erhielt ich einen Anruf. Das war Ende Juni.«

Er ließ den Satz in der Luft hängen.

»Von wem?«

»Raten Sie mal«, sagte Tore Austlid.

»Reden Sie weiter«, forderte Tommy ihn auf.

»Yasmine. Sie wohnte noch immer in Beirut und wollte wissen, ob mein Angebot nach wie vor Gültigkeit habe. Im ersten Moment war ich total verwirrt, ich hatte seit Jahren nicht mehr an diese Sache gedacht. Irgendwann hatte ich mal mit meinem sowjetischen Führungsoffizier in New York darüber geredet, aber er hatte mich nur ausgelacht. Hanna stehe auf ihrer Seite, meinte er. Daran bräuchte ich nicht zu zweifeln. Aber dann rief also plötzlich Yasmine an«, sagte Tore Austlid.

Tommy legte den Kopf zur Seite und gab Austlid zu verstehen, dass er weiterreden solle.

»Das Angebot gilt noch, habe ich zu Yasmine gesagt. Natürlich. Ich wollte sie aber persönlich treffen, hier in Oslo, damit sie mir die ganze Wahrheit erzählt. Ich habe ihr das Flugticket bezahlt, und dann haben wir uns im Plaza Hotel getroffen, wo ich sie einquartiert hatte. Ich wollte, dass sie weiß, wie wichtig sie für mich ist.«

»Und?« Tommy stand auf und trat ans Fenster. Er rieb sich wieder und wieder das Kinn. Draußen auf der anderen Seite der Straße ging ein Mann vorbei. Er machte keine Anstalten, sich umzudrehen. Der Ford Mondeo mit den zwei Beamten stand noch immer, wo er zuvor gestanden hatte.

»Reden Sie weiter«, sagte er, da Austlid wieder ins Stocken geraten war.

»Yasmine hat mir erzählt, ihre Tochter habe eine ernste Krankheit. Welche, habe ich nicht ganz verstanden. Ihre Enkelin, die Tochter ihrer Tochter, habe nun dieselbe Krankheit geerbt, aber sie könne operiert werden. In einem privaten Krankenhaus in Israel. Diese Operation und die nachfolgende Behandlung koste aber vierzigtausend Dollar.«

»Yasmines Familiengeschichte interessiert mich nicht«, sagte Tommy.

»Nun«, sagte Austlid leise. »Yasmine hat jedenfalls gesagt, dass sie in jener Nacht nicht habe schlafen können. Ihr Bruder, der das Essen gemacht hatte, sei im Laufe des Abends gefahren. Yasmine sei gegen Mitternacht zu Bett gegangen, habe aber noch lange wach gelegen. Sie habe gehört, wie Leif und Hanna ins Bett gegangen seien und miteinander geschlafen hätten. Hanna sei dann gegen drei oder vier Uhr in der Nacht aufgestanden und habe das Telefon in Leifs Büro benutzt. Yasmine sei aufgestanden und auf den Flur gegangen, um das Gespräch zu belauschen. Hanna habe Hebräisch gesprochen, Yasmine versteht Hebräisch ziemlich gut, als junge Frau hatte sie ein paar Jahre in Israel gearbeitet. Sie glaubte, verstanden zu haben, dass die Person am anderen Ende nicht froh darüber war, dass Hanna von Leifs Telefon aus anrief. Hanna habe aber gesagt, es sei wichtig und könne nicht warten. Außerdem hätte er – also ihr Gesprächspartner – ja gesagt, dass sie anrufen solle. Dann hätte sie ihm den Namen eines Hotels in Beirut genannt. In Ost-Beirut.«

»Welches Hotel?«

»Das Hotel Etoile. Das gibt es nicht mehr. Es wurde viel von den Israelis genutzt. Vom Mossad.«

Tommy wurde sich bewusst, dass er langsam den Kopf schüttelte.

»Krass«, sagte er.

»Hanna Svarstad hat Abu Ahman wie auf dem Silbertablett ausgeliefert. Dem Mossad«, sagte Tore Austlid. »Erst als Yasmine hier in Oslo war, wurde mir bewusst, dass die Entführung von Hanna nur vorgetäuscht gewesen war.«

»Vorgetäuscht?«

»Entweder haben die Heiligen Krieger des Islams für Israel gearbeitet, oder es waren die Israelis, die Hanna und Ahman gekidnappt haben. In Beirut wimmelte es nur so vor False-Flag-Operationen. Es war kaum möglich, Freund und Feind zu unterscheiden. Hanna hat Abu Ahman direkt in die Arme des Mossad geführt. Sie haben ihn gefoltert, ihm allerlei Informationen entlockt und seine Leiche dann vor der

Stadt abgeladen. Hanna hat immer beteuert, die Identität des Patienten, den sie da verlegen sollte, nicht zu kennen. Sie hat ihre Rolle verdammt gut gespielt.«

»Dann hat sie seit 1982 für die Israelis gearbeitet?«, fragte Tommy, als wäre er ein Idiot, der die Zusammenhänge noch immer nicht begriffen hatte.

Wieder wurde es still, weder Tommy noch Austlid schienen Kraft für weitere Worte zu haben. Die beiden starrten einander mit versteinerten Mienen an, bis Tommy irgendwann fragte:

»Wie sind Sie in Kontakt mit den Russen gekommen?«

»Frank Krokhol hat in Beirut mit einem Freelance-Fotografen zusammengearbeitet. Einem Franzosen. Wir nannten ihn nur Mitterand. Das war ein unglaublich schlauer Kerl. Ein fantastischer Fotograf. Irgendwann wurde mir klar, dass er Kontakte zum KGB oder zur GRU hatte und mich da einführen konnte. Ich war ein bereitwilliges Opfer, so sagt man das doch, oder? Leider habe ich dabei auch Annema mitgezogen.«

»Sie war erwachsen. Sie wusste, was sie tut«, sagte Tommy.

»Vielleicht. Beirut war aber einfach zu viel für sie, sie hätte niemals dort sein dürfen. Für mich war das auch zu viel. Ich habe viel darüber nachgedacht. Das alles wäre niemals passiert, wäre ich nicht da gewesen. Vielleicht wollte ich auch irgendwie wichtig sein. Ich weiß es nicht. In den letzten Jahren ist mir diese Frage nicht mehr aus dem Kopf gegangen. Ich war anfällig für Lobhudeleien, das hört sich vielleicht pathetisch an, ist aber eine meiner Schwächen, Bergmann. Moskau hat mir immer gesagt, wie wichtig ich sei, dass ich zu den Größten gehöre. Mein Vater hat in mir immer nur einen talentlosen, linkischen, einfältigen Jungen gesehen«, sagte Austlid. »Aber so wurde ich wenigstens zum Gott der Träume. Das ist doch immerhin etwas, oder?«

Tommy antwortete nicht.

Austlid bekam mit einem Mal glänzende Augen. Er schien an etwas zu denken, das er nicht mit Tommy teilen wollte.

»Und Leif?«, fragte Tommy. »Sie haben trotzdem für seinen Tod gesorgt.«

Tore Austlid schnitt eine Grimasse.

»Um es mal so zu sagen, Leif war ein alter, kranker Mann. Leifs Krankheit war sehr weit fortgeschritten, das habe ich Ihnen ja schon erzählt, Bergmann. Ich habe Ihnen die Wahrheit gesagt, wenn auch nicht die ganze Wahrheit. Irgendwann hat er mich zu den Gerüchten über Morpheus befragt, er wollte vor seinem Tod noch Klarheit haben, und ich habe ihm gesagt, dass ich Hanna für Morpheus hielt. Und wissen Sie was, der Alte hatte nichts Besseres zu tun, als Hanna damit zu konfrontieren.«

Tore Austlid breitete die Arme aus. Sein Gesicht verriet, für wie dumm er das hielt.

»Hanna hat Leif geantwortet, dass er ein bisschen besser nachdenken und auf seine Worte aufpassen solle. Morpheus könne ihm viel näher stehen, als er sich dessen bewusst sei. All das hat Leif dann mir erzählt, als wir uns wieder getroffen haben. Zwei Wochen, nachdem ich ihm gesagt hatte, ich würde Hanna verdächtigen, Morpheus zu sein. Leif hat mich direkt gefragt, ob ich Morpheus bin. Er verlangte wirklich eine Antwort. Er muss von Sinnen gewesen sein. In der Zwischenzeit war dann Yasmine hier. Es war, vorsichtig ausgedrückt, ein verrückter Sommer. Als würden wir alle aus irgendeinem höheren Grund von der Vergangenheit eingeholt.«

»Aber da war es zu spät?«, fragte Tommy. »Sie hatten Angst, Hanna könnte Sie irgendwie entlarvt haben, oder?«

Tore Austlid antwortete nicht.

»Wann war das?«, fragte Tommy. »Wann hat Leif Sie gefragt, ob Sie Morpheus sind?«

»Ein paar Wochen vor Hannas Verschwinden nach Kopenhagen. Und natürlich verstand ich, was ich schon vor Jahren hätte verstehen sollen. Hanna arbeitete für die Israelis, die wiederum für die Amerikaner arbeiten. Ich fühlte mich wirklich wie ein Idiot. Mein einziger Trost war, dass Hanna Leif etwas zu viel gesagt hatte.«

»Und dann bekamen Sie und Ihre russischen Freunde Panik und entschlossen sich, Leif zu töten? Und dann Hanna?«

Tore Austlid fuhr sich mit der Hand durch den langen Pony.

»Als Leif anfing, nach Morpheus zu graben und alles daranzusetzen, vor seinem Tod noch Klarheit zu bekommen, begann man in Moskau Pläne zu machen. Es wurden verschiedene Möglichkeiten diskutiert, ihn aus dem Weg zu räumen. Leider war das Resultat dann höchst dramatisch. Sie hätten etwas anderes tun können, mir tut das alles wirklich leid. Ich habe ihnen damals davon abgeraten, habe gesagt, dass das Risiko viel zu hoch und das Vorgehen übereilt sei. Dabei hätte das alles noch viel schlimmer kommen können. Andererseits ist es ja bis heute gut gegangen. Moskau wollte es wie einen arabischen oder vielleicht iranischen Anschlag aussehen lassen. Sie haben den Briefen geglaubt, die verschickt wurden, nicht wahr? *Land ist wie Tage*, das ist ein klassisches palästinensisches Sprichwort, das die Russen noch aus Beirut kannten.«

»*Gut gegangen?*«, sagte Tommy. »Sie denken wirklich nur an sich selbst.«

»Seit Al-Shubra denke ich nicht mehr an mich selbst. Und seit damals blicke ich nicht mehr zurück.«

»Jetzt werden Sie dann reichlich Zeit zum Nachdenken bekommen«, sagte Tommy.

Tore Austlid lachte kurz und trocken, nahm die Bierflasche vom Couchtisch und wog sie in der Hand, als dächte er darüber nach, sie als Waffe zu nutzen. Erst nach einer ganzen Weile stellte er sie wieder auf den Tisch.

»Sagen Sie Christian Folgendes: Wenn er mich festnehmen lässt, werde ich ihn und seinen Ruf für immer zerstören. Er hat sich immer für mich eingesetzt, nicht wahr? Außerdem ist es ja weithin bekannt, dass nach zwei Agenten gesucht wird, nach zwei Landesverrätern, Morpheus und Hypnos. Und Annema ist tot. Das wird ihm sicher gefallen, oder was meinen Sie?«

»Das wagen Sie nicht«, sagte Tommy. »Und haben Sie nicht gerade gesagt, dass Sie nicht abgehauen sind, weil Sie die Verantwortung übernehmen wollen?«

»Probieren Sie es aus«, sagte Austlid. »Christian ist meine Lebensversicherung. Oder glauben Sie etwa, Hanna wird gegen mich aussagen? Wenn ich zur Rechenschaft gezogen werde, werde ich ihn mitreißen, irgendwie. *Auge um Auge* … Sagen Sie Christian, dass ich bereit bin, einen Deal einzugehen, einen guten Deal.«

»Wovon reden Sie?«, fragte Tommy. »Tote Menschen können keine Aussage machen.«

»Hanna hätte in Kopenhagen ermordet werden sollen. Wenn sie denn bis in ihr Hotel gekommen wäre. Ist sie aber nicht.«

Tore Austlid lächelte hintergründig, stand auf und ging mit den Schritten eines alten Mannes hinaus in den Flur. Tommy folgte ihm und blieb vor der Wohnungstür stehen.

Tore Austlid reichte ihm ein Blatt Papier.

»Vielleicht suchen Sie ja das hier«, sagte er.

Tommy begegnete seinem Blick. In dem scharfen Licht der Deckenlampe sah Austlid krank aus.

»Ich hätte mich längst absetzen sollen«, sagte er leise, fast flüsternd. »Stimmt doch, oder? Als ich heute früh erfahren habe, dass Annema sich umgebracht hat, wusste ich, dass es zu spät ist. Sie wirken auf mich wie ein vernünftiger Mann, Bergmann. Reden Sie mit Christian. Ich möchte nicht noch mehr Leben zerstören.«

Tommy trat einen Schritt auf Austlid zu, nahm die Lesebrille aus der Tasche, setzte sie auf und studierte den Text auf dem Zettel. Es war der Ausdruck einer langen Liste von Flugabgängen. *MMX*, las er.

Malmö, dachte Tommy. Der Flughafen Malmö lag auf der anderen Seite des Öresunds.

»Sie muss gewarnt worden sein«, sagte Tore Austlid. »Ich weiß nicht, wie.«

Tommy fuhr mit dem Zeigefinger über die Linien.

»Letzte Zeile«, sagte Austlid.

Die Gulfstream eines amerikanischen Geschäftsmannes war am Abend des 6. Juli in Malmö gestartet. Nur ein Passagier war registriert worden: die israelische Staatsbürgerin Hanna Goldmann.

23. Januar 2018
Herzlia, Israel

9

Das Taxi bremste ziemlich abrupt vor einem weiß gekalkten Haus. Tommy gab dem Fahrer zweihundert Schekel, bat ihn aber, noch kurz zu warten.

Am Ende der breiten Straße konnte er das Mittelmeer

sehen. Die Farbe des Wassers wechselte zwischen Türkis und Dunkelblau. Ein überraschend warmer Wind blies kräftig aus südlichen Richtungen. Das Thermometer auf dem Armaturenbrett zeigte zwanzig Grad an, obwohl es schon vier Uhr am Nachmittag war und die Sonne in etwa einer Stunde untergehen sollte.

Tommy nahm die Reisetasche entgegen, die der Fahrer aus dem Kofferraum geholt hatte.

Die Kletterrosen an der niedrigen weißen Mauer ließen Tommy an Griechenland denken. Er drückte auf die Klingel am schmiedeeisernen Tor und wartete, während die Sonne ihm in den Nacken brannte.

Er hatte vom Flughafen Ben Gurion aus angerufen.

Die Stimme am anderen Ende hatte ziemlich unterkühlt geklungen.

»Weder Christian Wessel noch ich mögen es, getäuscht zu werden«, hatte Tommy gesagt. »Außerdem kann ich es nicht leiden, zu Hause in Oslo die ganze Zeit über observiert zu werden. Ich bin jetzt auf dem Weg nach Tel Aviv, oder sollen wir uns bei Ihnen zu Hause treffen? Schließlich haben Sie mich eingeladen.«

»Zu Hause bei mir«, hatte die Stimme gesagt.

»Die Adresse habe ich, Sie erinnern sich?«, hatte Tommy erwidert und aufgelegt, bevor der andere noch etwas sagen konnte.

»Bergmann?«, kam es durch die Gegensprechanlage. »Sie sehen blass aus.«

Tommy drehte sich müde nach rechts. Zwischen den Rosen war eine Kamera montiert worden.

Er winkte dem Taxifahrer zu, bedeutete ihm, dass er fahren könne, und warf einen letzten Blick auf das Mittelmeer. Am Horizont war das bunte Segel eines Surfers zu erkennen. Palmen schwankten im Wind, während weit entfernt das Heulen einer Sirene zu hören war. Dann brummte das Schloss. Tommy blieb ein paar Sekunden regungslos stehen, als dächte er, dass es noch nicht zu spät zum Umkehren war.

»Öffnen Sie das Tor, bevor ich es mir anders überlege«, kam es durch die Gegensprechanlage.

Tommy drückte das Tor auf und nahm seine Tasche.

»Wollen Sie einziehen?«, fragte eine Stimme vor ihm.

Shlomo Liva stand auf der Türschwelle und streckte Tommy den linken Arm entgegen. In der strahlenden Nachmittagssonne wirkten seine Augen hellbraun. Der Gesichtsausdruck war neutral, als wollte er sich nun doch in die Karten schauen lassen.

Dafür ist es zu spät, dachte Tommy.

»Sie hatten ja gesagt, dass ich mal nach Israel kommen soll. Nun, hier bin ich.«

»Ich hoffe, es ist uns gelungen, Sie mit dem Koffer in Helsingør zu verwirren?«, sagte Shlomo Liva. »Mit den Kleidern und dem Blut.«

»Das müssen Sie die Dänen fragen.«

Shlomo lächelte.

»Hanna Goldmann«, sagte Tommy. »Eine kleine Spur haben Sie hinterlassen, sollten wir auf den richtigen Gedanken kommen.«

»Wenn man die VIP-Abflüge am Flughafen Malmö überprüft, verdient man eine kleine Prämie, meinen Sie nicht auch?«

»Die Russen haben es herausgefunden«, sagte Tommy.

»Die kriegen das meiste raus. Aber sie werden sie hier niemals finden. Oder ihr etwas antun. Eigentlich wollte ich sie nach Genua fahren und von dort mit einem unregistrierten Boot abholen lassen, aber das Risiko war mir zu hoch.«

»Wo haben Sie sie versteckt?«

Shlomo sagte nichts, er legte Tommy nur die Hand auf den Rücken und geleitete ihn ins Haus.

Es sollten zwei Tage vergehen, bis er Shlomo Liva wiedersah. Nach einem kurzen Imbiss in Herzlia war Tommy nach Tel Aviv geschickt und in einem guten Hotel am Strand einquartiert worden. Als das Telefon morgens um halb acht klingelte, wusste Tommy, dass das nicht die Rezeption war.

Das Mittelmeer badete in der frühen Morgensonne, und aus irgendeinem Grund musste Tommy in diesem Moment an einen Satz denken, den Wessel – oder vielleicht auch Jan Amundsen – einmal gesagt hatte: *Der Job der Geheimdienste besteht nicht darin, die Wahrheit herauszufinden, sondern zu verhindern, dass sie ans Licht kommt.* Er hatte Shlomo Liva im Grand Hotel mit diesem Satz konfrontiert und hätte eigentlich schon damals alles verstehen müssen.

Shlomo Liva wartete an der Rezeption, als Tommy aus dem Fahrstuhl trat.

»Das Frühstück soll hier recht gut sein«, sagte der Israeli. »Sie sehen etwas blass aus, mein Freund.«

Tommy nahm sich ein Croissant vom Frühstücksbuffet mit.

»Unser Land ist klein«, sagte Shlomo. »Wir werden nur zwei Stunden brauchen.«

Sie verließen Tel Aviv in nördlicher Richtung.

»Ich hätte Ihnen die Augen verbinden sollen«, sagte Shlomo. »Ich weiß aber, dass Sie ein Mann sind, der sein Wort hält.«

Tommy wagte nicht einmal daran zu denken, was mit ihm geschehen würde, sollte er jemals einer Menschenseele von dieser Fahrt erzählen – Christian Wessel einmal ausgenommen.

»Wir fahren an der Küste entlang«, sagte Shlomo. »Ab Zichron Ja'akow geht es dann in Richtung Osten.«

Also ob ich eine Ahnung hätte, wo das ist, dachte Tommy und hielt den Blick aufs Meer gerichtet.

Das Radio lief leise, zwei Männer diskutierten heftig miteinander.

Tommy fragte sich, ob es in Südafrika ähnlich aussah. Dort befand Tore Austlid sich nun. In den Weihnachtstagen war er krank gemeldet worden und in der ersten Januarwoche hatte er sein Pensionsgesuch eingereicht. In der Woche darauf hatte er im Flieger nach Südafrika gesessen. Dort würde es ihm gut gehen, meinte Wessel. Eine Villa außerhalb von Durban mit großartiger Aussicht über den Indischen Ozean. Was will man mehr?

Tommy musste eingeschlafen sein, denn als er wach wurde, hatte die Landschaft ihren Charakter vollständig verändert. Das blaue Mittelmeer war durch braun verbrannte Hügel ersetzt worden, bewachsen von knorrigen Olivenbäumen. Danach fuhren sie für einige Minuten durch eine vegetationslose Mondlandschaft. Die Straße vor ihnen schien endlos weitergehen zu wollen. Dann waren sie plötzlich wieder in einem fruchtbaren Tal, das allem Anschein nach künstlich bewässert wurde.

»Hier oben gefällt es mir«, sagte Shlomo und zündete sich eine Zigarette an.

Er bot auch Tommy eine an und drückte den Zigarettenanzünder. Auf dem Schild neben der Straße erkannte Tommy das Wort *Golan*. An der nächsten Kreuzung führte ein Abzweig in Richtung Nazareth.

»Für Sie muss das doch wie eine Rundreise durch die Bibel sein«, sagte der Israeli und atmete den Rauch durch die Nase aus. Sie fuhren noch zwanzig Minuten geradeaus, dann bog Liva nach rechts in Richtung Tiberias ab.

Tommy spürte, dass seine Nervosität aus irgendeinem Grund stieg, schließlich traf man nicht jeden Tag eine Tote. Kurz vor Tiberias überwältigte ihn der Ausblick über den See Genezareth, der unterhalb der Stadt lag. »Wow«, platzte er heraus wie ein Kind.

»Glauben Sie, dass Jesus da unten herumspaziert ist?«, fragte Shlomo und deutete mit dem Zeigefinger der linken Hand nach unten.

Tommy antwortete nicht, dachte sich aber seinen Teil.

»Wir sind hier zweihundert Meter unter dem Meeresspiegel«, sagte Shlomo.

»Ein schöner Ort, um sich zu verstecken.«

Shlomo schnaubte.

»Sie glauben doch wohl nicht, dass sie hier lebt. Unterschätzen Sie mich nicht, Tommy.«

Shlomo lenkte den Wagen durch schmale Gassen bis zu einem Viertel am oberen Stadtrand und parkte schließlich vor einem alten Haus, direkt hinter einem schwarzen Ford Fiesta. Tommy versuchte sich das siebenstellige Nummernschild zu merken.

Er stieg aus und ließ seinen Blick über die Stadt schweifen. Durch den kühlen Wind war es hier im Norden etwas kälter. Immerhin war Winter, nicht Sommer.

Shlomo führte ihn zum Gartentor und nahm einen Schlüssel aus der Tasche. Tommy schloss daraus, dass das Haus leer stand. Im Flur waren weder Kleider noch Schuhe zu sehen.

In der klinisch reinen Küche roch es nach Kaffee, ansonsten war in dem Haus kein Lebenszeichen auszumachen.

Shlomo führte ihn über die kalten Terrakottafliesen in eine Art Wintergarten.

Jemand saß mit dem Rücken zu ihnen und rauchte. Die Frau schien den alten, knorrigen Olivenbaum im Garten zu betrachten. Dahinter fiel das Gelände steil in Richtung der Stadt ab. Die großen Hotels am Ufer des Sees sahen von hier wie weiße Legosteine aus.

»Eine halbe Stunde«, sagte Shlomo und klopfte Tommy auf den Rücken. »Mehr nicht.«

Shlomo verließ den Raum, die Frau machte aber keine Anstalten, sich zu erheben.

»Hanna Svarstad?«, fragte Tommy.

Keine Antwort.

Er trat ein paar Schritte näher.

»Ich hoffe, Sie sind nicht hierhergekommen, um irgendeine Erklärung zu bekommen?«, sagte die Frau.

Tommy trat näher und setzte sich ihr gegenüber auf einen Stuhl, der neben einem Beistelltisch am Fenster stand.

Es war Hanna Svarstad. Eine kleine, zartgliedrige Frau in schwarzen Kleidern. Sie trug eine getönte Brille. Ihre Haare sahen auch in dem scharfen Sonnenlicht vollkommen schwarz aus. Hätte er sie auf der Straße getroffen, hätte er sie sicher nicht wiedererkannt.

»Jemand hat mich um eine Bestätigung gebeten, dass Sie noch am Leben sind«, sagte Tommy.

»Ich weiß«, erwiderte sie, beugte sich vor und drückte ihre Zigarette aus.

Für einen Moment nahm sie die Brille ab. Die Augenlider waren geschwollen, das Gesicht schmaler, als er es von den letzten Fotos in Erinnerung hatte. Sie setzte die Brille wieder auf.

»Ein paar Operationen waren vonnöten«, sagte sie. »Nicht aus Eitelkeit. Aber Sie haben meine Frage noch nicht beantwortet.«

Tommy reagierte nicht gleich. In Wahrheit war er nach Israel gekommen, um zu sehen, ob sie wirklich noch am Leben war, und dann Christian Wessel – und nur Christian Wessel – darüber Bericht zu erstatten.

»Keine Erklärungen«, sagte Tommy. »Mein Auftrag ist eigentlich bereits erledigt.«

»Das Leben ist schon in Friedenszeiten schwer genug«, sagte sie. »Im Krieg ist es unbeschreiblich, jenseits jedweder Fantasie.«

Tommy nahm seine Zigaretten heraus. Sie rauchten schweigend, und er dachte unweigerlich, dass er Zeit vergeudete.

»Wer hat Sie gewarnt?«

»Yasmine«, sagte sie. »Leifs ehemalige Haushälterin. Sie hat mich für Geld verkauft, aber das wissen Sie ja sicher. Aber sie hat mich auch gewarnt. Das wissen Sie vielleicht nicht. Also sind wir da sozusagen quitt, oder was meinen Sie? Wäre ich in Oslo oder Kopenhagen geblieben, wäre ich jetzt wohl nicht mehr am Leben. Ich will aber leben, aus irgendeinem merkwürdigen Grund will ich leben. Ich erhalte kaum die Erlaubnis, weiter als in meinen eigenen Garten zu gehen, aber das ist besser, als tot zu sein.«

Tommy sagte nichts.

»Wenn ich Shlomo richtig verstanden habe, hat Tore das meiste erzählt.«

Tommy nickte.

»Shlomo hat eine Heidenangst, dass Ihnen jemand gefolgt sein könnte. Aber Sie wissen vermutlich, was Sie tun.«

»Das will ich doch hoffen.«

»Wie ist das Wetter zu Hause?«, fragte sie. »In Norwegen, meine ich.«

»Schnee, viel Schnee.«

»Genau wie früher?«

Tommy nickte.

»Wussten Sie, dass Leif wieder krank war?«, fragte er nach einer Weile.

»Nein.«

Gerade als Tommy fortfahren wollte, sagte sie:

»Aber das hätte nichts geändert. Hätten Sie Tore oder den Russen getraut? Leif wurde ein Risiko, ja, im Grunde wurde ich eine Gefahr für mich selbst. Ich habe die Entscheidungen, die mein Leben geprägt haben, vor langer Zeit getroffen. Ich kann das bereuen oder nicht, nützen tut mir das jetzt nichts. Ich weiß nicht, was Shlomo Ihnen erzählt hat.«

»Nichts«, sagte Tommy.

»Ich gebe Ihnen die Kurzfassung: Ich habe mich in einen Mann verliebt, eigentlich noch ein Junge, in den ich mich niemals hätte verlieben dürfen. Als er von den Palästinensern getötet wurde, ist meine Welt zusammengebrochen. So simpel und doch so unglaublich kompliziert. Ich wurde nach West-Beirut geschickt, um Arafat zu treffen, ich brauchte die Genehmigung, Abu Ahman zu verlegen. Zum Glück gelang es Shlomo und seinen Leuten nicht, mir zu folgen. Die Palästinenser waren zu gut. Sonst wäre ich schon lange tot. Shlomo hat nie etwas zu mir gesagt, ich weiß aber, dass sie das gesamte Gebäude in die Luft gejagt hätten, wenn sie die Gelegenheit dazu bekommen hätten. Damals wäre mir das ziemlich egal gewesen, nach Elis Tod hatte ich kaum Kraft, weiterzuleben. Heute bin ich froh darüber, dass ich mein Leben mit Leif hatte. Shlomo musste sich mit Abu Ahman begnügen. Das ist eine ziemlich zynische Branche, finden Sie nicht auch?«

Es entstand eine Pause. Hanna Svarstad nahm die Brille ab und klappte sie zusammen. Sie schloss die Lider und lehnte sich zurück. Im Licht, das durch die Fenster fiel, sahen ihre

Augen wie die eines Boxers aus, der zu viele Schläge hatte einstecken müssen.

»Und Tore und Annema? Was denken Sie über die?«

Hanna Svarstad setzte die Brille wieder auf. Sie hatte sich hier unten gut angepasst, kein Norweger würde sie jemals erkennen.

»Tore hat seine Entscheidungen getroffen, wie ich die meinen getroffen habe. Annema war nur ein kleines Mädchen, das niemals nach Beirut hätte kommen dürfen. Vermutlich galt dasselbe für mich. Alles in allem war ich nur ein kleines, hilfloses Mädchen. Ich geriet in den Bann des Krieges, mit all seiner Blutrünstigkeit. Leif war meine Rettung, er war alles, was ich brauchte. Aber ich konnte ihn ja nicht mit hierhernehmen, oder?«

Sie drückte ihre Zigarette aus und sah auf ihre Armbanduhr.

»Eine halbe Stunde, oder?«, sagte sie. »Ich glaube, so viel gibt es auch nicht mehr zu besprechen.«

Tommy stand auf und reichte ihr die Hand.

Sie lächelte nicht, aber er glaubte in ihrem Gesichtsausdruck eine gewisse Freundlichkeit zu entdecken.

»Wir sehen uns hoffentlich nie wieder«, sagte sie.

***

Tommy hörte erst gegen Ostern wieder etwas von Wessel, als er gerade von einem verspäteten Geburtstagsessen mit Susanne, Mathea und Susannes Mutter nach Hause kam. Christan Wessel war der Letzte, an den er an diesem späten Abend gedacht hatte.

»Rufen Sie an, um mir zum Geburtstag zu gratulieren?«, fragte Tommy.

»Tut mir leid«, sagte Wessel.

»Das muss Ihnen nicht leidtun, gratulieren Sie mir einfach.«

»Na dann … Ich nehme an, dass Sie heute schon auf die Webseite der Aftenposten geschaut haben?«

»Nein.«

»Es eilt nicht. Da ist ein kleiner Artikel, etwa auf der Mitte der Seite. Lesen Sie ihn, wenn Sie Zeit haben. Das Beste daran ist, dass da kein einziges Wort über unsere gemeinsame Freundin im Ausland steht. Ich hatte gehofft, dass es noch einen Moment dauern würde, aber es wird wohl gut gehen. Vermutlich hören wir bald von einer Autobombe in Beirut, oder was meinen Sie? *All's well that ends well*«, sagte Wessel und legte auf.

Tommy öffnete die Aftenposten-App auf seinem Handy. Aus irgendeinem Grund war er nicht überrascht.

Der frühere norwegische Staatssekretär Tore Austlid wurde gestern Nacht bei einem Einbruch in seinem Haus am Stadtrand von Durban in Südafrika getötet. Auch ein Wachmann kam bei dem Raubüberfall ums Leben. Austlid war im Januar aus gesundheitlichen Gründen als Staatssekretär zurückgetreten. Südafrika ist weltweit eines der Länder mit der höchsten Kriminalitätsrate und den meisten Mordopfern. Dem Auswärtigen Amt liegen zum jetzigen Zeitpunkt keine weiteren Informationen über die Tat vor.

Nachwort

Die Massaker in den Flüchtlingslagern Sabra und Schatila 1982 vergisst man nicht, auch wenn man Tausende von Kilometern entfernt war. Die damaligen Fernsehbilder und Zeitungsreportagen reichten dafür aus. Die israelische Invasion im Libanon und die nachfolgende Belagerung von Beirut galten als taktischer Sieg für Israel und als strategischer Erfolg für die Palästinenser.

Der aufmerksame Leser wird bemerkt haben, dass die Geschehnisse in diesem Buch an manchen Stellen geändert oder zusammengefasst wurden. Manches wurde zugunsten der Erzählung ausgelassen oder hinzugefügt. Dies ist ein Roman, kein Sachbuch. Sagen wir, dass dieses Buch von – leider – tatsächlichen Geschehnissen inspiriert wurde. Alle Charaktere dieses Buches sind aber frei erfunden und haben keine Verbindung zu real existierenden Personen.

Die Wirklichkeit übertrifft nicht selten die Fantasie, im Guten wie im Schlechten. Fakt ist, dass die israelische Belagerung von Beirut von Mitte Juni 1982 bis Ende August desselben Jahres andauerte. PLO-Führer Jassir Arafat und seine Truppen verließen Beirut im August auf einem Schiff nach Athen. Das Versprechen, dass den vielen zivilen Palästinensern, die in der Stadt zurückblieben, kein Haar gekrümmt werden sollte, endete mit den Massakern der Falangisten. Vom 16. bis 18. September 1982 wurden wehrlose Männer, Frauen und Kinder in den Lagern abgeschlachtet.

Ich empfehle zur weiteren Lektüre über die historischen Fakten Robert Fisks Buch *Pity the Nation* (1990).

Beim Schreiben dieses Romans habe ich sehr von Menschen profitiert, die in jenem Jahr und in den Jahren davor und danach selbst in Beirut waren.

Alle Fehler und moralischen Dilemmas im Buch sind einzig und allein mir zuzuschreiben.